BLAUE KRIMIS

HEYNE

HEYNE KRIMI JAHRESBAND 1982

Elf Kriminalgeschichten
prominenter, internationaler Autoren

Originalausgabe

WILHELM HEYNE VERLAG
MÜNCHEN

HEYNE-BUCH Nr. 1987
im Wilhelm Heyne Verlag, München

Herausgegeben
von Werner Gronwald
und
Bernhard Matt

Printed in Germany 1982
Umschlagfoto: MALL Photodesign, Stuttgart
Umschlaggestaltung: Atelier Heinrichs & Schütz, München
Gesamtherstellung: Mohndruck Graphische Betriebe GmbH, Gütersloh
ISBN 3-453-10588-5

INHALT

Das gefällige Leben der Mrs. Afton *Patricia Highsmith* 7
(The Gracious, Pleasant Life of Mrs. Afton) übersetzt von U. Mc Kechneay

Das blutige Geschäft *Eric Ambler* 22
(The Blood Bargain) übersetzt von U. Mc Kechneay

Gefahr ist mein Geschäft *Raymond Chandler* 42
(Trouble Is My Business) übersetzt von Wilm W. Elwenspoek

Der Fall
des widerwilligen Zeugen *Erle Stanley Gardner* 115
(The Affair Of The Reluctant Witness) übersetzt von Günter Hehemann

Flocks Ende *Mario Soldati* 150

Halbe – Halbe *J. Jessen/D. Lerch* 181

Ein Toter schießt nicht *Ulf Miehe* 199

Unvergessen *–ky* 208

Die Türkin vom Ölberg *Richard Hey* 241

Toxicana *Friedhelm Werremeier* 276

Marmor für kleine Mädchen *Irene Rodrian* 302

Das gefällige Leben der Mrs. Afton

von

Patricia Highsmith

Der Psychoanalytiker Dr.Felix Bauer starrte aus dem Fenster seiner im Erdgeschoß liegenden Praxis in der Lexington Avenue. Für ihn wälzte sich der Nachmittag nur noch zähflüssig dahin – einem Gewässer vergleichbar, dessen Strömung unmerklich die Richtung verloren hatte. Der Verkehr war dichter geworden, in der gleißenden Sonne quälten sich die Wagen Meter um Meter auf die Verkehrsampeln zu. Die Chromteile der Autos glitzerten und schwelten wie weißglühende Lohe. Dr. Bauers Praxis war vollklimatisiert und daher angenehm kühl. Doch irgend etwas – sei es die Logik oder sein in Wallung geratenes Blut – sagte ihm, daß es heiß war. Die Hitze schlug ihm aufs Gemüt.

Er blickte auf seine Armbanduhr. Miß Vavrica, die für drei Uhr dreißig vorgemerkt war, ließ wieder einmal eine Sitzung platzen. Er sah sie direkt vor sich, wie sie mit weitaufgerissenen Augen in irgendeinem Kino saß und krampfhaft versuchte, jeden Gedanken daran zu verdrängen, wo sie jetzt eigentlich sein müßte. Natürlich hätte er Verschiedenes tun können, um die Zeit bis vier Uhr fünfzehn herumzubringen, wenn sein nächster Patient fällig sein würde. Doch er starrte unverwandt aus dem Fenster.

Dr. Bauer fragte sich, was New York eigentlich an sich hatte, daß ihn diese Stadt trotz ihrer Hektik und ungeheuren Aktivität lähmte. Er arbeitete schwer. Das hatte er schon immer getan – in Amerika war man sich dieser Tatsache jedoch stets bewußt. Man führte hier ein gänzlich anderes Leben als in Wien oder Paris, wo er sich allabendlich in Gesellschaft seiner Frau oder auch seiner Freunde entspannt hatte. Daraus hatte er die Kraft geschöpft, wieder weiterarbeiten und bis in die frühen Morgenstunden hinein lesen zu können. Plötzlich kam ihm Mrs. Afton in den Sinn – eine kleine, ziemlich rundliche Frau in mittleren Jahren, die für ihr Alter noch recht gut aussah. Ein inneres Leuchten schien von ihr auszugehen. Sie benutzte ein Parfum, das nach Gardenien duftete. Das Bild dieser bemerkenswerten Frau verdrängte allmählich die Erinnerung an die Abende im alten Europa.

Mrs. Afton war eine sehr angenehme Frau. Sie stammte aus den Südstaaten und verkörperte all die Eigenschaften, die man den Südstaatlern zuschrieb. Es hieß von ihnen, sie besäßen noch Lebensart und hielten viel auf Tradition. Ihre Devise lautete: ›Alles zu seiner Zeit.‹ Ganz gleich ob es nun um den einzig richtigen Zeitpunkt für die Einnahme der Mahlzeiten, Besuche, Unterhaltungen oder auch nur um das Nichtstun ging. Diese Einstellung war ihm bei Mrs. Afton gleich aufgefallen, und zwar aufgrund einiger Bemerkungen, die zwar nicht unbedingt nötig gewesen wären, über die er sich jedoch freute. Bei ihr waren diese leicht hingeworfenen Sätze nur Ausdruck guter Manieren, die Dr. Bauer normalerweise verhaßt waren. Mrs. Afton war sich dieser Tatsache auch durchaus bewußt. Sie verkörperte einen Lebensstil, der ihm alles in einem völlig neuen Licht erscheinen ließ, sobald sie zugegen war. Alles war wie verzaubert. Keiner seiner übrigen Patienten war eine so erfreuliche Erscheinung. Mrs. Afton war jedoch am Montag zu ihm gekommen, um mit ihm über ihren Mann zu sprechen und nicht über sich selbst. Dem ernsthaften Mr. Schriever, der um vier Uhr fünfzehn erschien, wurde für sein Honorar die volle Gegenleistung geboten, doch er kam und ging, ohne bei Dr. Bauer den geringsten Eindruck zu hinterlassen.

Sobald er wieder allein war, strich er mit den Fingern seiner kräftigen Hand ungeduldig die Augenbrauen glatt und machte sich dann abschließende Notizen über Mr. Schriever. Der junge Mann hatte geredet wie ein Wasserfall, zwischendurch kurz gezögert und dann seinen Redestrom wieder aufgenommen. Es war nicht möglich gewesen, ihn durch Einwürfe und Zwischenfragen in vielversprechendere Bahnen zu lenken.

Man mußte ganz einfach fest daran glauben, daß man Menschen wie Mr. Schriever im Endeffekt doch helfen konnte. Zunächst einmal war die Spannung zwischen Arzt und Patient zu überwinden – nicht die durch Krieg oder Armut erzeugte Anspannung, die Dr. Bauer in Europa kennengelernt hatte, sondern die typisch amerikanische Angespanntheit, die sich bei jedem Menschen anders auswirkte und an die sich jeder zu klammern schien, wenn er beim Psychiater vorsprach, um sich davon befreien zu lassen. Ihm fiel ein, daß Mrs. Afton nicht unter dieser Anspannung litt. Wie bedauerlich, daß eine zum Glücklichsein geborene und erzogene Frau so eng mit einem Mann verbunden war, der gar nicht zu wissen schien, was es hieß, glücklich zu sein. Leider konnte Dr. Bauer nichts für diese Frau tun. Er beschloß, Mrs. Afton heute zu sagen, daß er ihr nicht helfen könne.

Um Punkt fünf Uhr tastete Dr. Bauer mit dem Fuß nach dem unter dem blauen Teppich verborgenen Summer und drückte zweimal darauf. Dann sah er zur Tür. Langsam erhob er sich, um sie zu öffnen. Mrs. Afton trat sofort mit strahlendem Lächeln und angesichts ihrer plumpen Gestalt erstaunlich beschwingtem Schritt ein. Ihr hellbraunes Haar war sorgfältig frisiert. Mit hocherhobenem Kopf trat sie auf ihn zu. »Guten Tag, Dr. Bauer.« Sie lockerte das blaue Chiffontuch, das farblich nur geringfügig vom Ton des Teppichs abwich, jedoch ausgezeichnet damit harmonierte. Mrs. Afton nahm in dem lederbezogenen Lehnstuhl Platz. »Herrlich kühl ist es hier. Es wird mir schwerfallen, wieder zu gehen.«

»Ja«, meinte Dr. Bauer lächelnd. »Man wird regelrecht verwöhnt durch diese Klimaanlagen.« Über seinen Schreibtisch gebeugt überflog er noch einmal die Notizen, die er sich am vergangenen Montag gemacht hatte:

Thomas Bainbridge Afton, 55 Jahre alt. Allgemeiner Gesundheitszustand gut. Reizbar. Besorgt wegen seiner schwindenden Körperkräfte. Trainiert übermäßig. Seit ein paar Monaten strenge Diät und regelmäßige ›Leibesübungen‹. Hotelzimmer mit Fitness-Geräten ausgerüstet. Trainiert eifrig und überanstrengt sich dabei. Schizoide, sado-masochistische Züge. Lehnt Behandlung strikt ab.‹

Mrs. Afton hatte ihn vor allem konsultiert, um ihn zu fragen, wie man ihren Mann dazu bringen könne, seine strenge Diät und seine übertriebenen sportlichen Aktivitäten aufzugeben oder beides zumindest in Maßen zu betreiben.

Dr. Bauer lächelte Mrs. Afton etwas krampfhaft über den Schreibtisch hinweg an. Er würde ihr wohl noch einmal erklären müssen, daß er ihren Mann nicht über sie behandeln konnte. Mrs. Afton hatte ihn sehr gebeten, ihr noch eine zweite Sitzung zu gewähren. Diesmal setzte sie offensichtlich noch größere Hoffnung in ihn. Es fiel ihm daher ausgesprochen schwer, ihr eine Absage zu erteilen. »Nun, wie fühlen Sie sich heute?« fragte er aus alter Gewohnheit.

»Danke, mir geht es ausgezeichnet.« Sie zögerte. »Ich glaube, ich habe Ihnen schon alles gesagt, was es dazu zu sagen gibt. Aber vielleicht haben Sie noch Fragen.« Ganz plötzlich schien sie sich darüber klarzuwerden, mit welcher Dringlichkeit sie gesprochen hatte. Sie lehnte sich im Sessel zurück, kniff ein paarmal die blauen Augen zusammen und lächelte. Dieses Lächeln schien das gleiche zu besagen wie ihre Worte vom Montag. »Ich weiß, daß das komisch ist, wenn ein ausgewachsener Mann vor dem Spiegel steht und voller Stolz seine Muskeln spielen läßt wie ein zwölfjähriger Junge. Aber wenn er dann vor Erschöpfung zittert, bange ich um sein Leben.«

Wahrscheinlich würde sie ebenso lächeln und verständnisinnig nicken, wenn er beginnen würde: »Da sich Ihr Gatte weigert, sich selbst in Behandlung zu begeben . . .« Sie würde einsehen, daß sie damit entlassen war und seiner Praxis mit der gleichen Last auf den Schultern den Rücken kehren, um derentwillen sie sich hilfesuchend an ihn gewandt hatte. Mrs. Afton ließ sich nicht gleich ausführlich über ihre Sorgen aus wie so viele Frauen ihres Alters, war wohl auch viel zu stolz, um etwas Peinliches einzugestehen – wie zum Beispiel die Tatsache, daß ihr Mann sie schon geschlagen hatte. Dr. Bauer war jedenfalls davon überzeugt, daß Mr. Afton öfter handgreiflich wurde.

»Ich hege natürlich den Verdacht«, begann er zögernd, »daß Ihr Gatte durch diese physischen Gewaltakte und die strenge Diät versucht, sein angeschlagenes Selbstvertrauen wieder aufzurichten, sein Ego zu festigen. Ganz unbewußt begründet er seine Handlungsweise vielleicht damit, daß er sein Versagen auf anderen Gebieten – seinen geschäftlichen und vielleicht auch gesellschaftlichen Mißerfolg, den Verlust all seines Besitzes in Kentucky, wovon Sie mir ja erzählt haben, und die Tatsache, daß er nicht so gut für Sie sorgen kann, wie er gern möchte – dadurch kompensieren kann, daß er seine Körperkräfte steigert.«

Mrs. Afton wandte sich mit weit aufgerissenen Augen ab. Das hatte sie in seiner Gegenwart schon öfter getan, wenn sie sich gefordert fühlte oder sich an etwas zu erinnern versuchte. Dagegen wurden ihre Augen zu schmalen Schlitzen, wenn sie sich über etwas amüsierte. Mit jugendlicher Koketterie kniff sie dann die dichtbewimperten Augen zusammen. Jetzt hielt sie den Kopf gesenkt, und Dr. Bauer konnte in Ruhe ihre breiten Backenknochen, die schmale Stirn und das sanft gerundete Kinn betrachten. Ein mütterliches Gesicht. Doch Mrs. Afton hatte keine Kinder.

Schließlich sagte sie voller Zweifel: »Nun, das klingt eigentlich ganz logisch.«

»Sind Sie denn nicht dieser Ansicht?«

»Ich weiß nicht recht.« Sie hob den Kopf. »Ich glaube eigentlich nicht, daß sich mein Mann für einen Versager hält. Wir leben immer noch recht gut, wissen Sie.«

»Selbstverständlich.«

Sie warf einen Blick auf die elektrische Uhr, deren Sekundenzeiger unerbittlich die kostbaren fünfundvierzig Minuten verschlang. Sie öffnete die Knie ein wenig, als sie sich vorbeugte, und ihre Waden glichen ornamentalen Säulen, die sich nach unten zu schlanken Fesseln verjüngten. Die Füße hielt Mrs. Afton fest aneinandergepreßt. »Können Sie mir denn gar keinen Vorschlag machen, wie man meinen Mann dazu bringen könnte, sich zumindest zu mäßigen, Dr. Bauer?«

»Besteht denn wirklich keine Chance, daß Sie ihn überreden können, mich selbst einmal aufzusuchen?«

»Ich fürchte, nein. Ich habe Ihnen ja gesagt, was er von Ärzten hält. Er sagt, sie können sich mit ihm abgeben, wenn er tot ist, aber er wolle nichts mit ihnen zu schaffen haben, solange er noch lebe. Oh, ich glaube, ich habe ganz vergessen, Ihnen zu sagen, daß er seinen Körper einem medizinischen Institut zu Versuchszwecken verkauft hat.« Sie lächelte zornig und beschämt. »Das war vor etwa sechs Monaten. Ich glaube, das dürfte Sie interessieren.«

»Ja, ganz recht.«

Sie sprach mit immer größerer Dringlichkeit. »Wenn Sie ihn nur einmal kurz sehen könnten, ohne daß er weiß, wer Sie sind, könnten Sie sich gewiß ein viel besseres Bild von ihm machen, als ich es Ihnen je vermitteln könnte.«

Dr. Bauer seufzte. »Doch auch dann könnte ich nur Vermutungen anstellen. Ich kann weder über Sie, noch durch den Anblick Ihres Gatten wirklich in Erfahrung bringen, was diese Besessenheit bei ihm ausgelöst hat. Ich könnte Ihnen raten, ihm dabei zu helfen, daß er nach und nach zurückgewinnt, was er verloren hat, daß er seine Hobbies wieder aufnimmt, gesellschaftliche Kontakte pflegt etc. Aber das haben Sie sicherlich schon längst versucht.«

Mrs. Afton nickte zerstreut.

»Aber selbst das wäre vom psychologischen Standpunkt aus nur eine ganz oberflächliche Behandlung«, sagte Dr. Bauer.

Mrs. Afton schwieg. Sie preßte die Lippen zusammen und starrte vor sich hin. Obwohl sie eine entschlossene Haltung einnahm, konnte sie dadurch die Hoffnungslosigkeit ihrer Lage nicht vertuschen. Dr. Bauer blickte versonnen auf den Füllfederhalter, den er auf seinem Schreibtisch hin und hergerollt hatte.

»Trotzdem wäre ich Ihnen unendlich dankbar, wenn Sie wenigstens versuchen wollten, ihn einmal kurz anzusehen – und sei es nur flüchtig in der Hotelhalle. Dann hätte ich zumindest das Gefühl, daß Sie Ihre Vermutungen bestätigt sehen und sich ein definitives Urteil bilden können.«

›Meine Urteile sind im allgemeinen definitiv‹, dachte er. Doch er verfolgte diesen Gedankengang nicht weiter. Schließlich war er ihr eine Antwort schuldig. Eigentlich konnte er ihr nur empfehlen, eine staatliche Eheberatungsstelle aufzusuchen. Dort würde man ihrem Mann sicher raten, sich in Behandlung zu begeben. Mrs. Afton würde das viel mehr treffen, als die ihr gegenüber ausgesprochene Vermutung, daß sich ihr Mann für einen Versager hielt. Sie liebte ihren Mann noch immer und hatte nicht vor, sich scheiden zu lassen oder sich auch nur vorübergehend von ihm zu trennen. Das hatte sie ihm deutlich zu verstehen gegeben. Dr. Bauer hatte inzwischen begriffen, daß sie ihn nicht nur liebte, sondern auch stolz auf ihn war.

Da kam ihm plötzlich die Erleuchtung, daß er nach diesem Strohhalm greifen mußte, da es die Höflichkeit gebot, der Frau diesen kleinen Gefallen zu tun. Wenn ihr also so sehr daran gelegen war, würde er sich bereiterklären, ihren Mann einmal anzusehen. Dann konnte er sich wenigstens sagen, daß er sich alle Mühe gegeben und alles getan hatte, was in seinen Kräften stand.

»Nun, ich kann es ja versuchen«, meinte er schließlich.

»Vielen, vielen Dank! Ich bin ganz sicher, daß das eine große Hilfe sein wird. Daran besteht gar kein Zweifel!« Sie lächelte hocherfreut und setzte sich kerzengerade auf. Als Dr. Bauer ihr eine Zigarette anbot, schüttelte sie den Kopf. »Noch etwas würde ich Ihnen gern erzählen«, sagte sie, von überströmender Dankbarkeit erfüllt. »Ich hatte doch am Montag um zwei Uhr dreißig einen Termin bei Ihnen. Um Thomas nicht mißtrauisch zu machen, erzählte ich ihm, ich wollte mich mit Mrs. Hatfield treffen. Das ist meine beste Freundin, die zur Zeit auch in dem Hotel wohnt. Ich sagte ihm, wir wollten uns um zwei Uhr dreißig bei Lord und Taylor treffen. Nun, um zwei Uhr aß ich allein im Speisesaal des Hotels zu Mittag, als Thomas völlig unerwartet hereinschneite. Wir nehmen das Mittagessen niemals gemeinsam ein, weil Thomas immer in einem vegetarischen Restaurant in der Madison Avenue ißt. Ich aß gerade Newburgh Hummer, was in Thomas' Augen reiner Selbstmord ist. Hummer à la Newburgh ist jeden Montag die Spezialität des Hotels, ich bestellte es regelmäßig. Ich hatte also Thomas erzählt, daß ich mich um zwei Uhr dreißig mit Mrs. Hatfield treffen wollte, als diese den Speisesaal betrat. Sie ist kurzsichtig und hat uns nicht gesehen, doch mein Mann sah sie so deutlich wie ich. Sie nahm an einem der Tische Platz, bestellte und hatte offensichtlich vor, eine Stunde oder noch länger zu bleiben. Thomas nahm wortlos mir gegenüber Platz. Ihm war klar, daß ich ihn belogen hatte. So ist er öfter. Und ein andermal, wenn ich überhaupt nicht damit rechne, bricht dann alles aus ihm heraus.« Ihr Atem ging rasch, und sie unterbrach sich.

»Und wann hat er sich dazu geäußert?« erkundigte sich Dr. Bauer.

»Gestern nachmittag. Da wußte er genau, daß ich mit Mrs. Hatfield zu Mittag gegessen hatte; denn sie war heraufgekommen, um mich zu holen. Wir haben mit ein paar Freunden im Algonquin gegessen. Als ich gegen drei Uhr zurückkehrte, war Thomas sehr übler Laune und warf mir vor, ich sei an beiden Nachmittagen im Kino gewesen, obwohl ja gestern nach dem Essen gar keine Zeit mehr dafür gewesen wäre.«

»Hat er denn etwas dagegen, daß Sie ins Kino gehen?«

Sie schüttelte lachend den Kopf, voller Nachsicht und fast fröhlich. »Ihn stört nur die schlechte Luft. Ihm wäre es am liebsten, wenn man alle Kinos abrisse. Ach Gott, manchmal ist er wirklich komisch. Er hält die Filme, die ich bevorzuge, für die niedrigste Form der Unterhaltung. Ab und zu gehe ich gern in ein unterhaltsames Musical. Da ist doch nichts dabei, nicht wahr. Und wenn mir danach zumute ist, sehe ich mir so etwas eben an.«

Das bezweifelte Dr. Bauer. »Und was hat er noch gesagt?« fragte er.

»Nun, er hat weiter nichts gesagt, aber er hat seine goldene Uhr hinuntergeworfen. Daß sich seine Gereiztheit so auswirken würde, hätte ich ihm niemals zugetraut.«

Mrs. Afton sah ihn an, als erwarte sie irgendeine Reaktion darauf, dann öffnete sie ihre Handtasche, entnahm ihr eine goldene Uhr und wickelte die Uhrkette um ihren Zeigefinger, als wolle sie die Uhr so besser zur Geltung bringen. Die Uhr schwang hin und her, und Dr. Bauer fielen die eingravierten Buchstaben auf der Rückseite auf.

»Diese Uhr habe ich ihm im ersten Jahr unserer Ehe geschenkt. Das ist wahrscheinlich sehr altmodisch, aber ich mag es, wenn ein Mann eine große Taschenuhr trägt. Es ist das reinste Wunder, aber sie geht noch. Ich werde nur ein neues Uhrglas einsetzen lassen. Ich habe die Uhr wortlos aufgehoben. Da hat er sich den Mantel angezogen, um seinen täglichen Nachmittagsspaziergang zu machen. Er geht jeden Tag von drei bis fünf Uhr dreißig spazieren, ganz gleich, wie das Wetter ist. Wenn er dann wiederkommt, duscht er kalt. Dann essen wir gemeinsam zu Abend – außer an den Abenden, die er mit Major Stearns verbringt. Ich habe Ihnen ja erzählt, daß er der beste Freund meines Mannes ist. Sie spielen jede Woche an mehreren Abenden zusammen Karten oder Schach. – Wäre es Ihnen wohl möglich, sich meinen Mann diese Woche noch anzusehen, Dr. Bauer?«

»Ich glaube, Freitag mittag ginge es, Mrs. Afton«, sagte er. Am Freitag arbeitete er nachmittags in einer Klinik, da konnte er vorher kurz im Hotel vorbeischauen. »Soll ich Sie Freitag früh anrufen? Dann können wir alles Nähere besprechen. Pläne macht man am besten so spät wie möglich.«

Als er sich erhob, stand auch sie auf, lächelnd und kerzengerade aufgerichtet. »Gut, ich erwarte also Ihren Anruf. Auf Wiedersehen, Dr. Bauer. Jetzt ist mir schon viel wohler. Ich fürchte nur, ich habe die Zeit um zehn Minuten überzogen.«

Er winkte ab und hielt ihr die Tür auf. Gleich darauf war sie verschwunden, doch der Duft ihres Parfums schwebte noch längere Zeit im Raum. Er lehnte sich gegen die geschlossene Tür und starrte in die Dämmerung, die durch das Fenster hereindrang . . .

Als Dr. Bauer am nächsten Morgen um neun Uhr in seiner Praxis erschien, hatte Mrs. Afton bereits zweimal angerufen. Sie ließ ihn durch seine Sekretärin bitten, sie sofort zurückzurufen. Das wollte er auch tun, sobald er seinen Hut abgelegt hatte. Doch der Summer ertönte schon vorher.

»Könnten Sie wohl heute morgen schon kommen?« fragte Mrs. Afton mit vor Angst zitternder Stimme. Er erschrak.

»Das läßt sich machen, Mrs. Afton. Was ist denn geschehen?«

»Er weiß, daß ich Sie seinetwegen aufgesucht habe. Oder jedenfalls, daß ich einen Psychiater aufgesucht habe. Er hat es mir heute morgen auf den Kopf zugesagt, als er von seinem Morgenspaziergang zurückkam – einfach so aus heiterem Himmel. Er warf mir vor, sein Vertrauen mißbraucht zu haben, packte seine Koffer und sagte, er wolle gehen. Er ist jetzt weg, aber ohne Koffer. Die sind noch hier. Er ist wohl wieder spazierengegangen. Wahrscheinlich wird er so gegen zehn zurück sein. Wäre es Ihnen wohl möglich, jetzt gleich herzukommen?«

»Aber ist er denn gewalttätig? Hat er Sie geschlagen?«

»Aber nein, nichts dergleichen! Doch ich weiß, daß alles aus ist. Das läßt sich nicht wieder einrenken.«

Dr. Bauer überlegte, wie viele Termine er würde absagen müssen. Den um zehn Uhr fünfzehn und wahrscheinlich auch noch den um elf Uhr. »Können Sie um zehn Uhr fünfzehn in der Hotelhalle sein?«

»Aber sicher.«

Er konnte sich kaum auf den Patienten konzentrieren, der um neun Uhr fünfzehn erschien. Er hatte ständig den Klang von Mrs. Aftons Stimme im Ohr und machte sich Vorwürfe, weil er nicht gleich zum Hotel gefahren war. Mrs. Afton hatte sich hilfesuchend an ihn gewandt, er fühlte sich daher für sie verantwortlich.

Um zehn Uhr drei zündete er sich im Taxi eine Zigarette an und saß dann bewegunglos da, unfähig auch nur einen Blick in die mitgenommene Zeitung zu werfen. Ein strahlender Vormittag Mitte Juni, dachte er, während er ganz passiv in einem Taxi saß, das ständig durch Kurven fuhr, rechts und links abbog und gezwungen war, an roten Ampeln zu halten. Derweil befand sich Mrs. Thomas

Bainbridge Afton nach fünfundzwanzig Jahren Ehe in einer ernsthaften Ehekrise.

Wie sollte er ihr da helfen können? Sollte er Hilfe holen, falls es zu Gewalttätigkeiten kam, oder die üblichen tröstlichen Phrasen dreschen, wenn ihr Mann zurückkam und gleich darauf mit seinen Koffern verschwand. Jedenfalls endete damit das angenehme, gefällige Leben der Mrs. Afton, die trotz ihrer Freunde ohne ihren Mann nie wieder so glücklich sein würde.

Er konnte sich schon denken, welche Bemerkungen sie ihnen gegenüber bisher hatte fallenlassen: »Thomas hat eben so seine Eigenheiten – nennt ihn meinetwegen schrullig.« Und schließlich hatte sie sich nach zahlreichen peinlichen Zwischenfällen und Kompromissen, die sie eingegangen war, wohl eingestehen müssen: »Er ist unmöglich.« Doch ihr Stolz, ihre Erziehung und ein angeborenes Pflichtgefühl hatten dafür gesorgt, daß ihr der Sinn für Humor trotz allem nicht abhanden gekommen war und sie immer noch den Eindruck machte, als sei sie glücklich verheiratet. »Thomas ist der ideale Ehemann – er war es zumindest bisher . . .«

Das Taxi hielt mit quietschenden Reifen irgendwo mitten in einem Block zwischen der fünften und der sechsten Avenue in der Gegend der vierzigsten Straße. Das Hotel war viel kleiner und schäbiger, als er angenommen hatte. Es war ein schmalbrüstiges, versteckt liegendes Gebäude, in dem wahrscheinlich viele Leute wie die Aftons lebten – vermutlich schon seit Jahrzehnten.

Mrs. Afton kam durch die mit schwarzen und weißen Fliesen ausgelegte Halle lächelnd auf ihn zu und begrüßte ihn erfreut. »Das ist wirklich sehr liebenswürdig von Ihnen, Dr. Bauer. Thomas ist inzwischen zurückgekommen. Er ist jetzt oben. Ich würde Sie gern als Bekannten einer Freundin vorstellen – Mrs. Lanuxe aus Charleston. Ich könnte zum Beispiel sagen, daß Sie nur auf einen Sprung vorbeigekommen sind und gleich zur Bahn müssen.«

»Wie Sie wünschen.« Er ging hinter ihr her zum Aufzug und stellte erleichtert fest, daß sie noch keine Spur ihrer Selbstbeherrschung eingebüßt hatte.

Hintereinander betraten sie den winzigen, klapprigen Aufzug, den ein alter Mann bediente. Während der Aufzug langsam nach oben fuhr, hüllten sie sich beide in Schweigen. Als Dr. Bauer so dicht neben Mrs. Afton stand, entdeckte er Spuren von Grau in ihrem hellbraunen Haar, und es war nicht zu überhören, wie rasch ihr Atem ging. Krampfhaft hielt sie ihr Taschentuch umklammert und zerknüllte es in der Hand.

»Hier entlang, bitte.«

Sie gingen durch einen dunklen Korridor, schritten ein paar Stufen hinunter und gelangten in ein anderes Stockwerk. Vor einer hohen Tür blieb Mrs. Afton stehen.

»Er ist sicherlich in seinem Zimmer, aber ich klopfe trotzdem immer«, flüsterte sie. Als sich nichts rührte, öffnete sie die Tür. »Das ist das Wohnzimmer.«

Dr. Bauer hatte seine Zeitung ganz instinktiv in die Jackentasche gesteckt, um die Hände freizuhaben. Sie befanden sich in einem leer wirkenden, ziemlich deprimierenden Raum, in dem lediglich ein paar Hotelmöbel standen. Sein Blick fiel auf ein paar Bücher, einen Messingleuchter und einen lächerlich kleinen, schwärzlichen Kamin.

»Er ist da drin«, erklärte sie und schritt auf eine andere Tür zu. »Thomas?« Vorsichtig öffnete sie die Tür.

Keine Antwort.

»Ist er nicht da?« fragte Dr. Bauer.

Mrs. Afton schien einen Augenblick ganz verlegen zu sein. »Er muß wieder fortgegangen sein. Aber kommen Sie nur herein, dann können Sie sich selbst von dem überzeugen, was ich Ihnen erzählt habe. Das ist sein Turnsaal, wie er das Zimmer nennt.«

Das Zimmer, das Dr. Bauer nun betrat, war nur etwa halb so groß wie das Wohnzimmer und auch viel dunkler; denn das Licht fiel nur durch die kleine Klappe herein, die zur Feuerleiter hinausführte. Zunächst konnte er gar nicht genau erkennen, was für merkwürdige Geräte auf dem Boden herumlagen und von der Decke hingen. So zum Beispiel ein Punchingball und ein Sandsack, ein Trainingspferd mit Handgriffen und zwei Basketbälle. Dr. Bauer hob einen Boxhandschuh vom Boden auf. Der andere war mit einer Schnur daran befestigt.

»Er hat auch ein Rudergerät. Es ist dort im Wandschrank«, erklärte Mrs. Afton.

»Ich sehe nicht sehr gut. Könnten Sie wohl bitte das Licht anmachen?«

»Aber ja, selbstverständlich.« Sie zog an einer Schnur, und das Deckenlicht ging an, das aus einer nackten Glühbirne bestand. »Sonst ist er um diese Zeit immer hier drin. Es tut mir schrecklich leid. Er kommt sicher gleich wieder.«

Dr. Bauer fiel auf, daß die Schnur, an der die Boxhandschuhe hingen, schneeweiß und nagelneu war, als sei sie noch nie aufgebunden worden. Bei Licht besehen wirkten eigentlich all die Sportgeräte nagelneu. Das Pferd war zwar ein wenig verstaubt, das Leder aber keineswegs verschlissen oder abgesessen. Stirnrunzelnd betrachtete er den Sandsack, der dicht vor seinen Augen von der Decke hing. Das ovale Etikett befand sich noch darauf. Mit Sicherheit war keines dieser Geräte je benutzt worden. Er war so erstaunt, daß er gar nicht gleich begriff, was das bedeutete.

»Und da ist der Spiegel.« Mrs. Afton deutete auf einen hohen Spiegel, der an der Wand lehnte. Sie kicherte. »Davor produziert er sich liebend gern.«

Dr. Bauer nickte. Obwohl Mrs. Afton lächelte, fiel ihm auf, daß sie jetzt viel ängstlicher und besorgter wirkte als an dem Nachmittag in seiner Praxis, an dem sie ihn das erstemal aufgesucht hatte. Durch den sorgenvollen Gesichtsausdruck wurden ihre dünnen Augenbrauen zu krummen häßlichen Furchen. Ihre Hände zitterten, als sie ein Maßband aufhob und es sorgfältig über zwei Finger wickelte. Vertrauensvoll wartete sie darauf, daß er einen Kommentar abgeben würde.

»Vielleicht sollte ich besser unten in der Halle warten«, murmelte Dr. Bauer.

»Nun gut. Ich werde unten anrufen und Ihnen Bescheid sagen

lassen, wenn er kommt. Er benutzt niemals den Aufzug, sondern geht immer die Treppe hinauf. Das ist wahrscheinlich auch der Grund, warum wir ihn nicht haben fortgehen sehen.«

Als Dr.Bauer das Apartment durch das Wohnzimmer verließ, blickte er direkt auf die nach unten führende Treppe. Verwirrt ging er darauf zu. Ein schlanker blonder Mann kam ihm entgegen und warf ihm im Vorübergehen einen kurzen Blick zu. Dr. Bauer sagte sich, daß dies unmöglich Mr. Afton sein könne.

Er fühlte sich ganz benommen und irgendwie völlig erschlagen, fand jedoch keine Erklärung dafür. Er sah sich in der Halle um und trat schließlich an den Empfang, der halb versteckt hinter einer anderen Treppe lag.

»Hier wohnt doch eine Mrs. Afton«, sagte er. Es war mehr eine Feststellung als eine Frage. Der junge Mann an der Telefonvermittlung sah von seiner Zeitung auf. »Afton? Nein, mein Herr.«

»Mrs. Afton in Zimmer zweiunddreißig.«

»Nein, mein Herr, wirklich nicht. Hier wohnt niemand dieses Namens.«

»Aber wer wohnt denn zur Zeit in Zimmer zweiunddreißig?« In der Zimmernummer hatte er sich gewiß nicht geirrt.

Der junge Mann sah rasch auf einer Liste über der Schalttafel nach. »Da wohnt Miß Gorham.« Er lächelte belustigt, als er Dr. Bauers erstaunten Gesichtsausdruck sah.

»Miß Gorham. Sie ist nicht verheiratet?« Dr. Bauer fuhr sich mit der Zunge über die ausgedörrten Lippen. »Sie lebt ganz allein?«

»Ja.«

»Aber wissen Sie auch bestimmt, von wem ich spreche? Von einer Frau um die Fünfzig. Sie ist ziemlich rundlich und hat hellbraunes Haar.«

Jetzt war ihm alles klar. Er hatte begriffen. Er wollte nur ganz sichergehen und hakte deshalb noch einmal nach.

»Ja, das ist Miß Gorham – Miß Frances Gorham.«

Dr. Bauer sah dem lächelnden jungen Mann in die Augen, der Miß Gorham kannte, und fragte sich, ob dieser wohl etwas wußte, worüber er selbst sich noch im unklaren war. Mrs. Afton mußte diesen jungen Mann schon oft angelächelt haben, um sich bei ihm einzuschmeicheln, wie sie es auch bei ihm getan hatte.

»Vielen Dank«, sagte er und fügte geistesabwesend hinzu: »Das ist alles.«

Er blickte starr vor sich hin und biß sich auf die Lippen, bis er nicht mehr das Gefühl hatte, daß alles um ihn herum zerfiel, sondern wieder feste Formen annahm. Die Welt war wieder in Ordnung. Er befand sich in der Halle eines schäbigen kleinen Hotels, und es gab keine Mrs. Afton mehr.

Langsam ging er auf die Tür zu. Er verspürte den Drang, in seine Praxis zurückzukehren, und sah auf seine Armbanduhr. Den Termin um elf Uhr würde er nun wohl doch noch einhalten können. Es war erst zehn Uhr vierzig. Er ging auf die sargähnliche Telefonzelle zu, die hinter einem großen Kübel mit einer Palme verborgen lag. Daneben befand sich ein Regal mit Telefonbüchern. Störrisch und von Neugierde geplagt, suchte er im Telefonbuch von Manhattan unter A.

Der Name Afton tauchte nur einmal als Firmenname auf.

Er betrat die Telefonzelle und wählte die Nummer seiner Praxis. »Bitte, versuchen Sie doch rasch, Mr. Schriever zu erreichen«, bat er seine Sekretärin, »und fragen Sie ihn, ob er doch um elf kommen kann. Und ich lasse um Entschuldigung bitten. Wann hat Mrs. Afton den nächsten Termin?«

»Einen Augenblick, bitte. Wir haben sie für zwei Uhr dreißig am Montag vorgemerkt.«

»Ändern Sie das bitte in einen Termin für Miß Gorham ab«, bat er mit fester Stimme. »Miß Frances Gorham am Montag um zwei Uhr dreißig.«

»Gorham? Schreibt man das G-o-r-h-a-m?«

»Ja, ich nehme es an.«

»Ist das eine neue Patientin, Herr Doktor?«

»Ja«, bestätigte er.

Das blutige Geschäft

von

Eric Ambler

Ex-Präsident Fuentes steht in einem merkwürdigen Ruf. Jetzt, wo er nicht mehr in Amt und Würden ist, trachten ihm öfter Leute nach dem Leben als während seiner Amtszeit.

Er ist ein Wirrkopf, der sich ständig über irgend etwas entrüstet.

Er begreift einfach nicht, daß Männer wie General Perez durchaus Verständnis dafür haben können, daß man sie beraubt, daß der Spaß für sie jedoch aufhört, wenn man sie der Lächerlichkeit preisgibt.

Der Staatsstreich, mit dem Fuentes' sozialer Führungspartei das Handwerk gelegt und die Regierung gestürzt wurde, war bis ins kleinste durchdacht und ging relativ unblutig über die Bühne.

Die maßgeblich an dem Coup beteiligten Männer waren Offiziere der Armee. Sie steckten mit Abtrünnigen von der Luftwaffe und der Marine unter einer Decke, und auch die Kirche hatte stillschweigend ihren Segen dazu gegeben. Der Preis für die Kollaboration des Polizeichefs war schon lange zuvor ausgehandelt worden. Mit seiner Hilfe war eine lange Liste von Namen von gewissen linken Abgeordneten, militanten Gewerkschaftlern, regierungsfreundlichen Zeitungsherausgebern, subversiven Elementen und anderen unerwünschten Personen, deren sofortige Festnahme ratsam erschien, zusammengestellt worden.

Ähnliche Vorkehrungen waren auch in den größeren Provinzstädten getroffen worden. Obwohl die Verschwörer keineswegs alle der gleichen politischen Richtung angehörten, verfolgten sie diesmal trotz ihrer sonstigen Differenzen das gleiche Ziel. Was für Folgen sich auch ergeben mochten – über eines waren sie sich einig: Präsident Fuentes mußte gestürzt werden, wenn sie das Land vor Korruption, subversiven kommunistischen Elementen, Anarchie, dem Staatsbankrott, Bürgerkrieg und Eingreifen ausländischer Mächte bewahren wollten.

An einem Abend im September war es dann soweit.

Die Taktik, nach der die Verschwörer der »Befreiungsfront« vorgingen, war bei Staatsstreichen schon Tradition, die stets die Unterstützung des Militärs genossen und nur Zivilisten und ungeordnete Haufen schlecht bewaffneter Soldaten aus den Garnisonen zum Gegner hatten.

Bei Einbruch der Dunkelheit rollten die Panzer zweier Divisionen, Lastwagen mit einem Fallschirmjägerregiment, Nachrichtentrupps, ein strategisches Corps und Kampfgruppen in die Hauptstadt ein und stürmten sie. Nach kaum einer Stunde hatten sie alle strategisch wichtigen Punkte eingenommen. Unterdessen hatte die Luftwaffe den internationalen Flughafen in ihre Gewalt gebracht, alle Flugzeuge herunterbeordert und im Zollabfertigungs- und Einwanderungsgebäude ihr Hauptquartier aufgeschlagen.

Dann marschierte ein Infanterieregiment in der Innenstadt auf, um an strategisch wichtigen Stellen Aufstellung zu nehmen und die Zivilisten in Schach zu halten, die sich nach dem Staatsstreich fraglos zur Wehr setzen würden, wenn sie von den Massenverhaftungen erfuhren, die vor allem in den dicht besiedelten Slumvierteln vorgenommen wurden, wo es von Anhängern Fuentes' nur so wimmelte.

Kurz nach acht Uhr dreißig erreichten ein Panzerbataillon und eine Sondereinheit Fallschirmjäger den Palast des Präsidenten. Die Palastwache leistete eine Viertelstunde lang erbitterten Widerstand. Acht Männer wurden verwundet. Präsident Fuentes selbst befahl dem Wachhabenden schließlich, sich zu ergeben, um ›weiteres Blutvergießen zu vermeiden‹, wie er sich ausdrückte.

Als General Perez, der Initiator des Staatsstreiches, dies erfuhr, erschien er sofort im Palast, und zwar in Begleitung von fünf älteren Mitgliedern des Rates der Befreiungsfront einschließlich des Polizeichefs. In seiner Begleitung befanden sich außerdem drei Vertreter der Auslandspresse. Man hatte sie am frühen Abend an der Bar des Jockey-Clubs aufgestöbert und kurz über die Vorstellungen und Ziele der Befreiungsfront informiert. General Perez wollte keine Zeit verlieren und schnellstens dafür sorgen, daß er im Ausland als großmütiger, vernünftiger und verantwortungsbewußter Mann galt, dessen Regime überall Anerkennung fand.

Die Berichte der Journalisten über das Gespräch zwischen Präsident Fuentes und General Perez sowie über das inzwischen berühmt gewordene oder vielmehr berüchtigte »blutige Geschäft« waren ziemlich gleichlautend. Zunächst hielten die Zeitungsleute diese Übereinkunft für eines dieser zivilisierten, merkwürdig chevaleresken Abkommen nach der Devise »leben und leben lassen«, bei denen man selbst inmitten von Aufruhr und Zerstörung noch Mitgefühl und gesunden Menschenverstand bekundete – oft der einzige Lichtblick in der langen, finsteren Geschichte der lateinamerikanischen Revolutionen.

Man kann den Journalisten, erfahrenen Presseleuten, kaum vorwerfen, etwas falsch interpretiert zu haben. Sie wußten wie alle Welt, daß Präsident Fuentes ein zwielichtiger, durch und durch unehrenhafter Mann war. Sie gingen lediglich fehl in der Annahme, daß die an dem Handel beteiligte Gegenseite ihn dafür zur Rechenschaft ziehen wollte und genau wußte, was sie tat. Die Presse war sich nicht darüber im klaren, daß die normalerweise sehr vorsichtigen und von starrem Denken geprägten Offiziere von der Geschwindigkeit, mit der sich alles abspielte, und ihrem anfänglichen Erfolg so mitgerissen wurden, daß ihnen der Ruhm sogleich zu Kopfe stieg. Als sie den Palast des Präsidenten erreichten, waren sie daher schon längst nicht mehr imstande, klar zu denken.

Präsident Fuentes empfing General Perez und die anderen Führer der Befreiungsfront in dem prunkvollen Sitzungssaal des Palastes, in dem ihn die Fallschirmjäger gefangenhielten, die den Palast besetzt hatten. Bei ihm befanden sich die Männer, die sich im Augenblick seiner Festnahme im Luftschutzraum befunden hatten. Dazu gehörten der wachhabende Offizier, der Diener des Präsidenten, der Haushofmeister des Palastes, zwei Lakaien, ein Installateur, der Wohlfahrtsminister, der Landwirtschaftsminister, der Justizminister und der oberste Sekretär des Präsidenten, ein schon älterer Mann.

Der Wohlfahrtsminister hatte aus dem Luftschutzraum eine Flasche Brandy mitgebracht und saß während der ganzen Unterredung mit festgefrorenem Lächeln da. Der Justiz- und der Landwirtschaftsminister gaben durch ihre Mienen zu verstehen, wie verwirrt und indigniert sie waren, brachten ihren Protest jedoch darüber hinaus nur durch vorsichtiges Gemurmel zum Ausdruck. Der schmallippige junge Fallschirmjägerhauptmann fuchtelte mit seiner Maschinenpistole herum, als suche er nur noch nach einem Vorwand, um abdrücken zu können.

Nur der Präsident blieb ganz ruhig. In dem Achselzucken, mit dem er sich erhob, als General Perez durch das Vorzimmer hereinkam, lag sogar eine Spur von Ungeduld. Ganz so, als habe er gerade Bridge gespielt und sei dabei von einem unliebsamen Besucher unterbrochen worden.

Doch seine Ruhe war nur zum Teil gespielt. Er wußte genau, wie wichtig es General Perez war, im Ausland einen guten Eindruck zu machen, und er hatte sogleich die Journalisten am Ende der langen Prozession entdeckt, die sich in den Sitzungssaal drängte. General Perez hätte die Presse wohl kaum zugelassen, wenn er vorgehabt hätte, es ihm gegenüber zu Gewalttätigkeiten kommen zu lassen.

Die von ihm zur Schau gestellte Verärgerung war ganz echt, galt jedoch der eigenen Person. Er hatte schon seit Wochen gewußt, daß ein Staatsstreich bevorstand, und hatte seine Frau, seine Kinder und seine Mätresse daher schon vor einem Monat ins Ausland geschickt. Sie befanden sich jetzt in Washington, und er hatte eigentlich vorgehabt, in der folgenden Woche zu ihnen zu stoßen unter dem Vorwand, bei der Versammlung der Organisation der amerikanischen Staaten eine Rede halten zu wollen. Diesen Wunsch hatte er wiederholt zum Ausdruck gebracht.

Seine Spitzel hatten berichtet, der Coup würde zweifellos während seiner Abwesenheit vonstattengehen. Er hatte sich dieser Meinung angeschlossen, da er selbst vor fünf Jahren durch einen solchen Coup an die Macht gelangt war.

Doch nun wurde er eines Besseren belehrt. Es spielte jetzt keine Rolle mehr, ob ihn seine Informanten absichtlich getäuscht hatten oder nicht. Er hatte einen groben Fehler begangen und war sich darüber im klaren, daß das nicht nur vorübergehende Unannehmlichkeiten nach sich ziehen würde, sondern daß er dafür würde büßen müssen. Wenn es ihm nicht gelang, diesen Fehler wieder auszubügeln und innerhalb der nächsten Stunden das Land zu verlassen, würde er mit dem Verlust seiner Freiheit wenn nicht gar seines Lebens bezahlen müssen.

Er hatte sich auch zuvor schon in Lebensgefahr befunden und war mit den physischen sowie psychischen Aspekten einer solchen Erfahrung wohlvertraut. Es kostete ihn daher keine große Mühe, seine Gefühle zu überspielen. Als General Perez auf ihn zutrat, sah ihn der Präsident völlig ungerührt an. Er nickte höflich mit undurchdringlichem Blick und wartete ab, was der General ihm zu sagen hatte.

Das verschlug dem General zunächst die Sprache. Er fühlte sich auch nicht sonderlich wohl in seiner Haut und war mehr als nervös. Er hatte noch nie zuvor eine Regierung gestürzt und litt offensichtlich unter Lampenfieber. Schließlich nahm er Zuflucht zur militärischen Etikette. Er schlug die Hacken zusammen, stand dann in Habachtstellung da und starrte auf einen Punkt am linken Ohr des Präsidenten.

»Wir sind hier . . .«, begann er mit rauher Stimme. Dann räusperte er sich und sprach weiter. »Ich wollte sagen, ich und einige andere Mitglieder des Rates der Befreiungsfront sind hier, um Ihnen mitzuteilen, daß der nationale Notstand ausgerufen ist.«

Der Präsident nickte höflich. »Ich freue mich, das zu erfahren, General. Das erklärt auch, warum die Telefonverbindung nach draußen unterbrochen ist. Ich habe mich schon gefragt, was eigentlich vorgeht. Diese Herren hier«, er wies auf die Fallschirmjäger, »waren nicht bereit, mich darüber aufzuklären.«

Der General ignorierte diesen Einwurf und fuhr fort, als verläse er eine Proklamation. Er zitierte tatsächlich die Presseerklärung, die er den Journalisten bereits schriftlich ausgehändigt hatte. »Vom Rat angewiesen und auf seinen Befehl hin haben die Streitkräfte jetzt die Kontrolle über die Regierungsgeschäfte übernommen. Sie fordern verfassungsgemäß Ihren Rücktritt.«

Der Präsident fuhr auf. »Sie besitzen tatsächlich die Frechheit, sich bei dieser Meuterei auf die Verfassung zu berufen?«

Da entspannte sich der General ein wenig – zum ersten Mal, seit er den Sitzungssaal betreten hatte. »Es gibt da einen Präzedenzfall. Niemand weiß das besser als Sie. Denn Sie selbst haben diesen Präzedenzfall geschaffen, als Sie nach Ihrer gewaltsamen Machtergreifung versuchten, der Sache einen legalen Anstrich zu verleihen. Muß ich Sie wirklich an den genauen Wortlaut des Zusatzes erinnern? ›Falls ein gewählter Präsident aus irgendeinem Grunde nicht imstande sein sollte, das Amt auszuüben, das ihm laut Verfassung übertragen worden ist – sei es nun aus gesundheitlichen Gründen oder wegen Abwesenheit, kann ein Vertreter der Nation und derjenigen, die für die Erhaltung von Recht und Ordnung verantwortlich sind, seinen Rücktritt fordern und hat das Recht . . .‹«

Der Präsident hatte sofort abgewinkt, um dem General Schweigen zu gebieten. Als das nichts half, fiel er ihm wütend ins Wort: »Ja, ja, das ist mir bekannt! Aber mein Vorgänger war nicht anwesend. Ich dagegen bin hier, bin weder abwesend noch krank, sondern erfreue mich bester körperlicher und geistiger Gesundheit. Sie können sich also auf kein Gesetz berufen, das Ihnen das Recht gibt, meinen Rücktritt zu fordern.«

»So, Sie glauben also wirklich, daß unser Vorgehen nicht legal ist?« Jetzt lächelte der General sogar. »Sie sind also imstande, das Amt des Präsidenten weiterhin auszuüben? Wirklich? Dann versuchen Sie es doch einmal!«

Der Präsident tat, als dächte er über diese Aufforderung nach.

Bisher war das Gespräch mehr oder weniger wie erwartet verlaufen. Die nächsten Schritte würden jedoch über seine Zukunft entscheiden. Er trat ans Fenster und kam langsam wieder zurück, um sich zu sammeln und seine Gedanken zu ordnen.

Aller Augen ruhten auf ihm. Die Spannung im Saal nahm ständig zu. ›Merkwürdig‹, dachte er. Da hatten sie ihn gefangengenommen, er war ihnen auf Gedeih und Verderb ausgeliefert, und doch erwarteten sie von ihm, daß er eine Entscheidung traf. Er sollte eine Wahl treffen, obwohl ihm gar keine Wahl blieb. Wie absurd! Sie wollten von ihm nichts, als daß er sie von ihrem drückenden, völlig irrationalen Schuldgefühl befreite. Der Segen der Kirche war ihnen gewiß, doch diese armen Irren bestanden auch noch auf der Zusicherung, daß sie im Einklang mit den Gesetzen handelten. Nun gut, das konnten sie haben. Aber es würde sie teuer zu stehen kommen.

Er wandte sich um und blickte General Perez ins Gesicht. »Wenn Sie mich zum Rücktritt zwingen, handeln Sie gesetzeswidrig«, erklärte er.

Der General sah den Polizeichef an. »Sie sind doch ein Mann des Rechts, Raymundo. Wer vertritt denn hier das Gesetz?«

»Der Rat der Befreiungsfront, General.«

Perez wandte sich dem Präsidenten zu. »Wie Sie sehen, gibt es rein technisch gesehen keinerlei Probleme. Wir haben auch die nötigen Papiere schon vorbereitet.«

Sein Adjutant hielt eine Mappe aus schwarzem Leder hoch.

Der Präsident zögerte und blickte der Reihe nach in alle Gesichter, als hoffe er wider besseres Wissen, darunter auf ein ihm freundlich gesinntes zu stoßen. Schließlich zuckte er die Achseln. »Ich will das Dokument lesen«, sagte er kalt und trat an den Tisch. Da fielen ihm offensichtlich seine Mitgefangenen wieder ein.

»Müssen meine Kollegen, meine Dienerschaft und die Auslandspresse unbedingt Zeuge meiner Erniedrigung werden?« fragte er erbittert.

General Perez machte dem Kommandeur der Fallschirmjäger

ein Zeichen. »Bringen Sie die Gefangenen bitte in einen anderen Raum. Und sorgen Sie dafür, daß Wachtposten vor diesem Sitzungssaal Aufstellung nehmen.«

Der Präsident wartete, bis die Gruppe hinausgeführt worden war. Dann setzte er sich. Der Adjutant des Generals öffnete die Mappe und entnahm ihr ein mit grünem Band versehenes juristisches Dokument, das er vor den Präsidenten hinlegte.

Dieser ließ es sich nicht nehmen, die Erklärung eingehend Wort für Wort zu studieren. Zumindest erweckte er diesen Anschein. In Wirklichkeit interessierte ihn der Wortlaut nicht im geringsten. Ihm war nur daran gelegen, die Spannung bis ins Unerträgliche zu steigern, bis sich seine Gegner in der Hoffnung wiegen würden, er würde sich im nächsten Augenblick geschlagen geben.

Etwa drei Minuten lang herrschte tödliches Schweigen im Saal. Nur ganz in der Ferne ratterten Maschinengewehrsalven. Anscheinend wurde im Süden der Stadt geschossen. Der Präsident spürte, wie die Männer hinter ihm langsam unruhig wurden. Einer räusperte sich nervös. Wieder ratterten Maschinengewehre. Der Präsident tat, als hätte er nichts gehört. Er las das Dokument ein drittes Mal, dann legte er es beiseite und lehnte sich in seinem Stuhl zurück.

Der Adjutant hielt ihm einen Füllhalter hin, mit dem er unterschreiben sollte. Der Präsident nahm keinerlei Notiz davon und wandte den Kopf, um General Perez ins Gesicht sehen zu können.

»Sie haben von Rücktritt gesprochen, General«, sagte er. »Von einem Geständnis war keine Rede.«

»Von einem Geständnis kann hier wohl kaum die Rede sein«, erwiderte der General trocken. »Wir erwarten selbstverständlich nicht von Ihnen, daß Sie sich freiwillig selbst belasten und schuldig bekennen. Sie sollen lediglich zugeben, daß Sie inkompetent sind. Das ist ja bei einem Staatsoberhaupt noch keine strafbare Handlung.«

Der Präsident lächelte schwach. »Welche Behandlung wird mir zuteil werden, falls ich dieses Papier unterzeichne? Wird man mich in eine Gefängniszelle stecken, bis mir der Prozeß wegen Hochverrat gemacht wird? Oder schießt man mir der Einfachheit halber gleich eine Kugel durch den Kopf und verscharrt mich dann irgendwo?«

Der General verfärbte sich. »Wir sind hier, um weiteren Machtmißbrauch zu verhindern. Es liegt uns daher selbstverständlich fern, ihn selbst zu betreiben. Sobald Sie dieses Dokument unterzeichnet haben, wird man Sie in Ihr Haus in der Provinz Alazan bringen. Dort werden Sie zunächst einmal bleiben. Der Gouverneur der Provinz ist angewiesen, dafür zu sorgen, daß Sie diesem Befehl Folge leisten. Von dieser Einschränkung abgesehen, können Sie tun und lassen, was Ihnen beliebt. Ihre Familie darf selbstverständlich zu Ihnen.«

»Sie sprechen von meinem Haus in der Provinz Alazan – was aber ist mit meinem übrigen Privatbesitz?«

»Sie dürfen alles behalten, was Sie vor Ihrer Machtergreifung Ihr eigen nannten.«

»So ist das also.« Der Präsident erhob sich und entfernte sich von dem Tisch. »Ich werde es mir durch den Kopf gehen lassen. Morgen werden Sie dann erfahren, wie ich mich entschieden habe«, sagte er so beiläufig wie möglich.

Das durch die Ankündigung ausgelöste Schweigen währte nicht lang, doch einer der Journalisten berichtete später, es sei das beredteste, spannungsgeladenste Schweigen gewesen, das er je erlebt habe. Ein anderer Journalist erinnerte sich später daran, daß ihm plötzlich eine große Vase mit tropischen Blumen aufgefallen sei, die auf einem Tischchen neben der Tür zum Vorzimmer gestanden habe.

Der Präsident war wieder ans Fenster getreten. General Perez machte zwei Schritte auf ihn zu und blieb dann stehen.

»Sie müssen sich auf der Stelle entscheiden! Sie müssen jetzt unterschreiben!« fauchte er.

Der Präsident wandte sich ihm zu: »Aber warum denn? Warum diese Eile?«

Der Polizeichef antwortete anstelle des Generals. »Weil wir es so wollen, Sie verdammter Hurensohn!« brüllte er.

Daraufhin schrien alle den Präsidenten an. Einer der Offiziere geriet so in Rage, daß er die Pistole zog. Der General hatte alle Mühe, die Männer wieder zur Raison zu bringen.

Der Präsident beachtete die Eindringlinge gar nicht. Doch obwohl seine Augen auf General Perez ruhten, wandte er sich vor allem an die Reporter. Sobald sich der Tumult etwas gelegt hatte, erhob er seine Stimme.

»Ich habe Sie etwas gefragt, General. Warum sofort? Warum haben Sie es so eilig? Diese Frage ist doch wohl berechtigt. Was haben Sie denn noch von mir zu befürchten, wenn Sie bereits das ganze Land unter Kontrolle haben, wie Sie sagen? Vielleicht sind Sie sich Ihrer Sache doch nicht ganz so sicher, wie Sie mich glauben machen wollen.«

Bevor sich der General dazu äußern konnte, mußte er erst noch seine aufgebrachten Anhänger beschwichtigen. Ihm jedoch gelang es, ruhig zu bleiben. Seine Worte klangen ganz gelassen.

»Ich werde Ihnen genau sagen, was alles wir bereits unter Kontrolle haben. Dann können Sie sich selbst ein Urteil bilden«, meinte er. »Also, zunächst einmal alle Garnisonen in der Provinz, die Luftwaffe und sämtliche Polizeiposten haben sich ebenfalls für die Befreiungsfront ausgesprochen. Desgleichen fünf von acht Gouverneuren der Provinzen. Sie werden unschwer erraten, wer die drei übrigen sind. Sie sind ihres Amtes enthoben und durch Militärgouverneure ersetzt worden. Aber all das wird Sie wohl nicht weiter überraschen. Außerhalb der Hauptstadt und der Bergbaugebiete hat man ja noch nie viel für Sie übrig gehabt.«

Der Präsident nickte. »Manchmal läßt sich der Weg der Dummheit regelrecht auf den Landkarten verfolgen«, erklärte er.

»Und nun zur Hauptstadt. Wir haben die Flughäfen unter Kontrolle, haben den Militärflughafen sowie den Flughafen für die zivile Luftfahrt besetzt. Außerdem kontrollieren wir den Flottenstützpunkt, sämtliche Fernmeldeeinrichtungen wie Telefon, die

Radiostationen und Fernsehsender, die Kraftwerke, das gesamte gelagerte Öl und Benzin, alle Hauptverkehrsadern, alle Regierungsämter und Polizeireviere, sowie die Büros und Druckereien von ›El Correro‹ und ›La Gaceta‹.«

Der General sah auf seine Uhr. »Im Zuammenhang mit den Radiosendern möchte ich noch erwähnen, daß das Fernsehprogramm zwar eingestellt ist, im Radio jedoch in Kürze verkündet werden wird, daß die Befreiungsfront die Regierung übernommen hat. Die Sendung ist schon vorgestern aufgenommen worden. Wie gesagt, wir haben alles unter Kontrolle.«

Der Präsident lächelte und warf den Reportern einen bedeutsamen Blick zu. »Haben Sie auch die ›Sumideri‹ unter Kontrolle, General?« fragte er.

Sumiderei bedeutet Kanalisation beziehungsweise Kloake, im übertragenen Sinne oder im Volksmund sind damit jedoch die Slums am südlichen Stadtrand gemeint.

Nach kurzem Zögern erwiderte der General steif: »Auch den Süden der Stadt haben wir in der Gewalt. Dafür sorgen das erste Infanterieregiment sowie das dritte Panzerbataillon.«

»Aha.« Wieder sah der Präsident die anwesenden Journalisten an. »Es ist also nur noch eine Frage der Zeit, wann der Bürgerkrieg ausbricht. Genaugenommen kann das jeden Augenblick geschehen.«

Mit einer ungeduldigen Handbewegung gebot der General seinen Männern Schweigen. »Wir werden jeden Aufstand sofort niederschlagen, falls sich der Pöbel gegen uns erheben sollte«, erklärte der General. »Das kann ich Ihnen versichern.«

»Ich habe mich falsch ausgedrückt«, sagte der Präsident verbittert. »Bürgerkrieg ist wohl nicht ganz die richtige Bezeichnung für ein solches Massaker, die Ermordung unschuldiger Zivilisten.« Mit seiner heftigen Bewegung wandte er sich an die Reporter. Seine Stimme klang schneidend scharf.

»Sie sind Zeuge dieser Farce, meine Herren. Ich bitte Sie inständig, nichts von alledem zu vergessen und aller Welt Mitteilung davon zu machen. Diese Männer verlangen von mir, daß ich als Staatsoberhaupt zurücktrete. Das ist alles, was sie wollen. Und warum? Weil sie es kaum erwarten können, draußen in den Straßen der Stadt mit ihren Panzern und Schnellfeuerwaffen Tausende von Männern, Frauen und Kindern zur Strecke zu bringen, die mir die Treue halten. Sie werden sie mit Schmutz bewerfen und ihnen entgegenschleudern, daß ich zurückgetreten bin, um sie aus ihren Häusern herauszulocken!«

General Perez konnte sich das nicht länger mitanhören. »Das ist eine infame Lüge!« schrie er völlig außer sich.

Der Präsident wandte sich ihm wütend zu und fuhr ihn an: »Wollen Sie vielleicht behaupten, daß sie nicht herauskommen werden? Warum sonst halten Sie sie fest? Weil die Leute meine Anhänger sind und nur auf mich hören!«

Ein triumphierendes Lächeln erschien auf dem Gesicht des Generals. »Dann wird ihr Blut an Ihren Händen kleben!« schrie er. Er wies mit dem ausgestreckten Zeigefinger auf die Journalisten. »Meine Heren, Sie haben gehört, was er gesagt hat. *Sie tun, was er ihnen sagt!* Daher ist er dafür verantwortlich, wenn sie Widerstand leisten, und nicht wir! Er wird der Mörder der Frauen und Kinder sein! Wenn er es auch bestreitet, so ist das doch eine unwiderlegbare Tatsache!«

Darauf wußte der Präsident nichts zu erwidern. Völlig verwirrt blickte er sich um. Er erinnerte an einen Boxer, der bei zehn kurz vor dem Aus noch einmal auf die Beine gekommen ist und nicht begreifen will, daß der Kampf schon entschieden ist. Langsam ging er zum Tisch zurück, ließ sich schwerfällig auf einen Stuhl sinken und vergrub den Kopf in den Händen.

Niemand rührte sich. Als der Präsident den Kopf wieder hob und sie der Reihe nach ansah, war er ganz verstört. Er sprach jedoch ruhig und gefaßt. »Sie haben recht«, räumte er ein. »Es sind meine Leute, und sie tun, was ich ihnen befehle. Ich trage also die Verantwortung für sie. Ich bin auch bereit, diese Verantwortung zu übernehmen. Es darf auf keinen Fall zu sinnlosem Blutvergießen kommen. Ich halte es daher für meine Pflicht, den Leuten zu raten, keinen Widerstand zu leisten.«

Einen Augenblick lang starrten sie ihn alle fassungslos an. Der Polizeichef wollte etwas sagen, doch der General gebot ihm Einhalt. Wenn der Präsident das wirklich ernst gemeint hatte, durfte man sich diese günstige Gelegenheit keinesfalls entgehen lassen.

General Perez trat zu dem Präsidenten und sagte: »Ich kann selbst von Ihnen nicht glauben, daß Sie eine so ernste Angelegenheit auf die leichte Schulter nehmen. Ich möchte Sie daher fragen, ob Sie das ernst gemeint haben.«

Der Präsident nickte geistesabwesend. »Ich werde ungefähr eine Stunde brauchen, um mein Statement aufzusetzen. Es gibt eine direkte Verbindung vom Palast zum Rundfunkgebäude. Die erforderliche technische Ausrüstung ist vorhanden. Ich kann etwas für den Rundfunk auf Band sprechen.« Mit einem wehmütigen Lächeln fügte er hinzu: »Unter den gegebenen Umständen ziehen Sie wohl eine Livesendung vor.«

»Allerdings.« Der General konnte sein Glück noch gar nicht fassen. »Aber woher nehmen Sie die Gewißheit, daß die Leute auf Sie hören werden?« fragte er zweifelnd.

Nach kurzem Überlegen antwortete der Präsident: »Es wird natürlich Menschen geben, die zu verzweifelt oder auch zu wütend sind, um meiner Aufforderung Folge zu leisten. Doch wenn man den befehlshabenden Offizieren nahelegt, Zurückhaltung zu üben, wird es kaum Tote und Verletzte geben.« Mit einem Blick auf den Polizeichef fuhr er fort: »Das sollte meiner Ansicht nach auch bei den Festnahmen gelten. Der größte Teil der Slumbewohner wird jedoch mit Sicherheit auf mich hören.« Er hielt inne und sagte dann: »Es ist von allergrößter Wichtigkeit, daß die Leute davon überzeugt sind, daß ich als freier Mann zu ihnen spreche und daß meine Worte nicht von Angst diktiert sind, weil man mir eine Pistole an die Schläfe drückt.«

»Diese Zusicherung kann ich den Leuten selbst geben«, erklärte der General. Die Tatsache, daß er einen so wenig scharfsinnigen

Vorschlag machte, zeigte deutlich, welche geistige Verwirrung zu diesem Zeitpunkt bereits von ihm Besitz ergriffen hatte.

Präsident Fuentes hob die Augenbrauen. »Also bei allem Respekt, General – man kann doch von den Menschen nicht erwarten, daß sie jetzt ausgerechnet Ihnen Glauben schenken. Ich kann mir eigentlich auch schlecht vorstellen, daß es sehr überzeugend wirkt, wenn ich in der abgelegenen Provinz Alazan unter Hausarrest stehe – denn darauf läuft es schließlich heraus.«

»Was würden Sie denn vorschlagen? Sie können ja schlecht hier in der Hauptstadt bleiben.«

»Nein, natürlich nicht.« Der Präsident lehnte sich zurück. Er hatte wieder die würdevolle Miene des Staatsmannes aufgesetzt. »Es steht ja wohl fest«, sagte er, »daß die Machtübergabe oder vielmehr -übernahme ordnungsgemäß und verantwortungsbewußt vorgenommen werden muß. Ich werde daher zurücktreten, um den Platz für die Befreiungsfront zu räumen. Ich möchte jedoch hinzufügen, daß mir an Ihrer Stelle die ständige Anwesenheit hier im Lande gar nicht als so wünschenswert erscheinen würde. Die Menschen, an die ich mich heute abend wenden werde, verhalten sich nur zurückhaltend, weil sie mir treu ergeben sind. Doch diese Ergebenheit hält nur so lange an, wie sie ihr Ausdruck verleihen können. Es wäre wirklich besser, wenn Sie sich meiner entledigen. Sie sollten mich schnellstens aus dem Lande schaffen – sobald ich zu meinen Anhängern gesprochen habe.«

»Ins Exil?« Der Polizeichef hatte sich zu Wort gemeldet. »Aber wenn wir Sie ins Exil verbannen, macht das auch keinen besseren Eindruck als der Hausarrest in der Provinz Alazan. Möglicherweise sogar noch einen viel schlechteren.«

»Dieser Ansicht bin ich auch.« Der Präsident nickte. »Ich möchte daher folgende Lösung vorschlagen: Gestatten Sie mir, meinen Anhängern zu verkünden, daß ich ihnen, der Nation und der Befreiungsfront auch weiterhin treu dienen werde, jedoch vom Ausland aus und in einer anderen Eigenschaft. Der Posten des Botschafters in unserer Botschaft in Nicaragua ist zum Beispiel im Augenblick nicht besetzt. Ich glaube, ich würde einen ausgezeichneten Botschafter abgeben. Daher würde ich vorschlagen, daß Sie mich zum Botschafter unseres Landes in Nicaragua ernennen und mich außer Landes bringen lassen, sobald meine Rundfunkansprache auf Band aufgenommen ist.«

Die sich daraus ergebende Diskussion des Rates zeichnete sich durch das völlige Fehlen der bisherigen Vehemenz aus. Die Anspannung der vergangenen vierundzwanzig Stunden machte sich bei General Perez und seinen Anhängern bemerkbar. Sie zeigten deutliche Spuren von Erschöpfung. Die Maschinengewehrsalven im Süden der Stadt rissen nicht ab. Die Zeit drängte. Einer der Journalisten wies schließlich darauf hin.

»Herr General«, meinte er an Perez gewandt, »sind Sie sich darüber im klaren, daß die Leute unbedingt auf die Straße hinausdrängen werden, wenn der Präsident nicht bald zu ihnen spricht?«

Auch der Präsident war sich über die Dringlichkeit im klaren, ließ sich jedoch nicht zur Eile antreiben. Er wies darauf hin, daß dem Protokoll Genüge getan werden müsse, bevor er sich an das Volk wenden könne. Zunächst einmal müsse seine Rücktrittserklärung völlig neu abgefaßt werden. Da er ja nun zum Botschafter in Nicaragua ernannt worden sei, müsse die ihm vorgelegte Rücktrittserklärung natürlich vernichtet werden, da darin von Inkompetenz die Rede sei. Die Erklärung enthalte auch noch andere Klauseln, die Zweifel an seiner Integrität aufkommen lassen könnten.

Schließlich verfaßte der Präsident selbst eine neue Erklärung mit völlig verändertem Wortlaut. Ein ganz einfaches Dokument, doch mit der allergrößten Sorgfalt ausgearbeitet und glänzend formuliert. Seine Rundfunkansprache dagegen kritzelte er eilig auf einen Notizblock, während die Techniker, die man eilends in einen Jeep aus dem Rundfunkgebäude hatte kommen lassen, im Vorzimmer alles für die Aufnahme vorbereiteten.

Inzwischen war auch die Telefonverbindung zum Palast wiederhergestellt. Der Chef des Sekretariats war freigelassen worden, um seinen üblichen Aufgaben wieder nachgehen zu können.

Seine erste Aufgabe bestand darin, sich mit dem Botschafter in Nicaragua in Verbindung zu setzen, um ihm die gegenwärtige Situation in maßvollen Worten zu schildern und ihn zu bitten, umgehend in Erfahrung zu bringen, ob seine Regierung laut Artikel acht der panamerikanischen Konvention bereit sei, Ex-Präsident Fuentes als »persona grata« als Botschafter in ihrem Lande zu akzeptieren. Der Botschafter Nicaraguas ließ es sich nicht nehmen, höchstpersönlich den Außenminister in Managua anzurufen. Er versprach, sich im Anschluß an dieses Gespräch sofort wieder zu melden. Ganz inoffiziell war er davon überzeugt, daß gegen die Ernennung des Ex-Präsidenten zum Botschafter keine Einwände gemacht werden würden.

Unterstützt von den anwesenden Angehörigen der Luftwaffe sprach der Chef des Sekretariats dann mit dem diensthabenden Offizier des internationalen Flughafens. Er erfuhr, daß von den beiden zur Landung gezwungenen Flugzeugen der Zivilluftfahrt das eine in Richtung Süden nach Caracas unterwegs gewesen war, das andere, ein Avianca-Jet aus Kolumbien, in Richtung Norden nach Mexico-City. Zum Glück befand sich bereits der Vizekonsul des kolumbianischen Generalkonsulats am Flughafen, den der Avianca-Pilot dorthin beordert hatte, um dagegen zu protestieren, daß man seine Maschine festhielt.

Der Chef des Sekretariats sprach mit dem Vizekonsul. Dieser erklärte daraufhin, Avianca sei bereit, Ex-Präsident Fuentes als Passagier nach Mexico-City mitzunehmen, falls die mexikanische Regierung unter diesen Umständen die Landeerlaubnis gab. Ein Anruf in der mexikanischen Botschaft klärte die Sachlage. Die Erlaubnis wurde erteilt, als den Mexikanern klar wurde, daß es sich ja nur um einen Transitaufenthalt handelte, da der Ex-Präsident zum Botschafter seines Landes in Nicaragua ernannt worden war.

Der Präsident war bereits im Besitz eines Diplomatenpasses, der nur geringfügig abgeändert werden mußte, um seinem neuen Zweck gerecht zu werden. Jetzt fehlte nur noch die Bestätigung des Botschafters Nicaraguas, daß der Ex-Präsident in Managua als

Diplomat gelten würde, dann stand seinem Abflug nichts mehr im Wege. Nach knapp einer Stunde erfolgte die Bestätigung der Regierung von Nicaragua, die sofort reagiert hatte in der Hoffnung, daß damit beiden Seiten gedient sei.

Der Fluchtweg war frei.

Präsident Fuentes nahm zwei Ansprachen an seine Anhänger auf Band auf, eine für den Rundfunk, eine für die Lautsprecherwagen, die durch die ›Sumideri‹ fahren sollten, um die Anhänger des Präsidenten zu ermahnen, Ruhe zu bewahren. Dann unterzeichnete der Präsident seine Rücktrittserklärung und wurde zum Flughafen gefahren. General Perez stellte eine Eskorte gepanzerter Fahrzeuge zur Verfügung.

Kurz nach Mitternacht startete die Maschine mit dem Ex-Präsidenten an Bord.

Fünf Stunden später landete sie in Mexico-City.

Inzwischen hatten die Rundfunksender überall auf der Welt die Nachricht von dem Staatsstreich der Befreiungsfront, dem freiwilligen Rücktritt des Präsidenten und seiner Ernennung zum Botschafter verbreitet. Die Presse erwartete ihn schon am Flughafen. Trotz der frühen Morgenstunde stand auch schon ein Protokollführer des Außenministeriums zu seinem Empfang bereit. Fuentes gab vor der Presse eine kurze Erklärung ab und bestätigte seinen Rücktritt. Über seine Ernennung zum Botschafter in Nicaragua ließ er sich nicht weiter aus. Er fuhr gleich in ein Hotel in der Innenstadt. Auf dem Weg dorthin fragte er den Protokollführer, ob er wohl den Außenminister noch im Laufe des Tages aufsuchen dürfe.

Der Beamte war einigermaßen überrascht. Da Botschafter Fuentes sich ja nur auf der Durchreise durch Mexico befand, wäre seiner Ansicht nach der Höflichkeit Genüge getan, wenn der Botschafter ein kurzes Dankschreiben an den Minister schickte. Andererseits waren die Umstände der plötzlichen Ernennung des Ex-Präsidenten zum Botschafter seines Landes in Nicaragua mehr als ungewöhnlich. Es war daher durchaus möglich, daß der Außenminister ganz froh wäre, selbst zu erfahren, was Fuentes dazu zu sagen hatte. Er versprach also, den Außenminister so bald wie möglich daraufhin anzusprechen.

Der Außenminister empfing Botschafter Fuentes noch am Nachmittag des gleichen Tages.

Die beiden Männer kannten sich bereits. Sie waren sich schon anläßlich Konferenzen der Organisation Amerikanischer Staaten begegnet. Auch hatte Fuentes einen Staatsbesuch in Mexico gemacht, nachdem er Präsident geworden war. Der Außenminister zollte seinem angeborenen Gefühl für Schicklichkeit sowie seiner Selbstdisziplin Tribut, indem er Fuentes glauben machte, daß dieser ihm sympathisch sei. In Wirklichkeit jedoch erregte Fuentes sein Mißfallen im höchsten Maße. Der Außenminister war nicht im geringsten überrascht oder gar bestürzt darüber, daß es zu diesem Staatsstreich gekommen war. Er hatte von der Befreiungsfront nichts anderes erwartet. Es amüsierte ihn jedoch, wie glänzend sich Fuentes aus der Affäre gezogen hatte. Nicht nur, daß er den Coup überlebt hatte und sich als freier Mann bewegen konnte – er genoß auch noch diplomatische Immunität. Das machte ihm den neuernannten Botschafter schon fast sympathisch. Er mußte sich eingestehen, daß Fuentes ein schlauer Kopf war, der sich nicht so leicht geschlagen gab.

Nachdem der Höflichkeit Genüge getan war, erkundigte sich der Außenminister bei Fuentes, ob er während seines Aufenthaltes in Mexico irgend etwas für ihn tun könne.

Fuentes neigte den Kopf. »Sie sind sehr freundlich, Herr Minister. Ja, in der Tat, Sie können etwas für mich tun.«

»Ihr Wunsch ist mir Befehl.«

»Vielen Dank.« Botschafter Fuentes richtete sich kerzengerade auf. »Ich möchte Sie ganz offiziell darum ersuchen, mich als politischen Flüchtling einzustufen und mir das Asylrecht in Ihrem Lande zu gewähren.«

Der Außenminister starrte ihn eine Weile ungläubig an, dann verzog er den Mund zu einem breiten Lächeln.

»Sie belieben zu scherzen, Herr Botschafter.«

»Nein, keineswegs.«

Der Außenminister war so verwirrt, daß er ohne zu überlegen sogleich zum Ausdruck brachte, was ihm an Einwänden durch den Kopf ging.

»Aber wenn Sie hier in Mexico auch kein akkreditiertes Regierungsmitglied sind, so genießen Sie doch aufgrund der panamerikanischen Konvention bereits diplomatischen Schutz und damit gewisse Privilegien«, erklärte er hilflos.

Er sollte es später noch sehr bereuen, dies geäußert zu haben.

Botschafter Fuentes trat sein Amt in Nicaragua niemals an.

Eine der ersten Amtshandlungen des Rates der Befreiungsfront unter General Perez bestand darin, eine Kommission unter dem Vorsitz eines Professors und Wirtschaftswissenschaftlers von der Bolivar-Universität ins Leben zu rufen, um Klarheit über die Finanzlage der Republik zu gewinnen.

Die Kommission brauchte nur wenige Tage, um festzustellen, daß der Präsident im Laufe der letzten drei Jahre 500-Peseten-Noten im Wert von 100 000 000 Dollars hatte drucken lassen. Zwanzig Millionen dieser Dollars erschienen nicht in den Büchern und blieben unauffindbar.

Sofort wurde der Präsident der Nationalbank festgenommen. Er war ein alter Mann, der die meiste Zeit seines Lebens in Staatsarchiven verbracht hatte, um dort Material für eine wissenschaftliche Studie über die Übereignung von staatlichem Grund und Boden zur Zeit der spanischen Kolonialherrschaft zusammenzutragen. Fuentes hatte ihn zum Bankpräsidenten ernannt. Er verstand jedoch nicht das geringste von Bankgeschäften. Er hatte lediglich die Befehle des Finanzministers ausgeführt.

Fuentes war sein eigener Finanzminister gewesen.

In Mexico-City von der Presse zu diesem Thema befragt, erklärte Ex-Präsident Fuentes, die Behauptungen und Unterstellungen der Kommission hätten ihn entsetzt. Er sei erschüttert und völlig fassungslos. Er habe keine Ahnung, wo sich die fehlenden

20 000 000 Dollars befinden könnten. Leider konnte er sich ein Lächeln nicht ganz verkneifen, als er dies zum Ausdruck brachte.

Ex-Präsident Fuentes sollte nach seinem Rücktritt nicht mehr zur Ruhe kommen.

Während der fünfjährigen Regierungszeit als Präsident seines Landes war nur ein einziges Attentat auf ihn verübt worden. Doch seit er sich aus der Politik zurückgezogen hat und im Ausland lebt, sind schon drei Attentate auf ihn verübt worden, denen er nur mit knapper Not entging. Zweifellos wird man ihm auch weiterhin nach dem Leben trachten. Es sind schon zwei Auslieferungsanträge gestellt worden, gegen die er sich energisch zur Wehr setzen mußte. Auch um seine Bankkonten in Europa muß er ständig zittern, weil diese von seinem Land nicht unangefochten hingenommen werden.

Natürlich ist er ein reicher Mann und kann es sich leisten, für den Schutz zu bezahlen, den er genießt – sei es nun in juristischer Hinsicht oder weil er ständig um sein Leben bangen muß . . . Er hat sich jedoch mit der Lage noch keineswegs abgefunden. Er weist immer wieder gern darauf hin, daß andere Männer in seiner Lage noch viel größere Reichtümer gescheffelt haben. Außerdem habe er sein Volk niemals übermäßig unterdrückt. Er sei schließlich nicht Trujillo, Batista oder Porfirio Diaz. Warum also jage und verfolge man ihn, als habe er etwas mit ihnen gemein?

Ex-Präsident Fuentes ist und bleibt ein Wirrkopf, der sich ständig über irgend etwas entrüstet.

Gefahr ist mein Geschäft

von

RAYMOND CHANDLER

1

Anna Halsey bestand aus rund zweihundertvierzig Pfund vollgesichtiger Weiblichkeit mittleren Alters, der ein schwarzes Schneiderkostüm Form geben sollte. Statt Augen trug sie glänzende, schwarze Schuhknöpfe, ihre Wangen hatten die Konsistenz und die Farbe von Talg. Sie saß hinter einem Schreibtisch mit glänzend schwarzer Glasplatte, der der Sarkophag Napoleons hätte sein können, und rauchte aus einer schwarzen Zigarettenspitze von nicht ganz der Länge eines zusammengerollten Regenschirms. Sie sagte: »Ich brauche einen Mann.«

Ich sah zu, wie sie die Asche ihrer Zigarette auf die Schreibtischplatte fallen ließ, wo sie der Zug von dem offenen Fenster her verteilte.

»Ich brauche einen Mann, der gut genug aussieht, um eine Dame für sich zu interessieren, die Sinn für Format hat. Er muß aber hart und zäh sein, es auch mit einem Schaufelbagger aufzunehmen. Ich brauche einen ganzen Kerl, der flinker als eine Eidechse und so schlagfertig wie Fred Allen ist, nur geistreicher muß er sein, dem ein Bierwagen auf den Kopf fallen kann, ohne daß es ihm mehr ausmacht, als wenn ein Revuegirl ihn anlacht.«

»Alles nur Kleinigkeiten für mich«, ermunterte ich sie. »Was Sie brauchen, sind also die New Yorker Yankees, Robert Donat und die Jungs vom Jachtklub in einer Person.«

»Vielleicht wären Sie brauchbar, wenn Sie sich mal kämmen und ein frisches Hemd anziehen würden«, erwiderte Anna. »Sie bekommen zwanzig Dollar am Tag und Ihre Auslagen. Ich habe seit Jahren keinen Auftrag mehr abgetreten, aber der hier liegt nicht ganz auf meiner Linie. Ich befasse mich lieber mit den stillen, unauffälligen Fällen und kann mein Geld auch verdienen, ohne mich in Ungelegenheiten zu bringen. Wollen mal sehen, was Gladys von Ihnen hält.«

Sie drehte ihre Zigarettenspitze um und schaltete den Kippschalter an der großen Sprechanlage aus schwarzem Lack und Chrom auf ihrem Schreibtisch ein. »Komm mal eben und leere Aschenbecher aus, meine Süße.«

Wir warteten.

Die Tür öffnete sich und ein großes, blondes Glück, besser angezogen als die Herzogin von Windsor, kam herein.

Anmutig ging sie durch das Zimmer, leerte Annas Aschenbecher, tätschelte ihr die Talgwangen, nahm mit einem ungenierten Seitenblick von mir Bestand auf und ging wieder hinaus.

»Ich glaube, sie wurde rot«, meinte Anna, als die Tür wieder geschlossen war. »Anscheinend sind Sie ganz brauchbar.«

»Sie ist rot geworden – aber ich bin zum Abendessen schon mit Darryl Zanuk verabredet«, sagte ich. »Doch reden Sie nicht länger um den heißen Brei herum. Um was geht's?«

»Es geht darum, eine Frau gesellschaftlich unmöglich zu machen. Eine Rothaarige mit Schlafzimmeraugen. Eigentlich hat sie es mit einem Spieler, aber so nebenbei hat sie sich einen reichen Jüngling geangelt.«

»Und was soll ich dabei tun?«

Anna seufzte. »Meiner Meinung nach etwas ziemlich Niederträchtiges, Johnny. Wenn in ihrer Vergangenheit irgend etwas trübe ist, sollen Sie es ausgraben und ihr unter die Nase halten. Wenn Sie nichts finden, was recht wahrscheinlich ist, da sie aus guter Familie kommt, liegt alles andere bei Ihnen. Ihnen fällt doch manchmal noch was ein, oder nicht?«

»Das letztemal ist mir noch etwas eingefallen, soweit ich mich erinnern kann. Wer ist der Spieler, wer ist der reiche Pappi?«

»Der Spieler ist Marty Estel.«

Ich wollte schon aufstehen, aber dann erinnerte ich mich daran, daß meine Geschäfte seit einem Monat schlecht gegangen waren und daß ich Geld brauchte.

Ich blieb also sitzen.

»Natürlich kann das nicht ganz ungefährlich werden«, meinte Anna. »Ich habe zwar nie gehört, daß Marty jemand bei hellem Tag auf der Straße umgelegt hat, aber er sammelt auch nicht nur Zigarettenbilder.«

»Gefahr ist mein Geschäft«, antwortete ich. »Fünfundzwanzig für den Tag und eine Prämie von zweihundertfünfzig, wenn's mir gelingt.«

»Dann bleibt für mich nichts mehr übrig«, sagte Anna kalt.

»Wie Sie wollen! Es gibt genug arbeitslose Kulis in der Stadt. Hat mich gefreut, daß es Ihnen so gut geht. Tschüs, Anna.«

Diesmal stand ich auf. Mein Leben war nicht viel wert, aber so viel doch. Marty Estel galt als reichlich rauher Bursche, der die richtigen Helfer und die richtigen Verbindungen hatte. Er wohnte draußen in West-Hollywood am Strip. Er unternahm nie etwas unnötig Brutales, aber wenn er etwas unternahm, knallte es irgendwo.

»Setzen Sie sich wieder, es geht in Ordnung«, fauchte Anna. »Ich bin nur ein armes, altes, erschöpftes Weib und versuche, mit nichts als meinem Fett und meiner schlechten Gesundheit eine hochklassige Detektivagentur zu leiten. Nehmen Sie also meinen letzten Cent, Johnny, und lachen Sie mich aus.«

»Und wer ist die Frau?« Ich hatte mich wieder gesetzt.

»Sie heißt Harriet Huntress. Der Name paßt ganz gut zu ihr. Sie wohnt im El Milano, Block 1900, an der North Sycamore. Erstklassig. Ihr Vater ging 31 bankrott und stürzte sich aus seinem Bürofenster. Die Mutter ist auch tot. Sie hat aber eine kleine Schwester in einem Internat in Connecticut. Das könnte einen Ansatzpunkt bieten.«

»Wer hat das alles herausgefunden?«

»Mein Klient hat ein Paket Fotokopien von Schuldscheinen, die der Jüngling Marty gegeben hat. Ganze fünfzigtausend Dollars.

Der Jüngling – er ist ein Adoptivsohn des Alten – bestreitet, daß die Papierchen von ihm sind. Diese Knaben tun das immer. Darum hat mein Klient die Fotokopien von einem Experten namens Arbogast prüfen lassen, der behauptet, er verstünde was davon. Er hatte den Auftrag zuerst, und dabei ist er auf ein paar Sachen gestoßen. Aber genau wie ich ist er viel zu fett, um viel herumzulaufen, und jetzt ist ihm der Fall abgenommen worden.«

»Kann ich trotzdem mit ihm reden?«

»Ich sehe nicht ein, weshalb nicht.« Anna nickte zustimmend mit mehreren ihrer Kinne.

»Und der Klient? Hat er einen Namen?«

»Johnny, Sie haben heute Ihren großen Tag. Sie können ihn gleich persönlich sehen.«

Sie kippte wieder den Schalter an ihrer Sprechanlage. »Bitte Mr. Jeeter, hereinzukommen, meine Süße.«

»Ihre Gladys – ist sie in festen Händen?«

»Lassen Sie Ihre Finger von Gladys.« Anna schrie mich beinahe an. »In Scheidungsfällen bringt sie mir im Jahr achtzehn Mille ein. Jeder Kerl, Johnny Dalmas, der seine Finger nach ihr ausstreckt, ist praktisch schon eingeäschert und beigesetzt.«

»Eines Tages findet sich doch einer. Warum sollte ich das nicht sein?« Das Öffnen der Tür brach diese Unterhaltung ab.

In dem getäfelten Wartezimmer hatte ich ihn nicht gesehen. Er mußte also in einem Privatzimmer gewartet haben. Spaß gemacht hatte es ihm nicht. Er trat eilig ein, schloß eilig die Tür hinter sich, zerrte eilig eine flache, achteckige Platinuhr aus seiner Westentasche, und eilig starrte er darauf. Er war ein hagerer, weißblonder Typ in einem jugendlich geschnittenen Flanell mit Nadelstreifen. In seinem Knopfloch steckte eine Rosenknospe. Sein Gesicht war scharf und starr, mit leicht geschwollenen Tränensäcken und etwas aufgeworfenen Lippen. Er trug einen Ebenholzstock mit einem Silberknauf und Gamaschen und sah wie ein jugendlicher Sechziger aus. Ich gab ihm aber gut und gern zehn Jahre mehr. Ich konnte ihn auf Anhieb nicht ausstehen.

»Sechsundzwanzig Minuten, Miß Halsey«, sagte er eisig. »Meine Zeit ist zufällig sehr kostbar. Weil ich sie für kostbar halte, ist es mir gelungen, viel Geld zu verdienen.«

»Nun, wir versuchen, Ihnen etwas von diesem Geld zu sparen«, sagte Anna. Sie konnte ihn auch nicht ausstehen. »Tut mir leid, daß Sie warten mußten, Mr. Jeeter, aber ich wollte, daß Sie den Rechercheur, den ich beauftragen will, selbst sehen und mußte ihn erst rufen lassen.«

»Es scheint mir nicht der richtige Typ zu sein«, sagte Mr. Jeeter und warf mir einen geringschätzigen Blick zu. »Ich dachte an einen Mann, der wie ein Gentleman wirkt.«

»Sie sind doch nicht der Jeeter von der Müllabfuhr?« fragte ich.

Er kam langsam auf mich zu, den Stock halb erhoben. Seine eisigen Blicke fuhren wie Krallen auf mich los. »Sie wagen, mich zu beleidigen«, fauchte er, »mich, einen Mann in meiner Stellung?«

»Meine Herren, einen Moment, bitte«, wollte Anna vermitteln.

»Keinen Moment, bitte«, schnitt ich ihr das Wort ab. »Der Bursche hier sagt, ich sei kein Gentleman. Vielleicht kann er sich das als Mann in seiner Stellung leisten. Aber ich weiß nicht, was er ist, und als Mann in meiner Stellung lasse ich mir von niemandem dreckige Bemerkungen bieten. Das kann auch er sich nicht leisten, egal, was er ist. Es sei denn, es war nicht so gemeint.«

Jeeter wurde steif und starrte mich an. Er zog wieder seine Uhr und sah darauf. »Achtundzwanzig Minuten. Es tut mir leid, junger Mann, ich wollte nicht unhöflich sein.«

»Ausgezeichnet. Ich wußte genau, daß Sie nicht der Jeeter von der Müllabfuhr sind.«

Das brachte ihn beinahe wieder in Fahrt, aber er überging es. Er war nicht sicher, wie ich es meinte.

»Da wir gerade beisammen sind, können ein, zwei Fragen nichts schaden«, begann ich. »Sind Sie bereit, dieser Huntress Geld zu geben, etwa als Ersatz für Auslagen?«

»Keinen Cent«, bellte er. »Warum sollte ich?«

»Angenommen, sie heiratet den Jungen. Was besitzt er dann?«

»Augenblicklich erhält er tausend Dollar monatlich aus einem Treuhandfonds, den seine Mutter, meine verstorbene Frau, hinterlassen hat.« Er neigte den Kopf. »Wenn er achtundzwanzig wird, bekommt er viel zuviel Geld.«

»Dann können Sie dem Mädchen keinen Vorwurf machen, daß sie versucht, ihn sich zu angeln. Jedenfalls nicht in diesen Zeiten. Wie ist's mit Marty Estel? Wollen Sie sich mit dem einigen?«

Er zerknüllte die grauen Handschuhe in seiner von violetten Adern überspannten Hand. »Das sind Schulden, die nicht eingeklagt werden können. Es sind Spielschulden.«

Anna seufzte schwer und verteilte Zigarettenasche auf ihrem Schreibtisch.

»Richtig«, sagte ich. »Aber Spieler können es sich nicht leisten, sich um ihren Gewinn betrügen zu lassen. Schließlich dürfen Sie nicht vergessen, daß Marty bezahlt hätte, wenn Ihr Sohn gewonnen hätte.«

»Das interessiert mich nicht«, entgegnete der große Mann.

»Gewiß, aber versetzen Sie sich in Estels Lage. Mit fünfzigtausend in Schuldscheinen, die nicht einen Cent wert sind: Wie soll er da nachts schlafen können?«

Jeeter wurde nachdenklich. »Sie meinen, es besteht Gefahr, daß er gewalttätig wird?« fragte er fast höflich.

»Schwer zu sagen. Estel besitzt ein exklusives Lokal mit einer guten Filmkundschaft. Er muß an seinen Ruf denken. Und schließlich hat er ein eigentümliches Gewerbe, und er kennt eine Menge Leute. Es könnte schon etwas passieren. Weit weg von Martys Gegend natürlich.«

Jeeter sah wieder auf seine Uhr, und es ärgerte ihn. Er stieß sie ungeduldig in die Westentasche zurück. »Das ist alles Ihre Sache. Der District Attorney ist ein persönlicher Freund von mir. Wenn Sie glauben, daß Sie der Aufgabe nicht gewachsen sind . . .«

»Das stimmt alles«, sagte ich. »Aber immerhin sind Sie zu uns gekommen. Obwohl Sie den District Attorney anscheinend neben Ihrer Uhr in der Westentasche haben.«

Er setzte seinen Hut auf, zog einen Handschuh an, klopfte mit seinem Stock gegen seine Schuhspitze, ging zur Tür und öffnete sie. »Ich erwarte Ergebnisse und bezahle dafür«, sagte er kalt. »Ich zahle sofort. Manchmal bezahle ich sogar großzügig, obwohl ich nicht als ein großzügiger Mann gelte. Ich denke, daß wir uns verstehen.«

Er winkte beinahe und ging hinaus. Die Tür schloß sich gegen das Luftkissen des Türschließers. Ich sah Anna an und grinste.

»Ist er nicht bezaubernd?« fragte sie. »Ich hätte gern acht von dieser Sorte, als Cocktailgarnitur.«

Ich quetschte zwanzig Dollar aus ihr heraus, für Auslagen.

2

Der Arbogast, den ich brauchte, hieß John D. Arbogast und hatte ein Büro am Sunset Boulevard in der Nähe von Ivar. Ich rief ihn von einer Telefonzelle aus an. Eine fette Stimme antwortete. Sie keuchte leise, wie die Stimme eines Mannes, der gerade einen Wettbewerb im Tortenessen gewonnen hat.

»Mr. John D. Arbogast?«

»Ja!«

»Hier ist John Dalmas. Ich bin Privatdetektiv und arbeite an einem Fall, zu dem Sie ein Gutachten geliefert haben. Der Klient heißt Jeeter.«

»Ja?«

»Kann ich zu Ihnen kommen und mit Ihnen darüber sprechen? Nachdem ich zu Mittag gegessen habe?«

»Ja.« Er legte auf. Ich entschied, daß er nicht redselig war.

Ich aß zu Mittag und fuhr zu ihm. Sein Büro lag im Osten von Ivar, in einem alten, zweistöckigen Backsteingebäude, das kürzlich frisch gestrichen worden war. Das Erdgeschoß bestand aus Läden und einem Restaurant. Der Hauseinang öffnete sich auf eine breite, gerade Treppe, die in den ersten Stock führte.

Auf einem Schild unten las ich »John D. Arbogast – 212«. Ich ging die Treppe hinauf und befand mich in einem breiten, langen Gang, der parallel zur Straße verlief. Ein Mann in einem weißen Kittel stand in einer offenen Tür rechts von mir. An einem Band über der Stirn trug er einen runden Spiegel, den er zurückgeschoben hatte, und machte ein überraschtes Gesicht. Er trat in sein Zimmer und schloß seine Tür.

Ich ging in die andere Richtung durch den breiten Gang. An einer Tür, auf der dem Sunset Boulevard abgewendeten Seite des Hauses, stand die Aufschrift: »John D. Arbogast, Handschriften-Sachverständiger, Privatdetektiv. Eingang.« Die Tür öffnete sich ohne Widerstand in ein kleines, fensterloses Vorzimmer mit ein paar Sesseln, einem Packen Zeitschriften und zwei verchromten Aschenbechern. Zwei Stehlampen und eine Deckenleuchte waren eingeschaltet. Eine Tür auf der anderen Seite des billigen, aber dikken und neuen Teppichs trug die Aufschrift: »John D. Arbogast, Handschriften-Sachverständiger, Privat.«

Solange ich die Tür offenhielt, ertönte ein Summer und schnarrte, bis sie wieder geschlossen war. Nichts geschah. Niemand war in dem Wartezimmer. Niemand öffnete die innere Tür. Ich ging zu ihr hinüber und lauschte. Kein Laut eines Gesprächs war zu hören. Ich klopfte. Das brachte mir nichts ein. Ich versuchte die Klinke. Sie gab nach. Darum öffnete ich und trat ein.

Dieser Raum hatte zwei Fenster nach Norden mit Vorhängen an den Seiten. Beide waren geschlossen. Auf den Fensterbrettern lag Staub. Im Zimmer waren ein Schreibtisch, zwei Aktenschränke, ein Teppich, der eben nichts anderes als ein Teppich war, und Wände, die nichts anderes als Wände waren. Links war noch eine Tür mit einer eingelassenen Glasscheibe mit der Aufschrift: »John D. Arbogast, Laboratorium, Privat.«

Ich war jetzt fast überzeugt, daß ich den Namen behalten würde.

Das Zimmer, in dem ich mich befand, war klein. Es schien fast zu klein, selbst für die teigige Hand, die auf der Schreibtischkante ruhte, bewegungslos, und einen dicken Stift wie ein Zimmermannsbleistift hielt. An der Hand war ein Handgelenk, so haarlos wie eine Glatze. Eine Manschette mit Manschettenknopf, nicht zu sauber, ragte aus einem Rockärmel. Der Rest des Ärmels verschwand hinter dem Schreibtisch.

Der Schreibtisch war keinen Meter achtzig breit. Es konnte also kein sehr großer Mann sein. Von der Stelle, an der ich stand, konnte ich nur seine Hand und den Ärmel sehen.

Ich ging leise durch das Vorzimmer zurück und verriegelte die Tür, daß niemand sie von außen öffnen konnte, löschte die drei Lampen und ging wieder in das Zimmer, um das eine Ende des Schreibtisches herum.

Es war wirklich ein fetter Mann, enorm fett, viel fetter als Anna Helsey. Sein Gesicht beziehungsweise das, was ich davon sehen konnte, hatte ungefähr die Größe eines Basketballs. Es war von einem angenehmen Rosa, selbst jetzt. Er kniete auf dem Boden. Sein großer Kopf lehnte gegen die scharfe Kante des Seitenteils, seine linke Hand lag flach auf dem Boden. Darunter ein Stück gelbliches Papier. Seine Finger waren gespreizt, soweit diesen fetten Fingern das möglich war. Dazwischen war das gelbe Papier zu sehen. Es sah aus, als ob er es fest gegen den Boden drückte, aber das tat er in Wirklichkeit gar nicht. Was ihn aufrecht hielt, war sein eigenes Fett. Sein Körper ruhte auf seinen prallen Oberschenkeln, deren Dicke ihm in seiner knienden Stellung Halt gab. Zwei kräftige Rugbyspieler hätten zu tun gehabt, um ihn umzuwerfen. Das war in diesem Augenblick kein sehr freundlicher Gedanke, aber er ging mir trotzdem durch den Kopf. Ich ließ mir Zeit und wischte mir erst einmal den Nacken mit dem Taschentuch ab, obwohl es kein besonders warmer Tag war.

Sein Haar war grau und kurz geschnitten, und sein Nacken hatte so viele Falten wie ein Akkordeon. Seine Füße waren klein, wie die Füße von fetten Leuten es oft sind, und sie steckten in schwarzen, glänzenden Schuhen, die seitlich dicht nebeneinander auf dem Teppich lagen, ordentlich und ekelhaft. Er trug einen dunklen Anzug, der gereinigt werden mußte.

Schließlich beugte ich mich vor und grub meine Finger in das grundlose Fett seines Halses. Irgendwo in dieser Gegend mußte er eine Schlagader haben, aber ich konnte sie nicht finden, und es war eigentlich auch gar nicht erforderlich. Während ich neben ihm stand, war der dunkle Fleck auf dem Boden ständig größer und größer geworden . . .

Ich kniete an der anderen Seite neben ihm nieder, hob seine dikken Finger hoch, die das Papier auf dem Boden festhielten. Sie waren kühl, aber noch nicht kalt, und weich und ein bißchen feucht. Das Papier stammte von einem Notizblock. Es wäre wirklich fein gewesen, wenn eine Nachricht darauf gestanden hätte, aber das war nicht der Fall. Es waren ein paar vage, unverständliche Schnörkel darauf, keine Worte, nicht einmal Buchstaben. Er hatte versucht, etwas aufzuschreiben, nachdem auf ihn geschossen worden war – vielleicht hatte er sogar geglaubt, er schreibe etwas –, aber alles, was ihm gelungen war, waren die paar Kritzeleien.

Dann war er zusammengesunken, immer noch das Papier haltend, hatte es mit seiner fetten Hand auf den Boden gepreßt und hielt mit der anderen Hand den dicken Bleistift umkrampft. Sein dicker Leib hatte sich auf seine mächtigen Schenkel gesenkt, und so war er gestorben. John D. Arbogast, Schriftsachverständiger, Privat. Verdammt privat. Am Telefon hatte er dreimal »ja« zu mir gesagt. Und da hockte er nun.

Ich wischte die Türklinken mit meinem Taschentuch ab, die Schalter im Vorzimmer, ließ den Riegel zur Außentür in einer Stellung, daß sie verschlossen blieb, verließ das Haus, verließ die Gegend. Soweit ich beurteilen konnte, hatte mich niemand beobachtet. Soweit ich beurteilen konnte, wohlgemerkt.

3

El Milano lag, wie Anna mir gesagt hatte, im Block 1900 an der North Sycamore. Es nahm den größten Teil des Blocks für sich in

Anspruch. Ich parkte ziemlich nahe an dem prunkvollen Vorhof und ging unter dem blaßblauen Neonlicht entlang zum Eingang der im Keller gelegenen Garage. Ich schritt eine mit einem Geländer versehene Rampe hinunter in einen großen, hellen Raum mit glänzenden Wagen und kalter Luft. Ein schlanker, hellfarbener Neger in einem fleckenlosen Overall mit blauen Aufschlägen kam aus einem Glaskasten. Sein schwarzes Haar war weich und glänzend wie das eines Kapellmeisters.

»Viel zu tun?« fragte ich.

»Ja und nein.«

»Ich habe draußen einen Wagen, der abgestaubt werden müßte. Für ungefähr fünf Dollars.«

Es funktionierte nicht. Er war nicht der Typ danach. Seine kastanienbraunen Augen wurden nur nachdenklich und zurückhaltend. »Das ist reichlich viel für Abstauben. Darf ich fragen, was in das Abstauben eingeschlossen ist?«

»Nicht viel. Ist Miß Harriet Huntress' Wagen da?«

Er sah sich um. Ich beobachtete, wie seine Blicke über die Reihe der Wagen bis zu einem kanariengelben Kabriolett wanderten, das etwa ebenso unauffällig war wie so ein Häuschen mit Herz in der Tür auf dem Rasen im Vorgarten.

»Ja, Sir, er ist da.«

»Ich hätte gern ihre Zimmernummer und möchte wissen, wie ich zu ihr kommen kann, ohne durch die Halle zu gehen. Ich bin Detektiv.« Ich zeigte ihm meine imitierte Polizeimarke. Er betrachtete sie. Er fand es gar nicht komisch.

Sein Lächeln war das schwächste Lächeln, das ich je gesehen habe. »Fünf Dollar ist ein hübsches Stück Geld für einen arbeitenden Mann, Sir. Aber nicht hübsch genug. Es reicht nicht ganz, daß ich meine Stellung dafür riskiere. Es ist von hier bis etwa nach Chikago zu wenig, Sir. Ich empfehle Ihnen, Ihre fünf Dollar zu sparen und es auf die übliche Weise zu versuchen.«

»Sie sind ein kluger Junge«, sagte ich. »Was wird aus Ihnen, wenn Sie mal erwachsen sind? Platzanweiser?«

»Ich bin schon ziemlich erwachsen, Sir. Ich bin vierunddreißig Jahre alt, glücklich verheiratet, habe zwei Kinder und einen angenehmen Job hier. Guten Tag.«

Er machte auf dem Hacken kehrt.

»Also, dann Guten Tag. Und entschuldigen Sie meine Whiskyfahne. Ich komme gerade aus der Kneipe.«

Ich ging über die Rampe zurück und wanderte an dem Vorhof entlang zu der Stelle, zu der ich gleich hätte gehen sollen. Ich hätte mir denken können, daß ich mit fünf Dollars und der Imitation einer Polizeimarke in einem Haus wie dem El Milano nichts erreichen konnte.

Der Neger telefonierte jetzt wahrscheinlich schon mit dem Empfangschef in der Halle.

Das Gebäude war eine riesige, weiß verputzte Pracht in maurischem Stil mit großen Laternen aus durchbrochenem Schmiedeeisen und hohen Dattelpalmen in dem Vorhof. Der Eingang befand sich in der inneren Ecke eines großen L. Marmorstufen führten hinauf, und es ging durch einen mit kalifornischem Marmor eingefaßten Bogen.

Ein Türsteher hielt mir die Tür auf, und ich trat ein. Die Halle war nicht ganz so groß wie das Olympiastadion. Sie war mit einem blaßblauen Teppich ausgelegt, der auf einer Schaumgummiunterlage ruhte. Es war so weich, daß ich den Wunsch verspürte, mich hinzulegen und darauf herumzuaalen. Ich watete zu dem Empfangstisch, stützte mich mit einem Ellenbogen darauf und wurde von einem blassen, dünnen Herrn mit einem Schnurrbart, der einem so leicht unter die Fingernägel gerät, angestarrt. Er spielte mit dem Trauerrand auf seiner Oberlippe und sah an meiner Schulter vorbei auf einen Ali-Baba-Ölkrug, der groß genug war, daß man einen Tiger darin verstecken konnte.

»Miß Huntress zu Hause?«

»Wen kann ich anmelden?«

»Mr. Marty Estel.«

Es funktionierte nicht besser als mein Spielchen in der Garage.

Mit dem linken Fuß lehnte er sich auf etwas. Eine Tür in Blau und Gold am Ende des Empfangstisches öffnete sich, und ein großer Mann mit sandfarbenen Haaren und Zigarrenasche auf seiner Weste kam heraus, lehnte sich mit geistesabwesendem Gesichtsausdruck an den Tisch und starrte ebenfalls den Ali-Baba-Ölkrug an, als ob er überlegte, ob er ihn nicht doch als Spucknapf benutzen sollte.

Der Herr mit Trauerrand hob seine Stimme. »Sind Sie Mr. Marty Estel persönlich?«

»Ich komme von ihm.«

»Ist das nicht ein kleiner Unterschied? Und wie ist Ihr Name, wenn man fragen darf?«

»Fragen darf man, aber mit der Antwort steht's schlecht. Das steht in meinem Auftrag. Tut mir leid, daß ich stur sein muß und so weiter.«

Mein Auftreten gefiel ihm nicht. Es gefiel ihm überhaupt nichts an mir. »Ich fürchte, ich kann Sie nicht anmelden«, entgegnete er kühl. »Mr. Hawkins, kann ich Sie in einer Frage um Rat bitten?«

Der Mann mit dem sandfarbenen Haar nahm seinen Blick von dem Ölkrug und kam den Tisch entlang geglitten, bis er mich in Reichweite für einen Totschläger hatte.

»Gewiß, Mr. Gregory«, gähnte er.

»Sie haben beide einen Knall. Ihre Freundinnen mit einbegriffen«, erklärte ich.

Hawkins grinste sich eins. »Kommen Sie in mein Büro, Junge. Wollen mal sehen, ob wir nicht irgendwie klarkommen.«

Ich folgte ihm in das Loch, aus dem er gekommen war. Es war gerade groß genug für einen winzigen Schreibtisch, zwei Stühle, einen kniehohen Spucknapf und eine offene Kiste Zigarren. Er pflanzte seine Rückfront gegen den Schreibtisch und grinste mich einladend an.

»Nicht sehr geschickt angefangen, Junge, was? Ich bin der Hausdetektiv hier. Schießen Sie mal los.«

»Manchmal möchte ich was ganz still und heimlich machen,

aber manchmal geht es dann glatt wie ein Waffeleisen«, beklagte ich mich. Ich zog meine Brieftasche, zeigte ihm die nachgemachte Polizeimarke und eine Fotokopie meiner Lizenz als Privatdetektiv in ihrer Zelluloidhülle.

»Auch so einer. Dachte es mir.« Er nickte. »Sie hätten gleich nach mir fragen sollen, Junge.«

»Sicher. Nur hab' ich nie von Ihnen gehört. Ich will diese Huntress-Puppe sprechen. Sie kennt mich nicht, aber ich habe ein Geschäft mit ihr, und es ist kein sehr lautes Geschäft.«

Er rutschte ein Stück zur Seite, rollte seine Zigarre in den anderen Mundwinkel und betrachtete meine rechte Augenbraue. »Was sollen die Scherze? Den Schwarzen da unten schmieren zu wollen? Bekommen Sie was für Ihre Unkosten?«

»Kann sein.«

»Ich bin an sich kinderlieb«, sagte er, »aber ich muß unsere Gäste vor Belästigungen schützen.«

»Ihre Zigarren sind fast alle«, antwortete ich und sah mir die ungefähr neunzig Stück in seiner Kiste an. Ich nahm ein paar heraus, schnüffelte daran herum und klemmte einen Zehndollarschein dazwischen, als ich sie zurücklegte.

»Fein, daß Sie meine Zigarren mögen. Wir beide könnten miteinander auskommen. Was soll ich denn tun?«

»Sagen Sie mir, ich käme von Marty Estel. Dann wird sie mich sprechen wollen.«

»Es kostet meinen Job, wenn es schiefgeht.«

»Tut es nicht. Ich habe wichtige Leute hinter mir.«

»Wie weit hinter Ihnen?«

Ich streckte die Hand nach meinem Zehner aus, aber er schob sie zurück. »Ich werd's riskieren.« Er griff nach seinem Telefon und verlangte Aparment 814 und begann, vor sich hinzusummen. Sein Summen klang wie das Muhen einer kranken Kuh. Plötzlich lehnte er sich vor, und sein Gesicht verzog sich zu einem zuckersüßen Lächeln. Seine Stimme troff von Honig.

»Miß Huntress? Hier spricht Hawkins, der Hausdetektiv . . .

Hawkins ... Ja, Hawkins ... Natürlich. Sie lernen viele Leute kennen, Miß Huntress ... Hier in meinem Büro ist ein Herr, der Sie sprechen möchte. Er hat eine Mitteilung von Mr. Estel. Wir können ihn ohne Ihre Zustimmung nicht heraufłassen, weil er uns nicht seinen Namen nennen will ... Ja, Hawkins, der Hausdetektiv, Miß Huntress ... Ja, er sagt, Sie kennen ihn nicht persönlich ... Ich habe den Eindruck, er ist in Ordnung, Miß Huntress ... Jawohl. Vielen Dank, ich bringe ihn gleich hinauf, Miß Huntress.«

Er legte das Telefon ab und streichelte es sanft. »Ihnen fehlte nur noch ein bißchen Begleitmusik«, meinte ich.

»Sie können 'rauffahren«, antwortete er träumerisch. Geistesabwesend griff er in die Zigarrenkiste und nahm meine zehn Dollar an sich. »Tolle Frau«, sagte er sanft. »Wenn ich nur an sie denke, muß ich jedesmal erst einmal um den Block laufen. Kommen Sie.«

Wir gingen wieder in die Halle. Hawkins brachte mich zum Fahrstuhl und verfrachtete mich nach oben.

Als die Fahrstuhltür zuglitt, sah ich, daß er zum Ausgang ging, wahrscheinlich, um seinen Spaziergang um den Block zu machen.

Der Boden im Fahrstuhl war mit einem Teppich belegt, die Wände bestanden aus Spiegeln, und er wurde indirekt beleuchtet. Er stieg so weich aufwärts wie das Quecksilber im Thermometer. Mit leisem Schnurren glitten die Türen auf. Ich wanderte über das Moos, das sie in dem Gang als Teppich verwendeten, und kam zu einer Tür mit der Zahl 814. Ich drückte auf den Knopf am Türrahmen, innen ertönte ein Glockenspiel, die Tür öffnete sich.

Sie trug ein Straßenkleid aus blaßgrüner Wolle, und ein kleiner, eckiger Hut saß ihr wie ein Schmetterling auf dem Ohr. Sie hatte weit auseinanderstehende Augen mit viel Platz zum Nachdenken dazwischen. Sie waren lapislazuliblau, und die Farbe ihres Haares war ein stumpfes Rot, wie ein Feuer, das zwar unter Kontrolle ist, aber immer noch gefährlich glüht. Sie war zu groß, um niedlich zu wirken. An den richtigen Stellen hatte sie reichlich Make-up aufgelegt, und die Zigarette, mit der sie auf mich deutete, war eine

Spezialanfertigung mit sechs Zentimeter langem Mundstück. Sie wirkte nicht eigentlich hart, aber sie sah doch so aus, als habe sie alle Antworten gelernt und könne sich an die erinnern, von denen sie glaubte, daß sie einmal nützlich wären.

Kühl musterte sie mich. »Nun, was haben Sie mir auszurichten, Braunauge?«

»Dazu muß ich hereinkommen. Ich kann nicht reden, wenn ich stehe.«

Sie lachte uninteressiert, und ich drückte mich an dem Ende ihrer Zigarette vorbei, in einen langen, ziemlich schmalen Raum mit vielen hübschen Möbeln, vielen Fenstern, vielen Vorhängen und überhaupt viel von allem. Hinter einem Ofenschirm brannte ein Feuer, ein großer Holzblock über einem Gasbrenner. Ein orientalischer Seidenteppich lag vor einem hübschen, rosa Diwan vor dem hübschen Feuer, und daneben standen Scotch und Soda auf einem Tablett, Eis in einem Eimer. Alles war so, daß ein Mann sich zu Hause fühlen konnte.

»Dann nehmen Sie sich am besten auch gleich einen Drink. Wahrscheinlich können Sie auch nicht sprechen, wenn Sie kein Glas in der Hand haben.«

Ich setzte mich und griff nach dem Scotch. Das Mädchen ließ sich in einem tiefen Sessel nieder und legte die Knie übereinander. Ich dachte an Hawkins, der um den Block spazierenging. Irgendwo hatte sein Gesichtspunkt etwas für sich.

»Sie kommen also von Marty Estel«, sagte sie.

»Den habe ich nie gesehen.«

»Ich habe so etwas vermutet. Was wollen Sie also? Marty wird sich freuen, wenn er hört, daß Sie seinen Namen mißbraucht haben.«

»Ich zittere jetzt schon. Warum haben Sie mich eigentlich hereingelassen?«

»Neugier. Einen Burschen wie Sie habe ich schon seit Tagen erwartet. Schwierigkeiten gehe ich nie aus dem Wege. Sie sind doch so eine Art Detektiv, nicht wahr?«

Ich zündete eine Zigarette an und nickte. »Privatdetektiv. Ich habe Ihnen ein kleines Geschäft vorzuschlagen.«

»Schlagen Sie vor.« Sie gähnte.

»Wieviel verlangen Sie, wenn Sie Ihre Finger von dem jungen Jeeter lassen?«

Sie gähnte wieder. »Dahingehende Vorschläge interessieren mich so wenig, daß ich es kaum sagen kann.«

»Ängstigen Sie mich nicht zu Tode. Aber ehrlich. Wieviel verlangen Sie? Oder ist das eine Beleidigung?«

Sie lächelte. Ihr Lächeln war hübsch. Sie hatte prächtige Zähne. »Ich habe einen zweifelhaften Ruf. Aber ich brauche auch nach nichts zu fragen. Man bringt mir alles. In Seidenpapier und mit Bändchen verschnürt.«

»Der alte Herr ist reichlich zäh. Man behauptet, um den gar zu kriegen, brauchte man eine Menge Wasser.«

»Wasser kostet nicht viel.«

Ich nickte und nahm einen Schluck aus meinem Glas. Der Scotch war gut. Er war sogar erstklassig. »Er hat die Vorstellung, daß Sie nichts kriegen. Anschmieren will er Sie. Sie sollen in einen Skandal gezerrt werden. Ich halte die Methode für falsch.«

»Trotzdem arbeiten Sie für ihn?«

»Das erscheint komisch, nicht wahr? Wahrscheinlich könnte man das Ding auf eine gewisse gerissene Weise drehen. Aber im Moment kann ich mir das nicht vorstellen. Wieviel würden Sie nehmen? Oder verlangen?«

»Wie wäre es mit fünfzig Mille?«

»Fünfzig Mille für Sie und noch mal fünfzig für Marty?«

Sie lachte. »Sie sollten sich denken können, daß Marty mir niemals erlauben würde, mich in seine Geschäfte zu mischen. Ich dachte nur an mich dabei.« Sie richtete sich auf.

»Ich dachte an fünfhundert«, sagte ich dann.

»Fünfhundert, was?« Sie war überrascht.

»Dollars natürlich. Keine Rolls-Royces.«

Sie lachte herzlich. »Sie gefallen mir. Ich sollte Sie zum Teufel jagen, aber ich kann braune Augen leiden. Warme, braune Augen mit goldenen Flecken darin.«

»Sie vergeuden sich an einen Unwürdigen. Ich besitze keinen Cent.«

Sie lächelte und schob sich eine neue Zigarette zwischen die Lippen. Ich ging zu ihr hinüber, um ihr Feuer zu reichen. Sie schlug die Augen auf und blickte in meine. In ihnen funkelte es.

»Vielleicht *habe* ich schon ein paar Cents«, meinte sie leise.

»Vielleicht hat er den Dicken engagiert, weil Sie den nicht zum Tanzen bringen konnten.« Ich setzte mich wieder.

»Wer hat welchen Dicken engagiert?«

»Der alte Jeeter engagierte einen dicken Kerl namens Arbogast. Er hat vor mir an dem Fall gearbeitet. Wußten Sie das nicht? Heute nachmittag wurde er umgelegt.«

Das sagte ich ganz beiläufig, der Schockwirkung wegen, aber sie regte sich nicht. Das herausfordernde Lächeln verschwand nicht von ihren Mundwinkeln. Ihre Augen veränderten sich nicht. Nur ihr Ausatmen war leise zu hören.

»Muß das unbedingt etwas mit mir zu tun haben?« fragte sie ruhig.

»Weiß ich nicht. Ich weiß auch nicht, wer ihn umgebracht hat. Es geschah in seinem Büro, um die Mittagszeit herum oder etwas später. Vielleicht hat es mit dem Fall Jeeter gar nichts zu tun. Aber es ist doch ziemlich auffällig, daß es gerade in dem Augenblick geschah, als ich den Auftrag annahm und noch ehe ich die Möglichkeit hatte, mit ihm zu sprechen.«

Sie nickte. »Ich verstehe. Und glauben Sie, daß Marty so etwas tut? Natürlich haben Sie die Polizei benachrichtigt.«

»Das habe ich natürlich nicht getan.«

»Damit geben Sie sich aber eine Blöße, Brüderchen.«

»Ja, schon. Aber lassen Sie uns über den Preis einig werden, und es wäre besser, wenn er niedrig ist. Denn was die Polizei auch mit mir anfängt, mit Marty Estel und Ihnen wird sie allerhand anstellen, wenn sie die Geschichte erfährt. Falls sie sie erfährt.«

»Also eine ganz kleine Erpressung?« sagte sie sehr kühl. »So sollte man es doch wohl nennen. Treiben Sie es nicht zu weit, Braunauge. Haben Sie mir übrigens Ihren Namen genannt?«

»John Dalmas.«

»Dann hören Sie zu, John. Ich gehörte einmal zur guten Gesellschaft. Meine Familie war eine gute Familie. Der alte Jeeter ruinierte meinen Vater. Ganz ordentlich und gesetzmäßig, wie diese Finanzhaie eben andere Leute ruinieren. Aber er hat ihn ruiniert, und mein Vater beging Selbstmord. Meine Mutter starb, und ich habe eine kleine Schwester, die im Osten in die Schule geht, und es kann sein, daß ich es nicht zu genau nehme, wie ich zu Geld komme, um für sie zu sorgen. Vielleicht werde ich eines Tages auch für den alten Jeeter sorgen. Selbst wenn ich dazu seinen Sohn heiraten müßte.«

»Stiefsohn, Adoptivsohn«, berichtigte ich. »Überhaupt kein Verwandter.«

»Es wird ihn genauso schwer treffen, Bruderherz. Und der Junge wird in ein paar Jahren jede Menge Dollars besitzen. Ich könnte schlechter fahren, selbst wenn er zuviel trinkt.«

»Das würden Sie ihm niemals ins Gesicht sagen.«

»Wirklich nicht? Dann drehen Sie sich mal um. Vielleicht nehmen Sie dann in Zukunft die Watte aus Ihren Ohren.«

Ich stand schnell auf und drehte mich um. Etwa zwei Schritte stand er vor mir entfernt. Er war aus dem Nebenzimmer gekommen, über den Teppich geschlichen, und ich war so darin vertieft, klug und gerissen zu sein, daß ich nichts davon bemerkt hatte. Er war groß, blond, trug einen Sportanzug mit einem offenen Hemd und einen Schal. Sein Gesicht war gerötet, seine Augen glitzerten und schienen ihre Umgebung nicht ganz wahrzunehmen. Für diese Tageszeit war er schon etwas zu betrunken.

»Raus mit Ihnen, solange Sie noch laufen können«, knurrte er mit etwas schwerer Zunge. »Harry kann über mich sagen, was sie will. Raus, ehe ich Ihnen die Zähne einschlage.«

Das Mädchen lachte hinter mir. Ich mochte das nicht. Ich

machte einen Schritt auf den großen Blonden zu. Seine Augen blinzelten. Groß, wie er war, für mich war er eine Kleinigkeit.

»Mach ihn fertig, Bübchen«, stachelte das Mädchen ihn hinter meinem Rücken kalt an. »Ich sehe es gern, wenn einer dieser harten Burschen in die Knie geht.«

Ich drehte mich grinsend nach ihr um. Das war ein Fehler. Er war nicht in seiner besten Form, aber eine Wand konnte er noch treffen, wenn sie ihm nicht gerade auswich. Er traf mich, als ich über die Schulter zurücksah. Es tut weh, wenn man so getroffen wird. Sein Schlag erwischte mich mit ziemlicher Wucht am oberen Ende des Unterkiefers.

Ich taumelte seitwärts, versuchte die Beine zu spreizen. Auf dem glatten Seidenteppich rutschten sie unter mir weg. Ich schlug der Länge lang hin, und mein Kopf war nicht ganz so hart wie das Sesselbein, gegen das er knallte.

Einen kurzen Augenblick sah ich verschwommen sein rotes Gesicht triumphierend auf mich heruntergrinsen. Ich glaube, er tat mir ein bißchen leid, selbst in diesem Augenblick.

Es wurde dunkel um mich, und ich war weg.

4

Als ich zu mir kam, blendete mir das Licht vom Fenster quer durch das Zimmer direkt in die Augen. Mein Hinterkopf schmerzte. Ich griff danach und fühlte etwas Klebriges. Langsam wälzte ich mich herum, wie eine Katze in einem fremden Haus, erhob mich auf die Knie und griff nach der Flasche Scotch auf dem Tischchen neben dem Sofa. Durch irgendein Wunder hatte ich es nicht umgerissen. Im Fallen war ich mit dem Kopf auf einen der klauenförmigen Füße eines Sessels geschlagen. Das hatte mir viel mehr weh getan als der Schwinger des jungen Jeeter. Natürlich spürte ich die Stelle an meinem Kiefer ganz schön, das schon, aber doch nicht genug, um es im Kalender rot anzustreichen.

Ich stand auf, nahm einen Schluck von dem Scotch und sah mich um. Es gab überhaupt nichts zu sehen. Das Zimmer war leer. Es war voller Schweigen und dem Hauch eines sehr reizvollen Parfüms; dem Hauch eines jener Parfüms, die man nicht bemerkt, ehe der Duft fast verwelkt ist, wie das letzte Blatt eines Baumes im Herbst. Ich betastete wieder meinen Kopf, tupfte die klebrige Stelle mit meinem Taschentuch ab, entschloß mich, darüber kein Geschrei zu veranstalten, und nahm noch einen Schluck von dem Whisky.

Mit der Flasche zwischen den Knien setzte ich mich und lauschte auf das leise Brausen des Verkehrs irgendwo in der Ferne. Das war ein hübsches Zimmer hier, und Miß Harriet Huntress war zweifellos ein hübsches Mädchen. Ein paar von den Leuten, die sie kannte, gehörten zur falschen Sorte, aber bei wem war das nicht so? Und wer war ich, um mich über derartige Kleinigkeiten aufzuhalten? Ich gönnte mir noch einen Schluck von ihrem Scotch. Er war mild, und man spürte kaum, wie er durch die Kehle lief. Er nahm einem nicht die halben Mandeln mit, wie manches von dem Zeug, das ich sonst trinken mußte. Ich nippte noch einmal. Mein Kopf war jetzt wieder in Ordnung. Ich fühlte mich großartig. Ich hätte den Prolog des ›Bajazzo‹ singen können. Doch! Sie war ein reizendes Mädchen. Wenn sie ihre Miete selbst bezahlte, ging es ihr bestimmt recht gut. Sie war großartig. Ich fand für einen weiteren Schluck ihres Scotch Verwendung.

Die Flasche war noch halb voll. Ich schüttelte sie ein bißchen und stopfte sie in meine Manteltasche, stülpte meinen Hut irgendwo auf den Kopf und ging. Den Fahrstuhl erreichte ich, ohne auch nur auf einer Seite des Ganges gegen die Wand zu stoßen, fuhr hinunter und schlenderte durch die Halle.

Hawkins, der Hausdetektiv, lehnte wieder an einem Ende des Empfangstisches und starrte auf den Ali-Baba-Ölkrug. Derselbe Empfangsknecht fingerte an seinem albernen Trauerrand von Schnurrbart. Ich lächelte ihm zu. Er lächelte zurück. Hawkins lächelte mir zu. Ich lächelte zurück. Alles war in bester Ordnung.

Ich fand den Ausgang auf Anhieb, drückte dem Türsteher ein Vierteldollarstück in die Hand, schwebte die Stufen hinunter und über den Plattenweg zur Straße und zu meinem Wagen. Die kurze kalifornische Dämmerung hatte eingesetzt. Es war ein prächtiger Abend. Im Westen stand die Venus so hell wie eine Straßenlaterne, so hell wie das Leben, so hell wie Miß Huntress Augen, so hell wie eine Flasche Scotch. Das erinnerte mich an etwas. Ich griff nach der viereckigen Flasche, genehmigte mir diskret einen Schluck, verkorkte sie und steckte sie wieder ein. Bis nach Hause würde sie reichen.

Ich überfuhr fünf rote Lichter, aber das Glück war mit mir, und keiner hielt mich an. Ich parkte mehr oder weniger vor dem Haus, in dem ich wohnte, mehr oder weniger dicht am Bürgersteig. Mit dem Fahrstuhl fuhr ich in meine Etage, hatte nur geringfügige Schwierigkeiten, meine Tür aufzukriegen, und nahm zur Unterstützung einen Schluck aus meiner Flasche. Dann bekam ich den Schlüssel auch richtig in das Schlüsselloch, drehte ihn um, trat ein und fand den Lichtschalter. Ehe ich mich weiteren Anstrengungen unterwarf, gönnte ich mir wieder ein bißchen von meiner Medizin. Dann wollte ich in die Küche, um mir Eis und Ingwerbier für einen richtigen Drink zu holen.

Mir kam vor, als hänge ein komischer Geruch in meiner Wohnung – nichts, von dem ich sagen konnte, was es eigentlich war –, irgendwie nach Apotheke. Ich hatte ihn nicht mit hereingebracht, und ich hatte ihn auch nicht hier zurückgelassen, als ich weggegangen war. Aber ich war zu zufrieden mit mir, um darüber nachzudenken. Ich ging auf die Küche zu und kam auch halbwegs hin.

Fast nebeneinander kamen sie auf mich los, aus der Ankleidekammer neben meinem Wandbett, zwei auf einmal, mit Pistolen. Der Große grinste vor sich hin. Er hatte den Hut tief in die Stirn gedrückt und ein keilförmiges Gesicht, das in einer Spitze auslief, wie die untere Hälfte von einem Karo-As. Er hatte dunkle, feuchte Augen, und seine Nase war so blutleer, daß sie aus weißem Wachs sein konnte. Seine Waffe war ein Colt Woodsman mit langem

Lauf, an dem das Korn abgefeilt worden war. Das bedeutete, daß er sich für gut hielt.

Der andere war ein kleiner, terrierartiger Geselle, mit störrischen, roten Haaren, ohne Hut, mit wässerigen, hellen Augen und Fledermausohren, kleinen Füßen in schmutzigweißen Schuhen mit Gummisohlen. Er hatte eine dicke, automatische Pistole, die aussah, als sei sie so schwer, daß er sie nicht halten könne, aber es schien ihm Spaß zu machen, sie zu halten. Er atmete geräuschvoll mit offenem Mund, und der Apothekengeruch, den ich wahrgenommen hatte, strömte in Wellen auf mich zu – Menthol.

»Na, wie ist's, Sie . . .«, sagte er.

Ich hob also die Hände. Was hätte ich tun sollen?

Der Kleine beschrieb einen Bogen und kam von der Seite an mich heran. »Nun sagen Sie schon, daß uns das noch teuer zu stehen kommen wird«, höhnte er.

»Das wird Sie noch teuer zu stehen kommen«, sagte ich.

Der Große grinste weiter vor sich hin, und seine Nase sah weiter so aus, als sei sie aus weißem Wachs. Der Kleine spuckte auf meinen Teppich. »Ganz bestimmt«, bestätigte er. Lauernd kam er an mich heran und schwang seine Pistole nach meinem Kinn.

Ich wich aus. Üblicherweise war der Schlag etwas, das ich unter den gegebenen Umständen widerspruchslos hätte hinnehmen müssen. Ich war aber besserer Laune als üblicherweise. In meiner Stellung konnte ich es mit der ganzen Welt aufnehmen. Ich konnte mit Haufen von ihnen fertig werden samt ihren Pistolen und allem anderen. Den kleinen Gesellen hier beispielsweise packte ich bei der Kehle, riß ihn scharf an mich, ließ meine Hand hart auf seine kleine Schießpatsche fallen, und seine dicke Pistole polterte auf den Boden. Es war ganz einfach. Gar nichts Besonderes dabei, außer seinem Atem, der wirklich übel war. Speicheltropfen traten zwischen seinen Lippen hervor. Er spie nur so Flüche.

Der große Mann stand nur da, grinste und schoß nicht. Er rührte sich gar nicht. Seine Augen waren ein bißchen ängstlich, schien mir, aber ich war zu beschäftigt, um genau hinzusehen. Ich bückte mich hinter dem Kleinen, hielt ihn dabei immer noch fest und packte seine Waffe. Das war verkehrt. Ich hätte meine eigene ziehen sollen. Dann stieß ich ihn von mir zurück. Er taumelte gegen einen Sessel, fiel hin und fing an, wie wild nach dem Sessel zu treten. Der Große lachte.

»Gar kein Schlagbolzen drin«, sagte er.

»Hör'n Se mal«, belehrte ich ihn ernsthaft. »Ich bin halb voll von gutem Scotch und zu allerhand aufgelegt, daß es nur so knallt. Vergeuden Sie nicht meine Zeit. Was wollt ihr Burschen hier?«

»Trotzdem ist kein Schlagbolzen drin«, erwiderte Wachsnase. »Versuchens Sie's ruhig. Ich lasse Frisky nie mit einem geladenen Gewehr 'rumlaufen. Er ist zu stürmisch. Aber Ihre Armarbeit war wirklich sauber, Freundchen. Das muß man Ihnen lassen.«

Frisky setzte sich auf, spuckte wieder auf den Teppich und lachte. Ich richtete die Mündung der Waffe auf den Boden und drückte ab. Sie klickte nur trocken, aber ihrem Gewicht nach zu urteilen mußten Patronen im Magazin sein.

»Wir wollen gar nichts Böses«, erklärte Wachsnase. »Diesmal nicht. Das nächste Mal vielleicht. Woher soll man das vorher wissen? Aber vielleicht verstehen Sie einen freundschaftlichen Wink. Lassen Sie die Finger von dem Jeeterbübchen. Verstanden?«

»Nein.«

»Sie wollen also nicht?«

»Nein! Nicht: verstanden? Wer ist das Jeeterbübchen?«

Wachsnase wurde nicht heiterer. Er schwenkte nur leicht seine lange 22er. »Sie sollten Ihr Gedächtnis mal überholen lassen. Am besten zusammen mit Ihrem Türschloß. Das war eine Kleinigkeit. Frisky brauchte nur dagegen zu pusten, und es ging auf.«

»Bei seinem Atem kann ich das verstehen.«

»Geben Sie mir meine Kanone wieder«, zeterte Frisky. Er war aufgestanden, aber diesmal ging er nicht auf mich los, sondern auf seinen Partner.

»Finger weg, Dummkopf«, knurrte der Große. »Wir haben dem Kerl nur was auszurichten. Sonst tun wir ihm nichts. Heute nicht.«

»Das sagst du«, keuchte Frisky und versuchte, Wachsnase die 22er aus der Hand zu reißen. Wachsnase hielt ihn sich ohne Schwierigkeiten vom Halse, aber der Zwischenfall erlaubte mir, die große Kanone in die linke Hand zu nehmen und mit der rechten meine eigene Lueger zu ziehen. Ich zeigte sie Wachsnase. Er nickte. Sie schien ihm aber nicht zu imponieren.

»Er hat keine Eltern mehr, und ich erlaube ihm, mit mir herumzulaufen«, erklärte er bekümmert. »Achten Sie nicht auf ihn, solange er nicht zu beißen anfängt. Aber wir müssen weiter. Sie haben verstanden! Lassen Sie die Finger von dem Jeeterbübchen.«

»Sie haben eine Lueger vor der Nase«, belehrte ich ihn. »Wer ist das Jeeterbübchen? Und vielleicht holen wir schnell mal eben die Polizei, ehe Sie sich hier dünn machen?«

Er lächelte gelangweilt. »Hören Sie, ich gebe mich mit dem lästigen Kleinen hier ab, weil ich schießen kann. Wenn Sie glauben, daß Sie mit mir fertig werden, nur zu.«

»Na schön. Kennen Sie einen Mann namens Arbogast?«

»Ich komme mit so vielen Leuten zusammen«, sagte er mit einem gelangweilten Lächeln. »Vielleicht, vielleicht auch nicht. Bis später, Freundchen. Seien Sie klug.«

Er schlenderte zur Tür hinüber, bewegte sich dabei seitwärts, so daß er mich die ganze Zeit gedeckt hielt, und ich hielt ihn gedeckt, und es war eigentlich nur eine Frage, wer zuerst schießen würde und wer besser schießen würde, oder ob es sich überhaupt zu schießen lohnte, und ob ich mit so viel gutem, warmen Scotch in mir noch irgend etwas treffen konnte. Ich ließ ihn gehen. Er sah mir nicht nach einem Killer aus, aber ich konnte mich ja irren.

Der rothaarige Terrier sprang plötzlich auf mich zu, während ich noch über den Großen nachdachte. Er riß mir seine Waffe aus der linken Hand, flitzte zur Tür, spuckte noch einmal auf meinen Teppich und flitzte hinaus. Wachsnase rückte hinter ihm her, mit langem, scharfem Gesicht, weißer Nase, spitzem Kinn, gelangweiltem Gesicht. Ich würde ihn nicht vergessen.

Er schloß leise die Tür, und da stand ich, dumm, mit meiner Pistole in der Hand. Ich hörte den Fahrstuhl heraufkommen und wieder hinunterfahren und unten halten. Ich stand immer noch da. Von Marty Estel war nicht anzunehmen, daß er ein paar Komiker wie diese beiden beauftragen würde, um jemanden einzuschüchtern. Darüber dachte ich nach, aber meine Überlegungen führten zu nichts. Mir fiel die halbe Flasche Scotch wieder ein, die übriggeblieben war, und begann mit ihr eine wichtige Konferenz.

Anderthalb Stunden später war ich in glänzender Verfassung, aber eingefallen war mir immer noch nichts. Ich war lediglich müde.

Das Schrillen der Telefonglocke brachte mich zu mir. Ich war in meinem Sessel eingeschlafen. Das war ganz falsch gewesen, denn ich erwachte mit zwei Aufwischlappen im Mund, rasenden Kopfschmerzen, einer wunden Stelle am Hinterkopf und einer schmerzenden am Kiefer. Keine war größer als ein dicker Tafelapfel, dafür taten beide höllisch weh. Ich fühlte mich schauderhaft. Ich fühlte mich wie ein eingeschlafenes Bein.

Ich schleppte mich zum Telefon, ließ mich in den Sessel daneben fallen und nahm den Hörer ab. Die Stimme war wie mit Eiszapfen behängt.

»Ist dort Dalmas? Hier spricht Jeeter. Wir sind uns heute morgen begegnet. Ich fürchte, ich war Ihnen gegenüber etwas steif.«

»Ich bin selbst ein bißchen steif. Ihr Sohn hat mich am Kinn erwischt. Ich meine, Ihr Stiefsohn, Ihr Adoptivsohn, oder was er sonst ist.«

»Er ist sowohl mein Stiefsohn als auch mein Adoptivsohn. Hat er wirklich?« Plötzlich klang seine Stimme interessiert. »Und wo haben Sie ihn gesehen?«

»Bei Miß Huntress.«

»Ah, ich verstehe.« Plötzlich war Tauwetter ausgebrochen. Die Eiszapfen waren geschmolzen. »Das ist ja sehr interessant. Was hatte Miß Huntress dazu gesagt?«

»Es gefiel ihr. Sie fand es sehr amüsant, wie er mich am Kinn erwischte.«

»Ich verstehe. Und warum hat er das getan?«

»Sie hatte ihn aus dem Zimmer geschickt.Er hat im Nebenzimmer einen Teil unseres Gesprächs mit angehört. Das hatte ihm nicht gefallen.«

»Soso. Ich habe mir überlegt, ob ich nicht doch eine gewisse Abfindung – nicht hoch natürlich – anbieten sollte. Das heißt, wenn sie dadurch zu gewinnen ist.«

»Fünfzig Mille, das ist ihr Preis.«

»Ich fürchte, ich verstehe Sie nicht.«

»Halten Sie mich nicht zum Narren«, knurrte ich. »Fünfzigtausend Dollar, fünfzig Mille fordert sie. Ich habe ihr fünfhundert angeboten.«

»Sie scheinen den ganzen Fall mit einer beträchtlichen Leichtfertigkeit zu betrachten«, näselte er zurück. »Daran bin ich nicht gewöhnt, und es mißfällt mir aufs äußerste.«

Ich gähnte. Mir war es völlig gleichgültig, ob es dem Herrn Lehrer paßte oder nicht. »So bin ich nun einmal, Mr. Jeeter, damit müssen Sie sich abfinden. Aber ich habe meinen Kopf trotzdem bei der Arbeit. Und es sind in diesem Fall ein paar ungewöhnliche Dinge aufgetaucht. Beispielsweise hat mir gerade ein Paar Revolverhelden seine Kanonen unter die Nase gehalten, hier in meiner Wohnung, und mir dringend geraten, meine Finger von dem Fall Jeeter zu lassen. Ich verstehe nicht, warum es so gefährlich wird.«

»Lieber Himmel!« Es klang wirklich erschrocken. »Ich glaube, Sie kommen am besten gleich zu mir heraus, damit wir darüber sprechen können. Ich schicke Ihnen meinen Wagen. Können Sie gleich kommen?«

»Ja, ich kann aber nicht selbst fahren. Ich . . .«

»Nicht nötig. Ich schicke Ihnen meinen Wagen mit dem Chauffeur. Er heißt George. Sie können sich ganz auf ihn verlassen. Er wird in etwa zwanzig Minuten bei Ihnen sein.«

»Schön, das läßt mir gerade noch Zeit, mein Abendessen zu trinken. Er soll um die Ecke in der Kenmore Street parken, in Richtung zur Franklin Avenue.« Ich legte auf.

Als ich eine heiße und kalte Dusche hinter mir und frische Wäsche angezogen hatte, fühlte ich mich wieder etwas respektabler. Trotzdem nahm ich ein paar Drinks, kleine zur Abwechslung, warf einen leichten Mantel über und ging auf die Straße hinunter.

Der Wagen stand schon da. Ich konnte ihn einen halben Block entfernt in der Seitenstraße sehen. Er sah aus wie eine eben eröffnete Werbeschau. Vorn waren ein paar Scheinwerfer, wie sie sonst Stromlinienlokomotiven haben, daneben hockten zwei gelbe Nebellampen auf der Stoßstange, und dann waren noch ein paar Standlichter da, so groß wie gewöhnliche Scheinwerfer. Als ich den Wagen erreichte und daneben stehenblieb, tauchte ein Mann aus dem Dunkel auf und warf mit einem leichten Schlenkern des Handgelenks eine Zigarette über die Schulter. Er war groß und dunkel, trug eine Schirmmütze, einen hochgeschlossenen Rock mit einem Sam-Browne-Gürtel, auf Hochglanz gewienerte Gamaschen und Breecheshosen, die an den Seiten so weit abstanden wie die Whipcords eines britischen Stabsmajors.

»Mr. Dalmas?« Er berührte mit seinem behandschuhten Zeigefinger lässig den Schirm seiner Mütze und nahm leicht die Hacken zusammen.

»Ja«, sagte ich. »Rühren Sie! Und das hier ist also der Wagen des alten Jeeter?«

»Es ist einer seiner Wagen.« Er hatte eine kühle Stimme, die frech werden konnte.

Er öffnete die Tür zum Fond, ich stieg ein und versank in den Polstern. George glitt hinter das Steuer und ließ den Motor an. Der Wagen fuhr vom Bürgersteig los, und als er um die Ecke bog, machte er ebensoviel Geräusch wie eine Banknote in der Brieftasche. Wir fuhren gen Westen. Scheinbar trieben wir mit dem Verkehrsstrom, tatsächlich aber überholten wir alles. Wir glitten durch den Kern von Hollywood, durch das Westend, zum Strip hinunter und durch dessen Glanz in die kühle Stille von Beverly Hills, wo ein Reitweg den Boulevard in zwei Bahnen teilt.

Wir flitzten durch Beverly Hills und die Vorberge entlang in die

Höhe, sahen in der Ferne die Lichter der Universitätsgebäude und bogen in Richtung Bel-Air nach Norden ab. Wir begannen durch lange, enge Straßen mit hohen Mauern, ohne Bürgersteige und mit großen Toren hinaufzugleiten. Lichter in den Gebäuden schimmerten mit vornehmer Zurückhaltung durch die frühe Nacht. Nichts regte sich, nichts war zu hören als das sanfte Rauschen der Reifen auf dem Beton der Straßendecke. Wir bogen wieder nach links, und ich erhaschte mit einem Blick ein Straßenschild »Calvello Drive.« Als wir die Straße halb hinaufgekommen waren, setzte George mit einem weiten Bogen zu einer Linkskurve durch ein Tor mit drei Meter breiten schmiedeeisernen Flügeln an. Plötzlich passierte etwas.

Unmittelbar hinter dem Tor flammten ein paar Scheinwerfer auf, ein Horn gellte, ein Motor heulte, und ein Wagen kam uns entgegengerast. Mit einer Handdrehung wich George aus, bremste und streifte den rechten Handschuh ab, alles in einer Bewegung.

Der Wagen kam mit schwankenden Lichtern auf uns zugerast. »So ein verfluchter Säufer«, knurrte George mir über die Schulter zu.

Es konnte sein. Betrunkene fahren in alle möglichen Gegenden, um weiterzutrinken. Es war durchaus möglich. Trotzdem ließ ich mich auf den Boden des Wagens gleiten, zog meine Lueger unter dem Arm hervor und entsicherte. Ich öffnete die Tür einen Spalt, hielt sie fest und spähte hinaus. Die Scheinwerfer strahlten mir grell ins Gesicht. Ich duckte mich und richtete mich erst wieder auf, als ihre Strahlen an mir vorbeigeschwenkt waren.

Dann bremste der andere Wagen und hielt. Seine Tür flog auf, und eine Gestalt sprang heraus, fuchtelte mit einer Pistole und brüllte. Ich erkannte die Stimme.

»Raus da!« schrie Frisky uns zu.

George legte seine linke Hand aufs Steuer, und ich öffnete meine Tür etwas mehr. Der kleine Mann auf der Straße hüpfte auf und ab und brüllte weiter. Von dem kleinen, dunklen Wagen, aus dem er herausgesprungen war, blieb nichts zu hören als das Surren des laufenden Motors.

»Jetzt zeig, was du kannst«, gellte Frisky. »Heraus, du –«

Ich schob meine Tür weiter auf und machte mich bereit, die Lueger an meiner Seite, herauszuspringen.

»Du willst es nicht anders«, bellte der Kleine wieder.

Ich ließ mich fallen – ganz schnell! Die Waffe in seiner Hand spie einen Feuerstrahl. Jemand mußte den Schlagbolzen wieder einmontiert haben. Glas splitterte hinter meinem Kopf. Aus dem Augenwinkel – obwohl ich in diesem besonderen Augenblick keine Augenwinkel hätte haben dürfen – bemerkte ich, wie George eine Bewegung machte. Sie war so glatt und geschmeidig wie eine Welle, die über einen Teich läuft. Ich riß die Lueger hoch und wollte abdrücken, aber neben mir knallte ein Schuß – George.

Ich schoß nicht. Es war nicht mehr nötig.

Der dunkle Wagen schoß unvermittelt vorwärts und raste wild den Berg hinunter. Er klang schon weit entfernt, während der kleine Mann in der von den Mauern zurückgestrahlten Helligkeit mitten auf dem Pflaster noch grotesk umherschwankte.

Auf seinem Gesicht erschien etwas Dunkles und breitete sich aus. Seine Waffe klapperte auf den Boden der Fahrbahn. Seine kleinen Beine gaben unter ihm nach, er taumelte seitwärts, rollte auf die Straße und blieb sehr plötzlich bewegungslos liegen.

»Ja«, sagte George und schnüffelte an der Mündung seines Revolvers.

»Sauberer Schuß.« Ich stieg aus dem Wagen und betrachtete den kleinen Mann auf der Straße, ein zusammengefallenes Nichts. Das schmutzige Weiß seiner Schuhe mit den Gummisohlen schimmerte etwas heller in den Widerschein der Scheinwerfer von den Mauern.

George stieg aus und trat neben mich. »Wieso gerade ich?«

»Ich habe nicht geschossen. Ich habe beobachtet, wie Sie von der Hüfte zogen. Das können Sie. Geht glatter als Honig.«

»Danke für das Kompliment. Die hatten es natürlich auf Mister

Gerald abgesehen. Gewöhnlich schaffe ich ihn um diese Zeit von seinem Klub nach Hause, voll Alkohol und mit leeren Taschen vom Bridge.«

Wir gingen zu dem kleinen Mann hinüber und sahen auf ihn hinunter. Es war nichts als ein kleiner Mann, tot, mit einem Blutfleck von einer Kugel mitten im Gesicht.

»Stellen Sie doch das verdammte Licht ab«, knurrte ich, »und machen wir, daß wir hier wegkommen.«

»Das Haus ist gerade auf der anderen Seite der Straße.« Georges Stimme klang so ungerührt, als hätte er gerade eine Münze in einen Spielautomaten geworfen und nicht einen Mann umgelegt.

»Wenn Ihnen was an Ihrem Job liegt, lassen Sie Jeeter hier aus dem Spiel. Das sollten Sie eigentlich wissen. Wir fahren schnell zu mir zurück und fahren dann noch einmal los.«

»Verstehe«, antwortete er, stieg schnell wieder in den großen Wagen und schaltete sofort die Nebellampen und die Seitenscheinwerfer auf. Ich setzte mich neben ihn auf den Vordersitz. Er richtete den Wagen gerade, fuhr den Berg hinauf und über die Höhe. Ich drehte mich nach der zerschossenen Scheibe um. Es war das kleine, hintere Seitenfenster, das nicht aus splittersicherem Glas bestand. Ein großes Stück war herausgebrochen. Die Polizei konnte sich einiges zusammenreimen, wenn sie es entdeckte.

Auf der Höhe des Berges begegnete uns eine große Limousine, fuhr an uns vorbei und bergab weiter. Ihr Inneres war erleuchtet, und wie in einer Schauvitrine saß ein ältliches Paar darin, steif und würdevoll, wie Fürstlichkeiten, die Huldigungen des Volkes entgegennehmen. Der Mann war im Abendanzug, mit einem weißen Schal und einem Claque, die Frau in Pelze und Brillanten gehüllt.

George fuhr in gemäßigtem Tempo an ihnen vorbei, beschleunigte den Wagen dann plötzlich wie eine Rakete und bog rasch nach rechts in eine dunkle Nebenstraße ab. »Denen wird durch die Geschichte bestimmt nachträglich das Abendessen verleidet«, knurrte er. »Aber ich möchte wetten, daß die es nicht einmal der Polizei melden, wenn sie ihn finden.«

»Wahrscheinlich nicht. Machen wir, daß wir zu mir kommen und einen Schluck zu trinken kriegen«, antwortete ich. »Mir hat es nie Spaß gemacht, jemanden umzulegen.«

Wir saßen mit dem Rest von Miß Huntress' Scotch vor uns und musterten uns gegenseitig über den Rand unserer Gläser. George sah ganz manierlich aus, wenn er die Mütze abnahm. Sein Kopf war von welligem, dunkelbraunem Haar dicht bedeckt, und seine Zähne waren sehr weiß und gepflegt. Abwechselnd schlürfte er an seinem Drink und muffelte an seiner Zigarette. In seinen scharfen, schwarzen Augen lag ein kaltes Glitzern.

»Yale?« fragte ich.

»Dartmouth, wenn es Sie so brennend interessiert.«

»Mich interessiert alles, und ich will alles genau wissen. Was bringt ein Collegestudium heute ein?«

»Drei Winkel an der Uniform«, knurrte er.

»Was ist der junge Jeeter für ein Bursche?«

»Ein großer, blonder Kraftprotz, der ganz gut Golf spielt und sich einbildet, daß er bei Frauen alles erreichen kann, scharf trinkt, bisher aber noch nicht den Teppich vollgemacht hat.«

»Und der alte Jeeter? Wie ist der?«

»Vielleicht würde er Ihnen zehn Cents schenken, wenn er gerade kein Kleingeld in der Tasche hat.«

»Na, na. Wie reden Sie denn von Ihrem Brötchengeber?«

George grinste. »Der ist so geizig, daß sein Kopf quietscht, wenn er den Hut abnimmt. Ich habe immer etwas riskiert. Vielleicht ist deshalb nicht mehr als ein Chauffeur aus mir geworden. Ihr Scotch hier ist gut.«

Ich mixte uns einen neuen Drink. Damit wurde die Flasche leer.

»Sie meinen also, diese beiden Burschen hätten es auf den jungen Jeeter abgesehen?«

»Auf wen sonst? Im allgemeinen bringe ich ihn um diese Zeit nach Hause. Heute zufällig nicht. Er hatte einen bösen Kater von gestern und ging erst sehr spät fort. Sie sind Detektiv. Sie müßten doch darüber Bescheid wissen.«

»Wer hat Ihnen gesagt, daß ich Detektiv bin?«

»Niemand. Aber Detektive stellen immer so viele Fragen.«

Ich schüttelte den Kopf. »Ich habe Ihnen ganze sechs Fragen gestellt. Ihr Chef behauptete, er hätte großes Vertrauen zu Ihnen. Er wird es Ihnen gesagt haben.«

Der dunkle Mann nickte, grinste ein bißchen und nippte wieder an seinem Glas. »Das Ganze ist doch ganz offensichtlich. Erst als ich ansetzte, um die Kurve in die Toreinfahrt zu nehmen, machten diese Burschen sich bemerkbar. Ich glaube nicht, daß sie ernstlich die Absicht hatten, einen umzubringen. Sie wollten nur jemanden einschüchtern. Aber dann wurde dieser kleine Kerl verrückt.«

Ich betachtete Georges Augenbrauen, hübsche, schwarze Augenbrauen, die den satten Glanz von Roßhaar hatten.

»Es sieht nicht nach Marty Estel aus, sich diese Sorte von Helfern auszusuchen«, antwortete ich.

»Mag sein. Aber vielleicht hat er sich gerade aus diesem Grund diese Sorte ausgesucht.«

»Sie sind ein heller Bursche, George. Sie und ich, wir könnten ganz gut miteinander auskommen. Aber daß Sie diese kleine Kröte umgelegt haben, macht es alles ein bißchen schwierig. Was wollen Sie in der Geschichte unternehmen?«

»Nichts.«

»Soll mir recht sein. Wenn die Polizei Ihnen auf die Spur kommt und Sie dann noch die Waffe haben, was ich für unwahrscheinlich halte, wird man den Vorfall vermutlich als Raubversuch betrachten und es dabei bewenden lassen. Aber da ist noch ein Punkt.«

»Welcher?« George trank sein Glas aus, stellte es weg, zündete sich eine neue Zigarette an und lächelte.

»Es ist ziemlich schwierig, einen bestimmten Wagen von vorn genau zu erkennen, besonders nachts. Selbst mit all den Lampen. Es hätte doch ein Besucher darin sitzen können.«

Er zuckte mit den Schultern und nickte dann. »Wenn es ein Einschüchterungsversuch gewesen sein sollte, hätte es auch dann seinen Zweck erfüllt. Denn die Familie würde von dem Vorfall erfahren, und der alte Mann konnte erraten, von wem er veranlaßt wurde und weshalb.«

»Sie sind wirklich sehr gescheit«, sagte ich bewundernd. Und dann klingelte das Telefon.

Es war die Stimme eines englischen Butlers, sehr knapp und präzise, und sie sagte, wenn dort Mister John Dalmas sei, dann würde Mister Jeeter gern mit ihm sprechen. Der alte Jeeter kam sofort an den Apparat und war wieder reichlich frostig.

»Ich stelle fest, daß Sie sich viel Zeit bei der Befolgung von Befehlen lassen«, bellte er. »Oder ist mein Chauffeur nicht . . .«

»Doch, er ist hier, Mister Jeeter, aber wir hatten ein paar kleine Schwierigkeiten. George wird Ihnen berichten.«

»Junger Mann, wenn ich eine Anordnung gebe, dann . . .«

»Moment, Mister Jeeter. Ich habe einen schweren Tag hinter mir. Ihr Sohn hat mir eine ans Kinn gegeben, dabei bin ich gestürzt und habe mir ein Loch in den Kopf geschlagen. Als ich dann in meine Wohnung kam, mehr tot als lebendig, wurde ich von zwei harten Figuren in Empfang genommen, die mir ihre Pistolen unter die Nase hielten und mir sagten, ich solle meine Finger von dem Fall Jeeter lassen. Ich tue, was ich kann, aber ich bin leicht angeschlagen. Nehmen Sie darauf also Rücksicht.«

»Junger Mann . . .«

»Hören Sie, Mister Jeeter«, unterbrach ich ihn scharf. »Wenn Sie wollen, daß alles nach Ihrem Kopf geht, dann spielen Sie Ihr Spiel allein. Oder Sie können sich viel Geld sparen und sich einen Jüngling engagieren, der auf Ihre Befehle springt. Ich muß so handeln können, wie ich es für richtig halte. War die Polizei schon da?«

»Polizei?« wiederholte er verdrießlich. »Sie meinen Polizei?«

»Selbstverständlich meine ich Polizei.«

»Und warum sollte die Polizei zu mir kommen?« krächzte er fast.

»Weil vor einer halben Stunde vor Ihrem Tor einer lag, der steif war. Steif bedeutet tot. Er war ziemlich klein. Sie können ihn mit einer Kehrrichtschaufel wegfegen lassen, wenn er Sie stört.«

»Mein Gott, ist das Ihr Ernst?«

»Das fragen Sie noch? Außerdem hat er auf mich und George geschossen. Er erkannte den Wagen. Er muß es auf Ihren Sohn abgesehen haben, Mister Jeeter.«

Das Schweigen, das folgte, hatte Widerhaken. »Haben Sie nicht gesagt, es war ein Toter? Und jetzt sagen Sie, er hätte auf Sie geschossen?« Mister Jeeters Stimme war eisig kalt.

»Als er schoß, war er noch nicht tot«, erklärte ich. »George wird es Ihnen berichten. George . . .«

»Kommen Sie sofort zu mir!« schrie er durch das Telefon. »Haben Sie verstanden? Sofort!«

»George wird es Ihnen erzählen«, antwortete ich besänftigend und drückte die Gabel herunter, mitten in seinem Satz.

George sah mich kühl an. Er erhob sich und setzte seine Mütze auf. »Na schön«, meinte er. »Vielleicht kann ich Ihnen eines Tages zu was verhelfen, wobei es sanft zugeht.« Er ging zur Tür.

»Es geht nicht anders. Es liegt alles bei dem Alten. Er muß entscheiden.«

»Blödsinn«, sagte George und sah über die Schulter zu mir zurück. »Sie quatschen zuviel, Sie Schnüffler. Alles, was Sie sagen, ist nur dummes Geschwätz.«

Er öffnete die Tür, ging hinaus, schloß sie hinter sich, und ich saß da, die eine Hand auf der Gabel des Telefons, in der anderen den Hörer, mit offenem Mund, in dem nur meine Zunge war, auf der ich einen schlechten Geschmack hatte.

Ich ging in die Küche, schüttelte die Scotchflasche, aber sie war immer noch leer. Ich öffnete eine andere, nahm einen Schluck, der im Vergleich säuerlich schmeckte. Irgend etwas beunruhigte mich. Ich hatte das Gefühl, als würde ich noch viel mehr Grund haben, mich zu beunruhigen, bis alles überstanden war.

George mußte ihnen um Haaresbreite entgangen sein. Ich hörte den Fahrstuhl wieder heraufkommen, noch in der gleichen Minute, als er unten angelangt war. Auf dem Gang näherten sich schwere Schritte. Eine Faust schlug gegen meine Tür. Ich ging hin und öffnete. Der eine war in Braun, der andere in Blau, beide groß, kräftig und scheinbar gelangweilt.

Der in Braun stieß seinen Hut mit einer sommersprossigen Hand in den Nacken. »Sind Sie John Dalmas?«

»Bin ich«, antwortete ich.

Sie trieben mich in das Zimmer zurück, ohne daß ich es recht bemerkte. Der in Blau schloß die Tür wieder. Der in Braun wedelte mit seiner Marke in der Hand vor meinem Gesicht und ließ mich einen Schimmer von Gold und Email erhaschen.

»Finlayson, Inspektor bei der zentralen Mordkommission«, sagte er. »Das ist mein Kollege Sebold. Wir sind freundliche Mitmenschen, solange keiner versucht, uns auf den Arm zu nehmen. Haben gehört, Sie gehen ein bißchen wild mit der Kanone um.«

Sebald nahm seinen Hut ab und wischte mit der Hand über sein braunmeliertes Haar. Lautlos verschwand er in der Küche.

Finlayson setzte sich auf die Kante eines Sessels und kratzte sich mit seinem Daumennagel, der so quadratisch wie ein Eiswürfel und so gelb wie ein Senfpflaster war, am Kinn. Er war älter als Sebold, sah aber nicht so gut aus. Er hatte den muffigen Ausdruck eines alten Polizisten, der es nicht sehr weit gebracht hat.

Ich setzte mich und fragte: »Was soll das heißen: wild mit der Kanone?«

»Leute zusammenschießen, meine ich.«

Ich zündete eine Zigarette an. Sebold kam aus der Küche und ging in die Ankleidekammer hinter dem Schrankbett.

»Angeblich haben Sie eine Lizenz als Privatdetektiv«, sagte Finlayson schwerfällig.

»Nicht nur angeblich.«

»Zeigen Sie her.« Er streckte seine Hand aus. Ich gab ihm meine Brieftasche. Er sah sie durch, betrachtete sich die Lizenz und reichte sie mir zurück. »Haben Sie eine Waffe bei sich?«

Ich nickte. Er streckte wieder die Hand aus. Sebold kam gerade aus der Ankleidekammer. Finlayson schnüffelte an meiner Lueger, nahm das Magazin heraus, entlud die Kammer und hielt die Waffe so, daß das Licht durch die Öffnung für das Magazin in die Kammer und das hintere Ende des Laufes fiel. Er kniff ein Auge zu und blinzelte in den Lauf und reichte die Waffe Sebold, der das gleiche tat.

»Sieht nicht danach aus«, murmelte Sebald. »Sauber ist sie, aber nicht so sauber. Sie kann nicht erst vor einer Stunde gereinigt worden sein. Im Lauf sitzt ein bißchen Staub.«

»Stimmt«, nickte Finlayson. Er nahm die ausgeworfene Patrone vom Teppich, drückte sie in das Magazin, schob es in die Waffe zurück und gab mir die Lueger wieder. Ich schob sie unter meinen Arm.

»Sind Sie heute abend ausgewesen?« fragte er scharf.

»Erzählen Sie mir nicht alles auf einmal. Ich rate ein bißchen.«

»Klugschwätzer«, brummte Sebold abfällig. Er staubte wieder sein Haar ab und zog eine Schreibtischschublade auf. »Hübsches Zeug hier. Stoff für 'nen Zeitungsartikel. So hab' ich euch Burschen gern – mit 'nem Gummiknüppel.«

Finlayson seufzte. »Sind Sie heute abend ausgewesen?«

»Sicher. Weggegangen, wiedergekommen, ununterbrochen. Warum?«

Er ignorierte die Frage. »Wo waren Sie?«

»Abendessen, geschäftliche Besprechung, vieleicht sogar zwei«, zählte ich auf.

»In welcher Gegend?«

»Tut mir leid, meine Herren. In jedem Beruf gibt es Geschäftsgeheimnisse.«

»Besuch hat er auch gehabt«, sagte Sebold, nahm Georges Glas in die Hand und schnüffelte daran. »Gerade eben erst. Noch keine Stunde her.«

»Geben Sie nicht so an. So gut sind Sie nicht«, sagte ich mürrisch.

»Sind Sie vielleicht in einem großen Cadillac spazierengefahren?« bohrte Finlayson weiter und holte tief Luft. »In der Richtung nach West Los Angeles?«

»Ich bin in einem Chrysler gefahren, und zwar in Richtung Vine Street.«

»Das beste ist, wir nehmen ihn mal mit«, meinte Sebold und betrachtete seine Fingernägel.

»Das beste ist, Sie hören auf, Unsinn zu reden, und erzählen mir, was Sie eigentlich von mir wollen. Ich komme mit Polizisten im allgemeinen ganz gut aus. Nur wenn sie so tun, als wären Gesetze nur für schlichte Bürger da, gibt es mit mir Ärger.«

Finlayson studierte mich. Nichts von dem, was ich gesagt hatte, schien ihn zu berühren. Nichts von dem, was Sebold sagte, berührte ihn. Er hatte eine Idee, und die hätschelte er wie einen kranken Säugling.

»Kennen Sie einen kleinen Burschen namens Frisky Lavon?« Er seufzte. »Früher war er Schlepper für Falschspieler, dann kam er auf die Idee, daß er mehr als das könnte. Das treibt er seit zwölf Jahren. Fuchtelt mit einer Kanone herum und benimmt sich einfältig. Aber heute abend gegen halb acht hat er das eingestellt. Für immer. Ausgestiegen – mit 'ner Kugel im Kopf.«

»Nie von ihm gehört«, antwortete ich.

»Sind Sie heute abend mit jemandem angeeckt?«

»Da muß ich schnell mal in meinem Notizbuch nachsehen.«

Sebold beugte sich liebenswürdig vor. »Legen Sie gesteigerten Wert darauf, von mir eine gewischt zu kriegen?« erkundigte er sich entgegenkommend.

Finlayson fuhr dazwischen. »Laß das, Ben, verdammt noch mal. Hören Sie her, Dalmas. Vielleicht haben wir es falsch angefangen. Von Mord kann keine Rede sein. Vielleicht war es ganz berechtigt. Dieser Frisky Lavon wurde heute abend auf dem Calvello Drive in Bel Air umgelegt. Mitten auf der Straße. Niemand hat etwas gesehen oder gehört. Deshalb wollen wir von Ihnen was wissen.«

»Na und?« schnappte ich. »Was habe ich damit zu tun? Und halten Sie mir den Klavierstimmer da vom Hals. Er hat einen ordentlichen Anzug und saubere Fingernägel, aber er bildet sich zuviel auf seine Marke ein.«

»Sie Quatschkopf«, sagte Sebold.

»Wir erhielten einen komischen Telefonanruf«, erläuterte Finlayson. »Deshalb kommen wir zu Ihnen. Wir sind nicht aus dem leeren Bauch heraus hier. Wir suchen nach einer 45er. Welches Fabrikat, ist vom Labor noch nicht festgestellt.«

»Der Junge ist gerissen. Er hat sie bei Levy unter die Bar geschmissen«, höhnte Sebold.

»Ich habe nie eine 45er gehabt«, erwiderte ich. »Ein Bursche, der eine so dicke Kanone braucht, sollte lieber gleich mit einem Pickel losgehen.«

Finlayson belauerte mich finster und zählte dabei seine Daumen. Dann holte er wieder tief Luft und wurde überraschend menschlich. »Ich bin natürlich nur ein bornierter Pflastertreter wie alle Polizisten. Mir kann jemand ein Ohr abreißen, ohne daß ich davon was merke. Hören wir also auf mit diesem Drumherumgerede und reden wir vernünftig.«

»Wir bekamen einen anonymen Telefonanruf. Danach wurde dieser Frisky tot aufgefunden«, fuhr er fort. »Direkt vor einem großen Haus, das einem Mann namens Jeeter gehört, der eine Reihe von Holdinggesellschaften besitzt. Er würde einen Burschen wie diesen Frisky nicht als Fußabtreter benutzen, kann also nichts mit dem Vorfall zu tun haben. Weder sein Hauspersonal noch das in einem der vier anderen Häuser des Blocks hat etwas gehört oder bemerkt. Frisky lag dort auf der Straße, und irgendein Wagen ist ihm über die Beine gefahren, aber getötet wurde er durch eine Kugel aus einer 45er, die er ins Gesicht bekommen hatte. Die Beamten in West Los Angeles hatten kaum mit den Routineermittlungen begonnen, als bei uns in der Zentrale einer anrief, um der Mordkommission mitzuteilen: wenn sie wissen wollte, wer auf Frisky Lavon geschossen hätte, sollte sie einen Privatdetektiv namens John Dalmas fragen. Er gab noch die Adresse und alles andere an und legte dann sofort auf. Das teilte mir der Beamte vom Dienst mit. Da ich von diesem Frisky Lavon nie etwas gehört hatte, fragte ich in der Kartei nach, und in unserem Archiv lag natürlich alles vor. Gerade als ich die Akten durchsah, kam die Rückfrage aus West Los Angeles, und tatsächlich stimmt die Beschreibung ziemlich genau überein. Wir überprüften es gründlich. Der Tote ist tatsächlich Frisky Lavon. Darauf gibt mir der Chef den Auftrag, bei Ihnen nachzufragen. Deswegen sind wir hier.«

»So. Deswegen sind Sie also hier. Wie wäre es mit einem Drink?«

»Können wir Ihre Wohnung noch durchsuchen, wenn wir ihn getrunken haben?«

»Natürlich. Das ist ein guter Tip – ich meine den Telefonanruf. Wenn Sie sich sechs Monate Zeit nehmen, kriegen Sie vielleicht sogar etwas heraus.«

»Auf die Idee sind wir auch schon gekommen«, knurrte Finlayson. »Es gibt hunderte oder mehr, die den kleinen Köter umgelegt haben können. Und zwei oder drei von denen hielten es vielleicht für besonders schlau, es Ihnen anzuhängen. Diese zwei oder drei interessieren uns.«

Ich schüttelte den Kopf. »Ich habe keinen Schimmer, wer es gewesen sein kann.«

»Sie können nur dämliche Bemerkungen machen, was?« meinte Sebold.

Finlayson wuchtete sich hoch. »Nun, auf jeden Fall müssen wir uns hier umsehen.«

»Vielleicht hätten wir einen Haussuchungsbefehl mitbringen sollen«, sagte Sebold und leckte sich über die Lippen.

»Ich muß mich doch nicht mit dem Kerl da prügeln?« fragte ich Finlayson. »Ich meine, Sie haben doch nichts dagegen, wenn ich sein dummes Geschwätz nicht weiter beachte und Ruhe bewahre?«

Finlayson sah die Zimmerdecke an, dann sagte er trocken: »Vorgestern ist ihm seine Frau durchgebrannt. Dafür sucht er sich wohl ein Ventil, wie man so sagt.«

Sebold wurde käseweiß und krampfte wütend die Finger zusammen. Dann lachte er kurz auf und erhob sich auch.

Sie machten sich an die Arbeit. Zehn Minuten öffneten und schlossen sie meine Schubladen, suchten hinter Schränken und unter Sesselpolstern, klappten das Bett herunter, sahen in den Kühlschrank und in den Abfalleimer. Dann gaben sie es auf.

Sie kamen schließlich ins Wohnzimmer zurück und setzten sich. »Nichts als eine Finte«, sagte Finlayson müde. »Irgendein Kerl, der Ihren Namen vielleicht im Telefonbuch gelesen hat. Es gibt viele Möglichkeiten.«

»Jetzt werde ich den Drink holen.«

»Ich trinke nichts«, schnarrte Sebold.

Finlayson faltete die Hände über dem Magen. »Das soll nicht heißen, daß hier Sprit auf die Blumentöpfe gegossen werden muß, mein Junge.«

Ich mixte drei Drinks und stellte zwei neben Finlayson. Er trank den einen halb aus und betrachtete weiter die Decke. »Heute ist noch einer umgelegt worden«, sagte er nachdenklich. »Ein Kollege von Ihnen, Dalmas. Ein fetter Bursche am Sunset Boulevard. Hieß Arbogast. Schon mal von ihm gehört?«

»War das nicht ein Spezialist für Handschriften?« fragte ich.

»Du sprichst über Dienstgeheimnisse«, ermahnte Sebold.

»Stimmt. Über Dienstgeheimnisse, die schon in den Morgenzeitungen stehen. Dieser Arbogast bekam drei Schüsse ab. Mit einer 22er. Kennen Sie jemanden, der mit so einer Langrohrbatterie herumläuft?«

Ich faßte mein Glas fester und nahm einen langsamen Schluck. Ich war nicht der Meinung, daß Wachsnase so gewalttätig ausgesehen hatte, aber wissen konnte man das ja nie.

»Doch«, sagte ich langsam. »Einen Killer namens Al Tessilore. Aber der ist in Folsom. Der lief mit einem Colt Woodsman herum.«

Finlayson trank das erste Glas aus, kippte das zweite mit der gleichen Geschwindigkeit hinter den Kragen und stand auf. Sebold stand auch auf, immer noch wütend.

Finlayson öffnete die Tür. »Komm, Ben, gehen wir.« Sie gingen.

Ich hörte ihre Schritte im Gang und wieder das Klappern des Fahrstuhls. Direkt vor dem Haus wurde ein Wagen angelassen, und das Brummen des Motors verklang in der Nacht.

»Spaßmacher dieser Sorte morden nicht«, sagte ich laut vor mich hin. Aber es sah so aus, als ob sie es doch täten.

Ich wartete fünfzehn Minuten, bis ich meine Wohnung verließ. Das Telefon klingelte, während ich wartete, aber ich hob den Hörer nicht ab.

Ich fuhr zum El Milano und nahm genug Umwege, um mich zu vergewissern, daß mich niemand verfolgte.

5

In der Halle hatte sich nichts geändert. Der blaue Teppich schmiegte sich wieder fast um meine Knöchel, als ich zum Empfangstisch hinüberwatete, derselbe bleiche Herr mit Trauerrand reichte einem Paar pferdegesichtiger Weiblichkeiten in Tweedkostüm einen Schlüssel und verlagerte wieder sein Gewicht auf den linken Fuß, als er mich sah. Die Tür am Ende des Empfangstisches sprang wieder auf, und der fette, erotisch empfindsame Hawkins erschien, mit dem, wie mir schien, gleichen Zigarrenstummel im Gesicht. Er strömte auf mich zu, begrüßte mich diesmal mit einem strahlend herzlichen Lächeln und ergriff mich am Arm. »Sie sind der Mann, auf den ich gewartet habe«, schmunzelte er. »Gehen wir einen Moment hinauf.«

»Was gibt's denn?«

»Geben?« Sein Lächeln wurde so breit wie das Tor zu einer Doppelgarage. »Nichts Besonderes. Hier, bitte.«

Er schob mich in den Fahrstuhl und sagte mit seiner fettigen Stimme fröhlich: »Achter Stock.« Wir schwebten hinauf, stiegen aus und schritten durch das Moos auf den Korridor. Hawkins hatte einen harten Griff und wußte, wo man einen Arm festhielt. Ich war interessiert genug, was kommen würde, um ihm seinen

Spaß zu lassen. Er drückte auf den Knopf neben der Tür zu Miß Huntress' Apartment, drinnen klang das Glockenspiel auf, und die Tür wurde geöffnet. Ich sah auf ein flaches Boxergesicht. Es hatte einen Derbyhut auf dem Kopf und einen Abendmantel an. Die rechte Hand hatte das Boxergesicht in der Seitentasche seines Mantels vergraben. Unter dem Derbyhut waren ein Paar zernarbte Augenbrauen und unter den Augenbrauen ein Paar Augen, die etwa ebensoviel Ausdruck zeigten wie der Verschlußdeckel zum Benzintank meines Wagens.

Er bewegte den Mund genug, daß man glauben konnte, ein »ja?« zu hören.

»Gesellschaft für den Boß«, sagte Hawkins überschwenglich.

»Was für Gesellschaft?«

»Lassen Sie mich doch mitspielen«, bat ich. »Gesellschaft mit beschränkter Haftung. Geben Sie mir den Apfel.«

»Was?« Die Augenbrauen verzogen sich nach allen Seiten, und der Unterkiefer reckte sich vor. »Hier macht hoffentlich keiner dumme Scherze.«

»Aber Leute . . .«, begann Hawkins.

Eine Stimme hinter dem Derbyhut unterbrach ihn. »Was ist los, Beef?«

»Er schmort«, antwortete ich an seiner Stelle.

»Werden Sie nicht . . .«

»Aber Leute . . .«, sagte Hawkins wie vorher.

»Nichts Besonderes«, erklärte Beef laut über die Schulter, als sei seine Stimme ein Lasso. »Der Hotelschnüffler hat einen raufgebracht und behauptet, es sei Gesellschaft für Sie.«

»Laß die Gesellschaft rein, Beef.« Mir gefiel die Stimme. Sie war glatt, ruhig, und mit einem dreißig Pfund schweren Vorschlaghammer und einem gehärteten Meißel hätte man vielleicht seinen Namen in sie einritzen können.

»Na los!« forderte Beef auf und trat beiseite.

Wir gingen hinein. Ich zuerst, dann Hawkins, dann Beef, dicht aufgeschlossen, als sei er eine Drehtür. Wir gingen so dicht hintereinander, daß wir wie eine Torte aus drei Schichten ausgesehen haben müssen.

Miß Huntress war nicht in ihrem Zimmer. Der Holzblock in dem Kamin hatte fast aufgehört zu glimmen. In der Luft lag immer noch der Geruch von Sandelholz, jetzt stark mit Zigarettenrauch vermischt.

Am Ende des Sofas stand ein Mann, beide Hände in den Taschen eines blauen Kamelhaarmantels, den Kragen bis an die Krempe seines weichen, schwarzen Hutes hochgeschlagen. Aus dem Mantel hingen die losen Enden eines Schals. Er stand regungslos, von der Zigarette zwischen seinen Lippen stieg Rauch. Er war groß, schwarzhaarig, höflich, gefährlich. Er sagte nichts.

Hawkins stelzte zu ihm. »Das ist der Mann, von dem ich Ihnen berichtet habe, Mister Estel«, gurgelte er aus seinem fetten Hals. »Kam früh am Nachmittag und behauptete, er käme in Ihrem Auftrag. Hat mich beinahe getäuscht.«

»Gib ihm einen Zehner, Beef.«

Der Derbyhut zog seine linke Hand irgendwo heraus, und es war ein Zehner darin. Die Hand hielt Hawkins die Note hin. Hawkins nahm sie errötend.

»Das ist doch nicht nötig, Mister Estel. Aber trotzdem, vielen Dank.«

»Raus jetzt!«

»Wa – was?« Hawkins war verstört.

»Sie haben doch gehört«, sagte Beef grob. »Oder wollen Sie mit Ihrem dicken Hinterteil zuerst durch die Tür?«

Hawkins versuchte, Würde zu zeigen. »Ich habe die Gäste des Hauses zu schützen. Sie wissen, wie das ist, meine Herren. Keine leichte Aufgabe für einen Mann.«

»Ja, aber raus«, sagte Estel, ohne die Lippen zu bewegen.

Hawkins drehte sich um und ging eilig und geräuschlos hinaus. Mit einem leisen Klicken schloß sich die Tür hinter ihm. Beef sah sich nach mir um und trat hinter mich.

»Sieh nach, ob er eine Waffe bei sich hat, Beef.«

Der Derbyhut suchte, nahm mir die Lueger ab und entfernte sich wieder von mir. Estel sah flüchtig auf die Lueger, und dann blickte er mich wieder an. Seine Augen zeigten gleichgültige Abneigung.

»Sie heißen John Dalmas und sind so ein Amateurschnüffler?«

»Was dagegen?« antwortete ich.

»Gleich wird irgend jemand irgendwo aufs Gesicht fallen, und zwar kräftig«, tönte Beef drohend.

»Ach, sparen Sie sich den Quatsch für die Müllabfuhr«, entgegnete ich ihm. »Ich habe heute abend schon genug Kraftprotzen gesehen. Ich habe gefragt: ›Was dagegen?‹ und ich frage noch mal: ›Was dagegen?‹«

Marty Estel zeigte sich leicht amüsiert. »Bleiben Sie mal auf dem Teppich. Ich muß mich schließlich um meine Freunde kümmern, oder meinen Sie nicht? Sie wissen, wer ich bin? Schön. Ich weiß, worüber Sie mit Miß Huntress gesprochen haben. Ich weiß aber auch etwas von Ihnen, von dem Sie nicht wissen, daß ich es weiß.«

»Sehr schön«, sagte ich. »Dieser Fettwanst Hawkins hat von mir zehn Grüne kassiert, weil er mich heute nachmittag hier heraufgelassen hat. Er wußte genau, wer ich bin. Von Ihrem starken Mann hier hat er gerade weitere zehn kassiert, weil er mich hierher gebracht hat. Geben Sie mir meine Knarre zurück und sagen Sie mir, wieso meine Angelegenheiten Ihre Angelegenheiten sind.«

»Dafür gibt's Gründe genug. Zunächst ist Harriet nicht zu Hause. Ich bin hier, weil etwas passiert ist. Ich habe aber nicht mehr lange Zeit. Im Klub wartet Arbeit auf mich. Weshalb sind Sie noch einmal hier hergekommen?«

»Ich suche nach dem Jeeter-Jüngelchen. Jemand hat heute abend auf seinen Wagen geschossen. Er braucht jetzt einen, der auf ihn aufpaßt.«

»Sie glauben doch nicht, daß ich mich auf solche Scherze einlasse?« fragte Estel kalt.

Ich ging zu einem Schrank und öffnete ihn, fand die gesuchte Flasche Scotch, drehte den Verschluß auf, nahm ein Glas von einem Tischchen und goß ein. Ich probierte ihn. Er schmeckte richtig. Ich sah mich nach Eis um, aber es war keins da. Das in dem Eimerchen war längst geschmolzen.

»Ich habe Sie was gefragt«, sagte Estel ernst.

»Ich habe es gehört. Ich überlegte nur. Meine Antwort ist, daß ich es mir nicht vorstellen kann – nein. Aber es ist passiert. Ich war dabei. Ich saß in dem Wagen statt des jungen Jeeter. Sein Vater hatte nach mir geschickt. Ich sollte zu ihm in sein Haus kommen, um über die Geschichte zu reden.«

»Welche Geschichte?«

Ich machte mir nicht erst die Mühe, ein überraschtes Gesicht zu mimen. »Sie haben Schuldscheine von dem Jungen über fünfzig Mille. Wenn ihm irgendwas passiert, sieht das böse für Sie aus.«

»Da bin ich anderer Meinung. Wenn dem Knaben etwas passiert, komme ich doch um mein Geld. Der Alte wird nicht bezahlen, zugegeben. Aber wenn ich ein paar Jahre warte, kann ich bei dem Jungen kassieren. Die Treuhandverwaltung über sein Vermögen wird aufgehoben, wenn er achtundzwanzig wird. Jetzt bekommt er jeden Monat einen Tausender, und er kann nicht einmal durch ein Testament über sein Geld verfügen, weil es noch unter Treuhandschaft steht. Kapiert?«

»Dann würden Sie ihn natürlich nicht umlegen lassen«, gab ich zu und stärkte mich an meinem Scotch, »aber es könnte sein, daß Sie ihn einschüchtern wollten.«

Estel ließ seine Zigarette in einen Aschenbecher fallen und sah zu, wie ihr Rauch aufstieg. Dann nahm er sie wieder und drückte sie aus. Er schüttelte den Kopf.

»Wenn Sie seine Leibwache spielen wollen, würde es sich fast für mich lohnen, einen Teil Ihres Honorars zu tragen, oder nicht? Beinahe. In meinem Beruf kann man sich nicht um alles kümmern. Er ist großjährig, und es ist seine Sache, mit wem er sich abgibt. Frauen zum Beispiel. Gibt es einen Grund, weshalb ein nettes Mädchen sich nicht einen Anteil an den fünf Millionen Dollars sichern sollte?«

»Das ist eine vorzügliche Idee. Was wissen Sie denn nun von mir, wovon ich nicht weiß, daß Sie es wissen?«

Er lächelte verhalten.

»Was wollten Sie denn Miß Huntress erzählen? Die Geschichte, die gerade passiert ist?« fragte ich weiter.

Er lächelte wieder verhalten.

»Dalmas, es gibt tausend Arten, auf die man ein Spiel spielen kann. Ich spiele auf einen Prozentsatz an den Einnahmen des Hauses, weil ich mehr nicht zu gewinnen brauche. Warum sollte ich gewalttätig werden?«

Ich hatte eine frische Zigarette zwischen den Fingern und versuchte, sie mit zwei Fingern um das Glas zu rollen. »Wer hat behauptet, daß Sie gewalttätig werden? Ich habe von Ihnen immer nur die freundlichsten Sachen gehört.«

Marty Estel nickte und zeigte wieder ein leicht amüsiertes Gesicht. »Ich habe schließlich meine Informationsquellen«, sagte er ruhig. »Wenn ich in einen Burschen fünfzig Mille investiere, bin ich auch in der Lage, einiges über ihn herauszufinden. Jeeter engagierte einen Mann namens Arbogast, um eine kleine Arbeit für ihn zu erledigen. Heute ist Arbogast in seinem Büro umgelegt worden, mit einer 22er. Das braucht mit Jeeters Auftrag nichts zu tun haben. Aber Sie wurden beschattet, Dalmas, als Sie dort hingingen, und Sie haben der Polizei nichts gemeldet. Macht das uns beide nicht zu Freunden?«

Ich leckte einen Tropfen vom Rand meines Glases und nickte. »Doch, es sieht so aus.«

»Und von nun an vergessen Sie, Harriet lästig zu fallen. Kapiert?«

»Gewiß.«

»Wir verstehen uns jetzt wirklich ganz genau?«

»Ja.«

»Dann kann ich ja gehen. Gib ihm seine Lueger zurück, Beef.«

Der Derbyhut kam zu mir und knallte mir die Waffe so hart in die Hand, als wollte er mir die Knochen brechen.

»Bleiben Sie noch hier?« fragte Estel, während er zur Tür ging.

»Ein paar Minuten vielleicht. Bis Hawkins heraufkommt, um mich um einen weiteren Zehner zu erleichtern.«

Estel grinste. Beef ging mit hölzernem Gesicht zur Tür und hielt sie ihm auf. Estel ging hinaus. Die Tür schloß sich. In dem Zimmer war es unruhig. Ich schnüffelte den fast verflogenen Duft des Sandelholzparfüms, blieb stehen, wo ich war, und sah mich um.

Irgend jemand war verrückt. Ich war verrückt. Alle waren verrückt. Nichts stimmte auch nur für einen Cent zusammen. Für Marty Estel gab es, wie er gesagt hatte, kein gewisses Motiv, jemanden zu ermorden, weil das der sicherste Weg war, jede Aussicht zu zerstören, jemals zu seinen fünfzigtausend Dollar zu kommen. Und selbst wenn er ein Motiv hätte, wären Wachsnase und Frisky nicht das Gespann, das er für diesen Job ausgesucht hätte. Ich hatte im Augenblick bei der Polizei bestimmt keinen Stein im Brett, von meinen zwanzig Dollar Spesen hatte ich zehn bereits ausgegeben, und mein Ansehen reichte nicht aus, um auch nur bei einem Zigarettenhändler für fünf Cents Kredit zu bekommen.

Ich trank das Glas aus, stellte es hin, ging in dem Zimmer auf und ab, rauchte eine dritte Zigarette, sah auf meine Uhr, zuckte mit den Schultern und fand es alles widerwärtig. Die anderen Türen des Apartments waren geschlossen. Ich ging zu der, durch die sich der Jeeterboy am Nachmittag hereingeschlichen haben mußte, öffnete sie und sah in ein Schlafzimmer in Elfenbein und Aschrosa. Ein großes Doppelbett ohne Fußteil stand darin, von einer mit Figuren geschmückten Brokatdecke bedeckt. Auf dem eingebauten Toilettentisch mit indirekter Beleuchtung schimmerten Kristall und Silber. Das Licht brannte. Auch eine kleine Lampe auf dem Tisch neben der Tür war eingeschaltet. Durch die offenstehende Tür neben dem Toilettentisch sah man auf das kühle Grün der Kacheln im Badezimmer.

Ich steckte meine Nase auch da hinein. Chrom, ein durch Glaswände abgeteilter Duschraum, mit Monogrammen versehene Badetücher an Haken und eine Glasplatte mit Parfüm und Badesalz in Griffhöhe am Fußende der Wanne, alles sehr schick und elegant. Miß Huntress hatte Stil und Format. Ich hoffte, daß sie ihre Miete selbst bezahlte. Es konnte mir an sich gleichgültig sein – aber es war mir doch sympathischer.

Ich ging zum Wohnzimmer zurück, blieb unter der Tür stehen, um mich noch einmal umzusehen, und dann bemerkte ich etwas, das mir gleich hätte auffallen müssen, als ich über die Schwelle trat. In der Luft lag der scharfe Geruch von Cordit, kaum mehr wahrnehmbar, aber noch nicht ganz verschwunden. Und dann bemerkte ich noch etwas.

Das Bett war verschoben worden, gerade so weit, daß sein Kopfteil etwas über den Rand einer Schranktür ragte, die nicht ganz geschlossen war. Das Gewicht des Bettes verhinderte offenbar, daß die Tür aufging. Ich trat näher, um festzustellen, aus welchem Grunde sie aufgehen wollte. Langsam schlich ich auf die Tür zu, und als ich halb durch das Zimmer war, bemerkte ich, daß ich meine Pistole in der Hand hielt.

Ich drückte gegen die Schranktür. Sie gab nicht nach. Ich drückte stärker. Vergebens, sie rührte sich nicht. Ich stemmte mich dagegen, schob mit dem Fuß das Bett auf die Seite und gab langsam nach.

Ein schweres Gewicht lastete auf der Tür. Ich gab noch mehr nach. Sie ging etwa dreißig Zentimeter weit auf, ehe irgend etwas geschah. Dann kam es aber plötzlich. Er kam heraus – seitwärts, in gewisser Weise rollte er. Ich stemmte mich wieder gegen die Tür und hielt ihn dadurch einen Moment aufrecht und beobachtete ihn.

Er war immer noch groß, immer noch blond, immer noch in einer groben Sportjacke, einem Hemd mit offenem Kragen und trug immer noch einen Schal. Aber sein Gesicht war nicht mehr rot.

Ich gab dem Druck der Tür weiter nach, und er rutschte an der Innenseite der Tür entlang, drehte sich dabei wie ein Schwimmer in der Brandung, sank auf den Boden und blieb bewegungslos liegen, fast auf dem Rücken, aber das Gesicht mir zugewendet. Das Licht von der Lampe neben dem Bett fiel auf seinen Kopf. Auf seiner rauhen Jacke war eine verbrannte und fleckige Stelle – etwa dort, wo sein Herz sein mußte. Er würde also die fünf Millionen doch nicht bekommen. Niemand würde etwas bekommen, auch Marty Estel seine fünfzig Mille nicht. Denn der junge Mister Gerald war tot.

Ich blickte in den Schrank, in dem er gewesen war. Die Tür stand jetzt weit offen. Es hingen Kleider darin, Damenkleider, sehr hübsche und geschmackvolle Kleider. Er war rückwärts in den Schrank hineingetrieben worden, wahrscheinlich mit erhobenen Händen, weil ihm jemand eine Pistole auf die Brust gesetzt hatte. Und dann war er in dem Schrank erschossen worden, und wer es auch getan hatte, der Mörder war nicht schnell oder nicht stark genug gewesen, um die Tür richtig schließen zu können. Oder er war gestört worden, und hatte eben nur das Bett heruntergezerrt, so daß es die Tür zuhielt, und dann alles so zurückgelassen.

Auf dem Boden im Schrank schimmerte etwas. Ich hob es auf. Es war eine kleine automatische Pistole, eine 25er, eine Waffe für eine Damenhandtasche, mit einem schönen, verzierten, mit Silber und Elfenbein eingelegten Kolben. Ich steckte die Waffe in meine Tasche. Das war eigentlich auch komisch.

Ich rührte ihn nicht an. Er war genauso tot wie John D. Arbogast und sah erheblich toter aus, wenn man das sagen kann. Ich ließ die Schranktür offen und lauschte, ging schnell zum Wohnzimmer zurück, zog die Schlafzimmertür hinter mir zu und wischte dabei über die Klinke.

Am Schloß der Eingangstür fummelte jemand mit einem Schlüssel. Hawkins kam also zurück, um festzustellen, wodurch ich aufgehalten worden sei. Er schloß die Tür mit seinem Hauptschlüssel auf.

Als er eintrat, goß ich mir gerade einen Whisky ein.

Er kam fast in die Mitte des Zimmers, blieb breitbeinig vor mir stehen und musterte mich ungehalten.

»Ich habe Estel und seinen Begleiter fortgehen sehen«, sagte er, »aber Sie nicht. Darum bin ich heraufgekommen. Ich habe die . . .«

». . . Gäste zu schützen«, ergänzte ich.

»Ja, ich habe die Gäste zu schützen: Sie können hier oben nicht bleiben. Jedenfalls nicht, wenn die Dame des Hauses abwesend ist.«

»Aber Marty Estel und sein Kraftprotz, die können das, wie?«

Er kam etwas dichter an mich heran. Seine Augen hatten einen hinterhältigen Blick. Wahrscheinlich hatten sie ihn immer, aber es fiel mir jetzt erst richtig auf.

»Sie werden doch keinen Gebrauch davon machen? Oder?« fragte er.

»Was geht es mich an? Jeder muß sehen, wie er durchkommt. Trinken Sie einen mit mir«, lud ich ihn ein.

»Das ist nicht Ihr Whisky.«

»Miß Huntress hat mir eine Flasche gegeben. Wir sind doch Freunde? Marty Estel und ich sind Freunde. Alle sind wir Freunde. Oder wollen Sie nicht mein Freund sein?«

»Wollen Sie mich auch nicht reinlegen?«

»Trinken Sie was, und machen Sie sich keine Sorgen.«

Ich nahm ein Glas und goß für ihn ein. Er nahm es.

»Wenn man es riecht, kostet es mich meine Stellung«, meinte er.

»Das kann Ihnen passieren.«

Er trank langsam, ließ den Scotch über seine Zunge laufen. »Guter Stoff.«

»Wird nicht das erstemal sein, daß Sie ihn schmecken, oder?«

Er wollte wieder den starken Mann markieren, ließ es aber bleiben. »Ach was, Sie wollen mich nur auf den Arm nehmen.« Er trank sein Glas aus, stellte es hin und betupfte sich die Lippen mit einem großen, sehr zerknüllten Taschentuch und seufzte.

»Aber jetzt müssen wir hier raus«, sagte er.

»Gehen wir also. Es wird wohl noch eine Weile dauern, bis sie nach Hause kommt. Haben Sie sie weggehen sehen?«

»Ja, sie und ihren Freund. Es ist schon lange her.«

Ich nickte. Wir gingen zur Tür, und Hawkins brachte mich aus dem Zimmer. Er brachte mich auch hinunter und aus dem Haus. Aber er sah nicht, was in Miß Huntress' Schlafzimmer war. Ich überlegte, ob er noch einmal hinaufgehen würde. Aber wenn er es tat, würde er sich sicher erst bei der Scotchflasche aufhalten.

Ich stieg in meinen Wagen und fuhr nach Hause, um mit Anna Halsey zu telefonieren. Der Fall Jeeter war für uns kein Auftrag mehr.

6

Diesmal parkte ich dicht am Bürgersteig. Ich war auch nicht mehr heiter gestimmt, als ich im Fahrstuhl nach oben fuhr, meine Tür aufschloß und das Licht einschaltete.

Wachsnase saß in meinem besten Sessel, eine unangezündete, selbstgedrehte braune Zigarette zwischen den Fingern, die knochigen Knie übereinandergeschlagen, und seine lange Woodsman ruhte sicher auf seinem Oberschenkel. Er lächelte. Es war nicht das angenehmste Lächeln, das ich je gesehen habe.

»Hallo, alter Freund«, grüßte er. »Sie haben Ihr Schloß noch nicht in Ordnung bringen lassen. Aber irgendwie haben Sie sie ja zugekriegt, was?« Seine Stimme klang bei aller Beiläufigkeit, mit der er sprach, tödlich.

Ich schloß die Tür hinter mir, blieb stehen und sah ihn an.

»Sie haben also meinen Kumpel umgelegt«, sagte er dann.

Er stand langsam auf, kam langsam auf mich zu und legte mir seine 22er an die Kehle. Sein schmallippiger Mund war trotz des Lächelns so ausdruckslos wie seine wachsweiße Nase. Er griff ohne Hast unter meine Jacke und zog meine Lueger unter meinem Arm hervor. Ich konnte sie in Zukunft ebensogut zu Hause lassen. Jeder in der Stadt war offenbar in der Lage, sie mir ungehindert wegzunehmen.

Dann ging er zu dem Sessel zurück und setzte sich wieder. »Wir wollen uns nicht unnütz aufregen«, sagte er beinahe freundlich. »Machen Sie es sich ruhig bequem, alter Freund. Aber keine falsche Bewegung. Überhaupt keine Bewegung. Wenn sich von uns beiden einer falsch bewegt, knallt es. Das haben wir gemeinsam. Die Uhr läuft, und wir warten auf den richtigen Augenblick.«

Ich setzte mich und starrte ihn an. Ein merkwürdiger Vogel. Ich leckte über meine trockenen Lippen. »Sie haben mir gesagt, in seiner Waffe sei kein Schlagbolzen«, begann ich.

»Ja. Er hat mich damit auch getäuscht, der kleine Teufel. Und ich habe Ihnen auch gesagt, die Finger von dem Jeeterbubi zu lassen. Aber das spielt jetzt keine Rolle mehr. Jetzt komme ich auf Frisky. Verrückt, was? Mich mit so einem Schwachkopf abzuplagen und ihn überall herumzuschleppen und schließlich zuzusehen, wie er umgelegt wird.« Er seufzte und fügte einfach hinzu. »Er war mein jüngerer Bruder.«

Er lächelte etwas stärker. Er hatte die ganze Zeit nicht aufgehört zu lächeln. Seine Mundwinkel vertieften sich einfach ein bißchen.

»So?«

Er entsicherte meine Lueger und legte sie griffbereit neben sich auf die Sessellehne. Dann griff er in die Tasche, und als ich sah, was er herauszog, wurde mir so kalt wie einem Eimer Eis.

Es war ein Metallrohr, dunkel und roh, ungefähr zwölf Zentimeter lang und mit vielen kleinen Löchern versehen. Er hielt seine Woodsman in der linken Hand und begann gelassen, das Rohr auf den Lauf aufzuschrauben.

»Schalldämpfer«, erklärte er. »Ihr Übergescheiten haltet das wahrscheinlich für Quatsch. Der hier ist kein Quatsch. Der nicht. Für drei Schüsse ist er gut. Das weiß ich. Ich habe ihn selbst gemacht.«

Ich feuchtete mir wieder die Lippen mit der Zunge an. »Für einen Schuß wird er funktionieren. Dann haben Sie Ladehemmung. Das Ding sieht wie Gußeisen aus. Es wird Ihnen wahrscheinlich die Hand zerreißen.«

Er lächelte sein wächsernes Lächeln, schraubte weiter, langsam, methodisch, zog ihn mit einer letzten Drehung fest und ließ sich gemächlich in den Sessel zurücksinken. »Der nicht. Er ist mit Stahlwolle gefüttert, und das reicht für drei Schüsse, wie ich schon sagte. Dann muß man ihn neu füttern. Und der Rückstoß ist nicht stark genug, um eine Ladehemmung zu verursachen. Fühlen Sie sich wohl? Ich möchte gern, daß Sie sich wohl fühlen.«

»Ich fühle mich ausgezeichnet, Sie Sadist . . .«

»Sie werden sich nachher auf Ihr Bett legen. Sie werden nichts spüren. Wenn ich jemand umlegen muß, bin ich immer sehr rücksichtsvoll. Frisky spürte auch nichts, glaube ich. Sie haben ihn sauber erwischt.«

»Sie sehen nicht sehr gut«, sagte ich verächtlich. »Der Chauffeur hat ihn niedergeschossen. Mit einer 45er Smith & Wesson. Ich habe überhaupt nicht geschossen.«

»Wirklich?«

»Wenn Sie mir nicht glauben wollen, lassen Sie es bleiben«, entgegnete ich. »Aber warum haben Sie Arbogast getötet? Bei dem Mord waren Sie nicht sehr rücksichsvoll. Er wurde an seinem Schreibtisch niedergeschossen, kaltblütig. Mit drei Schüssen aus einer 22er. Was hat er denn Ihrem rotznäsigen, kleinen Bruder getan?«

Er riß seine Pistole hoch, aber sein Lächeln blieb unverändert. »Nerven haben Sie«, meinte er. »Wer soll dieser Arbogast sein?«

Ich erklärte es ihm. Ich schilderte es ihm langsam und mit allen Einzelheiten. Ich erzählte ihm eine ganze Menge. Und er begann in einer unbestimmten Weise nachdenklich und besorgt auszusehen. Seine Blicke schossen nach mir, wichen von mir ab, schwirrten ruhelos hin und her wie Kolibris.

»Ich kenne keinen Arbogast, alter Freund«, sagte er langsam. »Nie von ihm gehört. Und ich habe heute auch auf keinen Fettwanst geschossen.«

»Sie haben ihn getötet. Genau wie Sie den jungen Jeeter getötet haben, in Miß Huntress' Apartment im El Milano. Jetzt liegt er dort, tot. Sie arbeiten für Marty Estel. Er wird sich über diesen

Mord ziemlich ärgern. Lassen Sie sich aber nicht aufhalten. Machen Sie Ihre drei für heute voll.«

Sein Gesicht erstarrte. Endlich verschwand das Lächeln. Jetzt war sein ganzes Gesicht wächsern. Er öffnete den Mund und atmete hörbar mit einem ruhelosen, beunruhigenden Rasseln. Ich konnte einen schwachen Schimmer von Feuchtigkeit auf seiner Stirn entdecken und spürte die Kälte von dem verdunstenden Schweiß auf meinem eigenen Gesicht.

Wachsnase sagte sehr sanft: »Ich habe heute niemanden getötet, Freund. Nicht einen von den beiden. Ich hatte keinen Auftrag dazu. Und solange Frisky nicht die Kugel ins Gesicht bekommen hatte, habe ich auch nicht im entferntesten daran gedacht, auf jemanden zu schießen. So ist es, und nicht anders.«

Ich versuchte, nicht auf das Metallrohr am Lauf der Woodsman zu starren.

Ein Schimmern flackerte in seinen Augen auf, schwach, gedämpft. Es schien klarer und heller zu werden. Wachsnase sah vor sich auf den Boden zwischen seinen Füßen. Ich warf aus den Augenwinkeln einen Blick nach dem Lichtschalter, aber er war zu weit. Sehr langsam begann er den Schalldämpfer von seiner Waffe abzuschrauben. Er hielt ihn lose in der Hand und ließ ihn zurück in seine Tasche gleiten. Dann stand er auf, in jeder Hand eine Pistole. Irgendwie mußte ihm ein anderer Gedanke gekommen sein. Er setzte sich wieder, entfernte schnell alle Patronen aus der Lueger und ließ die Waffe zu den Patronen auf den Boden fallen.

Er schlich leise durch das Zimmer auf mich zu. »Sie haben, scheint's, heute Ihren Glückstag«, sagte er. »Ich muß woanders hin, muß jemanden sprechen.«

»Ich habe schon immer gewußt, daß heute mein Glückstag ist. Ich war so gut gelaunt.«

Er drückte sich behutsam um mich herum zur Tür, öffnete sie einen Spalt und wollte durch die schmale Öffnung gleiten. Er lächelte wieder. »Ich muß mit jemandem sprechen«, sagte er sanft, und seine Zunge glitt über seine Lippen.

»Noch nicht«, sagte ich und sprang vor.

Seine Hand mit der Waffe war schon zwischen Türkante und Türrahmen.

Ich traf die Tür mit aller Wucht. Er konnte seine Hand nicht schnell genug zurückziehen, er war zu überrascht. Die Tür klemmte seinen Arm fest. Ich drückte mit aller Kraft dagegen.

Es war verrückt. Er hatte mir eine Chance gegeben. Ich hätte nur ruhig sitzenzubleiben brauchen und ihn gehenzulassen. Aber ich mußte auch mit jemandem sprechen – und ich wollte zuerst mit ihm sprechen.

Wachsnase stierte mich an. Trotz seines eingeklemmten Armes wehrte er sich. Ich verlagerte mein Gewicht und legte alles, was ich hatte, in den Schlag gegen sein Kinn. Er reichte aus. Seine Knie gaben nach. Ich schlug noch einmal zu. Sein Kopf prallte gegen das Holz des Türrahmens. Ich hörte einen schwachen, dumpfen Fall hinter der Tür. Ich traf ihn ein drittes Mal. Nie in meinem Leben habe ich härter zugeschlagen.

Ich nahm mein Gewicht von der Tür, und er glitt mir entgegen, mit ausdruckslosen Augen und weichen Knien. Ich fing ihn auf und drehte ihm seine leeren Hände auf den Rücken und ließ ihn fallen. Keuchend stand ich über ihm. Dann ging ich zur Tür. Seine Woodsman lag fast auf der Schwelle. Ich hob sie auf, schob sie in die Tasche – nicht in die, in die ich Miß Huntress' Waffe schon hatte. Die hatte er gar nicht gefunden.

Er lag vor mir auf dem Boden. Er war mager und wog nicht viel, aber ich keuchte trotzdem. Nach einer kleinen Weile begannen seine Augen zu flackern, und er sah zu mir auf.

»Falscher Hund«, flüsterte er schwach. »Warum bin ich je von St. Louis weggegangen?«

Ich legte ihm Handschellen an und schleppte ihn bei den Schultern in den Ankleideraum, fesselte ihm die Füße mit einem Strick. Ich ließ ihn auf dem Rücken, etwas auf die Seite geneigt, liegen, seine Nase war weiß wie immer, seine Augen waren jetzt leer und ohne Ausdruck, seine Lippen bewegten sich lautlos, als spräche er mit sich selbst. Ein merkwürdiger Bursche, an sich nicht so übel, aber auch kein so reiner Engel, daß mir seinetwegen die Tränen gekommen wären. Ich setzte meine Lueger wieder zusammen und verließ mit drei Pistolen beladen meine Wohnung. Vor meinem Haus war niemand zu sehen.

Jeeters Haus stand auf einem Grundstück von neun oder zehn Morgen Größe. Ein großer Klotz im Kolonialstil mit fetten, weißen Säulen und Mansardenfenstern, Magnolien davor und einer Garage für vier Wagen. Am Ende der Auffahrt war ein runder Parkplatz, auf dem zwei Wagen parkten. Der eine war der große Straßenkreuzer, in dem ich schon gefahren war, und der andere war ein kanariengelbes Sportkabriolett, das ich auch schon einmal gesehen hatte.

Ich drückte auf die Klingel, die die Größe eines Silberdollars hatte. Die Tür wurde geöffnet, und ein großer, magerer Vogel mit kalten Augen und in dunklem Anzug sah auf mich herab.

»Mister Jeeter zu Hause? Der alte Mister Jeeter?«

»Darf ich fragen, wer Sie sind?« Sein Akzent war ein bißchen zu dick aufgetragen. Es wirkte wie verschnittener Scotch.

»John Dalmas. Ich arbeite für ihn. Vielleicht hätte ich am Dienstboteneingang klingeln sollen.«

Er fuhr sich mit dem Finger unter seinen Kragen und sah mich ohne sonderliche Freude an. »Schon möglich. Sie dürfen hier eintrerten. Ich werde Mister Jeeter bernachrichtigen. Ich glaube, er ist irm Augernblick beschäftigt. Wartern Sie bitte ern der Harlle.«

»Ihre Schau stinkt«, meinte ich freundlich. »In diesem Jahr flikken die englischen Butler nicht überall ein R ein.«

»Sie Obergescheiter«, schnarrte er mit einem Akzent, der den Atlantik nur von der Seite kannte, auf der Hoboken liegt. »Warten Sier hier.«

Ich setzte mich in einen geschnitzten Sessel und litt Durst. Nach einer Weile kam der Butler zurückgeschlichen und winkte mir.

Wir wanderten annähernd eine Meile durch einen Gang. Am

Ende erweiterte er sich unvermittelt zu einer Sonnenveranda. Auf der anderen Seite der Veranda öffnete der Butler eine breite Tür, und ich trat an ihm vorbei in einen ovalen Raum mit einem ovalen, schwarz und silbernen Teppich, einem schwarzen Marmortisch mitten auf dem Teppich, steifen Stühlen mit geraden, geschnitzten Lehnen an den Wänden, einem riesigen ovalen Spiegel mit gewölbter Oberfläche, in dem ich wie ein Pygmäe mit einem Wasserkopf aussah. In dem Raum waren drei Personen.

Gegenüber der Tür, durch die ich eintrat, stand George stramm, in seiner gediegenen Chauffeursuniform, seine Schirmmütze in der Hand. Auf dem unbequemsten der Sessel saß Miß Harriet Huntress und hielt ein Glas in der Hand, halbvoll mit einem Drink. Auf dem silbernen Rand des Teppichs bewegte der alte Mister Jeeter seine Knochen in einem forschen, kurzen Galopp. Nach außen zügelte er sich noch, aber innerlich war er hoch in Fahrt. Sein Gesicht war rot, und die Äderchen auf seiner Nase waren angeschwollen. Seine Hände steckten in den Taschen seiner samtenen Hausjacke. Er trug ein plissiertes Hemd mit einer schwarzen Perle und einem breiten schwarzen Querbinder. An einem seiner schwarzen Lackschuhe war das Schuhband aufgegangen.

Er fuhr herum und schrie den Butler hinter mir an: »Gehen Sie raus und sorgen Sie dafür, daß die Tür hier geschlossen bleibt. Ich bin für niemanden zu Hause. Verstanden? Für niemanden!«

Der Butler schloß die Tür. Angeblich ging er weg. Ich hörte nicht, daß er ging.

George schenkte mir ein kühles, einseitiges Lächeln, und Miß Huntress sah mich aufmerksam über ihr Glas an. »Siehe da, ein richtiges Comeback«, begrüßte sie mich zurückhaltend.

»Es war leichtsinnig von Ihnen, mich in Ihrem Apartment zu lassen«, sagte ich. »Wenn ich nun Ihr Parfüm geklaut hätte?«

»Was wollen Sie also?« gellte Jeeter. »Sie haben sich als völlig unfähig erwiesen. Ich gebe Ihnen einen vertraulichen Auftrag, und Sie gehen direkt zu Miß Huntress und erzählen ihr alles.«

»Es hat doch auf diese Weise geklappt, oder nicht?«

Er ließ mich nicht aus den Augen. Keiner von ihnen ließ mich aus den Augen. »Woher wissen Sie das?« bellte er.

»Ich kann beurteilen, ob ein Mädchen anständig ist, wenn ich es nur ansehe. Miß Huntress ist hier, um Ihnen zu sagen, daß ihr die Geschichte nicht mehr gefällt, daß sie es sich überlegt hat und daß Sie sich keine Sorgen zu machen brauchen. Stimmt's? Wo ist Mister Gerald?«

Der Alte blieb stehen und fixierte mich scharf. »Ich halte Sie trotzdem für unfähig. Mein Sohn wird vermißt.«

»Ich arbeite nicht in Ihrem Auftrag, sondern für Anna Halsey. Richten Sie jede Beschwerde, die Sie vorbringen wollen, an ihre Adresse. Muß man sich hier selbst eingießen, oder gibt es einen Lakai in Purpur und Gold, der Gäste bedient? Und was soll das heißen: Ihr Sohn wird vermißt?«

»Soll ich ihm Manieren beibringen, Sir?« fragte George ruhig.

Jeeter deutete mit der Hand auf eine Karaffe, einen Siphon mit Sodawasser und Gläser auf dem schwarzen Marmortisch und nahm seine Runden um den Tisch wieder auf. »Werden Sie nicht albern«, schnauzte er George an.

Georges Backenknochen zeigten eine leichte Rötung, und er kniff den Mund zusammen.

Ich mixte mir einen Drink, setzte mich damit, probierte einen Schluck und fragte noch einmal: »Was meinen Sie damit: Ihr Sohn wird vermißt, Mister Jeeter?«

»Ich bezahle Ihnen mein gutes Geld . . .«, fing er an, auf mich einzuschreien, noch mehr unter Dampf.

»Wann?«

Er erstarrte auf dem Teppich und sah zu mir herüber. Miß Huntress lachte leise auf. George grunzte.

»Was glauben Sie, soll es bedeuten, wenn ich sage, mein Sohn wird vermißt?« bellte er. »Ich möchte meinen, das sei klar genug ausgedrückt, sogar für Sie. Niemand weiß, wo er ist. Miß Huntress weiß es nicht. Ich weiß es nicht. Niemand hier in meinem Haus weiß, wo er sein könnte.«

»Dann bin ich klüger als Sie alle«, antwortete ich. »Ich weiß es nämlich.«

Eine lange Minute lang regte sich keiner der drei. Jeeter starrte mit fischigen Augen auf mich. George starrte auf mich. Das Mädchen starrte auf mich. Sie schien überrascht, die beiden anderen starrten nur.

Ich sah Miß Huntress an. »Wo gingen Sie hin, als Sie Ihr Apartment verließen – falls Sie es hier sagen wollen?«

Ihre dunkelblauen Augen waren wasserklar. »Es ist kein Geheimnis. Wir fuhren zusammen in einem Taxi weg. Gerald wurde wegen zu vieler Strafzettel sein Führerschein für einen Monat entzogen. Wir fuhren zum Strand hinunter, und wie Sie richtig vermutet haben, Mister Dalmas, ich habe es mir überlegt. Ich entdeckte, daß ich mich selbst betrog. Mir liegt in Wirklichkeit gar nichts an Geralds Geld. Was ich wollte, war Rache. An dem alten Mister Jeeter hier, weil er meinen Vater ruiniert hat. Ganz legal natürlich, aber ruiniert hat er ihn trotzdem. Ich habe mich aber dabei in eine Lage hineinmanövriert, in der ich mich nicht rächen kann, ohne zu einer billigen Betrügerin zu werden. Deshalb erklärte ich Gerald, er solle sich eine andere Frau zu seinem Zeitvertreib suchen. Das traf ihn, und er war beleidigt. Er fing an, mit mir zu streiten, und es kam zu einer Auseinandersetzung. Ich ließ schließlich das Taxi halten und stieg in Beverly Hills aus. Er fuhr weiter, wohin, weiß ich nicht. Später kehrte ich ins El Milano zurück, holte dort meinen Wagen aus der Garage und fuhr hierher, um Mister Jeeter zu sagen, er solle die ganze Angelegenheit vergessen und sich nicht die Mühe machen, mir Verleumdungen anzuhängen.«

»Sie fuhren also mit Gerald zusammen in einem Taxi weg. Warum fuhr George Sie nicht, wenn er selbst nicht fahren konnte?« fragte ich.

Dabei sah ich zwar sie an, aber meine Frage war nicht an sie gerichtet. Es war auch Jeeter, der frostig antwortete: »George brachte natürlich mich aus meinem Büro nach Hause. Zu der Zeit war Gerald schon weggegangen. Ist das aus irgendeinem Grund wichtig?«

Ich wendete mich ihm zu. »Ja, es wird sehr wichtig sein. Mister Gerald befindet sich im El Milano. Der Hausdetektiv dort, Hawkins, hat es mir gesagt. Er kam dorthin zurück, um auf Miß Huntress zu warten, und Hawkins ließ ihn in das Apartment ein. Hawkins erweist gern Gefälligkeiten – für zehn Dollars, versteht sich. Vielleicht ist Mister Gerald noch dort – vielleicht nicht.«

Ich beobachtete alle drei unentwegt scharf. Es war nicht einfach, sie gleichzeitig im Auge zu behalten. Aber keiner regte sich. Sie sahen mich nur unverwandt an.

»Nun – das ist mir angenehm zu hören«, sagte der alte Jeeter. »Ich fürchtete schon, er würde sich irgendwo betrinken.«

»Nein, er ist nicht irgendwo versackt, um sich zu betrinken. Übrigens, haben Sie auch im El Milano angerufen, als Sie nach ihm suchten?«

George nickte. »Ja, auch dort. Man sagte mir, er sei nicht da. Sieht so aus, als hätte der Hausdetektiv die Telefonzentrale beauftragt, diese Auskunft zu geben.‹

»Das war gar nicht nötig. Die Zentrale konnte ruhig mit Miß Huntress' Apartment verbinden. Natürlich beantwortete er das Telefon nicht«, entgegnete ich und beobachtete dabei mit größter Aufmerksamkeit den alten Jeeter. Es mußte schwer für ihn sein, auf mein Argument einzugehen, aber es würde ihm nichts anderes übrigbleiben.

Er reagierte wirklich. Zuerst leckte er sich kurz die Lippen. »Wieso natürlich, wenn ich fragen darf?« sagte er kühl.

Ich stellte mein Glas auf den Marmortisch und lehnte mich gegen die Wand, ließ meine Hände frei herunterhängen. Ich versuchte immer noch, sie zu beobachten. Alle drei gleichzeitig.

»Wir müssen die Dinge wohl noch einmal betrachten«, begann ich. »Die Situation ist uns allen bekannt. Ich weiß, daß Georges informiert ist, obwohl er nur der Chauffeur im Hause ist. Ich weiß, daß Miß Huntress im Bilde ist, und Sie, Mister Jeeter, wissen selbstverständlich Bescheid. Wie steht die Situation also? Es gibt eine ganze Menge Dinge, die nicht zusammenpassen, aber ich bin schließlich nicht auf den Kopf gefallen. Ich habe sie doch unter einen Hut gebracht. Zuerst ist da ein Packen Fotokopien von Schuldscheinen an Marty Estel. Gerald leugnet, daß er sie ausgestellt hat, und Mister Jeeter weigert sich, sie einzulösen, ließ aber die Unterschriften von einem Schriftexperten namens Arbogast auf ihre Echtheit prüfen. Sie sehen nicht nur echt aus, sie sind sogar echt, wie Arbogast feststellte. Dieser Arbogast hat vermutlich darüber hinaus noch einiges getan. Was, weiß ich nicht genau. Ich konnte ihn nicht danach fragen. Als ich zu ihm kam, war er bereits tot, erschossen – durch drei Schüsse, wie ich inzwischen erfahren habe – aus einer 22er. Nein, Mister Jeeter, ich habe die Polizei nicht benachrichtigt.«

Der große, silberhaarige Mann schien tödlich erschrocken zu sein. Sein hagerer Körper zitterte wie im Schüttelfrost. »Tot?« flüsterte er. »Ermordet?«

Ich sah zu George hinüber. An George zuckte kein Muskel. Ich sah zu dem Mädchen. Sie saß ruhig, mit zusammengepreßtem Mund, und wartete.

»Es gibt nur einen Grund, der zu der Annahme berechtigt, daß dieser Mord etwas mit Mister Jeeters Auftrag zu tun hat. Er wurde, wie gesagt, mit einer 22er erschossen, und in diesem Fall ist ein Mann aufgetreten, der eine 22er bei sich trägt.«

Ich hielt sie in Spannung. Sie hörten mir aufmerksam zu.

»Ich habe nicht die geringste Ahnung, warum er erschossen wurde. Er war weder für Miß Huntress noch für Marty Estel gefährlich. Er war viel zu fett, um viel herumzulaufen. Ich vermute, daß er eine Idee zu gerissen war. Er hatte den einfachen Fall vorliegen, eine Unterschrift zu begutachten, aber er vertiefte sich weiter in die Angelegenheit und fand mehr heraus, als er sollte. Und nachdem er mehr entdeckt hatte, als er sollte, vermutete er auch mehr, als er sollte, versuchte vielleicht sogar eine kleine Erpressung. Und heute nachmittag hat ihn also einer mit einer 22er ausgelöscht. Na schön, mich stört es nicht. Ich habe ihn nicht gekannt.

Anschließend ging ich also zu Miß Huntress, und nach einigem

Hin und Her mit dem Hausdetektiv mit den juckenden Handflächen wurde ich zu ihr geführt, und wir plauderten eine Weile. Dann kam Mister Gerald aus dem Nebenzimmer, wischte mir eins gegen das Kinn, daß ich umkippte und mir den Kopf an einem Stuhlbein aufschlug. Als ich wieder zu mir kam, war ich allein in der Landschaft. Darauf ging ich nach Hause.

Und zu Hause finde ich den Mann mit der 22er und mit ihm einen Halbtrottel namens Frisky Lavon, der einen schlechten Mundgeruch und eine sehr dicke Pistole bei sich hatte. Beides hat jetzt nichts mehr zu bedeuten, denn dieser Frisky wurde heute abend totgeschossen, direkt vor Ihrem Haus, Mister Jeeter, als er versuchte, Ihren Wagen zu überfallen. Die Polizei weiß, wer er ist – sie ist deshalb schon zu mir gekommen –, weil der andere, der Bursche mit der 22er, der ältere Bruder des kleinen Halbtrottels ist und glaubte, ich hätte ihn niedergeschossen. Er versuchte alles, mir die Hölle heiß zu machen. Aber es klappte nicht. Das war der zweite Mord.

Wir kommen jetzt zu dem dritten und wichtigsten. Ich war also zum El Milano zurückgefahren, weil es mir nicht länger ratsam erschien, Mister Gerald unbeaufsichtigt herumlaufen zu lassen. Er schien mir ein paar Feinde zu haben. Es hatte sogar den Anschein, daß damit gerechnet wurde, er würde heute abend in dem Wagen sitzen, als Frisky Lavon darauf schoß. Aber das war natürlich nichts anderes als eine Finte.«

Der alte Jeeter zog überrascht seine Augenbrauen zusammen. George verriet keinerlei Regung. Er zeigte überhaupt keinen Ausdruck. Er wirkte wie die hölzernen Indianer, die in den Zigarrenläden Reklame stehen. Miß Huntress sah jetzt ein bißchen blaß aus, ein bißchen gespannt. Ich bohrte weiter.

»Als ich zum El Milano kam, fand ich, daß Hawkins Marty Estel und seinen Kraftprotz in Miß Huntress' Apartment hineingelassen hatte, um dort auf sie zu warten. Estel wollte ihr etwas mitteilen, nämlich, daß Arbogast erschossen worden war. Der Mord ließ es für sie geraten erscheinen, sich für eine Weile von dem jungen

Jeeter zurückzuhalten, jedenfalls so lange, bis die Polizei sich darüber beruhigt hatte. Ein bedachtsamer, rücksichtsvoller Herr, dieser Mister Estel. Viel rücksichtsvoller, als man annehmen sollte. Zum Beispiel war er auch über Arbogast im Bilde, und er wußte, daß Mister Jeeter heute vormittag bei Anna Halsay war, und er wußte irgendwoher auch – vielleicht von Anna selbst, zuzutrauen wäre es ihr –, daß ich jetzt an dem Fall arbeite. Er ließ mich also beschatten, als ich zu Arbogast und von dort wieder wegging. Und später erfuhr er von seinen Freunden bei der Polizei, daß Arbogast ermordet worden war. Und er wußte auch, daß ich keine Meldung erstattet hatte. Damit hatte er mich in der Hand, und das machte uns zu Freunden. Nachdem er mir das erzählt hatte, ging er, und ich blieb ein zweites Mal in Miß Huntress' Apartment. Aber dieses Mal habe ich mich da, eigentlich ohne jeden besonderen Anlaß, umgesehen. Dabei fand ich Mister Gerald. Im Schlafzimmer. Im Schrank!«

Ich trat schnell auf das Mädchen zu, griff in meine Tasche, zog die schicke, kleine 25er Pistole aus der Tasche und legte sie ihr auf die Knie.

»Haben Sie das da schon mal gesehen?«

Ihre Stimme hatte einen seltsam gespannten Ton, aber sie sah mich mit ihren dunkelblauen Augen gerade und offen an, als sie antwortete: »Ja. Sie gehört mir.«

»Wo bewahren Sie die Waffe auf?«

»In der Schublade in dem kleinen Tisch neben meinem Bett.«

»Sind Sie dessen ganz sicher?«

Sie dachte nach. Keiner der beiden Männer rührte sich.

Georges Mundwinkel begannen zu zucken. Plötzlich schüttelte sie den Kopf.

»Nein. Ich erinnere mich jetzt, daß ich sie dort herausnahm, um sie jemandem zu zeigen – weil ich nicht viel von Pistolen verstehe –, und daß ich sie auf dem Kaminsims im Wohnzimmer liegenließ. Ja, ich bin absolut sicher, daß ich es tat. Es war Gerald, dem ich sie gezeigt habe.«

»Dann könnte er also danach gegriffen haben, als sie dort lag. Falls irgend jemand versucht hat, mit ihm falsches Spiel zu treiben.«

Ich trat von ihr zurück und sah George und seinen Chef an. »Er ist tot, durch das Herz geschossen – wahrscheinlich mit dieser Waffe. Sie war bei ihm zurückgelassen worden. Es hat selbstverständlich einen Grund, daß sie zurückgelassen wurde.«

Sie nickte besorgt. »Was meinen Sie damit ›im Schrank‹?« fragte sie schnell und leise.

»Sie wissen es. Jeder hier in dem Zimmer weiß, was ich meine. Alle wissen, daß ich Ihnen die Waffe aus einem bestimmten Grund vorhalte.«

Der alte Mann trat einen Schritt vor, blieb dann stehen und stützte sich an den Tisch. Ich war nicht sicher, ob er jetzt erst bleich wurde oder ob er schon vorher bleich geworden war. Mit steinernem Gesicht starrte er auf das Mädchen. Sehr langsam stieß er zwischen den Zähnen hervor: »Verdammte Mörderin!«

»Könnte es kein Selbstmord gewesen sein?« unterbrach ich höhnisch.

Er drehte seinen Kopf so weit, daß er mich ansehen konnte. Ich merkte ihm an, daß ihm der Gedanke sehr gelegen kam. Er nickte beinahe.

»Nein«, fuhr ich ihn an. »Es kann kein Selbstmord gewesen sein.«

Das gefiel ihm weniger. Sein Gesicht verfärbte sich von dem Blut, das ihm in den Kopf schoß und die Blutgefäße auf seiner Nase blaurot werden ließ. Das Mädchen berührte mit der Hand die Waffe auf ihren Knien, legte sie dann lose auf den Kolben der Pistole. Ich sah, wie sich ihr Daumen langsam auf den Sicherungsbügel schob. Sie verstand nicht viel von Pistolen, aber so viel wußte sie doch.

»Es kann kein Selbstmord sein. Als einzelner, für sich bestehender Vorfall wäre es vielleicht möglich. Aber nicht bei all dem anderen, was geschehen ist: Arbogast, der Überfall unten auf dem Calvello Drive hier vor dem Haus, die beiden Banditen, die in meiner Wohnung auf mich lauerten, die Arbeit mit dem 22er.«

Ich griff wieder in meine Tasche, diesmal in die andere, und zog Wachsnases Woodsman. Ich hielt sie achtlos auf der flachen Hand. »Und es ist ganz merkwürdig. Ich glaube gar nicht, daß es diese 22er hier war – obwohl es zufällig die Waffe des einen Banditen ist. Ja, den Banditen habe ich auch. Er liegt gefesselt in meiner Wohnung. Er kam noch einmal zu mir, um mich umzulegen. Aber ich habe es ihm ausgeredet. Ich kann das großartig: Jemandem etwas ausreden.«

»Sie übertreiben es nur manchmal«, sagte das Mädchen kühl und hob die Pistole ein wenig.

»Es ist ganz offensichtlich, wer Mister Gerald umgebracht hat, Miß Huntress«, erwiderte ich. »Es ist einfach eine Frage des Motivs und der Gelegenheit. Marty Estel war es nicht, und er hat es auch nicht veranlaßt. Ihn hätte der Mord doch um jede Chance gebracht, seine fünfzig Mille zu bekommen. Frisky Lavons Kumpel tat es auch nicht, gleichgültig, für wen er arbeitete. Und ich glaube nicht, daß er von Estel beauftragt war. Er wäre gar nicht erst ins El Milano hineingekommen, um den Auftrag auszuführen, und ganz gewiß nicht in Miß Huntress' Apartment. Aber wer es auch war, es war einer, der dadurch etwas gewinnen konnte und die Möglichkeit hatte, an den Tatort zu kommen. Nur, wer konnte etwas durch Mister Geralds Tod gewinnen? Gerald hatte in zwei Jahren aus der Treuhandverwaltung fünf Millionen zu erwarten. Inzwischen konnte er nicht einmal in seinem Testament über das Geld verfügen. Selbst das konnte er erst, nachdem es ihm ausgehändigt worden war. Wenn er also starb, gingen die fünf Millionen an seinen natürlichen Erben. Und wer ist sein natürlicher Erbe? Das wird Sie überraschen. Wußten Sie, daß im Staat Kalifornien und in einigen anderen, wenn auch nicht in allen, ein Mann durch seine eigene Handlung ein natürlicher Erbe werden kann? Einfach dadurch, daß er jemanden adoptiert, der zwar Geld, aber keine Erben hat?«

Jetzt kam Leben in George. Seine Bewegung war wieder so glatt wie eine Welle, die über einen Teich läuft. Die Smith & Wesson schimmerte in seiner Hand, aber er schoß sie nicht ab. Die kleine, automatische Pistole in der Hand des Mädchens knallte vorher.

Von Georges brauner, harter Hand tropfte Blut. Die Smith & Wesson polterte auf den Boden. Er fluchte. Sie verstand nicht viel von Pistolen – nicht besonders viel.

»Natürlich«, sagte sie grimmig. »George konnte ohne die geringste Schwierigkeit in mein Apartment gelangen, wenn Gerald dort war. Er brauchte nur durch die Garage zu gehen – ein Chauffeur in Uniform wird dort nicht aufgehalten –, mit dem Fahrstuhl hinaufzufahren und an der Tür zu klingeln. Und als Gerald öffnete, trieb er ihn mit seiner Smith & Wesson ins Zimmer zurück. Nur, woher wußte er, daß Gerald im El Milano war?«

Ich erklärte es. »Ganz einfach. Er war Ihrem Taxi nachgefahren. Was sonst sollte er den ganzen Abend getrieben haben, seit er von hier weg ist? Er war mit einem Wagen unterwegs. Die Polizei wird das noch ganz genau feststellen. Was war für Sie denn in dem Geschäft drin, George?«

George stützte sein rechtes Handgelenk mit der linken Hand, hielt es fest umklammert. Sein Gesicht war wild verzerrt. Er sagte nichts.

»George trieb Gerald also mit seiner Pistole ins Zimmer zurück«, fuhr das Mädchen verächtlich fort. »Dann muß er meine Waffe auf dem Kaminsims gesehen haben. Das kam ihm sehr gelegen, und er benutzte sie. Er trieb Gerald ins Schlafzimmer, so weit vom Gang weg, wie möglich, in den Schrank. Dort schoß er ihn kaltblütig und überlegt nieder und ließ die Waffe neben ihn auf den Boden fallen.«

»Ja, wenn man auf einem College studiert, lernt man allerhand. War es Dartmouth oder Dannemora, George? – Sie haben auch Arbogast erschossen, mit einer 22er, denn Sie wußten, daß Frisky Lavons Bruder eine 22er besaß, und das wußten Sie, weil Sie Frisky und seinen Bruder gekauft haben, um Gerald einzuschüchtern. Es sollte so aussehen, als steckte Marty Estel dahinter, wenn Gerald ermordet wurde. Darum wurde ich heute abend in Jeeters Wagen hier herausgebracht, damit die beiden Banditen, die darauf vorbereitet und hier angesetzt worden waren, ihre Schau vorführen und mich auch gleich umlegen konnten, falls ich gefährlich werden sollte. Aber George hat Geschmack daran, auf Leute zu schießen. Frisky legte er mit einem einzigen, sauberen Schuß um. Der Schuß saß so gut, daß ich glaube, er wollte eigentlich danebenschießen. Wie ist das, George?«

Schweigen. Endlich sah ich den alten Jeeter an. Ich hatte damit gerechnet, daß auch er eine Pistole ziehen würde, aber das hatte er nicht. Er stand nur mit offenem Mund da, lehnte gegen den schwarzen Marmortisch und zitterte.

»Mein Gott«, flüsterte er. »Mein Gott.«

»Sie haben keinen, außer Ihrem Geld!«

Hinter mir knarrte eine Tür. Ich fuhr herum, aber ich hätte mir die Mühe sparen können. Eine harte Stimme hinter mir sagte, und es klang ungefähr so englisch wie ein italienischer Zeitungsboy vom Broadway: »Hände hoch!«

Der Butler, der durch und durch englische Butler, stand, einen Revolver in der Hand, mit zusammengepreßten Lippen in der offenen Tür. Das Mädchen drehte ein wenig das Handgelenk und schoß ihn beiläufig in die Schulter oder sonstwohin. Er quietschte wie ein angestochenes Schwein.

»Gehen Sie weg! Sie stören!« sagte sie kalt.

Er rannte. Diesmal war zu hören, wie er rannte.

»Er wird noch stolpern«, meinte sie.

Ich hatte jetzt auch meine Lueger in der Hand, ein bißchen spät für die Jahreszeit, wie heute üblich. Immerhin fing ich langsam an, mit den Ereignissen fast Schritt zu halten. Der alte Jeeter versuchte schwankend an dem Tisch einen Halt zu finden. Sein Gesicht war so staubgrau wie das Pflaster auf der Straße. Seine Knie gaben langsam nach. George stand zynisch und ungerührt da, hielt ein Taschentuch gegen sein blutendes Handgelenk gedrückt und betrachtete ihn.

»Soll er fallen«, sagte ich, »nach unten, wo er hingehört.«

Jeeter sank zusammen. Sein Kopf verdrehte sich, sein Mund klappte kraftlos. Er rollte seitwärts auf den Teppich, wälzte sich einen Augenblick und zog die Knie an. Sein Mund geiferte etwas. Seine Haut wurde violett.

»Rufen Sie die Polizei, mein Engel«, sagte ich. »Ich passe solange auf die beiden auf.«

Sie nickte und stand auf. »Gewiß, aber ich muß schon sagen, Sie brauchen allerhand Hilfestellung in Ihrem Beruf als Privatdetektiv, Mister Dalmas.«

7

Ein glänzender, schwarzer Käfer mit einem rosa Kopf krabbelte langsam über die Platte des alten, mit Schrammen bedeckten Schreibtisches. Er wackelte dabei mit dem ganzen Körper wie eine alte Dame, die zu viele Pakete trägt. An der Tischkante angelangt, marschierte er geradewegs in die Luft weiter und fiel auf den Rükken auf das schmutzige, braune Linoleum, wackelte mit ein paar dünnen, kraftlosen Krabbelbeinen in der Luft und stellte sich dann tot. Nachdem er das eine Minute getan hatte, streckte er wieder seine Beine aus, rappelte sich mühsam über den Kopf wieder aufrecht und machte sich wackelnd in die Ecke des Zimmers davon.

Ich war seit gut und gern einer Stunde allein. In der Mitte des Zimmers stand der abgenutzte Schreibtisch, ein weiterer an der Wand, auf einer Gummimatte ein alter Messingspucknapf, ein alter Lautsprecher hing an der Wand und in der Luft der Geruch kalter Zigarren und alter Kleider. Ferner waren zwei harte Armstühle mit Holzauflagen auf den Sitzen und zwei einfache Stühle ohne Auflagen da. Die elektrische Lampe mußte lange vor der Zeit des ersten Amtsantritts Franklin D. Roosevelts zum letztenmal abgestaubt worden sein.

Die Tür öffnete sich mit einem Ruck, und Finlayson und Sebold kamen herein. Sebold sah genauso geschniegelt und widerlich aus wie schon vorher am Abend, aber Finlayson wirkte älter, ausgelaugter und grauer. Er trug einen Packen Papiere in der Hand, setzte sich mir gegenüber an den Schreibtisch und fixierte mich hart und finster.

Der Lautsprecher an der Wand plärrte eine Meldung über einen Neger mittleren Alters, der südlich von San Pedro auf der 11. Straße nach einem Überfall flüchtete. Er trug einen grauen Anzug und einen Filzhut. »Vorsicht bei Annäherung. Der Verdächtige ist mit einem Revolver Kaliber 32 bewaffnet. Ende.« (Als sie ihn erwischten, hatte er eine Gaspistole, eine braune Hose, einen zerrissenen blauen Pullover, keinen Hut, fünfunddreißig Cents in der Tasche, war sechzehn Jahre alt und ein Mexikaner.)

»Burschen wie Sie begeben sich zu oft in Gefahr«, sagte Finlayson verdrießlich. Sebold setzte sich an die Wand, zog den Hut über die Augen, gähnte und sah auf seine neue Armbanduhr aus rostfreiem Stahl.

»Gefahr ist mein Geschäft«, erwiderte ich. »Wie sollte ich sonst meine Brötchen verdienen?«

»Wir müßten Sie eigentlich für alles, was Sie uns verschwiegen haben, einlochen. Wieviel haben Sie denn dabei verdient?«

»Ich arbeite für Anna Halsey, die den Auftrag von dem alten Jeeter hatte. Ich fürchte, ich habe ein sehr fragwürdiges Geschäft dabei gemacht.«

Sebold zeigte sein schadenfrohes Grinsen. Finlayson steckte sich eine Zigarre an und leckte über eine aufgeplatzte Stelle an ihrer Seite, klebte sie zusammen, aber wenn er daran zog, kam trotzdem an der Seite Rauch heraus. Er schob mir die Papiere über den Schreibtisch zu. »Unterschreiben Sie drei Ausfertigungen.«

Ich unterschrieb drei Ausfertigungen.

Er nahm sie zurück, gähnte und rieb sich seinen alten, grauen Kopf. »Der Alte hat einen Schlaganfall«, sagte er. »Bei dem ist nichts mehr zu holen. Wahrscheinlich wird er nicht mal mehr wissen, wie spät es ist, wenn er wieder zu sich kommt. Dieser George

Hasterman, der Chauffeur, lacht uns nur ins Gesicht. Zu schade, daß er angekratzt ist. Ich würde ihm gern was beibringen.«

»Der ist zäh.«

»Ja, das ist er wohl. Sie können jetzt abhauen.«

Ich stand auf, nickte ihnen zu und drehte mich zur Tür. »Dann gute Nacht, Leute.«

Keiner von beiden antwortete.

Ich ging aus dem Zimmer, durch den Korridor, fuhr mit dem Nachtfahrstuhl in die Halle. Ich verließ das Gebäude auf der Seite der Springstreet. Der Wind blies mir kalt entgegen, als ich die lange Flucht der leeren Stufen hinunterstieg. Unten angekommen, zündete ich mir eine Zigarette an. Mein Wagen stand noch draußen bei Jeeters Haus. Als ich mich umdrehte, um zu dem Taxistand einen halben Block entfernt auf der anderen Straßenseite zu gehen, rief mich eine scharfe Stimme an.

»Kommen Sie mal her!«

Es war eine männliche Stimme, scharf, klar und hart – es war die Stimme von Marty Estel. Sie kam aus einer großen Limousine, die an der Straßenseite parkte. Vorn saßen zwei Leute drin. Ich ging hinüber. Das Hinterfenster war heruntergelassen, und Marty Estel legte seine behandschuhte Hand auf den Rand.

»Steigen Sie ein!« Er stieß die Tür auf. Ich stieg ein. Ich war zu müde, um mich auf Auseinandersetzungen einzulassen. »Fahr los, Skin!«

Der Wagen glitt nach Westen durch die fast stillen, fast sauberen, nächtlichen Straßen. Die Nachtluft war nicht rein, aber sie war kühl. Wir fuhren über einen Berg, das Tempo wurde schneller.

»Was hat die Polizei herausgebracht?« fragte Estel kalt.

»Sie haben mir nichts gesagt, aber den Chauffeur haben sie noch nicht weich bekommen.«

»In unserer Stadt kann man niemandem, der ein paar Millionen hat, einen Mord nachweisen.« Der mit ›Skin‹ angesprochene Fahrer lachte, ohne den Kopf zu wenden. »Wahrscheinlich kriege ich jetzt nicht mal meine fünfzig Mille ... Sie hat was für Sie übrig.«

»Soso. Und was weiter?«

»Halten Sie sich von ihr fern!«

»Und was habe ich davon?«

»Hier zählt das, was Sie davon haben, wenn Sie es nicht tun.«

»Klar«, antwortete ich. »Wollen Sie mir einen Gefallen tun? Lassen Sie mich in Ruhe. Ich bin müde.« Ich schloß die Augen, lehnte mich in die Ecke und war sofort eingeschlafen. Wenn es besonders anstrengend gewesen ist, kann ich das manchmal.

Eine Hand, die mich an der Schulter rüttelte, weckte mich. Der Wagen stand. Ich blickte auf und erkannte mein Haus.

»Zu Hause«, sagte Marty Estel. »Und vergessen Sie nicht: Finger weg!«

»Warum haben Sie mich nach Hause gebracht? Nur, um mir das zu sagen?«

»Sie bat mich, ich sollte mich um Sie kümmern. Deshalb hat man Sie laufenlassen. Miß Huntress hat was für Sie übrig, und ich habe sehr viel für Miß Huntress übrig. Kapiert? Sie wollen doch nicht noch mehr riskieren?«

»Gefahr ist . . .«, begann ich, aber brach dann ab. Ich hatte für heute genug von diesem Spruch. »Danke für die Fahrt. Davon abgesehen, können Sie mich gern haben.« Ich drehte mich um, betrat das Haus und fuhr hinauf.

Das Türschloß war immer noch kaputt, aber diesmal wartete niemand auf mich. Sie hatten Wachsnase schon längst abgeholt. Ich ließ die Tür offen und stieß die Fenster auf und schnüffelte immer noch hinter dem Geruch der Zigarrenstummel der Polizei her, als das Telefon klingelte. Es war ihre Stimme, kühl, ein wenig hart, durch nichts berührt, fast amüsiert. Wahrscheinlich hatte sie genügend erlebt, um das zu lernen.

»Hallo, Braunauge. Gut nach Hause gekommen?«

»Ihr Freund Marty hat mich hergebracht. Er sagte mir, ich soll mich von Ihnen fernhalten. Ich danke Ihnen von ganzem Herzen, sofern ich eins habe, aber rufen Sie mich nicht mehr an.«

»Haben Sie etwa Angst, Mister Dalmas?« fragte sie spöttisch.

»Nein, bin nur müde. Warten Sie, bis ich Sie anrufe. Gute Nacht, mein Engel.«

»Gute Nacht, Braunauge.«

Die Leitung knackte. Ich legte den Hörer auf die Gabel, schloß die Tür und ließ mein Bett herunter. Ich zog mich aus und legte mich eine Weile in der kalten Luft hin.

Dann stand ich auf, mixte mir einen Drink, duschte und legte mich schlafen.

Sie bekamen George schließlich weich, aber nicht weich genug. Er sagte aus, er habe mit Gerald Streit bekommen wegen des Mädchens, und der junge Jeeter habe nach der Waffe auf dem Kaminsims gegriffen und mit ihm gerungen. Dabei sei ein Schuß losgegangen. So, wie es in den Zeitungen stand, sah es natürlich durchaus möglich aus. Den Mord an Arbogast wiesen sie ihm nie nach, aber auch niemand anderem. Sie fanden nie die Waffe, mit der er erschossen worden war, stellten nur fest, daß es nicht Wachsnases Waffe gewesen war. Wachsnase verschwand, ich habe nie erfahren, wohin. Sie erhoben nie Anklage gegen den alten Jeeter, weil er sich von seinem Schlaganfall nicht mehr erholte. Er konnte nur noch von Krankenschwestern betreut auf dem Rücken liegen und den Leuten stammelnd erzählen, daß er während der ganzen Depression nicht einen Cent verloren habe.

Marty Estel rief mich viermal an, um mir zu sagen, ich solle Harriet Huntress in Ruhe lassen. Der arme Kerl tat mir irgendwie leid. Es hatte ihn bös erwischt. Ich ging zweimal mit ihr aus und besuchte sie zweimal in ihrem Apartment und trank ihren Scotch. Das war alles sehr hübsch, aber ich hatte weder das Geld noch die Anzüge noch die Zeit noch die Manieren. Dann zog sie aus dem El Milano aus, und ich hörte, sie sei nach New York gegangen.

Eigentlich war ich froh, daß sie weg war – wenn sie sich auch nicht einmal die Mühe genommen hatte, sich zu verabschieden.

Der Fall des widerwilligen Zeugen

von

Erle Stanley Gardner

Jerry Bane rieb sich gähnend die Augen, schob die Bettdecke weg und sagte: »Wie spät ist es, Mugs?«

»Halb elf«, erwiderte Mugs Magoo.

Bane sprang aus dem Bett, stellte sich vor das offene Fenster und machte Freiübungen.

Magoo beobachtete die leichten, flinken Bewegungen mit Augen, die darauf trainiert waren, Einzelheiten aufzunehmen, wie frisches Löschpapier Tinte aufsaugt.

Bane richtete sich auf, streckte die Arme waagerecht nach vorn und beugte mehrmals hintereinander die Knie.

»Nun, wie mache ich mich, Mugs?«

»Okay«, sagte Mugs ohne sonderlichen Enthusiasmus. »Ich schätze, Sie sind einfach nicht der Typ, der Gewicht ansetzt. Was ist Ihre Bundweite?«

»Fünfundachtzig.«

Mugs Kommentar basierte auf fünfzig Jahren zynischer Beobachtung. »Das ist schön und recht, solange man jung ist«, sagte er, »und die Mädchen sind ganz verrückt nach einem guten Tänzer mit schmaler Taille, aber wenn man in die Jahre des Wettbewerbs kommt, wie ich sie nenne, braucht man Fleisch, um die Opposition langzulegen. Als ich noch bei der Polizei war, pflegten die Boys zu sagen, man braucht Gewicht, um Wucht und Durchschlagskraft zu haben. Nicht Fett, sondern Muskelfleisch und Knochen.«

»Ja, ich verstehe«, sagte Bane und grinste.

Mugs sah auf den leeren Ärmel seines rechten Arms. »Natürlich hab' ich jetzt nur noch eine Faust«, setzte er hinzu, »aber die genügt, wenn ich sie mit der nötigen Wucht zur richtigen Zeit an die richtige Stelle setze. Was wollen Sie zum Frühstück?«

»Verlorene Eier und Kaffee. Wann ist die richtige Zeit für einen Schlag, Mugs?«

»Die erste sich bietende Gelegenheit«, erklärte Mugs lakonisch.

Jerry ließ ein Glucksen hören.

»Trinken Sie lieber Ihren Orangensaft, bevor Sie unter die Dusche gehen«, riet ihm Mugs, »und vergessen Sie nicht, Ihr Freund Arthur Arman Anson kommt heute morgen.«

Bane lachte. »Nenn das alte Fossil bitte nicht meinen Freund. Er ist Anwalt und rein zufällig der Testamentsvollstrecker meines Onkels, mehr nicht. Er mißbilligt absolut alles, was ich tue . . . Ist bei der Post irgendwas Interessantes dabei?«

»Haben Sie Fotos vom Shooting Star News Photo Service bestellt?«

Bane nickte.

Mugs zog fragend die eine Augenbraue hoch.

»Es war so eine Idee von mir«, sagte Jerry. »Als Antwort auf Anson, Mugs. Die Shooting Star Agentur hat überall ihre Fotografen, die Neuigkeiten im Bild festhalten. Und ich dachte mir, bei deinem fotografischen Gedächtnis, deiner Kenntnis der Unterwelt, der Betrüger, Schleicher und Heuchler, wäre es nicht schlecht, uns die neuesten Pressefotos anzuschauen. Mit anderen Worten, Mugs, vielleicht könnte man ein Geschäft darauf aufbauen, zugegeben, ein etwas ungewöhnliches Geschäft, aber nichtsdestoweniger lukrativ.«

»Und ein gefährliches Geschäft?« fragte Mugs.

Jerry grinste lediglich.

»Ist es ein teurer Service?« fragte Mugs trocken.

»Einhundert Piepen im Monat«, sagte Jerry aufgeräumt. »Weißt du, Mugs, Arthur Arman Anson hat doch tatsächlich die Unverschämtheit besessen, mir zu erklären, da er der Treuhänder des beweglichen Vermögensteils in der Hinterlassenschaft meines Onkels sei, könne er mir jeden Penny davon vorenthalten, wenn er das für angebracht hält.

Die Zehntausend, die wir als Vorschußsumme aus dem Erbe

meines Onkels erhielten, müssen fast aufgebraucht sein. Anson wird wahrscheinlich schwierig werden, und so dachte ich, wir sollen lieber ein wenig scharf schießen. Er lebt von seinem kalten Juristenverstand. Wir leben von unserem Geist, unseren Einfällen.«

»Ja, ich verstehe«, sagte Mugs ausdruckslos.

»Die zehn Riesen sind fast aufgebraucht, nicht wahr?« fragte Jerry.

Mugs ging auf die kleine Küche zu. »Ich glaube, ich sollte lieber mal nach dem Kaffee sehen.«

»Okay«, erklärte Bane aufgeräumt.

Er setzte sich vor den Spiegel, öffnete das Päckchen Fotos, das Mugs ihm gebracht hatte, trank seinen Orangensaft aus und steckte den Stecker des Elektrorasierers ein.

Magoo sagte: »Anson kann jeden Augenblick kommen. Verzeihen Sie, wenn ich das sage, aber es wird ihm gar nicht gefallen, wenn er Sie noch im Pyjama antrifft. Es reizt ihn jedesmal.«

»Ich weiß«, sagte Jerry. »Das alte Fossil denkt, er habe das Recht, mich herumzukommandieren, nur weil er zufällig der Testamentsvollstrecker ist. Wieviel ist auf dem Konto noch übrig, Mugs?«

Magoo räusperte sich. »Ich kann mich nicht genau erinnern«.

Bane zog den Stecker des Elektrorasierers heraus, damit er ihn besser verstehen konnte. »Mugs, zum Teufel, was ist los?«

»Nichts.«

»Pfui. Raus mit der Wahrheit.«

»Es tut mir leid«, platzte Magoo heraus, »aber Sie haben das Konto bereits um dreihundertsiebenundachtzig Dollar überzogen. Die Bank hat eine Mitteilung darüber geschickt.«

»Ich vermute, sie hat dieselbe Mitteilung auch Arthur Anson geschickt«, sagte Jerry. »Und nun kommt er, um mich mit Vorwürfen zu überschütten und es mir unter die Haut zu reiben.«

»Am Ende wird er Nachsicht üben und Ihnen über die momentane Klemme hinweghelfen«, sagte Mugs, obwohl er es wahrscheinlich selbst nicht glaubte. »Eben deshalb hat ihn Ihr Onkel ja zum Testamentsvollstrecker und Vermögensverwalter gemacht.«

»Nicht Anson. Dieser alte, versteinerte Trottel will bestimmen, wie ich leben soll. Wenn ich tue, was er sagt, nach seiner Pfeife tanze, werde ich ein zweiter Arthur Arman Anson, der mit der Aktentasche rumrennt, mit schmalem, knochigen Gesicht, Lippen wie Rasierklingen und in etwa so scharf . . . Nun, Mugs, ich weiß ehrlich nicht, wie das mit deinem Lohn werden soll, und heute ist Zahltag, glaube ich.«

»Machen Sie sich keine Sorgen wegen meines Gehalts«, sagte Magoo mit Wärme und Gefühl. »Als Sie mich aufgelesen haben, verkaufte ich an der Straßenecke Bleistifte.«

»Es steht hier nicht zur Debatte, was du mach*test,* sondern was du jetzt machst«, sagte Jerry. »Nun, erst rasier ich mich mal zu Ende, dann dusche ich, dann frühstücke ich, und dann kümmere ich mich um die Finanzen.«

Er fuhr fort, sich zu rasieren und sah unterdessen die Fotos durch, die der Shooting Star News Photo Service geschickt hatte, alle im Format 18 × 24 cm, extrahart kopiert, an jedem Foto ein Anhänger mit der aufgestempelten Warnung, die Kreditfrist zu beachten, und mit einer kurzen Beschreibung des Bildinhalts, so daß Nachrichtenredakteure ihre eigene Bildunterschrift danach entwerfen konnten.

Jerry Bane warf das Foto von einem Autounfall beiseite. »Ich schätze, das mit dem Fotodienst war doch keine so gute Idee, Mugs. Die scheinen da rumzurennen und die grausamen Details von Autounfällen festzuhalten.«

»Das ist Teil einer Aufklärungskampagne, um die Verkehrsteilnehmer zu erziehen«, erläuterte Mugs.

»Nun, *solche* Fotos interessieren mich bestimmt nicht«, sagte Bane. »Hier, Mugs, du bist der Mann mit dem Kameraauge in der Firma. Sieh diese Fotos eben mal durch, während ich mich dusche. Grausam verstümmelte Körper und ramponierte Autos sind nichts für mich, schon gar nicht auf nüchternen Magen. Aber sieh mal, ob du auf den Fotos nicht irgendeinen Ganoven entdecken kannst, der zufällig mit aufs Bild geraten ist, jemand, von dem du ein bißchen was weißt. Dann hätten wir vielleicht einen Ansatzpunkt, könnten uns was einfallen lassen.«

Mugs sagte mißbilligend: »Aber ich bin ein Oldtimer, Mr. Bane. Eine ganz neue Ganovengeneration ist inzwischen nachgewachsen, seit ich . . .«

»Ich weiß«, unterbrach Bane ihn lachend. »Du entschuldigst dich dauernd, aber Tatsache ist doch, daß du das alte Kameraauge und dein fotografisches Gedächtnis hast. Daher hast du ja auch deinen Spitznamen Mugs, von *mug-shots,* weggekriegt. Man sagte mir, du hättest noch nie ein Gesicht vergessen, das du mal auf einem Foto im Verbrecheralbum gesehen hast, den Namen dazu und was für Dreck der betreffende Kerl am Stecken hatte.«

»Das war vor langer Zeit. Damals hatte ich noch beide Arme, war bei der Polizei und . . .«

»Ja, ja, ich weiß«, unterbrach Jerry ihn hastig, »und dann hast du dich in die Politik eingemischt. Dann verlorst du den Arm, begannst zu trinken und endetest als Bleistiftverkäufer.«

»Es gab da noch ein Zwischenspiel mit einem Gentleman namens Mr. Pry«, sagte Mugs Magoo irgendwie sehnsuchtsvoll. »War ein schneller Denker, jener Bursche – erinnert mich übrigens an Sie. Doch dann fing ich mit Saufen an und . . .«

»Und jetzt lebst du wieder nüchtern«, sagte Bane beruhigend. »Deshalb schau dir mal die Fotos an, ob du jemand darauf wiedererkennst.«

Immer noch im Pyjama, setzte sich Bane an den Frühstückstisch und sagte: »Was ist mit den Fotos? Ist da was dabei, Mugs?«

»Ein toller Cheesecake, Sir«, sagte Magoo. »Sie werden ihn den Unfallfotos wahrscheinlich vorziehen.«

»Laß mal sehen.«

Mugs Magoo reichte ihm das Foto eines Mädchens im Badeanzug. Bane sah sich das Foto an, las dann die Bildunterschrift auf dem anhängenden Zettel laut vor:

»Eine Gerichtsverhandlung im Federal Court, bei der es um die

Verletzung eines Badeanzugpatents ging, erhielt gestern unversehens eine heitere Note, als Stella Darling, Nachtklubtänzerin, den umstrittenen Badeanzug vorführte. ›Ziehen Sie das Kleidungsstück aus, damit es als Beweisstück A zu den Akten genommen werden kann‹, ordnete der Richter Asa Lansing an und fügte dann hastig hinzu: ›Aber nicht hier! Nicht hier!‹, während der Gerichtssaal vor Gelächter dröhnte.«

Bane musterte das Foto. »Tolle Puppe!«

Mugs nickte.

»Nette Figur.«

Mugs nickte erneut.

»Aber irgendwie paßt ihr Gesicht nicht zu ihren Beinen«, sagte Bane. »Es ist ein trauriges Gesicht, beinahe ein tragisches. Jener Gesichtsausdruck könnte von einer geschnitzten Holzmaske stammen.«

Mugs Magoo sagte: »Sie war ein nettes junges Ding, als ich sie kennenlernte. Gewann neunzehnhundertdreiundvierzig eine Schönheitskonkurrenz und wurde Miß Irgendwas. Dann ging alles sehr schnell. Kassierte ab, was mit ihrem Aussehen abzukassieren war, heiratete einen netten Burschen, verliebte sich dann in einen anderen Kerl. Ihr Mann erwischte die beiden *in flagranti*, erschoß den Kerl, kam mit der Entschuldigung, er hätte nur seine Ehre verteidigt, vor Gericht nicht durch und wanderte ins Loch. Sie kam daraufhin in den Westen und begann in Nachtklubs zu arbeiten. Schade, daß sie nicht die Chance bekommt, nochmal von vorne anzufangen. Gerüchte haben lange Beine.«

Bane nickte nachdenklich. »Aber wenn man es genau bedenkt, Mugs, gibt es nur sehr wenig, was sie von einer Menge anderer Leute unterscheidet, die jetzt auf sie herabblicken.«

»Nur ganze dreißig Minuten«, sagte Magoo. »Wie ist der Kaffee?«

»Der Kaffee ist gut. Was für dreißig Minuten, Mugs?«

»Die dreißig Minuten, die der Zug, mit dem ihr Mann kam, Verspätung gehabt haben könnte.«

Bane grinste. »Natürlich, Mugs. Sonst was dabei?«

»Ein Foto ist dabei, das ich nicht verstehe«, sagte Mugs.

»Was ist damit?«

Mugs reichte ihm ein Foto, auf dem eine junge Frau zu sehen war, die in einem Lebensmittel-Selbstbedienungsladen stand und anklagend den Finger auf einen breitschultrigen Mann richtete, der seinerseits seinen Finger anklagend auf die Frau richtete. Zu Füßen der Frau lag ein Hund. Ein Haufen Lebensmittel auf dem Abstellbrett neben der Registrierkasse war offenbar das, was der Mann eingekauft hatte.

»Warum zeigen beide mit dem Finger aufeinander?« fragte Bane.

»Lesen Sie die Bildunterschrift.«

Bane tat es:

Anklägerin angeklagt: Zu einem seltsamen Doppel-Mix-up kam es gestern nachmittag, als Bernice Calhoun (23), Sunset Way 9305, William L. Gordon (32), gegenwärtig wohnhaft in einer Pension am Monadnock Drive 505, beschuldigte, den unter dem Namen *Jewel Casket* bekannten Juwelierladen am Sunset Way 9316 überfallen zu haben. Als der Verdächtigte ihren Serve-Yourself-Grocery-Store betrat, verständigte sie die Polizei und erklärte, sie hätte Gordon gesehen, wie er mit einer Pistole rückwärts aus dem Juwelierladen herausgekommen sei und so den Besitzer, Harvey Haggard, gezwungen hätte, die Hände in die Luft zu strecken. Dann hätte Gordon, von einem offenbar zufällig vorbeikommenden Streifenwagen alarmiert, schnell als scheinbarer Kunde ihren Selbstbedienungsladen betreten, einen Einkaufskorb genommen und angefangen, sich Konservenbüchsen auszusuchen.

Auf Bernice Calhouns Anruf hin kam die Polizei zum Tatort gejagt, sah sich dort aber merkwürdigen Komplikationen gegenüber. Bei Gordon wurde nicht nur keine Beute gefunden, sondern Harvey Haggard, den die Polizei antraf, wie er im *Jewel Casket* in einem Magazin las, erklärte auch, er wüßte nichts von einem Überfall.

Daraufhin beschuldigte Gordon Miß Calhoun, ihn erpressen zu wollen, und erklärte, er würde eine Verleumdungsklage gegen sie anstrengen.

Bernice Calhoun, die in der Nachbarschaft sehr beliebt ist und den Selbstbedienungsladen von ihrem Vater geerbt hat, ist über die mißliche Lage, in die sie da geraten ist, tief verstört. Dieses Foto wurde nur wenige Minuten nach Eintreffen der Polizei gemacht und zeigt Bernice Calhoun, rechts, die anklagend auf Gordon zeigt, während er seinerseits anklagend auf Miß Calhoun zeigt. Gordon wurde bis zur Klärung der Umstände vorläufig in Haft genommen.

»Na«, sagte Bane, »das ist aber ein tolles Ding. Weißt du irgendwas darüber, Mugs?«

»Dieser Gordon«, sagte Mugs und legte seinen stubbligen Zeigefinger auf den Mann auf dem Foto, »ist ein ganz Gerissener. Sie nennen ihn ›Gopher‹ Gordon, weil er immer wie eine Taschenratte im Dunkeln am Wühlen und Arbeiten ist.«

»Du meinst, die ganze Sache könnte arrangiert sein, um aus Bernice Calhoun ein bißchen Geld herauszuschütteln?«

»Noch wahrscheinlicher ist, daß Gopher Gordon und Harvey Haggard da zusammenarbeiten, um sich Miß Calhouns Mietvertrag unter den Nagel reißen zu können, in dem sie sie zunächst mal dort in der Nachbarschaft unmöglich machen.«

»Das scheint mir dafür aber eine ziemlich rohe und primitive Methode zu sein«, sagte Bane.

»Ob roh oder nicht roh, ist dabei egal, Hauptsache es funktioniert«, beharrte Mugs störrisch.

»Ich möchte, daß du der Sache mal nachgehst, Mugs«, sagte Bane nachdenklich. »Der Fall scheint mir Möglichkeiten zu haben. Wir, denen gerade das Bargeld ausgegangen ist, und dieser Erzganove – und eine schöne Frau .. Wie gesagt, geh der Sache mal nach, horch dich ein bißchen um, Mugs.«

»Wollen Sie, daß ich das gleich tue?«

»Ja, sofort«, sagte Jerry Bane. »So wie ich die Sache sehe, scheint mir höchste Eile angebracht. Fang sofort damit an.«

Zehn Minuten, nachdem Mugs Magoo gegangen war, klopfte Arthur Arman Anson an die Tür.

Mit seinem dürren Knöchel klopfte er in genau gleichmäßigen Abständen – so präzise und penibel, wie er alles im Leben tat.

Jerry Bane ließ ihn ein.

»Hallo, Counselor«, sagte er. »Ich bin gerade mit Frühstücken fertig. Wie wär's mit einer Tasse Kaffee?«

»Nein, danke, ich habe bereits um halb sieben gefrühstückt.«

»So sehen Sie auch aus«, sagte Bane.

»Was wollen Sie damit andeuten?«

»Nichts, Counselor. Lediglich, daß Sie wie ein Frühaufsteher aussehen, nach dem guten alten Sprichwort: ›Früh zu Bett und früh . . .‹«

»Das Sprichwort ist mir bekannt«, unterbrach ihn Anson, setzte sich mit bewußt zur Schau getragener Würde und Strenge auf einen steiflehnigen Stuhl und stellte die Aktentasche neben sich ab.

»Ich komme in Erfüllung einer notwendigen, wenn auch unangenehmen Pflicht«, sagte Anson, aber seiner Stimme war deutlich anzumerken, wie sehr er den ›unangenehmen‹ Auftrag genoß, der ihn herführte.

»Legen Sie schon los mit Ihrer Strafpredigt«, sagte Jerry Bane.

»Es ist keine Strafpredigt, junger Mann. Ich möchte lediglich ein paar Bemerkungen machen.«

»Dann los, fangen Sie schon endlich damit an, und vergessen Sie nicht die Adjektiva.«

»Sie führen das Leben eines Taugenichts. Inzwischen sollten Sie die beklemmenden Erlebnisse in dem japanischen Gefangenenlager eigentlich überwunden haben. Und Sie sollten sich ebenso von den Auswirkungen der zwei Jahre Unterernährung erholt haben. Mit anderen Worten, junger Mann, Sie sollten endlich zu arbeiten anfangen.«

»Was würden Sie da vorschlagen?« fragte Jerry.

»Schwere körperliche Arbeit«, bemerkte Anson grimmig.

»Wieso das?«

»Weil das die Art ist, wie auch ich meine berufliche Laufbahn begonnen habe. Mit Hacke und Schaufel beim Eisenbahnbau und . . .«

»Und dann erbten Sie, wenn ich mich nicht irre, eine Menge Geld«, sagte Jerry.

»Das hat damit nichts zu tun, junger Mann. Ich fing jedenfalls ganz unten an und habe mich Sprosse um Sprosse an der Erfolgsleiter nach oben gearbeitet. Sie hingegen verschwenden Ihre Zeit mit Frivolitäten. Ich glaube nicht, daß Sie jemals vor elf oder zwölf zu Bett gehen! Und genau um diese Stunde, nur vormittags, finde ich Sie immer noch im Pyjama herumlungernd vor.

Außerdem muß ich feststellen, daß Sie sich mit einem schlechtbeleumundeten Typ zusammengetan haben, einem einarmigen Asozialen aus dem Unterweltmilieu, der früher an den Straßenekken dieser Stadt Bleistifte verkaufte.«

»Er ist mir gegenüber immer anständig gewesen, und ich mag ihn«, sagte Jerry.

»Er ist beruflich passé, ein Nichtsnutz und Verschwender«, schnappte Anson. »Ihr Onkel hat Ihnen vorab zehntausend Dollar hinterlassen. Die Hauptmasse seines Vermögens ist jedoch bei mir als Treuhänder festgelegt. Ich bin ermächtigt, Ihnen davon soviel oder sowenig auszuzahlen, wie ich für angebracht halte, wobei der Leitgedanke war . . .«

»Ja, ja, ich weiß«, unterbrach ihn Jerry. »Mein Onkel fürchtete, ich könnte alles auf einen Schlag verjubeln. Deshalb wollte er, daß Sie es mir in Raten auszahlen. Okay, ich bin pleite. Würden Sie so freundlich sein, und mir die nächste Rate auszahlen?«

»Ich weiß nicht, was Ihr Onkel fürchtete oder wollte«, sagte Anson, »aber dafür weiß ich umso genauer, was ich tun werde.«

»Und das ist?«

»Sie haben die zehntausend Dollar verschleudert. Sehen Sie sich doch nur mal dieses Apartment an, ausgerüstet mit Staubsaugern, Geschirrspülmaschine, allem nur erdenklichen Mumpitz von Geräten und . . .«

»Weil mein Diener nur einen Arm hat, und ich versuche lediglich . . .«

»Genau. Wegen Ihrer sentimentalen Anwandlungen gegenüber einem menschlichen Wrack haben Sie das ererbte Barvermögen verschleudert. Junger Mann, die Bank hat mir mitgeteilt, daß Sie Ihr Konto überzogen haben. Deshalb werde ich es Ihnen ebenfalls so deutlich wie direkt sagen: Ziehen Sie aus diesem Apartment aus. Ziehen Sie in irgendeine Pension und fangen Sie endlich an, innerhalb Ihrer finanziellen Mittel zu leben. Legen Sie die maßgeschneiderte Kleidung ab, ziehen Sie einen Overall an und fangen Sie irgendeine ehrliche, harte, körperliche Arbeit an. Nach Ablauf von sechs Monaten bin ich dann bereit, mit mir über eine Ratenzahlung aus der Substanz des Hauptvermögens reden zu lassen. Sagen Sie, wissen Sie überhaupt, wieviel Sie in den letzten drei Monaten ausgegeben haben?«

»Addition war noch nie meine Stärke«, gestand Jerry.

»Dann versuchen Sie's mal mit Subtrahieren«, sagte Anson.

Bane setzte ein vorwurfsvolles Gesicht auf. »Und das nun, da ich Ihrer Kanzlei einen lukrativen Prozeß zuschanzen wollte – einen spektakulären Fall, den Sie unmöglich verlieren können.«

Ansons Augenlider begannen zu flackern, als er ein Geschäft witterte, aber nur kurz. »Was ist das für ein Fall?«

»Das kann ich Ihnen im Moment noch nicht sagen.«

»Quatsch. Wahrscheinlich etwas, das ich nicht einmal mit einer drei Meter langen Stange anrühren würde. Außerdem würde das nicht das allermindeste an meiner Entscheidung als Treuhänder des Vermögens Ihres Onkels ändern.«

»Geradezu ein Paradefall«, fuhr Bane unbeirrt fort. »Ein Fall mit persönlicher Verleumdung und allem Drum und Dran. Die beschuldigte junge Frau ist gänzlich unschuldig. Sie bekämen in dem Prozeß die Möglichkeit, mit Ihren berühmten Exposés in letzter

Minute die gegnerische Seite zur Sau zu machen. An dem Fall ist wirklich alles dran.«

»Wer ist die Angeschuldigte?«

»Eine berauschende Schönheit von dreiundzwanzig Jahren.«

»Ich will keine Mandanten, die mich berauschen. Zahlen sollen sie«, sagte Anson mit Nachdruck und fügte dann hinzu: »Ob sie hübsch sind oder nicht, interessiert mich einen Dreck. Davon kann ich nichts abbeißen.«

Bane grinste. »Oh, ich glaube, daß Sie in diesem Fall doch von der Schönheit Ihrer Mandantin profitieren würden. Und sei es nur durch die Publicity, die der Fall bekommen wird.«

»Glauben Sie ja nicht, daß Sie mich bestechen können, junger Mann. Ich bin viel zu lange Anwalt, um auf solche nebelhaften Versprechen von phantastischen Honoraren hereinzufallen, die dann später niemals wahr werden, von mysteriösen Mandanten mit sagenhaften Fällen, die dann irgendwie niemals ganz in meiner Kanzlei landen. Ich habe Ihnen mein Ultimatum gesetzt. Ich wäre Ihnen dankbar, wenn Sie mir innerhalb von achtundvierzig Stunden mitteilten, daß Sie zu arbeiten angefangen haben. Mit harter körperlicher Arbeit. Nach einem Zeitraum, den ich für angemessen halte, werde ich Ihnen dann die Chance geben, in einem sogenannten Weißen-Kragen-Job zu arbeiten. Guten Tag, Sir.«

»Wollen Sie nicht doch eine Tasse Kaffee trinken?«

»Absolut nein. Ich esse niemals zwischen den Mahlzeiten.«

Arthur Arman Anson knallte die Tür hinter sich zu.

Mugs Magoo fand Jerry Bane lang hingeflegelt in dem großen Sessel vor, mit den Gedanken völlig in ein Buch mit dem Titel *Die Mathematik des Geschäftsmanagements* vertieft. Neben ihm auf dem Rauchtisch lag ein Rechenschieber, mit dem Bane die Schlußfolgerungen des Autors überprüft hatte.

Magoo stand volle zwei oder drei Minuten lang neben dem Sessel, bevor Bane, die Anwesenheit von jemand anderem fühlend, sich unruhig zu rühren begann und schließlich aufblickte. »Ich wollte Sie nicht stören, Sir«, sagte Mugs, »aber ich habe da eine sehr interessante Geschichte zu Tage gefördert.«

»Du hast mit ihr gesprochen?«

»Ja.«

»Ist sie wirklich so gutaussehend, wie es nach dem Pressefoto den Anschein hatte?«

Mugs entnahm einem Briefumschlag ein Foto. »Sogar noch besser. Dieses Foto von ihr wurde letzten Sommer in einem Badeort gemacht.«

Bane betrachtete das Foto und stieß einen leisen, vielsagenden Pfiff aus.

»Ja, genauso sieht sie aus«, bemerkte Magoo trocken.

»Wie zum Teufel, bist du an dieses Foto gekommen, Mugs?«

»Nun, ich stellte fest, daß der Lebensmittelladen in etwa alles ist, was sie auf der Welt hat, und daß sie im Moment ziemlich knapp an Bargeld ist. Ich erklärte ihr, Großhändler hätten vor, eine Kampagne für kleinere Lebensmittelläden in der Nachbarschaft zu starten und suchten dafür Fotos von hübschen Mädchen. Und wenn sie zufällig ein Foto von sich hätte, könnte sie damit vielleicht einen Preis gewinnen. Dann würde ein Mann kommen, sie in ihrem Laden fotografieren, und er würde ihr auch noch hundertfünfzig Dollar für das Recht zahlen, das Foto zu publizieren. Wenn das Foto von ihr aber nicht gebraucht würde, bekäme sie es zurück und hätte keinerlei weitere Verpflichtungen.«

Jerry Bane war immer noch dabei, das Foto zu betrachten. »Und an ihrer Figur ist wirklich alles dran, Mugs? Jede Menge Kurven, dort, wo sie hingehören?«

»Jede Menge, Sir.«

»Und sie ist gerade knapp bei Kasse?«

»Es hat diesen Anschein. Sie möchte den Laden verkaufen, aber noch mehr Sorgen macht sie sich, was bei der Verleumdungsklage gegen sie herauskommen könnte.«

»Gibt es in dem Fall was Neues, Mugs?«

»Nicht viel. Sie glaubt jetzt selber, daß sie ein wenig voreilig gehandelt haben könnte. Und sie ist sich beileibe nicht mehr sicher, die Pistole gesehen zu haben. Sie sah den Mann etwas über den Zaun werfen, aber die Polizei hat dort trotz großer Suche nichts finden können. Offen gesagt, Sir, sie beginnt langsam selber zu glauben, daß sie sich geirrt hat – aber das hat sie nicht.«

»Hat sie nicht?«

Mugs Magoo schüttelte den Kopf. »Ich habe mir diesen Haggard, der den Juwelierladen führt, mal angesehen. Und ich weiß etwas über ihn, was die Polizei nicht zu wissen scheint.«

»Was?«

»Er ist ein Hehler und dazu noch ein verflucht gerissener. Er kauft heiße Ware auf und verschickt sie per Luftexpreß an Einzelhändler und Verteilerstellen überall im Land.«

»Eine Hehlerorganisation?«

Mugs nickte und sagte: »Man kann an den Fingern abzählen, was da geschehen ist. Dieser Kerl namens Gordon hatte wahrscheinlich irgendwelche krummen Geschäfte mit Haggard gemacht und war dabei von ihm übers Ohr gehauen worden. Also beschloß er, sich auf andere Weise dafür schadlos zu halten.«

Bane nickte versonnen. »Und natürlich konnte Haggard nicht zugeben, was sich da abgespielt hatte, weil er nicht wagte, die Sore zu beschreiben . . . Laß mich noch einmal das Foto sehen, Mugs.«

Mugs reichte ihm das Foto des Mädchens im Badeanzug.

»Nicht das«, sagte Jerry Bane. »Das andere, auf dem sie anklagend den Zeigefinger auf Gopher Gordon richtet und Gopher umgekehrt seinen auf sie. Weißt du was, Mugs? Mir scheint da eine nette kleine, aber schon recht definitive Idee zu kommen, die sich vielleicht auszahlen könnte.«

»Das hab ich mir schon gedacht«, sagte Magoo. »Ein Mann kann sich nicht lange das Foto von einer solchen Puppe anschauen, ohne daß ihm nicht bald Ideen kommen.«

Das Mädchen blickte von der Registrierkasse auf, als Jerry den Laden betrat.

Jerry bemerkte, daß sie klare Gesichtszüge und einen makellosen Teint hatte, denn in solchen Sachen war er Experte. Ihre Beine hatten gerade die richtigen Rundungen, um zu ihrer stromlinienförmigen Figur zu passen, und außerdem war da etwas in ihren Augen, ein provozierendes Leuchten und Blitzen, das für jeden Mann eine Herausforderung darstellte.

Mit seinen Gedanken scheinbar ganz beim Einkauf nahm Jerry Bane einen Korb und ging die Regale mit Konserven entlang.

Das Mädchen warf den Kopf zurück und machte sich wieder an das Überprüfen von Rechnungen, mit denen sie beschäftigt gewesen war, als Jerry den Laden betreten hatte. Die kundenflaue Stunde am frühen Nachmittag hatte sie sich offenbar für die Buchhaltung vorbehalten.

Wieder sich und seinem Einkauf überlassen, wählte Jerry sorgfältig eine Büchse Grapefruitsaft und ein Paket Haferflocken aus. Er warf einen Blick zurück zu den Büchsen mit Hundefutter auf der kleinen Theke, wo das Mädchen neben der Registrierkasse über seine Arbeit gebeugt war – die Büchsen, die so deutlich auf dem Pressefoto zu erkennen gewesen waren. Dann sah er auf die Uhr. Sehr bald jetzt – das heißt, sogar innerhalb der nächsten Sekunden, wenn Mugs auf Draht war – würde das Telefon klingeln, und Bernice Calhoun würde aufstehen und nach hinten an den Apparat gehen. Wenn es Mugs gelang, sie für eine Minute oder zwei am Telefon festzuhalten, würde genug Zeit bleiben, um ...

Das Telefon schrillte. Das Mädchen sah auf. Ihre Augen blieben kurz an Jerry hängen, dann schob sie die Lade der Registrierkasse zu, stand auf und ging rasch nach hinten, wo in einer Ecke des Ladens das Telefon an der Wand hing.

Jerry trat vor die Pyramide von Hundefutterbüchsen. Sie waren alle so aufgebaut, daß ihre Etiketten nach vorne zeigten – bis auf eine. Diese zog er geschickt heraus, so daß die Pyramide dadurch nicht ins Wanken geriet.

Der Deckel der Konservenbüchse war mit einem Büchsenöffner so herausgeschnitten worden, daß sich oben ein glatter Rand ergeben hatte. Die Büchse enthielt Reste von angetrocknetem Hundefutter, aber darüber hinaus war darin ein Blitzen und Funkeln in allen nur erdenklichen Farben, von rubinrot über smaragdgrün bis hin zu dem farblosen Glitzern von Diamanten.

Mit seinem Körper schirmte Jerry sein Tun vor dem Mädchen ab. Er leerte den Inhalt der Konservenbüchse in seine Manteltasche, was eine ganze Kaskade von ungefaßten Juwelen ergab, die beruhigend klimperten.

Aus einer anderen Tasche seines Mantels nahm er eine Handvoll billiger Similisteine, die er aus Kostümschmuck herausgebrochen hatte. Als er die Büchse zu zwei Dritteln sorgfältig gefüllt hatte, legte er oben drauf ein paar von den echten Steinen als funkelnde Deckschicht.

Er stellte die Büchse wieder sorgfältig an ihren Platz, ließ sie genauso zurück, wie er sie vorgefunden hatte und schlenderte dann zu einem Regal mit Marmeladengläsern hinüber. Als er eines davon herausnahm, hörte er das Klappern der hohen Absätze, als das Mädchen zur Kasse zurückkam. Er ging mit seinem Einkaufskorb zu ihr rüber.

Sie schien sich jetzt endgültig zu unpersönlich-freundlicher Behandlung dieses einzigen Kunden in ihrem Laden entschieden zu haben.

»Guten Tag«, sagte sie und drückte geschickt die Tasten ihrer Registrierkasse. »Zwei Dollar und sechzehn Cent«, verkündete sie.

Jerry reichte ihr mit ernstem Gesicht einen Fünf-Dollar-Schein. Sie ließ die Kassenschublade aufspringen, um ihm rauszugeben.

»Sieht nicht sehr günstig für Sie aus, der Prozeß, der da auf Sie zukommt«, sagte Jerry. »Aber ich habe eine Idee, wie ich Ihnen helfen könnte.«

Sie war dabei, das Wechselgeld für ihn abzuzählen, hielt darin aber ruckartig inne und sah zu ihm auf. »Was ist das für ein Spiel, daß Sie da mit mir vorhaben?«

»Kein Spiel. Ich dachte nur, ich könnte Ihnen vielleicht helfen.«

»In welcher Weise?«

»Ich habe einen Freund, der ein sehr tüchtiger Anwalt ist.«

»Oh, das ist es.« Sie zuckte verächtlich die Schultern.

»Ich bin sicher, wenn ich mit ihm spreche, würde er bereit sein, Ihren Fall für ein Nominalhonorar zu übernehmen.«

Sie lachte abfällig. »Ich weiß, nur auf mein schönes Gesicht hin – oder ist es meine Figur?«

»Vielleicht sollte ich mich etwas genauer ausdrücken«, sagte Jerry Bane. »Ich habe Grund zu der Annahme, daß Ihnen fälschlich etwas angehängt und Sie zum Sündenbock gemacht werden sollen.«

»So, wirklich?« sagte sie mit einer Stimme so schneidend kalt wie die Luft in einer Frostnacht. »Ihre Einsicht in die Dinge überrascht mich, Mr. – äh –«

»Bane«, sagte er. »Für meine Freunde, Jerry.«

»Oh, ja, *Mister* Bane.«

»Sie können das nicht wissen«, fuhr Jerry fort, »aber der Mann, den Sie als Ladenräuber identifiziert haben, ist der Polizei in den Städten im Norden durchaus bekannt. Er hat zwar kein Strafregister in dem Sinne, daß ihm jemals die Fingerabdrücke abgenommen worden sind, und hier unten im Süden kennt ihn niemand, aber dort oben im Norden weiß man doch so einiges über ihn.«

»Würde das nicht recht wertvoll sein – nun, Sie wissen schon, falls er eine Verleumdungsklage gegen mich anstrengt?« fragte sie, und ihre Stimme klang plötzlich durchaus freundlich.

»Es würde mehr als nur wertvoll sein. Es würde für ihn vernichtend sein.«

»Haben Sie irgendwelche Beweise?«

»Ich glaube, die könnte ich beschaffen.«

Ganz langsam schob sie die Schublade der Registrierkasse zu. »Sagen Sie, worauf sind Sie eigentlich aus?« fragte sie.

Jerry machte eine kleine wegwerfende Geste. »Lediglich auf eine Gelegenheit, Ihnen zu helfen. Versuchen Sie's doch mal.«

»Wenn ich das tue, werde ich Sie später an Ihr Versprechen erinnern.«

»Das erwarte ich auch durchaus von Ihnen.«

»Was wollen Sie jetzt von mir?«

»Zuerst einmal erzählen Sie mir genau, was geschehen ist – und zwar alles, in allen Einzelheiten.«

Sie musterte ihn nachdenklich, dann platzte sie heraus: »Seit mein Vater tot ist, versuche ich die ganze Zeit, diesen Laden hier in Gang und über Wasser zu halten. Er ist zu klein, als daß es sich lohnen würde, einen vollbezahlten Angestellten einzustellen. Also muß ich alles selber machen.

Ich führe Buch über die Lagerbestände. Mache die Bestellungen fertig. Führe die Kontobücher. Packe Kartons aus, arrangiere die Ware in den Regalen. Ich arbeite hier von früh morgens bis manchmal spät in die Nacht. In den ruhigen Mittagsstunden, wenn wenig Kunden kommen, nutze ich die Zeit, um die Bücher auf dem laufenden zu halten.

Vorgestern sah ich zufällig zu jenem Fenster dort raus. Von dieser Stelle hier kann man geradewegs zu dem kleinen Juwelierladen rüberblicken, der sich Jewel Casket nennt.

Ich weiß kaum etwas über jenen Laden. Jetzt, da ich darüber nachdenke, frage ich mich, wie jemand überhaupt erwarten kann, mit einem Juwelierladen in solcher Lage ein Geschäft zu machen, aber Mr. Haggard ist offenbar ganz zufrieden, und natürlich braucht er dort keine hohe Ladenmiete zu zahlen.

Nun, als ich zum Fenster rausblickte, sah ich jedenfalls diesen Mann, der mir den Rücken zudrehte, und ich war felsenfest überzeugt, daß er eine Pistole in der Hand hielt. Ich glaubte auch zu erkennen, wie jemand in dem Juwelierladen die Hände hochstreckte. Dann kam dieser Mann, dessen Name sich später als Gordon herausstellte, auf die Straße raus, und ich bin nahezu sicher, daß er etwas über den Bretterzaun auf das unbebaute Grundstück warf. Dann sah ich ihn zusammenzucken, und er schien sich zur Flucht wenden zu wollen. Ich konnte nicht erkennen, was ihn da erschreckt hatte, sah nur, daß er lauernd über seine linke Schulter die Straße raufsah.«

»Erzählen Sie weiter«, sagte Jerry.

»Nun, er wandte sich dann doch nicht zur Flucht. Er kam vielmehr rasch hier herüber. Und gerade, als er zur Ladentür reinkam, sah ich auch, was ihn erschreckt haben mußte.«

»Und zwar was?«

»Ein Streifenwagen, der langsam vorbeigefahren kam. An dem Blaulicht und der großen wippenden Funkantenne war er klar als Polizeiwagen zu erkennen. Ich hatte Angst, stand da wie zur Salzsäule erstarrt.«

»Haben Sie einen Hund?« fragte Bane.

»Ja, aber es ist ein gutmütiger, ganz friedlicher Hund. Er würde absolut kein Schutz sein, außer vielleicht wenn mich jemand angreifen wollte.«

»Was tat der Mann, als er hier drin war?«

»Er ging im Laden herum und war offensichtlich bemüht, sich wie ein Kunde zu benehmen, wählte Konservenbüchsen aus und legte sie in einen Einkaufskorb, aber all das machte er so steif und gezwungen, daß ich sofort merkte, daß er es nur tat, um Zeit zu gewinnen. Ich glaube, ich war inzwischen in solcher Panik, daß ich nicht mehr richtig denken konnte, aber ich war fest davon überzeugt, es mit einem Gangster zu tun zu haben. Heute bin ich mir da längst nicht mehr so sicher. Jedenfalls ging ich ans Telefon und rief die Polizei an. Das Telefon ist ganz hinten, in dem Winkel dort«, erläuterte sie, »so daß er mich von dort, wo er stand, nicht hören konnte.«

Jerry nickte. »Nicht gerade sehr bequem, das Telefon da hinten, ich meine, um Bestellungen aufzunehmen und den ganzen routinemäßigen Geschäftskram zu erledigen.«

»Ich nehme keine telefonischen Bestellungen an, liefere auch nicht aus«, sagte sie. »Das versuchte ich gerade dem Typ klarzumachen, der da eben anrief. Aber der schien nicht Englisch zu verstehen – oder zumindest nicht unseren amerikanischen Slang hier. Vielleicht war er Engländer – er sprach jedenfalls ganz steif und abgezirkelt und irgendwie durch die Nase.«

Jerry grinste. Mugs und seine Stimmenimitation von Jeeves! So etwas konnte er förmlich aus dem Ärmel schütteln.

»Sie riefen also die Polizei«, erinnerte er das Mädchen.

»Ja. Ich erklärte, wer ich war und daß ein Mann gerade den Juwelierladen auf der anderen Seite überfallen hätte, aber von einem Funkstreifenwagen verscheucht worden sei und sich in meinen Laden geflüchtet hätte. Ich wußte, im Police Department konnte man sich per Funk direkt mit dem Streifenwagen in Verbindung setzen, der hier gerade vorbeigekommen war, und ich schlug vor, der sollte umkehren und herkommen.«

»Und das geschah auch?«

»Ja. Es dauerte etwa – nun, ein paar Minuten.«

»Und was geschah, als die Polizei hier eintraf?«

»Der Streifenwagen fuhr vor dem Laden vor. Die Beamten sprangen mit gezogenen Pistolen heraus, und ich zeigte ihnen den Mann und erklärte, er hätte gerade den Juwelierladen auf der anderen Straßenseite überfallen. Inzwischen hatte der Mann seinen fingierten Einkauf, wie ich in jenem Augenblick fest glaubte, beendet und stand hier neben der Registrierkasse. Ich hatte beim Rausgeben des Wechselgeldes absichtlich lange gefummelt, damit der Streifenwagen Zeit hatte, zurückzukommen.

Der Mann sagte, sein Name sei Gordon, und ich sei wohl verrückt geworden. Er sei rein zufällig vor dem Schaufenster des Juwel Casket stehengeblieben, habe darin etwas gesehen, was ihm gefiel, und reingehen wollen, um es für seine Freundin zu kaufen, habe sich dann aber anders besonnen und sei hier rübergekommen, um statt dessen Lebensmittel einzukaufen. Er sagte, er hätte in seinem Leben noch nie eine Waffe getragen. Die beiden Polizisten tasteten ihn daraufhin ab, fanden auch nichts. Ich erklärte ihnen, sie sollten zum Juwel Casket rübergehen. Ich dachte, sie würden Mr. Haggard dort vielleicht tot vorfinden.«

»Und was geschah? Was kam dabei heraus?«

»Das ist eben der Teil, den ich absolut nicht verstehen kann. Mr. Haggard war in seinem Laden und erklärte, während der letzten

Viertelstunde sei niemand reingekommen und niemand hätte ihn überfallen. Ich – ich kam mir daraufhin wie eine Idiotin vor.«

»Sind Sie bereit, ein wenig Zeit zu investieren und *genau* zu tun, was ich Ihnen sage, um aus dieser Klemme herauszukommen?«

»Was muß ich tun?«

»Ich möchte, daß Sie den Laden zusperren und mit mir zu meinem Anwalt, Arthur Anson, kommen. Ich möchte, daß Sie ihm Ihre Geschichte erzählen. Falls er dann mit Ihnen hierher in den Laden kommt, möchte ich, daß Sie mir versprechen, immer unmittelbar neben ihm zu bleiben, nicht von seiner Seite zu weichen, die ganze Zeit, die er mit Ihnen hier im Laden ist.«

»Wieso das?« fragte sie erstaunt.

Jerry grinste. »Es ist nur so eine Ahnung. Tun Sie einfach, was ich Ihnen sage, vielleicht wird die ganze Sache dann aufgeklärt.«

Sie überlegte ein paar Sekunden und sagte dann: »Nun gut. Was habe ich dabei schon zu verlieren?«

»Das finde ich auch«, erklärte Jerry, und sein Lächeln war wie Frühlingssonnenschein.

Arthur Arman Anson gab sich so kühl wie ein nasses Handtuch.

»Jerry, ich bin ein vielbeschäftigter Mann. Ich habe keine Zeit für Faxen und Machenschaften und bin absolut nicht bereit . . .«

»Ich habe Ihrer Sekretärin doch ausdrücklich gesagt, daß eine Mandantin für Sie draußen wartet«, unterbrach ihn Jerry Bane.

»Ja, ich weiß. Das ist wieder mal so ein typischer Versuch von Ihnen, mich einwickeln zu wollen. Schon in der Antike galt: Fürchtet die Griechen vor allem dann, wenn sie mit Geschenken kommen.« Anson schlug mit der flachen Hand auf seinen Eichenholzschreibtisch. »An meiner Entscheidung in Ihrem Fall wird sich kein Jota mehr ändern. Nehmen Sie das gefälligst zur Kenntnis.«

Jerry Bane zog das Badeanzugfoto aus seiner Jackentasche. »Dies ist ein Bild der Mandantin.«

Arthur Anson rückte seine Brille zurück und schielte durch die unteren Hälften seiner Bifokalgläser. Er räusperte sich gewichtig.

Jerry Bane zog daraufhin das andere Foto heraus, jenes, das der Fotoreporter der Shooting Star Agency gemacht hatte, und sagte: »Und jetzt sehen Sie sich dieses Foto mal an. Lesen Sie die Bilderläuterungen.«

Arthur Anson sah sich auch dieses zweite Foto an, las, was auf dem anhängenden Zettel geschrieben stand, und räusperte sich noch einmal.

»Interessant«, sagte er in unverbindlichem Tonfall, fügte dann aber hinzu: »Sehr interessant.«

»Also«, fuhr Jerry Bane fort, »dieser Mann namens Mugs Magoo, der für mich arbeitet . . .«

»Ein äußerst schlecht beleumundeter Typ«, unterbrach Anson.

». . . hat ein Kameraauge und ein fotografisches Gedächtnis«, fuhr Jerry Bane fort, als ob ihn Anson nie unterbrochen hatte. »Er warf nur einen Blick auf das Foto dieses Mannes und erkannte in ihm sofort einen Kriminellen wieder.«

»Was Sie nicht sagen!«

»Er heißt Gordon und hat den Spitznamen *Gopher* Gordon bekommen, weil er meist wie eine Taschenratte im Dunkeln arbeitet, mit so raffinierten Methoden, daß ihm die Polizei noch nie etwas nachweisen konnte. Dies ist das allererste Mal, daß er vorläufig festgenommen worden ist, und ihm sind jetzt auch zum erstenmal die Fingerabdrücke abgenommen worden. Deshalb hat er eine solche Wut auf Bernice und ist so wild darauf aus, sie wegen Verleumdung zu verklagen.«

Anson fuhr sich mit den Spitzen seiner dürren Finger über die lange, vorstehende Kinnlade. »Ein schlechter Ruf ist immer äußerst schwierig zu beweisen. Man kriegt die Leute einfach nicht in den Zeugenstand, sie wollen in solchen Rufschädigungs- und Verleumdungssachen nicht aussagen. Aber natürlich, wenn diese junge Frau darauf besteht, mich zu konsultieren, und wenn sie über genügend Mittel verfügt, mir einen substantiellen Vorschuß zu zahlen, des weiteren über die Mittel, mehrere Teams von kompetenten Privatdetektiven zu engagieren, bin ich bereit . . .«

»Sie wird Ihnen nicht einen Cent zahlen«, sagte Jerry Bane.

Diese überraschende Erklärung brachte Arthur Anson aus seiner professionellen Ruhe und Gelassenheit. »Was sagen Sie da?«

»Sie wird Ihnen nicht einen Cent zahlen.«

Anson schob die Fotos von sich weg. »Dann machen Sie, daß Sie mit ihr rauskommen!« tobte er. »Verdammt, Bane, wie oft soll ich Ihnen noch sagen, daß ich kein ...«

»Aber«, unterbrach ihn Jerry, »Sie werden durch den Fall trotzdem zu einem Haufen Geld kommen, denn Sie werden vor Gericht einen spektakulären Sieg erringen, der für Sie eine Riesenreklame sein wird.«

»Ich brauche keine Reklame«, schnappte Anson.

»Gerade ein Mann mit Ihrem Beruf, der nicht für sich werben darf, kann davon nie genug bekommen«, widersprach ihm Jerry. »Und sehen Sie sich doch nur mal an, was da geschehen ist. Dieser Mann namens Haggard erklärt, er sei nicht überfallen worden. Miß Calhoun hat das aber ganz deutlich beobachtet. Also lügt er. Sie können ihn im Zeugenstand ins Kreuzverhör nehmen ...«

»... und dadurch beweisen, daß meine Mandantin eine Lügnerin ist.«

»Ich sage Ihnen, sie lügt nicht. Sie ist ein ahnungsloses junges Ding, das juristisch überfahren und geopfert werden soll ...«

Anson unterbrach ihn, indem er die Hand hochhielt. »Wenn der Mann aus dem Juwelierladen erklärt, er sei nicht überfallen worden, hat sich damit die Sache. Ihre angeblich so ahnungslose junge Frau ist eine Lügnerin und Erpresserin. Schaffen Sie sie schleunigst aus meiner Kanzlei.«

Jerry Bane sagte verzweifelt: »Ich wünschte, Sie würden mich zu Ende berichten lassen. Jene zwei Männer sind beide Schurken.«

»Beide?«

»Ja, beide. Sie müssen es sein. Eine andere Erklärung gibt es nicht.«

»So, wirklich?« sagte Anson mit triefender Ironie. »Nur weil diese beiden Männer zufällig etwas anderes aussagen als jene junge Frau, in die Sie sich offensichtlich vergafft haben, stellen Sie die Dinge auf den Kopf und behaupten . . .«

»Aber verstehen Sie denn immer noch nicht?« unterbrach ihn Jerry erneut. »Haggard würde seinen Juwelierladen in einer derart schlechten Gegend, wo der Umsatz so gering ist, daß er bei weitem nicht einmal die Geschäftsunkosten deckt, niemals führen, wenn der Laden ihm nicht dazu dienen würde, andere illegale Aktivitäten zu tarnen. Hier gibt er sich als kleiner Geschäftsmann aus, der angeblich davon lebt, daß er billigen Schmuck, Feuerzeuge, Füllhalter und anderen Schnickschnack an Hausfrauen und Schulmädchen verkauft, während er in Wirklichkeit einen viel einträglicheren Beruf hat. Er ist Hehler.

In einer solchen Gegend von kleinen Nachbarschafts- und Tante-Emma-Läden braucht er nicht einmal regelmäßige Ladenzeiten einzuhalten, und niemand denkt sich etwas dabei, wenn er manchmal noch spät abends kommt und in seinem Laden herumwerkelt. Jeder meint, er kann sich keine bezahlte Hilfe leisten. Viele hier tun das. Also nutzt Haggard dies geschickt als Tarnschild für seine illegalen Geschäfte.

Gordon ist ein ganz ausgekochter Ganove, und dieser raffiniert ausgetüftelte Coup dürfte längst nicht sein erster dieser Art sein. Gordon wußte, womit Haggard seine wirklichen Geschäfte machte. Zweifellos hatte er einen Tip bekommen, daß Haggard gerade eine größere Lieferung gestohlener Steine bekommen hatte, und sah da eine Gelegenheit, auf die Schnelle groß abzusahnen. Er wußte, Haggard konnte sich, weil es sich um Hehlerware handelte, nicht an die Polizei wenden. Gordon war ihm persönlich unbekannt, genau wie er für die Polizei hier ein Unbekannter ist. Er hoffte, niemand, der ihn vom Norden her kannte, würde ihm hier über den Weg laufen und ihn identifizieren.

Ein gewöhnlicher kleiner Ladenräuber, der hier in der Gegend ansässig ist, würde es niemals wagen, einen Hehler zu überfallen. Die Unterwelt hat so ihre eigenen Methoden, kleine Ganoven, die ihr dazwischenfunken, zur Rechenschaft zu ziehen. Aber Gordon war ein absoluter Außenseiter, ein Unbekannter, unerhört geschickt und erfahren in solchen Dingen, weil das sein Spezialgebiet war. Er nahm den Hehler hoch und dachte, er könnte mit der Sore unangefochten verschwinden, denn wie gesagt, weil es sich um heiße Ware handelte, konnte Haggard ja nicht zur Polizei gehen. Für krumme Touren wie diese ist er übrigens im Norden bekannt, die sind seine Spezialität.«

»Und was hat er mit der Sore gemacht?« fragte Anson sarkastisch. »Hat er sie verschluckt? Die Polizei hat ihn doch durchsucht, das haben Sie wohl vergessen.«

»Gewiß, die Polizei hat ihn durchsucht. Aber bevor sie dazu kam, war er mehr als fünf Minuten in dem Selbstbedienungsladen, hatte gesehen, wie die junge Frau nach hinten ans Telefon ging und mit leiser Stimme zu sprechen begann. So dumm war er nicht, daß er nicht merkte, daß er in der Falle saß. Seine einzige Chance lag darin, schleunigst die Juwelen loszuwerden.«

»Und wo hat er sie versteckt?«

»An verschiedenen Stellen innerhalb des Ladens. Ja, natürlich!« rief Jerry plötzlich aufgeregt aus, als ob ihm die Idee gerade erst in diesem Augenblick gekommen wäre. »Was würde ihn daran gehindert haben, eine Konservenbüchse zu öffnen, den Inhalt wegzuwerfen und statt dessen die Juwelen hineinzutun?«

»Ja, sicher«, sagte Anson und schnaubte verächtlich. »Die typische Reaktion eines hirnverfetteten jungen Tunichtguts. Vielleicht war es zufällig eine Dose Pfirsiche, deren Inhalt er einfach auf den Boden kippte, um dann die Juwelen hineinzutun. Die Polizei hat den Laden durchsucht und absolut nichts finden können. Die Pfirsiche da auf dem Boden sind ihr überhaupt nicht aufgefallen. Nein, da müssen Sie mir schon eine logischere Erklärung liefern, und vor allem, wo bekam er plötzlich einen Büchsenöffner her?«

»Nun«, sagte Bane, »es muß ja keine Dose Pfirsiche gewesen sein. Nehmen wir einmal an, er öffnete eine Dose Hundefutter, eine mit jener neuen Art von Patentverschluß, wo man nur einen Ring anzuheben und den Deckel wegzureißen braucht. Den Inhalt konnte er ruhig auf den Boden schütten, den würde der Hund von Miß Calhoun sofort fressen – he, warten Sie mal!«

Jerry unterbrach sich und starrte auf die eine der beiden Fotografien, die immer noch auf Ansons Schreibtisch lag, riß in gemimter Überraschung die Augen auf, als ob ihm erst jetzt etwas darauf auffiel. »Da, sehen Sie mal!« sagte er. »Da steht eine Pyramide von Büchsen mit Hundefutter, vorn neben der Kasse, und eine verkehrt herum, so daß man das Etikett nicht lesen kann.«

Auch Anson hatte inzwischen begonnen, sich das Foto genauer anzusehen. Jerry zeigt auf den sauber aufgetürmten Stapel Büchsen vorn auf dem Tisch, gleich neben der Kasse. »Und sehen Sie mal genau hin, was gleich daneben liegt. Ein Büchsenöffner! Damit ist die Sache geritzt. Er nahm den Büchsenöffner – als ich dort im Laden war, sah ich einen ganzen Karton davon gleich neben dem Regal mit den Pfirsichkonserven – und machte mit ihm die Dose Hundefutter auf, während das Mädchen hinten immer noch am telefonieren war . . .«

Anson schnappte sich die beiden Fotos, die Jerry Bane in der Hand hielt, und ließ sie in seine Schreibtischschublade fallen. »Junger Mann«, sagte er, »die Schlußfolgerungen, die Sie da ziehen, sind ebenso kindisch wie absurd. Doch Sie haben mir nun mal diese junge Frau in meine Kanzlei gebracht, die sich in einer juristischen Klemme befindet, und deshalb will ich wenigstens mit ihr sprechen. Aufgrund dessen, was Sie mir gesagt haben, will ich sie nicht gänzlich verurteilen, vorerst noch nicht.«

»Nun gut, ich werde sie reinholen«, sagte Jerry und versuchte, gleichgültig zu klingen.

»Sie werden nichts dergleichen tun, junger Mann. Ich pflege die juristischen Angelegenheiten meiner Mandanten nicht in Gegenwart von Dritten zu besprechen. Ich werde zwar mit ihr reden, aber unter vier Augen. Deshalb möchte ich Sie jetzt verabschieden, Mr. Bane – aber natürlich erwarte ich von Ihnen, daß Sie die Angelegenheit streng vertraulich behandeln.«

»Besteht ein besonderer Grund für diese Geheimhaltung?«

»Es geht nicht um Geheimhaltung. Es geht vielmehr darum, die Integrität meiner Kanzlei zu schützen. Guten Tag, junger Mann.«

Jerry Bane fand Stella Darling bereits ungeduldig wartend vor.

»Am Telefon sagten Sie, Sie hätten einen Job zum Modellstehen für mich«, sagte sie. »Und jetzt warte ich hier seit über einer Stunde.«

»Tut mir leid, daß ich mich etwas verspätet habe«, sagte Jerry. »Ich mußte schnell noch ein paar Arrangements mit meinen Kunden treffen.«

»Um was für eine Art von Modellstehen handelt es sich dabei?«

»Nun«, sagte Jerry, »um Ihnen gegenüber ganz offen zu sein, es ist ein etwas ungewöhnlicher Job . . .«

Ihre Stimme war schneidend, als sie ihn unterbrach. »Nackt?«

»Nein, nein. Nichts dergleichen.«

»Wie sind Sie überhaupt auf mich gekommen?«

»Ich habe Ihr Foto gesehen, als Sie vor Gericht einen Badeanzug vorführten.«

»Ich verstehe.« Der Tonfall ihrer Stimme deutete an, daß sie bisher nichts verstand, aber der Art nach, wie sie Jerry Bane ansah, schien er ihr zu gefallen, was vorerst aber nur ein rein persönlicher Eindruck sein mochte.

»Bei diesem Job«, sagte Jerry, »geht es darum, daß Sie ihn auf den Buchstaben genau ausführen. Hier habe ich ein Blatt mit schreibmaschinengetippten Anweisungen, was Sie im einzelnen zu tun haben.«

»Hören Sie, Mr. Bane«, sagte sie, »mir sind schon die unmöglichsten Vorschläge gemacht worden. Dabei versuche ich lediglich, auf anständige Weise mein Brot zu verdienen. Ich habe einen schönen Körper und versuche, solange es geht, daraus Kapital zu schlagen. Ich beging den Fehler, mal eine Schönheitskonkurrenz zu gewinnen, und dachte, nun würde ich über Nacht ein berühmter Filmstar werden. Ich verließ die Highschool, gab mich mit diesem und jenem ab . . . Mein Gott, was würde ich heute dafür geben, wenn ich die Zeiger der Uhr zurückdrehen und noch einmal zur Schule gehen könnte.«

»Vielleicht werden Sie«, sagte Jerry, »wenn Sie *genau* das tun, was ich sage. Ich versuche auf einzigartige Weise ein nagelneues Hundefutter zu verwerten. Wenn die Dinge in meinem Sinne laufen, werde ich die Marke vielleicht in großen Mengen verkaufen können.

Ich habe im Augenblick jedoch keine Zeit, Ihnen die Einzelheiten zu erklären. Hier ist Geld, der Stundenlohn, den Sie auch sonst erhalten. Wenn Sie gute Arbeit leisten, werden Sie morgen außerdem einen Bonus bekommen. Und nun machen Sie sich an die Arbeit.«

»Und ich trage dabei Straßenkleidung?«

»Ja, Straßenkleidung«, sagte Jerry Bane. »Einfach das, was Sie anhaben.«

Sie maß ihn mit einem Blick von oben bis unten und sagte dann: »Sie können mir ruhig sagen, um was es dabei geht, brauchen es nicht aufzuschreiben.«

Aber Jerry Bane schüttelte lächelnd den Kopf. »Lesen Sie die maschinegeschriebenen Anweisungen. Befolgen Sie sie auf den Buchstaben genau und fangen Sie gleich damit an.«

Sie nahm den Schreibmaschinenbogen, den er ihr hinhielt, und sah ihn noch einmal unter den langen Augenwimpern hervor abschätzend an. »Okay«, sagte sie, »ich werde es auf *Ihre* Art tun – so wie Sie es wollen.«

»Sie müssen dazu zum Sunset Way rausfahren«, sagte er. »Unterwegs können Sie die Anweisungen lesen.«

Jerry Bane fand Mugs Magoo in der Küche des Apartments vor. Er las Zeitung.

»Mugs«, sagt er, »was würdest du tun, wenn du plötzlich im Besitz eines Haufens gestohlener Juwelen wärest?«

»Das kommt darauf an«, sagte Mugs, blickte von der Zeitung auf und sah mit ausdruckslosen Augen Jerry an.

»Worauf kommt es an?«

»Ob Sie wirklich fein sein wollen oder nur halbfein.«

»Ich möchte *wirklich* fein sein, Mugs.«

»Der springende Punkt ist«, fuhr Mugs fort, »daß Sie die Juwelen, wenn sie wirklich heiß sind, an einen Hehler losschlagen müßten, um sofort zu Bargeld zu kommen. Wenn sie dagegen nicht mehr ganz so heiß sind, würde es natürlich eine Verlockung sein, hier und dort ein bißchen was von der Sore direkt zu verkaufen. Beides würde nur halbfein sein.«

»Und was würde die *wirklich* feine Art sein, Mugs?«

»Sich mit der Versicherungsgesellschaft in Verbindung zu setzen. Denen gegenüber anzudeuten, daß Sie vielleicht in der Lage seien, die Juwelen wiederzubeschaffen, und dann für Ihre Dienste eine Belohnung auszuhandeln – sofern die nicht sowieso bereits ausgesetzt ist.«

»Und du meinst, die würden zahlen?«

»Sicher, wenn man auf die richtige Weise an sie herantritt.«

»Wieviel würden die zahlen?«

»Das kommt wiederum darauf an. Wenn die Kerle von der Versicherung den Eindruck haben, daß sie mit dem Ganoven verhandeln, der die Steinchen geklaut hat oder sonst irgendwie an dem Job beteiligt war, würden sie nicht sehr viel zahlen. Wenn sie hingegen glauben, mit einem renommierten Privatdetektiv zu verhandeln, der den Juwelen durch Zufall auf die Spur gekommen ist, würden sie eine ganze Menge zahlen, einen recht ordentlichen Prozentsatz dessen, was die Steinchen wert sind.«

Bane griff in die Tasche, zog ein zusammengeknotetes Taschentuch heraus, löste den Knoten und ließ Magoos Augen sich an dem Gefunkel und Geglitzer erfreuen.

»Du meine Güte!« sagte Mugs Magoo.

»Ich möchte *wirklich* fein vorgehen, Mugs.«

»Okay«, sagte Mugs und nahm das Taschentuch mit den Steinen in seine große Hand. »Ich glaube, ich kenn da so ziemlich alle Kniffe und Drehs ... Wird jemand diese Klunkern vermissen?«

»Ich fürchte, ja«, sagte Jerry Bane. »Aber ich habe den Gesamtbestand an Klunkern ein bißchen manipuliert. Ein gieriger, alter egoistischer Jemand, der nur *halbsmart* ist, wird einen Teil davon bekommen.«

Magoo sah seinen Freund mit Augen an, aus denen kalter Zynismus sprach. »Wenn es das ist, was ich glaube, dann wird dieser andere Kerl jetzt dahinterkommen, daß die Unterwelt zusammenhalten kann wie zwei miteinander verklebte Fliegenfänger. Und wenn er zu mogeln versucht, könnte es für ihn leicht damit enden, daß er sich die Gänseblümchen von unten ansieht.«

»Natürlich, wenn er wirklich ehrlich ist«, sagte Jerry, »wird er sich an die Cops wenden.«

»Glauben Sie, daß er das tun wird?«

»Nein.«

»Okay«, sagte Mugs, »dann lassen wir ihn mit hochgerecktem Kinn vorangehen, während wir im Hintergrund arbeiten.«

Jerry Bane lag ausgestreckt im Lehnstuhl, ein Glas Whiskey Soda neben seinem Ellbogen, als es an der Tür des Apartments schüchtern klopfte. Mugs Magoo ging hin und machte auf.

Es war Bernice Calhoun. »Oh, guten Abend, ich hoffe sehr, Mr. Bane ist da. Ich muß ihn dringend sprechen. Ich – aber sagen Sie, sind Sie nicht der Mann, der . . .«

»Er ist zu Hause«, sagte Mugs Magoo. »Kommen Sie rein.«

Jerry Bane schwang die Füße auf den Boden herunter, als sie das Zimmer betrat. Sie rannte auf ihn zu und gab ihm beide Hände. »Mr. Bane«, sagte sie mit vor Eifer fast überschlagender Stimme, »die wunderbarste Sache der Welt ist passiert. Ich kann es einfach noch nicht begreifen.«

»Setzen Sie sich und erzählen Sie«, sagte Jerry. »Was kann ich Ihnen anbieten – Scotch oder Bourbon?«

»Scotch – mit viel Soda.«

Jerry nickte Mugs Magoo zu und sagte dann: »Also, Bernice, was ist denn passiert?«

»Der Anwalt, zu dem Sie mich brachten, gefiel mir gar nicht«, sagte sie. »Er war sehr mürrisch, stellte eine Menge Fragen, und dann sagte er, er würde selbst mal in meinen Lebensmittelladen kommen und ihn sich ansehen. Aber er glaubte nicht, daß ihn mein Fall sonderlich interessieren würde. Er zeigte überhaupt keinen Eifer, war auch keineswegs besonders freundlich.«

»Und was geschah dann?«

»Nachdem er mir eine Menge Fragen gestellt hatte, ging er mit mir in den Laden hinüber. Ich schloß auf und zeigte ihm, wo ich gestanden hatte, und all das. Dann sah er sich um, stellte erneut ein paar Fragen und sah sich die Regale näher an, und ich dachte an das, was Sie mir gesagt hatten, blieb immer unmittelbar neben ihm, und das schien ihn zu irritieren. Er unternahm mehrere Versuche, mich loszuwerden, aber ich ließ mich nicht abschütteln, blieb immer direkt neben ihm.«

»Und dann?« fragte Jerry.

»Dann kam eine junge Frau herein. Sie war toll geschminkt, hatte jede Menge Make-up im Gesicht, als ob sie vom Theater wäre. Sie erklärte laut, sie hätte die ganze Stadt nach dem Hundefutter abgeklappert, daß ihr Hund am liebsten fräße, und jetzt hätte sie gerade entdeckt, daß ich einen ganzen Vorrat davon hätte. Sie fragte mich dann, ob sie mir den ganzen Vorrat abkaufen könne und ob ich bereit sei, einen Scheck über den Betrag von ihr anzunehmen. Sie sagte, ihr Name wäre Stella Darling.«

»Und was geschah daraufhin?«

»Etwas ganz Merkwürdiges«, sagte Bernice. »Dieser Anwalt riet mir, keinen privaten, vielleicht ungedeckten Scheck von irgend jemand anzunehmen, ging ans Telefon und rief sein Büro an.«

»Und? Weiter?« fragte Jerry.

»Nun, anscheinend war ein Klient in seinem Büro, als er telefonierte. Dieser Klient hatte schon seit langem nach einem kleineren Ladengeschäft gesucht, das er übernehmen wollte, eines, das er allein führen konnte, für das er keine Verkäufer einzustellen brauchte. Ich hatte Mr. Anson vorher gesagt, daß ich mich ernstlich mit dem Gedanken trüge, den Selbstbedienungsladen zu verkaufen, und – nun, ein Wort ergab das andere, Mr. Anson handelte die ganze Sache am Telefon aus, und ich verkaufte den Laden, dort vom Fleck weg.«

»Und wie wurde das mit dem Inventar und Warenbestand geregelt?« fragte Jerry und warf einen bedeutungsvollen Blick zu Mugs Magoo hinüber.

»Mr. Anson gab mir einen Scheck über die Summe, die ich ausgerechnet hatte, und leitete sofort alles weitere in die Wege.«

»Und was wurde aus dieser Miß Darling, die den ganzen Vorrat an Hundefutter kaufen wollte? Verkaufte der Anwalt ihr den?«

»Nein, das tat er nicht. Man könnte beinahe sagen, daß er sie hochkant aus dem Laden rauswarf. Dann schloß er den Laden mit den Schlüsseln ab, die ich ihm ausgehändigt hatte.« Einen Moment lang trat Stille ein.

»Und so«, sagte sie, »bin ich jetzt gekommen, um mich bei Ihnen – uh – persönlich zu bedanken.«

In diesem Augenblick klingelte das Telefon, und Jerry nahm den Hörer ab.

Arthur Arman Ansons Stimme war in der Leitung. »Jerry, mein Junge, ich habe mir Ihre Sache inzwischen durch den Kopf gehen lassen, und ich bin zu dem Schluß gekommen, Sie sind noch jung, haben wenig Lebenserfahrung, und ich glaube, deshalb muß man Ihnen Zugeständnisse machen, darf da nicht jede Kleinigkeit auf die moralisch-ethische Goldwaage legen.«

»Danke, Sir.«

»Ich habe ein paar hundert Dollar auf Ihr Konto eingezahlt, mein Junge, damit es nicht längere Zeit überzogen bleibt, was Sie bei der Bank in schlechten Ruf bringen würde. Aber versuchen Sie in Zukunft, mit Geld ein wenig vorsichtiger umzugehen.«

»Ja, Sir. Vielen Dank auch. Das werde ich.«

»Und, Jerry, falls Sie noch mal dieser Miß Calhoun begegnen sollten, der jungen Frau, der dieser Selbstbedienungsladen gehörte, seien Sie äußerst vorsichtig und erwähnen Sie ihr gegenüber ja nichts von der verrückten Theorie, die Sie da ausgebrütet hatten. Da war absolut nichts dran.«

»So?«

»Nein, mein Junge. Ich bin selbst hingegangen und habe mich in dem Laden umgesehen. Insbesondere habe ich mir die Dose Hundefutter genau angesehen, die auf dem Foto verkehrt herum stand, mit dem Etikett nach hinten. In der war genau dasselbe drin wie in allen anderen – Hundefutter nämlich. Aber wie es der Zufall wollte, hatte ich in meiner Kanzlei gerade einen Klienten, der seit langem an einem Laden interessiert war, und ich konnte für sie den Verkauf arrangieren.«

»Oh, das ist ja großartig!« sagte Jerry.

»Eine ganz routinemäßige Geschäftsangelegenheit«, bemerkte Anson. »Ich bin froh, daß sich auf diese Weise ein Ausweg für die junge Frau ergeben hat, denn mit der Verleumdungsklage sieht es schlecht für sie aus. Den Prozeß würde sie wahrscheinlich verlieren und eine saftige Strafe bekommen. Am besten, sie verschwände aus diesem Staat, noch bevor ihr die Vorladung zugestellt wird. Als streng ethisch eingestellter Anwalt kann ich ihr das nicht gut selber sagen, aber falls Sie ihr noch mal begegnen sollten, könnten Sie ihr doch sagen, daß es für sie das beste wäre, schleunigst aus diesem Staat zu verschwinden. Die USA haben ja zum Glück noch genügend andere, ha, ha, ha.«

»Sie meinen, ich bräuchte mich nicht an so strenge ethische Maßstäbe zu halten wie Sie?« fragte Jerry.

»Nur ganz wenige Männer könnten wohl nach so strengen ethischen Regeln leben, wie ich sie bei mir anlege«, erklärte Anson im Brustton der Überzeugung.

»Ja, da haben Sie wahrscheinlich recht. Nun gut, wenn ich sie nochmal treffen sollte, werde ich es ihr sagen.«

»So, dann möchte ich Sie jetzt nicht länger aufhalten«, sagte Anson.

»Mich nicht länger aufhalten!« Jerry lachte. »Ist es denn schon Zeit zum Schlafengehen?«

»Nun, es ist immerhin schon zehn Uhr vorbei«, sagte Arthur Anson. »Gute Nacht, Jerry, mein Junge.«

»Gute Nacht, Sir.«

Jerry legte den Hörer auf und wandte sich an Bernice Calhoun um. »Finden Sie nicht«, sagte er, »daß die Art, wie die Dinge sich entwickelt haben, ein Anlaß wäre, noch ein bißchen tanzen zu gehen?«

»Nun«, erklärte sie ihm geziert, »eigentlich war ich nur hergekommen, um mich bei Ihnen zu bedanken . . .«

»Haben Sie im Rundfunk zufällig die letzten Nachrichten gehört?« fragte Mugs.

Jerry Bane sah ihn scharf an. »Ist mir da etwas entgangen?«

»Nun, es wäre vielleicht ganz vorteilhaft für Sie, eine Meldung zu kennen, die da durchkam.«

»Und die war?«

Mugs warf einen Blick zu Bernice Calhoun hinüber.

»Sprich nur«, sagte Jerry. »Sie erfährt es früher oder später ja doch.«

»Dieser Mann namens Gordon, den sie hatte verhaften lassen«, sagte Mugs, »ist wieder auf freien Fuß gesetzt worden. Anscheinend hat er jemand gefunden, der für ihn die Bürgschaftssumme hinterlegte. Vor etwa einer Stunde wurde er aus der Untersuchungshaft entlassen.«

»Was du nicht sagst«, sagte Jerry.

»Und die Polizei steht da irgendwie vor einem Rätsel«, fuhr Mugs fort. »Ein Zeuge hat ihr berichtet, als Gordon die Stufen des Gefängnisses heruntergekommen sei, hätte dort ein Wagen auf ihn gewartet, und ein Mann hätte ihm erklärt: ›Los, steig ein!‹ Gordon hätte sich aber so benommen, als ob er nicht einsteigen wollte, hätte gezögert, es schließlich aber dann doch getan. Der Zeuge war sicher, daß ein Mann auf dem Rücksitz dabei eine Pistole auf Gordon gerichtet hielt. Er war sich dessen tatsächlich so sicher, daß er zur Polizei ging, um es zu melden, aber es gab nicht viel, was die Polizei hätte tun können. Das Kennzeichen des Wagens war mit

Dreck verschmiert gewesen. Der Zeuge hatte es nicht entziffern können.«

»Oh«, sagte Bernice, »dann muß jener Mann also tatsächlich Verbindungen zur Unterwelt haben. Was, meinen Sie, könnten die von ihm gewollt haben – ich meine, warum sollte er mit ihnen mitfahren?«

»Wahrscheinlich wollten sie irgendwelche Informationen aus ihm herausholen«, sagte Mugs Magoo. »Und da sie die ganze Nacht zur Verfügung haben, wird es ihnen wahrscheinlich auch gelingen.«

Seine Augen waren fest und bedeutungsvoll auf Jerry Bane gerichtet.

Bane streckte die Arme und gähnte. »Nun«, sagte er, »morgen, schätze ich, ist auch noch ein Tag, und nachdem Arthur Anson den Verkauf von Bernices Laden gemanagt hat, können wir mit dem heutigen ganz zufrieden sein, finde ich.«

»Ja, darüber bin ich so froh, so erleichtert. Der Anwalt versprach mir, daß in dem Verkaufsvertrag für den Laden auch ein Passus vorgesehen sei, daß ich für die Ansprüche entschädigt werde, die Gordon vielleicht zugestanden bekommt, wenn er einen Verleumdungsprozeß gegen mich anstrengt und gewinnt. Jetzt, da ich den Laden verkauft habe, kommt es mir vor, als ob ich in der Sache überhaupt keine Verantwortung mehr habe, die Sache ein für allemal los bin.«

»Ja, mir geht es genauso«, sagte Jerry Bane. »Überhaupt keine Sorgen auf der Welt habe ich mehr! Deshalb, los, Bernice, gehen wir tanzen.«

Flocks Ende

von

Mario Soldati

Es ist nicht immer so, daß die Jahre in ihrem Ablauf unser ganzes Leben mitreißen und allmählich zerstören, was ihm an Jugend übrigbleibt. Die Jahre, die vergehen, bewirken manchmal auch das Gegenteil: Sie geben einen Teil des Lebens zurück, sie bringen ein Geschenk, sie gewähren endlich eine Freiheit des Sprechens; das heißt, sie gewähren uns jede Erleichterung, die wir verspüren können, wenn wir einem Freund eine Geschichte erzählen, die uns in der Erinnerung quälte, aber die wir gezwungen waren geheimzuhalten. Stellen wir uns vor, welche Erleichterung erst ein Polizeikommissar verspürt, wenn er das Schweigen brechen kann!

Ich hatte Gigi seit einigen Monaten nicht mehr gesehen. Und dies war der Inhalt – wenn auch nicht wörtlich – dessen, was er der Geschichte von gestern abend im gewohnten Eßzimmer der ›Drei Eberzähne‹ vorausschickte; er schien entschlossen, sie zu erzählen:

»Nur in bezug auf einen Punkt mußt du mir deine Verschwiegenheit zusichern: Wenn du schreibst, mußt du gewisse Namen ändern, diejenigen der Orte und der in die Angelegenheit verwikkelten Personen. Es sind seither zehn Jahre vergangen, und die Hauptpersonen leben nicht mehr. Aber es sind noch Nachkommen und Verwandte da. Verändere also die Namen!«

»Mach dir keine Sorgen, ich bin es gewohnt.« Ich erklärte Gigi, daß diese Notwendigkeit der Namensänderung mit dem wichtigsten Moment in der Arbeit eines Roman- oder Novellenautors übereinstimmt: Mit dem magischen Moment, wo der Eifer und das Denken nichts mehr nützen und die Inspiration alles ist. Die Namen müssen die Vorstellungskraft des Schriftstellers tatsächlich viel früher und viel stärker anreizen als diejenige des Lesers;

sie müssen gewissermaßen ein Echo des Klanges richtiger Namen sein, sich aber auch davon unterscheiden, damit dem Schriftsteller eine größere Freiheit seinen eigenen Erfindungen gegenüber bleibt, und damit das eigenmächtige und vollständige Leben der Personen gewährleistet ist ... Ich fragte Gigi, wie das Dorf heiße, in welchem sich seine Geschichte ereignet habe.

»Es war in V., einer großen Ortschaft in der Provinz Turin, wo ich vor etwa zehn Jahren den Polizeiposten leitete. Und von den Personen sind zwei aus Turin, die dritte aus Novara. Halt, da war ja noch einer: der einzige nette Kerl. Eigentlich hat er die ganze Sache ausgelöst. Es war ein Hund, ein bergamaskischer Schäferhund. Groß wie ein Kalb. Mit ganz langem, üppigen Fell, das über den ganzen Körper flatterte; seine hauptsächliche Farbe war rötlichblond, aber da und dort waren, wie's gerade kam, weiße und braune Flecken hingestreut. Seinen Namen kannst du unverändert lassen. Vielmehr, du sollst ihn gar nicht ändern. Flock hieß er. Er war so sympathisch, wie sein Herr unsympathisch war. Und die Zuneigung zum einen wie die Abneigung gegen den anderen waren, glaube ich, in bezug auf mich gegenseitig.

Flock hatte mich sofort kennengelernt. Jedesmal, wenn ich zufälligerweise an der Villa vorbeiging, hörte er mich, auch wenn er sich gerade auf der anderen Seite des Parkes befand. Er bellte. Dann sah ich ihn von ganz weitem aus dem Wäldchen hervorkommen. Er sprang mit großen Sätzen über die Wiese in der Mitte geradewegs auf das Gartentor zu. Beim Rennen wallten und flatterten die langen blonden Haare wie eine ausgefranste Pelerine. Fast immer war das Tor verschlossen. Flock stürmte darauf los, stieg hinauf, stemmte die Vorderpfoten gegen die Gitterstäbe, und jaulend vor Freude streckte er die Schnauze durch die Zwischenräume, weil er mich ablecken wollte. Ich schäme mich nicht, dir zu sagen, daß ... nun, daß ich das mochte: Ich liebte Flock wie einen Menschen. Ganz selten einmal war das Tor bloß angelehnt. Es war ein sehr schweres Tor. Aber Flock öffnete es mit der Kraft einer einzigen Pfote sofort. Und dann mußte ich auf die Uniform achtgeben. Besonders wenn ich die schwarze trug. Denn Flock warf sich mir vor Begeisterung entgegen und beschmutzte sie arg.

Die Villa, ein zu Ende des 18. Jahrhunderts entstandenes Gebäude, hatte seinerzeit irgendeiner vornehmen Turiner Familie gehört. 1938 war sie Besitz eines gewissen Carlo Emanuele Carutti, eines Industriellen und in der Gegend sehr bekannten faschistischen Bonzen geworden. Dieser Carutti war zuerst, das heißt, bis in die ersten Jahre des Faschismus, Schneider gewesen, und speziell für Reit- und Sportbekleidung. Nach und nach hatte er sich auch auf Uniformen für die Parteispitzen spezialisiert und so hatte er sich offenbar mit einigen führenden Persönlichkeiten der Partei befreundet. Er war im Grad eines Obmanns der Miliz als Freiwilliger nach Ostafrika gegangen und zum Konsul befördert zurückgekehrt; und schließlich hatte er am Stadtrand von Turin ein großes Konfektionsgeschäft eröffnet, in welchem nur Militäruniformen hergestellt wurden. Als Anhänger und Funktionär des faschistischen Staates war er im Frühjahr 1945 im Gebirge um den Ortasee, als er versuchte, in die Schweiz zu entkommen, von den Partisanen hingerichtet worden. So lautete jedenfalls die offizielle Version. Denn in V. und in den umliegenden Ortschaften glaubte man weiterhin an eine andere Geschichte: Es ging das Gerücht um, Carutti sei noch am Leben und irgendwo versteckt; und das feierliche Begräbnis mit der Überführung der Leiche – zwei Jahre nach dem Tod – sei reines Theater gewesen, das die Witwe inszeniert habe, um jene Gerüchte zu beseitigen und um in Ruhe einen gewissen Ingenieur Mark Midana-Marazi heiraten zu können, der schon zu Lebzeiten ihres Mannes ihr Geliebter gewesen sei, der jedoch vom Beginn des Krieges an bis zur Befreiung schlau genug gewesen sei, sich auf die günstige Seite zu schlagen – auch wenn es nur diejenige der monarchistischen Liberalen war.

Der Leichnam des ehemaligen Schneiders befand sich auf dem Friedhof von Invorio Superiore, einem Dörfchen zwischen dem Orta- und dem Langensee. Er wurde also auf den Friedhof von V.

ins großartige Familiengrab der Carutti gebracht, das man hatte herrichten lassen. Dies hinderte die boshaften Leute nicht daran, weiterhin zu zweifeln: Ihrer Meinung nach waren die Überreste, die der Sarg enthielt, nicht diejenigen Caruttis. Und man durfte der Identifizierung des Leichnams, die stattgefunden hatte, bevor er im Sarg verschlossen worden war, nicht so leicht Glauben schenken. Denn diese Identifizierung hatte – auch wenn alle vom Gesetz vorgeschriebenen Formalitäten erfüllt waren – im April 1945 stattgefunden, in Invorio, wo kein Mensch Carutti je zu Lebzeiten gesehen hatte; und sie hatte also gezwungenermaßen auf Grund einer einzigen Aussage, eben derjenigen der Ehefrau, stattgefunden. Und wenn nun die Frau – so sagte man sich – ein Interesse daran hatte zu lügen? Und wenn nun dieses Interesse mit einer genauen Abmachung, einem heimlich zwischen ihr, Carutti und Midana-Marazi vereinbarten Betrug zusammenhing? Carutti – das wußten alle – war einer der fanatischsten Faschisten gewesen, einer der wenigen, die bis zuletzt an Hitlers Geheimwaffe geglaubt hatten. Er hatte deshalb nicht gezögert, mit der SS zu kollaborieren, auch als die anderen sich schon wohlweislich davor hüteten. Und es schien, daß diese schändliche Kollaboration Caruttis mit einem Gemetzel im Zusammenhang stand, von dem man ganz genau wußte, wo und wann es stattgefunden hatte. Was hätte es für eine bessere Gelegenheit gegeben, sich vor der gerechten Strafe zu retten, als diejenige, welche die Schlauheit der Frau – und das Zusammenwirken günstiger Umstände – anbot: die Gelegenheit, sich totzustellen, indem man die eigene Identität mit derjenigen der Leiche eines Unbekannten auswechselte? Als Belohnung dafür oder als Vorbedingung konnte die Frau die Erlaubnis verlangt haben, daß sie eines Tages den Mann, den sie liebte, heiraten könne . . .

Und so war es auch – wie eben die bösen Zungen behaupteten – geschehen. Carutti mußte noch gesund und lebendig sein: in Venezuela, in Brasilien; oder vielleicht steckte er unter falschem Namen in irgendeinem Irrenhaus. Die Witwe, besser gesagt, die angebliche Witwe, hatte sich drei Jahre darauf mit Midana-Marazi verheiratet; als Mitgift brachte sie die Villa in V. und die Konfektionsfabrik und weiteres ansehnliches Kapital in die Ehe, welche Carutti übrigens rechtzeitig auf den Namen der Frau hatte überschreiben lassen, auch in Form von Aktien. Der Ehe mit Midana-Marazi entsprossen zwei Söhne, und zwei weitere Kinder, deren Vater Carutti war, wurden von Midana-Marazi adoptiert und nannten sich mit drei Geschlechtsnamen: Carutti-Midana-Marazi.

Ich hatte Ingenieur Mark Midana-Marazi gleich in der ersten Woche nach meiner Ankunft in V. kennengelernt. Die Villa war wunderschön, und sie lag genügend nahe bei Turin, daß sie von Leuten wie dem Ingenieur, welcher beruflich oder geschäftlich den Tag in der Stadt verbringen mußte, ständig bewohnt werden konnte. Aber es gab keine Zentralheizung, gerade damals hatte sich der Ingenieur entschlossen, sie einrichten zu lassen, damit er vom nächsten Herbst an endgültig nach V. ziehen konnte. Der Aufseher der Villa überwachte die Arbeiter während ihrer Tätigkeit im Innern des Hauses. Trotzdem hatte man einige Diebstähle festgestellt . . . nicht schwerwiegende: eine Bettvorlage von gewissem Wert, einige Ziergegenstände. Es gab gegen keinen der Arbeiter Beweise noch Verdächtigungen. Deswegen war ich gerufen worden. Und so begann meine Freundschaft mit Flock und – ich muß sagen – auch meine Abneigung gegen seinen Herrn.

Der Ingenieur gehörte zu jener Art von Leuten, die ich am allermeisten hasse . . . das heißt – um genau zu sein – zur einzigen Art von Leuten, die ich hasse, denn die gewöhnlichen Verbrecher, die Übeltäter, die Mörder hasse ich nicht, nein: ich bekämpfe sie, ich tue mein Möglichstes, um ihre Tat aufzudecken und sie ins Gefängnis zu bringen, wenn sie es verdienen, damit sie der Gesellschaft nicht mehr schaden können; aber ich hasse sie nicht. Ich weiß, daß sie zum großen Teil nicht aus eigener Schuld zu dem geworden sind, was sie sind; es ist die Schuld der Eltern, der genossenen Erziehung, des Elends, des Hungers, der Krankheiten, der erb- oder umweltbedingten Verschrobenheiten. Ich hasse sie nicht, nein, sie tun mir nur sehr leid. Aber jene andern wie den Ingenieur, die von der Familie und vom Schicksal all das erhalten haben, wessen ein Mensch bedarf, um recht aufzuwachsen und sich zu entwickeln, und die trotzdem so hartnäckig Befürworter der Ungerechtigkeit und der Bevorzugung geworden sind, indem sie noch den eigenen schmutzigen Egoismus mit dem Namen Gottes, der Kirche, der Heiligen, des göttlichen Rechts überdecken, eines Rechts, wonach – wie sie meinen – der Reiche reich sein soll und immer reicher . . . Nun, diese verabscheue ich aus ganzem Herzen. Midana-Marazi war in der Referendumskampagne einer der feurigsten Monarchisten gewesen. Dann war er zur liberalen Partei übergegangen: Und nun war er bei den letzten Administrativwahlen tatsächlich gewählt worden. Er behandelte alle Einwohner des Dorfes mit geheucheltem Wohlwollen und tat so, als spreche er nur Dialekt; sein Gesichtsausdruck indessen zeigte die vollkommenste Verachtung, die er für diese Leute hatte, und die stärkste Überzeugung von seiner eigenen Überlegenheit. Um die Leute einigermaßen für sich zu gewinnen, hatte er während des Wahlkampfes feierlich versprochen, daß er, falls man ihn zum Gemeinderat ernenne, persönlich für die Finanzierung der Blasmusik aufkommen werde, indem er neue Instrumente kaufen und ein für die Proben notwendiges Lokal mieten werde. Er hielt das Versprechen. Aber der Bau des neuen Rathauses, welches das alte, von den Bomben beschädigte und unbrauchbar gewordene ersetzen sollte, war einer Firma in Casale anvertraut worden, die mit der Firma, welche den Einbau der Zentralheizung in der Villa besorgte, identisch war. Es gab selbstverständlich keinen Beweis dafür, daß Midana-Marazi auf die Arbeit an der Zentralheizung eine Ermäßigung erhielt. Und die Rechnungen waren zweifellos vollkommen in Ordnung. Die Rechnungen sind bei diesen Leuten immer ›in Ordnung‹. Und gegen sie gibt es nie auch nur den geringsten ›Beweis‹. Das gehört zu ihrem Spiel. Du wunderst dich, daß ein Kriminalkommissar so sprechen kann? Ich meine, du solltest dich eher über das Gegenteil wundern. Die Zeiten ändern sich eben!

Jedenfalls war mir der Ingenieur sofort unsympathisch, und zwar nicht nur auf Grund dessen, was ich im Dorf über ihn gehört hatte, sondern auch wegen der Art und Weise, wie er sich im Zusammenhang mit den kleinen Diebstählen benommen hatte. Er verlangte, daß ich an alten Arbeitern, Technikern der Hydraulik, deren ganzes Leben ein Spiegel der Anständigkeit war, am Ausgang der Villa nach der Arbeit Leibesvisitationen vornahm. Und meiner Aufforderung, den ungefähren Wert der fehlenden Gegenstände für das Protokoll anzugeben – was ja vom Gesetz vorgeschrieben ist – wollte er nicht nachkommen. Dies offenbar aus dem Grund, weil jene Bettvorlage und jene wenigen Ziergegenstände viel weniger kostbar waren, als er mich glauben lassen wollte.

›Es geht nicht um den Wert, verstehen Sie, Kommissar?‹ – er sprach das R auf französische Art aus. – ›Es geht ums Prinzip.Es geht um die Gerechtigkeit. Ich kann nicht dulden, daß Arbeiter, die in meinem Haus beschäftigt sind, mir etwas entwenden . . ., auch wenn es nur eine Sicherheitsnadel wäre! Verstehen Sie?‹

Schließlich aber wurden nach dem dritten oder vierten Mal, da ich in die Villa ging, die fehlenden Gegenstände in einem Verschlag unter der Treppe wiedergefunden; sie lagen unter einem Haufen alten Papiers. Der Ingenieur behauptete, die Arbeiter hätten sie – durch meine Besuche aufgeschreckt – rasch zurückgebracht, oder sie hätten die Sachen in der Absicht, sie später wegzubringen, dort versteckt. Ein einziger Blick genügte, um festzustellen, daß das Zeug wertlos war und daß die Verdächtigungen des Ingenieurs nur ein wütender und angstvoller Ausbruch seines Geizes war. Gab es also gegen ihn, ihn, der so sehr an den Prinzipien festhielt, der so viel über Gerechtigkeit sprach, gab es gegen ihn nie ›wahre Beweise‹? Handelte er also immer nach dem ›Gesetz‹? Ach, ich wußte, vielmehr ich fühlte, daß dem nicht so war; dazu brauchte ich ihn nur anzuschauen: diese spitze Mardernase, diese Selbstzufriedenheit in seinen Augen, dieser schmale Kahlkopf, dieser überlange, aber wohlgenährte Körper, diese leicht gebeugten Schultern mit ihrem Ausdruck der Bereitschaft, etwas an sich zu reißen, es sich anzueignen . . .

Ich haßte ihn, und ich hätte meine Beförderung zum Adjutanten der Gefechtseinheit hingegeben, wenn es mir gelungen wäre, ihn zu erwischen. Aber wie konnte ich hoffen, auf eine solche Gelegenheit zu stoßen, ich, ein armer Kriminalkommissar im Dorfe V., der ich ohne weiteres abkommandiert werden konnte, sobald meine Vorgesetzten dies für notwendig erachteten? Die Tätigkeit des Ingenieurs Midana-Marazi wickelte sich in Turin, in Mailand, in Genua, in Rom, im Ausland ab, in Gebieten, die von meinem kleinen und unbedeutenden Revier zu weit entfernt lagen! Ich mußte es aufgeben.

Doch nein. Ich blieb länger als vorgesehen in V., und zwei Jahre nach meiner Ankunft, zwei Jahre nach den angeblichen Diebstählen in der Villa, geschah genau das, was für mich nur eine verrückte Hoffnung gewesen war. Der Anlaß war traurig. Es war ein Tag wie heute, ein Aprilsonntag, und gerade um die Jahrestage der Befreiung. Ich saß kurz nach ein Uhr in der Wohnung im ersten Stockwerk der Wache mit meiner Familie beim Mittagessen. Es war heiß, und die Fenster standen offen. Da hören wir plötzlich mit aller Deutlichkeit einen Knall. Es war bestimmt kein Revolver- oder Gewehrschuß. Eher schien es die Explosion einer, sagen wir, geringen Tritolladung zu sein. Ich dachte sogleich an die Sprengung der alten Brücke bei der Provinzstraße nach Casale; seit zwei Monaten fuhr man nämlich schon über die neue Brücke. Aber es war ja Sonntag. Niemand beginnt sonntags mit einer neuen Arbeit – und zu dieser Stunde, ohne die Polizei zu verständigen! Außerdem lag die Brücke fast zwei Kilometer außerhalb von V., und der Knall, den wir gehört hatten, schien im Gegensatz dazu aus nächster Nähe zu kommen. Ich schaute aus dem Fenster, in der Hoffnung, etwas sehen zu können.

Die Wache stand an der Ecke des großen Marktplatzes, der zu dieser Stunde völlig menschenleer war; an seinem Ende, auf der rechten Seite, begann die Straße, die den Platz mit der Provinzstraße Richtung Turin verbindet und die am Haupteingang – das heißt am großen Tor – der ehemaligen Carutti- und jetzigen Midana-Marazi-Villa vorbeiführt. Aber von meinem Fenster aus sah ich von der Villa nur ein Stück Mauer und die hohen Bäume des Parkes. Ich bemerke jedoch sofort, daß der Knall eine gewisse Anzahl Leute aus den Häusern oder an die Fenster rund um den Platz gelockt hat. Besonders beim ›Goldenen Löwen‹ sind alle herausgetreten. Und sie schauen geradewegs zur Villa hinüber. Ein Polizist, der mitten auf den Platz geeilt ist, läuft zurück und ruft, als er mich am Fenster sieht: ›Herr Kommissar, der Rauch dieser Explosion ist dort, gerade vor dem Tor der Villa!‹

Zwei Minuten später sind wir dort. Eine Ecke des rechten Torpfeilers – ein älterer Bau, teilweise aus Stein, teilweise aus Ziegeln errichtet – ist ganz zertrümmert: Man sieht so etwas wie einen Riß, drei oder vier der alten Backsteine sind frisch zerschlagen, ihre Farbe ist zart, ungefähr wie die der Aprikosen, in der Luft nimmt man Pulvergeruch wahr, der Rauch ist noch nicht abgezogen. Auf der anderen Seite des Tors, auf dem Kies ausgestreckt, mit dem weißen Bauch nach oben, all die schönen blonden Haare hingestreut, unbeweglich, tot, zweifellos tot: der arme Flock!

Es war tatsächlich nicht möglich, daß er schlief. Er hätte mich kommen hören, um so mehr, als hinter mir und dem Gehilfen gut zwanzig Leute ans Tor getreten waren: die mutigsten im Dorf. Sie sprachen alle aufgeregt durcheinander und sagten ihre Meinung über das Ereignis. Es handle sich um eine Bombe, sagten sie, oder um eine kleine Ladung Dynamit. Wer war es gewesen? Sie stellten sogleich alle Vermutungen an: die Partisanen? Persönliche Rache gegen den Ingenieur oder gegen die Frau wegen ihres ersten Gatten? Ein Unglück? Aber wie ließ sich unter diesen Umständen – zu dieser ruhigen Stunde, zur Zeit des sonntäglichen Mittagsschmauses, und am Gartentor der Villa Midana-Marazi – ein Unglück erklären? Und da war auch einer, der sich, während die anderen redeten, umschaute, als fürchte er, hinter den Fensterläden der Häuschen an der andern Seite der Straße einen Arm auftauchen zu sehen: einen Arm, der eine zweite Bombe warf. Eine lächerliche Furcht, denn wir wußten ja alle, wer die Bewohner jener Häuschen waren, und wir wußten, daß es die ruhigsten Leute auf der Welt waren. Aber ein anderer ging gebeugt der Gartenmauer der Villa entlang und schaute in die grasbewachsene Rinne; vielleicht um eine weitere Bombe, eine Zeitbombe, zu suchen oder Teile derjenigen, die explodiert war und Flock getötet hatte.

Inzwischen hatte ich versucht, das Tor aufzustoßen. Es war verschlossen. Und einen Augenblick lang waren mir, während ich all das wirre Gerede der Leute vom Dorf um mich herum hörte, die Gedanken wie entschwunden; ich schaute nur schmerzerfüllt auf den armen Flock, der mir nie wieder entgegenspringen würde, und auf die große, verlassene Wiese, und auf die stumme, verschlossene Fassade der Villa, die kein Lebenszeichen von sich gab. Die großen türkisfarbenen Storen waren jedoch an allen Glastüren heruntergelassen, und dies bedeutete, daß die Herrschaften in der Villa weilten. Weshalb nur waren sie nicht herbeigeeilt? Weshalb nur hatte sich noch niemand blicken lassen, nicht einmal der Gärtner und Aufseher, der mit seiner Frau ein Gartenhaus in der Nähe des Tores bewohnte? Diese Frage, die ich an mich selbst richtete, nahm der Chor der Neugierigen hinter mir auf; auch jetzt gingen die Meinungen auseinander: ›Der Ingenieur und Madame sind nach Turin zur Messe gefahren und noch nicht zurückgekehrt ...! Nun ja, aber der Gärtner ...? Der Gärtner, der ist taub ...! Und der Kammerdiener, und der Koch, und die Magd: alle taub? Weshalb sieht man denn die nicht?‹

Es war zweifellos seltsam. Ich versuchte zu läuten; aber die Klingel war ausgerechnet im Innern einer Rille des bei der Explosion beschädigten Pfeilers angebracht; höchstwahrscheinlich war die elektrische Leitung unterbrochen. Da versuchte jemand mit lauter Stimme zu rufen: ›Herr Ingenieur! Herr Ingenieur!‹ Wir warteten einige Sekunden, schwiegen, starrten auf die Villa. Aber niemand antwortete, und niemanden sah man herauskommen. ›Wer weiß, vielleicht sind alle tot‹, sagte einer leise und erhielt ein allgemeines Gelächter zur Antwort. Aber ich hatte inzwischen meinen Polizisten in die Wache geschickt, er solle anrufen. Ein Bursche war auf das Gitter gestiegen und wollte schon auf der andern Seite hinunter. Ich befahl ihm, herunterzukommen. Und da rennt endlich der Gärtner und Aufseher – in der weißen Jacke eines Dieners und weißen Handschuhen – herbei.

Er sei vom Telefonanruf des Polizisten geweckt worden, sagte er; denn sonntags habe das Personal, das heißt der Koch und der Kammerdiener, gewöhnlich freien Ausgang, sie gingen nach Turin, während er und seine Frau sie vertreten würden; und gleich nach dem Essen, wenn der Ingenieur und die Dame sich zur Ruhe begaben, benützten sie die Gelegenheit, um auch ein wenig auszuruhen; aber sie gingen jeweils nicht ins Gartenhaus, sondern ruhten dort, in der Küche, denn nachher müßten sie noch Geschirr abwaschen ... Nein, sie hätten keinen Knall gehört, weder er noch seine Frau. Und auch die Herrschaften nicht, sonst hätte der Ingenieur ihn ja sofort gerufen. Alle diese Erklärungen schienen mir zu zahlreich und zu überstürzt und außerdem nicht befriedigend zu sein; das ganze Dorf hatte den Knall, der ja sehr laut gewesen war, gehört. Wie war es dann möglich, daß die Bewohner der Villa, die ja viel näher beim Explosionszentrum waren, nichts gehört hatten? Der Wächter hatte inzwischen mit dem Schlüssel das Tor geöffnet. Ich war allein eingetreten und hatte wieder abschließen lassen; bei der Menschenmenge, die von Minute zu Minute größer wurde, hatte ich den von der Kaserne zurückgekehrten Polizisten und den Gehilfen gelassen. Ich beugte mich über Flock und untersuchte ihn äußerst sorgfältig, um zu sehen, ob er irgendeine Verwundung aufwies. Doch er war unverletzt. Der Tod mußte einfach durch die Heftigkeit des Luftstoßes beim Knall eingetreten sein. Die Annahme war, meiner eigenen Erfahrung nach, fast eine Gewißheit. Denn der arme Flock befand sich wenige Meter von der Bombe entfernt, die gegen die Basis des Pfeilers geschleudert worden sein mußte.

Ich behaupte nicht, ein Sachverständiger der Ballistik zu sein. Aber wie du weißt, war ich während des Krieges in den Jahren 1935 und 1936 in Ostafrika. Nun, als ich Flock betrachtete, erinnerte ich mich daran, daß ich Äthiopier und sogar einen meiner Gefährten gesehen hatte, die auf dieselbe Weise umgekommen waren, ohne Blutspur und ohne die geringste Verletzung. Sie waren gestorben wegen des Luftstoßes, den unsere gewöhnlichsten und am häufigsten verwendeten Handgranaten verursachten: die sogenannte Oto-Bombe, die kleiner war als ein Ei, halb schwarz, halb rot, und die aussah wie ein Spielzeug. Es war eine Bombe, die mehr Furcht einflößte als Schaden anrichtete. Ihr riesiger Knall stand in keinem Verhältnis zur Zerstörungskraft. Aber wenn jemand das Unglück hatte, in die Nähe der Explosion zu geraten, wie es eben meinen Kameraden während einer Übung zugestoßen war, konnte er durch die Heftigkeit des Luftstoßes getötet werden. Ich erinnerte mich nun auch, daß die Oto-Bombe eine besondere Sicherheitsvorrichtung besaß: ein Kartonzünglein, das man wegreißen mußte, bevor man sie warf. Wenn also die gegen das Gartentor geworfene Bombe gerade eine Oto-Bombe oder eine ähnliche Waffe gewesen war, konnte man möglicherweise – wenn man das Kopfsteinpflaster geduldig absuchte – das Zünglein finden. Im Krieg und bei den Übungen ließ man es immer achtlos fallen; es war denkbar, daß auch der Attentäter, als er die Bombe gegen das Tor der Villa geschleudert hatte, sich so verhielt – aus bloßer Unachtsamkeit oder wegen der Aufregung. Nur ein kaltblütiger Verbrecher, der seine Nerven vollständig beherrscht, erinnert sich daran, daß er das Zünglein sogleich nach dem Abreißen in die Tasche stecken sollte.

Ich befahl den Polizisten, sie sollten die Leute bis zum Platz zurücktreiben, das heißt, weiter von der Stelle weg, von wo aus der Attentäter die Bombe geworfen haben konnte. Fast sicher hielt er sich hinter der Ecke der Hausmauer auf der dem Tor gegenüberliegenden Straßenseite versteckt, um sich so den Blicken jener, die trotz der Tageszeit noch auf dem Platz waren, zu entziehen. Ich sagte den Polizisten, sie sollten das Kopfsteinpflaster in jenem Abschnitt gut absuchen. Dann ging ich mit dem Aufseher zusammen auf die Villa zu.

Der Aufseher versuchte mich zwar aufzuhalten: ›Aber der Herr Ingenieur ruht, ich habe es Ihnen schon gesagt. Es ist mir absolut verboten, ihn zu wecken.‹

›Das ist gleich, wecken Sie ihn trotzdem. Ich übernehme die Verantwortung. Jetzt befehle ich.‹

Im Wohnzimmer des Erdgeschosses mußte ich einige Minuten warten, bis der Ingenieur auftauchte; er trug die Pyjamajacke und rieb sich die Augen, als wollte er mir ohne Worte beweisen, daß er eben aufgewacht wäre. Diese zur Schau gestellte Verschlafenheit rief mir jedoch das Gerede des Aufsehers in Erinnerung, der kurz vorher, nachdem ihn der Anruf aus der Wache alarmiert hatte, ebenfalls noch geschlafen haben wollte. Er und seine Frau hatten den Knall angeblich auch nicht gehört.

Es war sehr seltsam – und dieser Gedanke kam mir erst jetzt, mit einer Verspätung von fünf Minuten, gerade im Augenblick, da der Ingenieur aufgehört hatte, die Augen zu reiben, und mir die Hand hinstreckte – es war sehr seltsam, daß der Aufseher eingeschlafen sein sollte, ohne auch nur die weißen Baumwollhandschuhe auszuziehen, mit denen er offenbar am Tisch serviert hatte; am Sonntag ersetzte er ja eben den Diener.

Lieber Mario, im Beruf eines Detektivs ist nicht alles logisch ... nun ja, diesmal ist sich dein Freund, der Kommissar, tatsächlich wie ein Detektiv vorgekommen ... Also, ein richtiger Detektiv ist so etwas wie ein Spürhund, und der Spürhund arbeitet ganz mit der Nase, nicht wahr? Als der Ingenieur mir die Hand reichte, indem er mich schlau und fast mißtrauisch aus seinen Marder- und Fuchsaugen ansah und seine aristokratischen R, die so sehr nach altem Piemontesisch klangen, in der Kehle rollte – ›Lieber Kommissar, entschuldigen Sie, wenn ich Sie habe warten lassen ...‹ –, da strömte sein ganzer Körper den Geruch eines Menschen aus, der vom Essen kommt und die Mahlzeit genau nach dem Braten und den Pommes frites unterbrochen hat.

›Eine Bombe? Am Gartentor? Flock tot? Wegen des Luftstoßes? Aber was erzählen Sie mir da, Kommissar! Wenn Sie es nicht wären, würde ich es nicht glauben . . .‹

»Wenn Sie es nicht glauben, kommen Sie mit mir und sehen Sie . . .‹

›Doch, doch, ich glaube es natürlich. Auch der Aufseher hat es mir gesagt. Nein, ich gehe nicht schauen. Zumindest jetzt nicht. Was wollen Sie – die Sache schmerzt mich allzu sehr. Armer Flock. Armer Flock.‹

›Es ist nicht nur wegen Flock. Sie müssen sofort einen Augenschein nehmen: Die Bombe hat am rechten Torpfeiler Schäden verursacht, im ganzen gesehen gewiß leichte Schäden, aber Sie müssen sie auf jeden Fall feststellen . . .‹

›Das werde ich tun, zweifeln Sie nicht daran, lieber Kommissar; aber ich begreife nicht, weshalb diese ganze Eile. Nun ist doch der Schaden schon angerichtet, leider . . .‹

›Ja, aber es ist auch wegen der Anzeige. Je rascher Sie dafür sorgen, Herr Ingenieur, desto besser.‹

»Die Anzeige?‹ Er tat so, als falle er aus allen Wolken, als denke er einen Augenblick lang nach, indem er ins Leere starrte. Zum Schluß wandte er den Blick wieder auf mich, schüttelte gutmütig den Kopf und legte mir eine Hand auf die Schulter [und wiederum roch ich den frischen Braten und die Frites]: ›Unter uns gesagt, lieber Kommissar . . . glauben Sie, eine Anzeige sei tatsächlich notwendig? Sei angebracht? Denn schließlich – unter uns gesagt, wenn wir frei miteinander reden können – unter uns gesagt, wissen wir ja sehr wohl, wer es gewesen sein kann . . .‹, und er schloß das eine Auge zu einem tiefen Zwinkern.

Ich beantwortete das Gezwinker nicht. Ich lächelte nicht. Ich sagte ernst, ich hätte nicht die geringste Ahnung, wer der Schuldige sein könne. Ich sei seit zwei Jahren in V., kenne alle und hätte gar keinen Verdacht. Ich würde einfach meine Untersuchungen anstellen, und wenn es mir gelinge, etwas aufzudecken, würde ich auf niemanden Rücksicht nehmen. Gewiß, der Herr Ingenieur könne, ja, er müsse mir sogar die Indizien mitteilen, die er besitze – auch bloße Verdächtigungen. Ich würde äußerst zurückhaltend davon Gebrauch machen, niemand werde erfahren, wer mir sie verraten habe; an solche Geheimhaltungspflichten sei ich nachgerade gewöhnt. Aber gerade deswegen sei eine offizielle Anzeige notwendig.

›Nun gut, ich werde es mir überlegen und Sie benachrichtigen‹, sagte er, als er mich zur Tür begleitete. ›Schließlich kann es sein, daß Sie recht haben. Aber sehen Sie – in diesem Augenblick ist mein Seelenzustand, wie soll ich sagen?, eher auf Nachsicht eingestellt, aufs Laufenlassen. Es sind die Jahrestage der Befreiung und ... und diese tapferen, ein wenig heftigen Burschen, die in mir den Feind sehen – oder geradezu einen, der dem vergangenen Regime nachtrauert, vielleicht wegen meiner persönlichen oder familiären Erlebnisse, während doch ganz klar und erwiesen ist, daß ich sogar zum Befreiungskomitee gehörte –, kurzum: diese tapferen Burschen haben sich vielleicht austoben wollen. Und ich lasse sie austoben, indem ich Unserm Herrn danke, daß das Unheil nicht schlimmer gewesen ist. Gewiß, falls das Ereignis sich wiederholen sollte, würde ich nicht zögern ...‹

Da kam gerade die Frau herein. Sie war noch immer schön: schlank, fein, elegant. Sie weinte um Flock, zum Glück hätten die Osterferien schon begonnen, so daß alle vier Kinder mit der Gouvernante zum Skifahren auf dem Monte Rosa seien. ›Wissen Sie, sie hatten das Tier so lieb, so lieb! Aber ich hatte es dir doch gesagt, Mark ...‹, fügte sie, zum Ingenieur gewandt, lebhaft hinzu, ›... ich hatte dir doch gesagt, daß ich einen Knall hörte, ich versuchte sogar, dich zu wecken. Aber du ... wissen Sie, was ich gedacht habe, Kommissar? Daß es die Proben zum Feuerwerk für das Fest ... das Fest ...‹

›... das Fest der Befreiung‹, half ich ihr. Ich verabschiedete mich.

Unterwegs zum Tor begegnete ich dem Aufseher, der einen Karren vor sich herschob, auf welchem Flocks Leiche, ein Spaten und eine Hacke lagen. Der Aufseher sagte mir, der Herr Ingenieur habe befohlen, Flock sofort im Park hinten, an der am weitesten entfernten Stelle des Wäldchens, zu begraben. Ich verbot es ihm strikte; er könne mein Verbot dem Herrn Ingenieur ruhig mitteilen. Es sei Sonntag, ich könne den Tierarzt der Gemeinde nicht ereichen, der die Todesart des Hundes feststellen und ein formelles Protokoll abgeben müsse. Wenn dann der Herr Ingenieur noch immer darauf beharre, solle er ihm sagen, er möge mich anrufen.

Vor dem Tor standen nun keine Leute mehr. Und der Wachtmeister hatte den schwarzen Karton des Sicherheitszüngleins gefunden; es sah – so erinnerte ich mich – gleich aus wie dasjenige an den Oto-Bomben.

Wenn diese Erzählung nicht wie all die vorhergehenden, die du gehört hast, auf tatsächlich geschehenen Ereignissen beruhte, könnte ich dir jetzt ohne die geringste Schwierigkeit einen kleinen Kriminalroman mit allen Zutaten zusammenbasteln: mit einer Anzahl falscher Indizien, vermischt mit ein paar richtigen, und indem ich dir, einen nach dem andern, zahlreiche Schuldige vorführen würde, unter welchen du natürlich nach und nach den wahren antreffen und selbst entdecken würdest. Aber ich würde dich bis Mitternacht damit hinhalten. Und ich will nichts erfinden.

Ich folgte wie immer meinem Instinkt. Dieser berief sich auf die deutliche Lüge des Ingenieurs, daß er im Augenblick, da es knallte, geschlafen habe, während er in Wirklichkeit noch bei Tisch saß; er berief sich noch stärker auf seinen Widerstand gegen die Unterzeichnung einer Anzeige. Dieser Widerstand war dem herrsch- und rachsüchtigen Wesen des Ingenieurs so sehr entgegengesetzt, daß er allein schon genügte, mir eine Ahnung zu geben, wie das Problem zu lösen sei. Und zwar so: Die Bombe war eine Drohung, deren Sinn dem Ingenieur und seiner Frau nur allzu deutlich war; derjenige, der die Bombe geworfen hatte, mußte ein ihnen bekannter Mensch sein oder ein von einem solchen Angestifteter, und er war aller Wahrscheinlichkeit nach kein Bewohner von V., sondern kam von auswärts.

Als ich wieder in der Kaserne war, gab ich dem Wachtmeister den Auftrag, einen Rundgang durchs Dorf zu machen und sich nach der Identität der wenigen Auswärtigen zu erkundigen, die an jenem Tag und am Abend zuvor unterwegs gesehen worden waren. Heutzutage fährt man zwar rasch von einem Ort zum andern. Aber die Geschichte ereignete sich vor zehn Jahren, und das Dorf V. lag abseits der großen Verbindungsstraßen und war den Touristen völlig unbekannt. Vor zehn Jahren hatte der ›gastronomische‹ Tourismus, der heute so beliebt ist, noch nicht begonnen. Heute sind wahrscheinlich die beiden Restaurants in V. samstags und sonntags immer mit Durchreisenden gefüllt, die von Turin, Casale, Alessandria, Genua, Mailand herkommen ...

Den Anmeldezetteln im ›Goldenen Löwen‹, dem einzigen Hotel von V., entnahm ich jedoch, daß am Vorabend sich ein gewisser Albino Sirombo hier einquartiert hatte; er stammte aus Caltignaga, aus der Provinz Novara, war neununddreißig Jahre alt und montierte für eine Firma in Borgomanero Fernseh- und Radioapparate. Ich ging sofort weg, mit der Absicht, im ›Goldenen Löwen‹ einen Blitzbesuch zu machen und nachzuschauen, ob Sirombo noch dort war; mein Besuch konnte keinen Verdacht erwecken. Oftmals ging ich am Sonntagnachmittag dort vorbei und trank einen Kaffee. Und es kam auch vor, daß ich sitzen blieb und Karten spielte.

Vor dem ›Goldenen Löwen‹ sah ich einen leuchtendgelb bemalten Lieferwagen stehen, einen *Cerbiatto.* Als ich sogleich nach dem Knall aus dem Fenster geschaut hatte, stand er noch nicht dort: Ich hätte es beschwören können. Der Lieferwagen hatte ein Nummernschild von Novara und war mit dem Namen der Firma aus Borgomanero und der Bezeichnung ›Radio- und Fernsehapparate‹ beschriftet.

Drinnen, in einer Ecke des Restaurants, welches ein einfacher Bogen von der Bar trennte, saß ein einziger Gast: ein magerer Mann mittleren Alters, mit schwarzem, gelocktem Haar, das über der Stirn aufragte, wie es nach dem Zweiten Weltkrieg bei den Jungen Mode war: der sogenannte ›Bürstenschnitt‹. Er hatte soeben zu essen begonnen. Vom Wirt erfuhr ich sofort, daß dies eben Albino Sirombo war. Offensichtlich hatte er mit seinem Lieferwagen am Montag irgendeinen andern Ort, irgendein Dorf in der Nähe besucht; und deshalb aß er mit so großer Verspätung. Ich schaute auf die Uhr: Es war halb drei; für ein Dorf wie V. vor zehn Jahren eine riesige Verspätung im Verhältnis zur gewohnten Essenszeit. Der Wirt sagte mir auch, daß das Feuer in der Küche schon gelöscht gewesen sei und daß man es wieder habe anzünden müssen; das ärgerte ihn, denn gekocht wurde natürlich noch auf Holzfeuer. Es gab keine Gelegenheit zum Kartenspiel, und ich machte mich deshalb, nachdem ich den Kaffee getrunken hatte, auf den Weg. Aber nachdem ich einen letzten Blick auf Sirombo geworfen hatte, der mit äußerster Gier, ganz über den Teller gebeugt, aß, bat ich den Wirt, sich höflich zu erkundigen, wo Sirombo am Morgen mit seinem Lieferwagen gewesen war, und mich in der Wache anzurufen, sobald er es erfahren habe; doch er solle gut aufpassen, daß die Kabinentür hermetisch verschlossen sei, während er spreche ... Ich glaube nicht, lieber Mario, daß ich dir etwas Neues enthülle, wenn ich dir erzähle, daß Wirte, Kellner, Serviermädchen und Dirnen traditionsgemäß die selbstverständlichen Informanten der Polizei sind.

Kaum eine Stunde danach rief der Wirt mich an. Sirombo hatte gesagt, er sei in C., einem wenige Kilometer weit entfernten Dörfchen gewesen. Nun sei er hinaufgegangen, um zu ruhen, und er habe gesagt, man solle ihn nicht wecken, außer wenn jemand ihn am Telefon verlange. Ich rief sofort meinen Kollegen in C. an, um die Bestätigung zu haben. Und die Bestätigung kam fast sogleich: In C. war weder am Morgen jenes Sonntags noch an irgendeinem andern Tag je ein Lieferwagen gesehen worden, der die Beschreibung des *Cerbiatto* aus Borgomanero entsprach.

Ich saß wiederum bei Tisch, es war abends, da rief der Wirt mich nochmals an. Ich hatte ihn natürlich gebeten, mich über Sirombos

Kommen und Gehen auf dem laufenden zu halten. Der Wirt teilte mir – nicht ohne eine gewisse Aufregung – mit, daß vor zwei Minuten der Aufseher aus der Villa im Auftrag des Herrn Ingenieurs hergekommen sei. Der Fernsehapparat in der Villa sei kaputt. Der Aufseher sagte offenbar, er habe seit dem Vorabend den Lieferwagen vor dem ›Goldenen Löwen‹ stehen sehen; falls der Chauffeur – wie anzunehmen – auch Techniker sei, möge er sich bitte in die Villa begeben und sehen, ob er die Reparatur vornehmen könne. Normalerweise komme der Techniker aus Turin, aber sonntags seien alle Firmen geschlossen. Sirombo, *der es anscheinend schon wußte* [dies waren die Worte des Wirts am Telefon], war sofort aufgestanden, war herausgekommen, hatte den Aufseher in den Lieferwagen einsteigen lassen und war in die Richtung der Villa vom Platz weggefahren.

Ich ließ zum zweitenmal das Essen stehen und eilte mit einem Polizisten fast im Laufschritt zur Villa. Aber beim Gehen sagte ich mir, ich sei eigentlich ein Dummkopf. Mit welchem Vorwand wollte ich denn die Villa betreten? Und selbst wenn ich den Vorwand gefunden hätte, was hätte ich schon ausrichten können? Meine Absicht war, den *Cerbiatto* zu durchsuchen: um zu sehen, ob noch eine Handgranate zum Vorschein kam. Aber wie hätte ich, bereits im Park der Villa, die Durchsuchung vornehmen können, ohne daß Sirombo und der Ingenieur es merkten?

Der Zufall hat mir geholfen. Im Gegensatz zu meiner Annahme war der *Cerbiatto* draußen gelassen worden: etwas vom Tor entfernt an der Gartenmauer. Die Straße ist an jener Stelle eng und weist an Feiertagen einen gewissen Verkehr auf; es steht deshalb eine Tafel mit einem Anhalteverbot dort. Ich zögerte keinen Augenblick. Ich brach das Schloß auf, und der Polizist setzte den Lieferwagen sofort in Gang. Wir brachten ihn in den Hof der Wache. Nachdem das Tor geschlossen war, nahmen wir eine rasche, doch gründliche Durchsuchung vor. Und eine halbe Stunde später stand der Lieferwagen wieder an seinem Ort – wo man nicht anhalten durfte. Als wir am Gartentor vorbeifuhren, waren wir natürlich vorsichtig; ein Blick auf die Villa: Die Fenstertüren des Wohnzimmers im Erdgeschoß waren alle erleuchtet. Der Polizist, ein Römer, sagte lachend in seinem Dialekt: ›Nun, was sein muß, muß sein . . . Reparaturen an Fernsehapparaten dauern eben ziemlich lange . . .‹

Auch ich mußte lachen, ich war fröhlich. Jetzt hatte ich den Beweis, den ich gesucht hatte. Im Innern des *Cerbiatto* war mir zwischen den Fernsehapparaten, den Radios, den Widerständen, den Batterien und einer Menge Teufelszeug fast sofort eine Kartonschachtel in die Augen gesprungen; sie war zwischen zwei Wandbrettern gut eingeklemmt. Im Innern der Schachtel befand sich ein Zellophanpäckchen, und in diesem Päckchen lagen ganz nahe beieinander und mit einer Schnur gut zusammengebunden vier dicke Päckchen Watte, wie man sie in den Apotheken verkauft; und inmitten dieser vier Päckchen, die sie verstecken und vor Stößen schützen sollten: rotschwarz und eiförmig eine richtige Oto-Bombe.

Am nächsten Morgen fuhr ich mit dem Postauto um ein Viertel vor acht Uhr nach Casale. Zuvor war ich im ›Goldenen Löwen‹ vorbeigegangen. Ich erfuhr, daß Sirombo am vergangenen Abend bis zum Sendeschluß in der Villa geblieben sei; danach sei er ins Hotel zurückgekehrt und habe sich zur Ruhe begeben; man solle ihn um acht Uhr wecken und die Rechnung vorbereiten, weil er am Morgen abreisen wolle.

Um halb neun Uhr war ich in Casale bei meinem direkten Vorgesetzten. Ich erzählte ihm alles, bis in die geringsten Einzelheiten, ausführlicher und besser, als ich es jetzt bei dir getan habe. Ich erwartete Befehle. Mein Vorgesetzter, der sehr klug, aber auch sehr menschlich war, sagte mir darauf:

›Und wenn es von Ihnen abhinge, Kommissar? Nehmen wir einmal an, Sie hätten in dieser Angelegenheit freie Hand: Wie würden Sie sich verhalten? Sagen Sie. Reden Sie ganz frei heraus.‹

Das tat ich. Ich hatte eine Idee, gleichsam einen Plan. Ich legte ihn meinem Vorgesetzten ungeniert vor. Und er sagte, nachdem er einen Augenblick lang darüber nachgedacht hatte, er müsse ein paar Anrufe erledigen; ich solle unten warten.

Nach einer halben Stunde rief er mich. Er empfing mich mit einem Lächeln und lobte meine ›Nase‹. Er hatte mit dem Polizeirevier von Caltignaga gesprochen, und die Auskünfte stimmten genau mit meinem Verdacht überein: Albino Sirombo war ... die rechte Hand des berühmten Funktionärs Carlo Emanuele Carutti gewesen, zuerst in Ostafrika, dann im Geschäft für Militärkleidung, und schließlich während der ganzen Zeit des Faschismus. Doch vielleicht – weil seine Stellung zu unbedeutend gewesen war – gab es keine Beweise gegen ihn; er war auch nicht angeklagt worden. Und jetzt hatte er in der Firma für Radio- und Fernsehapparate eine bescheidene Anstellung als Reisender und auch als Techniker. Er war ledig und in Borgomanero zu Hause, wo er bei seiner alten Mutter lebte. Jeden Montag ging er ins Geschäft, und die übrige Woche reiste er mit dem Lieferwagen im Piemont und in der Lombardei umher.

Mein Plan sei deshalb perfekt, schloß der Vorgesetzte. Ich könne ihn ohne weiteres in die Tat umsetzen, und vor allem ohne Zeit zu verlieren. Er habe schon angeordnet, daß ich in V. – solange es notwendig sei – ersetzt würde, und er habe selbst dafür gesorgt, daß meine Familie benachrichtigt würde: Es sei tatsächlich unumgänglich, daß ich nicht nach V. zurückkehrte, sondern mich geradewegs an den Ort begebe, den ich genannt hätte. Zivilanzug? Ich würde ihn mir in Casale bei einem Kollegen, der ungefähr meine Figur habe, besorgen können. Auch der Kollege sei bereits benachrichtigt worden. Ich hatte drei oder vier Tage Zeit verlangt. Mein Vorgesetzter gab mir eine Woche. Sollte es länger dauern, brauchte ich ihn nur telefonisch zu benachrichtigen. Aber mit all dem war eine Bedingung verknüpft.

Es war eine absolute Bedingung. Ich durfte auf gar keinen Fall meine wahre Identität enthüllen, ausgenommen natürlich gegenüber Vorgesetzten, Kollegen oder Angehörigen der Armee; aber auch ihnen gegenüber nur, wenn ich Hilfe benötigen sollte. Sirombo hatte mich zwar einen Augenblick lang an der Bar des ›Goldenen Löwen‹ gesehen, aber aus einer gewissen Entfernung – und er hatte mit mir kein einziges Wort gewechselt. Außerdem war ich in Uniform; unmöglich konnte er mich wiedererkennen!

Ich durfte meine Identität nicht enthüllen; ich konnte also keine Verhaftungen vornehmen – nicht einmal Durchsuchungen, höchstens heimliche – wie diejenige im *Cerbiatto.* Noch weniger konnte ich Verhöre durchführen, die nicht ganz und gar den Anschein normaler und zufälliger Gespräche hatten. Ich mußte schlimmstenfalls so tun, als sei ich ein etwas neugieriger und schwatzhafter Mensch, von denen es ja so viele gibt. Die zweite Persönlichkeit, die ich mir zulegen sollte, war meinem eigenen Gutdünken überlassen. So mußte ich auch selbst entscheiden, wann der Auftrag als erfüllt betrachtet werden konnte. In dem Fall mußte ich mich sofort wieder nach Casale begeben und meinem Chef Bericht erstatten, nur ihm persönlich. Entsprechende Beschlüsse würden, nachdem er mich angehört hatte, ausschließlich von ihm gefaßt.

Dann konnte ich gehen.

Ich kleidete mich in Zivil, mietete einen Wagen, sorgfältig darauf achtend, daß ich den schnellstmöglichen wählte, mit dem Nummernschild einer anderen Provinz als derjenigen, zu welcher die Gemeinde V. gehörte. Ich hatte das Glück, einen *Appia* mit dem Schild von Vercelli zu finden. Vor zwölf Uhr war ich schon in Borgomanero in der Fabrik für Radio- und Fernsehapparate. Da standen zwei weitere *Cerbiatto,* die gleich aussahen wie der von Sirombo; aber derjenige von Sirombo, den ich jetzt bereits auch ohne auf das Nummernschild zu schauen leicht erkennen konnte, stand nicht dort. Einen Augenblick lang dachte ich, ich könne mich sehr wohl beim Portier des Gebäudes erkundigen, oder bei einem von Sirombos Kollegen, von denen ich einen gerade in jenem Augenblick zwischen dem Eingang der Fabrik und den Lieferwagen hin- und hereilen und Apparate befördern sah. Ich brauchte mich ja nur als einen Kunden von Sirombo vorzustellen. Es war ein Montagmorgen, ich wolle nur wissen, ob man Sirombo von seiner

Rundreise zurückerwarte, und um welche Zeit genau. Aber dann dachte ich, daß Sirombo sogleich nach seiner Ankunft bestimmt davon benachrichtigt worden wäre, daß jemand ihn gesucht habe. So lief ich Gefahr, meinen ganzen Plan auffliegen zu sehen. Außerdem konnte er das aufgebrochene Schloß an der Tür des Lieferwagens nicht übersehen haben; und vielleicht hatte er auch schon das Verschwinden der zweiten Oto-Bombe festgestellt.

Ich beschloß deshalb, mich mit Geduld zu wappnen. Auf der andern Seite der Straße, nicht weit von der Fabrik entfernt, lag ein Café. Ich ließ meinen Wagen etwas weiter hinten stehen, trat ins Café und aß ein paar Brötchen, ohne je die Fassade des Gebäudes aus dem Auge zu lassen, vor welcher ich von einem Augenblick auf den anderen das Erscheinen von Sirombos Lieferwagen erwartete, obschon er sich gut verspäten konnte. Er fuhr, auch wegen der empfindlichen Ladung, nicht rascher als sechzig bis siebzig Stundenkilometer. Wenn Sirombo, wie durchaus anzunehmen war, gegen neun von V. weggefahren war, würde er, auch wenn er unterwegs nie anhielt, erst gegen halb ein Uhr in Borgomanero ankommen; unmöglich früher.

Er kam um drei Uhr nachmittags. Er betrat die Fabrik, und bereits zehn Minuten später kam er wieder heraus. Ohne etwas ein- oder auszuladen stieg er wieder in den Lieferwagen und fuhr los. Ich war kaum schnell genug, um die Spur nicht zu verlieren. Ich war zu meinem *Appia* gerannt und hatte zur Verfolgungsfahrt angesetzt. Zum Glück war der *Cerbiatto* groß, hoch und ganz gelb, so daß man ihn aus sehr großer Entfernung sah. Er hatte die Gozzano-Straße in Richtung Ortasee eingeschlagen.

Ich gratulierte mir innerlich zu dieser gelben Farbe. Es gelang mir, sie nicht aus den Augen zu verlieren, ohne den Sicherheitsabstand zu mißachten – also den Abstand, der notwendig ist, damit der Verfolgte nicht merkt, daß er verfolgt wird. Natürlich hat der Ausdruck noch eine zweite Bedeutung: Der Sicherheitsabstand muß dem Verfolgenden gleichzeitig erlauben, die gegenteilige Gefahr zu vermeiden: daß nämlich die Spur verlorengeht.

Als wir durch Gozzano fuhren, ahnte ich Schlimmes. Wie du ja besser als ich weißt, sind dort zwei Bahnübergänge.«

»Jetzt ist es nur noch einer«, sagte ich lachend.

»Nun gut, aber vor zehn Jahren waren es noch zwei. Der *Cerbiatto* fuhr mehr als einen Kilometer weit vor mir. Während er über die Geleise fährt, sehe ich, daß die Barrieren sich zu senken beginnen. Ich schieße los, drücke so stark wie möglich aufs Gas; aber ich schaffe es nicht. Ich bin verloren: zumindest momentan. Meinen Vermutungen nach, die mein Vorgesetzer übrigens voll und ganz bekräftigt hatte, war Sirombo bei Midana-Marazi und dessen Frau der Überbringer einer Drohung und einer Erpressung.

Sein Auftraggeber konnte nur derjenige sein, dem es gelungen war, sich offiziell für tot und begraben auszugeben, und der immer noch lebte, genau wie die Leute behaupteten. Aller Wahrscheinlichkeit nach war er irgendwo versteckt, und vielleicht verlangte er durch Sirombo von Midana-Marazi und der Frau Geld: Geld, viel Geld, soviel, wie notwendig war, um das Versteck zu verlassen und endlich nach Südamerika auswandern zu können. Möglicherweise wollte Midana-Marazi, weil er ja so geizig war, trotz der schwierigen Situation die Summe nicht bezahlen, die der ehemalige Funktionär verlangte. Daher die Diskussionen, der Streit, Sirombos Auftrag, zu drohen. Meinen Vermutungen nach mußte also Sirombo an jenem selben Montag Carutti in seinem Versteck aufsuchen, um ihm alles zu berichten. An jenem Tag seine Spur zu verlieren, bedeutete, ihn eine ganze Woche lang und sogar noch länger verfolgen zu müssen. Obwohl ich verzweifelt war, stieg ich sogleich aus dem Wagen und ging zu Fuß über die Geleise: Jenseits des Bahnübergangs war eine Kurve; ich wollte schauen, ob es mir gelang, wenigstens festzustellen, welche Richtung der *Cerbiatto* eingeschlagen hatte. Gozzano ist ein Verkehrsknoten. Aber der *Cerbiatto* war, Gott sei Dank, weder links zum Sorisohügel noch rechts zur Unterführung gefahren; er stand, nur fünfhundert Meter weit, vor dem zweiten Bahnübergang, der inzwischen ebenfalls geschlossen worden war.

Ich folgte ihm mit Leichtigkeit bis zum Beginn der absteigenden Straße, an deren Ende der See auftaucht. Da sah ich von weitem, daß der *Cerbiatto* von der Asphaltstraße in eine kleine, mit Kies bestreute Landstraße abbog, die im Wald verschwand. Es blieb mir nichts anderes übrig, als auch dort hineinzufahren. Aber auch wenn ich die gelbe Farbe nicht mehr sah, so führte mich doch der von der Straße aufgewirbelte Staub.

Am Waldausgang, bei einer Höhle, gabelt sich die Straße: nach links führt sie auf halber Höhe dem See entlang, nach rechts schlängelt sie sich zu einem Hügel hinauf, auf dessen Kuppe ich einen von den Kastanienbäumen halb verdeckten Glockenturm und das Dach mit dem letzten Stockwerk eines langen, rechteckigen Gebäudes auftauchen sah; das konnte nur ein altes Kloster sein.

›Wohin führt diese Straße?‹ fragte ich einen Alten, der unbeweglich mitten auf der Lichtung vor der Höhle stand und den ich vorher überhaupt nicht gesehen hatte, vielleicht weil seine Kleider grau und weiß waren wie die Steine.

›Zum Kloster des . . ‹, und er nannte einen Namen, den ich nicht wiederholen darf.

›Ich habe verstanden. Aber dann? Wohin führt die Straße dann?‹

›Nirgendwohin, sie führt um das Kloster, auf die Kuppe hinauf, und kehrt zurück . . . Es ist immer dieselbe . . .‹

›So kann man also nach dem Kloster nicht weiterfahren?‹

»Mit dem Auto nicht. Es gibt einen Fußweg nach Invorio hinunter . . . den Ziegenweg!‹

Ein Ziegenweg! Ich durfte also ruhig sein: Sirombo konnte mir nicht mehr entkommen. Ich fragte den Alten, ob das Kloster bewohnt sei.

»Gewiß‹, sagt er, ›die Mönche sind dort, und diejenigen, die in der Schule arbeiten.‹

›Was für eine Schule?‹

›Die Nähschule; sie machen dort . . . wie sagt man? die Kutten, ja, die Kleider für die Mönche, auch für die der andern Klöster. Sie haben Nähmaschinen und alles Notwendige. Es werden etwa zwanzig Lehrlinge sein, Buben, kleine Buben, die so etwas wie Novizen sind und später, wenn sie alt genug sind, Brüder werden: Laienbrüder nennen sie sie. Ich hatte vor einem Jahr auch einen kleinen Neffen von mir hingeschickt, aber nach einigen Tagen ist er ausgerissen. Man begreift es, dort haben sie zu essen und ein Bett zum Schlafen, aber sonst ist es wie in einem Gefängnis. Man muß nicht Hunger leiden, und im Haus herrscht nicht gerade Elend, aber ein normaler Knabe hält das nicht aus.‹

Ich ließ den Wagen unter den Nußbäumen stehen, so daß er jenseits der Gabelung auf der Seestraße versteckt war; wenn Sirombo mit seinem Lieferwagen wieder hinabfuhr, konnte er ihn nicht sehen. Und ich stieg zu Fuß zum Kloster hinauf. Das Sträßchen ist sehr bequem und malerisch: Alle fünfzig Schritte steht eine kleine Stationenkapelle, ein Gehäuse mit einem farbigen Bild im Innern und einer an der Vorderseite, unten, angebrachten gemalten Aufschrift, vier Verse. Die Fresken sind sehr gut erhalten. Und die Verse – ich verstehe zwar nichts davon – schienen mir sehr schön zu sein. Ich hatte anderes im Kopf, sonst hätte ich sie abgeschrieben.

Oben auf dem Gipfel, auf dem Platz vor der kleinen Kirche, die an das Klostergebäude angebaut ist, genießt man eine der schönsten Aussichten, die ich je in meinem Leben gesehen habe. Der *Cerbiatto* war vor dem Klostertor geparkt, und auf dem Kirchplatz war niemand. Das Gras wuchs zwischen den Steinen des ländlichen Kopfsteinpflasters. In den Wäldern ringsum sangen die Vögel ihre Frühlingslieder; vor allem die Amseln und die Kuckucke verkörperten eine Fröhlichkeit ... eine Fröhlichkeit, daß man schon nach kurzem Zuhören den Eindruck bekam, das Leben, das man führe, sei verfehlt, schau, ich spreche von meinem Leben, das ja wie das Leben der großen Mehrzahl aller andern Menschen ist, die in den großen und kleinen Städten leben und arbeiten ... Wenn man den Vögeln zuhörte – im Frieden des Kirchplatzes auf der Hügelkuppe –, kam einem der Gedanke, daß eigentlich sie recht hatten, daß auch für den Menschen das einzig lebenswerte Leben dasjenige auf dem Land, in den Wäldern, auf den Bergen, in der Einsamkeit und Freiheit ist. Es war bereits später Nachmittag. In der Sonne sah der Dunst über der lombardischen Ebene, die sich gegen Osten im Unendlichen verlor, wie leichter Goldstaub aus. Als ich mich umwandte und vor der Steinmauer stand, sah ich in der Tiefe, zwischen dem dunklen Grün der fernen Ufer, den großen blauen Spiegel des Sees. Und in der Höhe, die schwarzen Berge überragend, die riesigen, glitzernden Gletscher und Spitzen des Monte Rosa.

Aber während ich schaute und alles bewunderte, überlegte ich mir, wie ich das Kloster betreten und es fertigbringen könnte, festzustellen, ob sich tatsächlich hier der Ex-Funktionär versteckt hielt. Ich kam zum Schluß, daß es nur einen sicheren Weg gab, wenn ich die Instruktionen meines Vorgesetzten beachten wollte. Und ich bereitete mich darauf vor, daß ich mich bis zum andern Morgen gedulden mußte. Ich ging wieder zu meinem Wagen hinunter. Dort wartete ich auf den *Cerbiatto,* den ich auch nach einigen Stunden vom Kloster herabfahren sah. Ich folgte ihm auf der Rückfahrt bis nach Borgomanero.Ich übernachtete in Borgomanero. Ich hätte in der Wache schlafen können, aber ich zog es vor, nicht aufzufallen, und ging in ein Hotel; ich besaß eine alte gefälschte Identitätskarte, auf welcher ich als Agrartechniker figurierte. Am nächsten Morgen früh wartete ich wiederum auf Sirombo und seinen *Cerbiatto* – bis ich ihn gegen elf Richtung Novara abfahren sah. Da ließ ich ihn endlich sein und kehrte zum Kloster zurück. Von Borgomanero aus war ich mit dem *Appia* – nun, da ich meine Geschwindigkeit nicht mehr derjenigen des *Cerbiatto* anpassen mußte – in etwa zwanzig Minuten dort.

Der Bruder Pförtner, der mir öffnete, sah nicht gerade sehr intelligent aus; er war jung, seine Lippen schwollen rot aus dem kastanienbraunen Bart, er hatte blaue, wäßrige, unruhige Augen, ein Sopranstimmchen und ein Lächeln, das im ersten Augenblick sehr nett wirken mochte – aber dann merkte man sofort, daß das absolut unbegründet war. Ich sagte ihm, ich wolle den Pater Prior sprechen; Herr Sirombo, der aus der Firma von Borgomanero, schickte mich.

›Aha, der von der Fernsehfabrik!‹ sagte der Bruder; er war anscheinend selig, sofort begriffen zu haben, worum es ging. ›Herein, herein ... Aber schauen Sie, Sie dürfen nicht mit dem Pater Prior sprechen ... Er gibt sich nicht mit diesen Dingen ab ... Sie müssen mit Bruder Nazzáro sprechen ...‹

›Mit Bruder Nazzàro?‹

›Ja, mit dem Bruder Schneidermeister ... kommen Sie, ich begleite Sie ...‹

Wir durchquerten zwei Klosterhöfe und dann einen langen Gang. Im Hintergrund ging ein quadratisches Fensterchen direkt auf den Wald, der wie ein weiter Mantel zur Mulde von Invorio hinabfloß. Weiter drüben war die Ebene; und in der Ferne sah man zwischen den Streifen der Felder und Wiesen, die sich ins Unendliche hinzogen, alle Dörfer – vielleicht bis Novara – hingestreut; das eine da, das andere dort, jedes mit seinem feinen Kirchturm und seinen niedrigen Häusern.

›Schön, nicht?‹ sagte der Bruder hinter mir. ›Wissen Sie, daß man an Tagen, da ein Wind geht, sogar ohne Fernrohr die Kuppel von San Gaudenzio sieht? Bitte, wollen Sie so gut sein!‹ Er ließ mich in ein riesiges Zimmer eintreten, in welchem zwölf oder vielleicht fünfzehn Fenster, die ebenso klein und quadratisch waren wie dasjenige im Gang, sich ebenfalls gegen die Ebene zu öffneten. So daß Sonne, Licht und Luft von allen Seiten hereindrangen und die traurige Wirkung, welche das Zimmer sonst gehabt hätte, milderten: ein Riesenzimmer, in dem ausgerichtet, mit grauem Filz bedeckt, große Tische standen, an welchen jene Knaben in den braunen Kutten und mit den geschorenen Haaren in vollkommenem Schweigen über ihre Arbeit gebeugt saßen, die darin bestand, braune Gewänder – alle aus demselben Stoff und von derselben Farbe – zuzuschneiden und zusammenzuheften. Links im Hintergrund führte eine große Tür in einen anderen Raum, aus welchem ein mechanisches Getöse kam und wo ich tatsächlich die Nähmaschinen versammelt sah. Der Bruder Pförtner sagte mir, ich solle hier warten, und entfernte sich rasch in einen andern Raum.

Ich wartete in einer Ecke. Die Knaben arbeiteten weiter, ohne auf meine Gegenwart zu achten. Zum Glück waren die Fenster geöffnet. Denn auch so entströmte den Tischen und jenem Stoff ein übler, stickiger Geruch.

Der Bruder kam fast sogleich zurück. Es folgte ihm ein kahler, bärtiger Mann, dem der kurze, graue Bart trotz des Alters ein außergewöhnlich kräftiges Aussehen verlieh. Auch er trug, genau wie der Bruder Pförtner, die Ordenskutte. Es war zweifellos Bruder Nazzàro, der Schneidermeister. War es Carutti? Das konnte ich noch nicht sagen.

Er empfing mich sehr unwirsch, stieß mich sofort wieder in den Korridor hinaus, woher ich gekommen war.

›Wer sind Sie? Was wünschen Sie?‹

›Entschuldigen Sie die Störung‹, sagte ich und versuchte, seinen Blick festzuhalten; aber seine kleinen grauen Augen entwischten mir. Und zudem hatte er mich, um mir nicht ins Gesicht schauen zu müssen, weiterzugehen gedrängt.

›Der Bruder hätte Sie nicht hereinlassen dürfen. Wir haben hier Klausur. Außerdem wird, wie Sie gesehen haben, gearbeitet; und ich bin sehr beschäftigt. Sprechen Sie, sprechen Sie, während wir gehen.‹

Ich sagte, ich sei neu in der Gegend und hätte kürzlich im Gebiet der Steinbrüche von Ameno, nicht allzuweit vom Kloster entfernt, eine Villa gekauft; und ich wolle einen Fernsehapparat einrichten lassen, fürchte jedoch, das Fernsehen funktioniere noch nicht richtig in dieser Gegend. Ich hätte am vergangenen Abend in Borgomanero Herrn Sirombo kennengelernt, der mir gesagt habe, er habe hier einen Fernsehapparat eingerichtet, und der funktioniere ausgezeichnet, was ich persönlich feststellen könne, falls ich wolle . . .

›Es ist nicht möglich, daß Sirombo Ihnen gesagt hat, Sie sollen hierherkommen!‹ schnitt mir der sogenannte Bruder Nazzàro das Wort ab, ›denn er weiß sehr wohl, daß hier Klausur ist und daß keine Fremden eintreten können. Bruder Cosma‹ – er wandte sich an den Pförtner – ›begleite den Herrn in den Speisesaal und stell den Fernsehapparat ein, es reicht, wenn er einen Augenblick lang hinschaut, um festzustellen, daß der Apparat läuft. Dann führst du ihn sofort aus dem Kloster. Du weißt, daß der Pater Prior keine Fremden will. Guten Tag.‹

Und ohne mir die Hand zu reichen, ohne mich überhaupt anzuschauen, kehrte er mir den Rücken zu und ging in die Schneiderei zurück.

Die Härte, mit der er den Bruder Pförtner gescholten hatte, war eindeutig die eines Menschen, der zu befehlen gewohnt ist. Aber das war kein Beweis. Der Beweis . . .

Das erste, was ich sagte, als ich wieder bei meinem Vorgesetzten in Casale war – kaum hatte ich ihm einen knappen Bericht erstattet – das erste, was ich sagte, war folgendes:

›Ich will jetzt nach Turin gehen und versuchen, mir eine Fotografie von Carutti zu verschaffen . . . vielleicht in einem Archiv . . . vielleicht in alten Veröffentlichungen des Regimes.‹

Er hielt mich mit der Hand auf; lächelnd öffnete er eine Mappe, die vor ihm lag, und drehte sie zu mir hin:

›Schauen Sie mal, erkennen Sie ihn wieder?‹

Es waren verschiedene Bilder von Carutti. Ein einziges hätte schon genügt. Auf den Fotografien hatte er noch Haare, aber wenige. Und er besaß keinen Bart. Aber die grobe Form des Gesichts und die kleinen Schweinsäuglein . . . Es waren keine Zweifel möglich. Bruder Nazzàro, das war er. Was sollte ich jetzt tun?

›Nichts‹, antwortete mein Vorgesetzter. ›Sie haben genau Ihre Pflicht erfüllt, und das gereicht Ihnen zur Ehre. Ich werde Sie nicht vergessen. Sie schreiben mir jetzt ein schönes Protokoll, für mich persönlich. Tun Sie das in aller Ruhe, und dann, wann es Ihnen gerade paßt, kommen Sie zu mir und übergeben es mir. Danach sollen Sie die Sache vergessen. Sie, Sie haben in dieser ganzen Geschichte nichts entdeckt, nichts davon gewußt, nie etwas davon geahnt. Verstanden? Ach, und natürlich werde ich Sie sobald als möglich versetzen lassen. Fassen Sie diese Versetzung nicht als Strafe auf; ganz im Gegenteil. Um Ihnen das zu beweisen: Sagen Sie, wohin Sie versetzt werden möchten, und wir werden unser möglichstes tun, Sie zufriedenzustellen. Denken Sie darüber nach und lassen Sie es mich wissen. Aber lassen Sie mir wenn möglich eine Wahl zwischen drei oder vier Stellen. Und jetzt: alles Gute, und auf Wiedersehen!‹

Zwei Wochen später ging ich von V. weg. Ich war versetzt worden. Jetzt, da der gute Flock nicht mehr lebte, wäre es für mich sehr traurig gewesen, zu bleiben. Schon nur beim Gedanken, daß ich an jenem Tor vorbeigehe . . .«

Giggi erhob das Glas. Er war gerührt:

»Trinken wir auf das Wohl von Flocks Seele!«

»Weshalb?« fragte ich lachend. »Du glaubst also, daß die Hunde eine unsterbliche Seele haben?«

»Nun! Ich glaube jedenfalls, es ist wahrscheinlicher, daß eine unsterbliche Seele in einem Hund wie Flock ist, als in einem Menschen wie dem Ingenieur Midana-Marazi.«

Halbe-halbe

von

Joachim Jessen/Detlef Lerch

»Ich freu' mich ja so, daß wir uns hier kennengelernt haben, wirklich, ich freu' mich so.«

Inge Höhne glühte vor innerem Glück, als sie die Worte zu ihrer Tischnachbarin in der Fischgaststätte »Zum Kutter« auf der Nordseeinsel Helgoland sagte. Sie drückte dabei kräftig den Arm der Ferienbekanntschaft.

Die angesprochene Maria Bertram war nicht weniger erfreut und nickte bestätigend mit dem Kopf.

»Das ist fein, das ist fein. Zuerst, wissen Sie, die ersten Tage, war es direkt ein bißchen langweilig. So eine Insel . . . So viele Menschen auf engstem Raum und doch kein Kontakt. Na ja, mein Kurt redet ja auch nicht viel, genau wie heute abend – Kurt, Kurt, du kannst ruhig auch mal etwas sagen – aber das ist fein, das ist fein, Frau Höhne, daß wir uns hier kennengelernt haben.«

Der kurz angesprochene Kurt Bertram wollte gerade etwas sagen, als Heinz Höhne das Wort ergriff.

»Also, Freundschaften müssen begossen werden, sagte schon mein Vater. Ober, bringen Sie uns eine Runde warmen Eiergrog!«

Der Ober, schlapp an der Theke lehnend, tat durch ein kurzes Schließen seiner Augendeckel kund, daß er die Bestellung aufgenommen hatte, und notierte etwas auf einem Zettel.

Als der Eiergrog kam, klangen die Gläser. Maria und Kurt Bertram aus Hannover und Inge und Heinz Höhne aus Solingen prosteten sich zu.

Heinz Höhne blickte in die Runde, hob noch einmal das Glas zum Gruße und setzte es dann ab.

»Also, ein bißchen langweilig ist die Insel schon, das müssen Sie zugeben, Herr Bertram. Nach drei Tagen kennt man alles, ich meine, spätestens nach drei Tagen. Also, will mal sagen, für Neugierige ist die Insel nichts.«

»In deinem Alter, Heinz, da solltest du ja auch nicht mehr neugierig sein.«

Inge Höhne knuffte Maria Bertram leicht in die Seite, und beide Damen lachten sich zu.

»Wir sind doch sozusagen in den besten Jahren, was, Herr Bertram?«

»Das will ich meinen!«

Der kurze Einwurf von Kurt Bertram wurde von seiner Frau mit Genugtuung aufgenommen.

»Ja, der Jahrgang 20 ist schon in Ordnung, ich kann jedenfalls nicht klagen, nicht, Kurt?«

Maria Bertram fuhr ihrem Mann über das Haar.

»Das gibt es nicht! Sie sind Jahrgang 20? Nun sagen Sie bloß, daß Sie auch noch im Mai geboren sind, dann . . .«

»Ja, ich bin tatsächlich im Mai geboren.«

Kurt Bertram mußte lächeln.

»Ober, noch eine Runde warmen Eiergrog! Ich bin am 21. Mai 1920 geboren – und Sie?«

Heinz Höhne sah Kurt Bertram forschend an.

»Herr Ober, bitte gleich noch eine Runde Eiergrog. Ich bin nämlich am 20. Mai 1920 zur Welt gekommen.«

»Nein, so ein Zufall«, entrang es sich den Kehlen von Inge und Heinz Höhne aus Solingen.

»Nicht zu fassen«, erklang es bestätigend von Maria und Kurt Bertram aus Hannover.

»Das muß gefeiert werden!« Heinz Höhne wischte sich den Schweiß von der Stirn.

»Aber wir feiern doch schon, Lieber!«

Inge Höhne lachte glücklich, der Ober brachte die zweite Runde des starken Getränkes, und erneut prostete man sich zu.

»Mein Mann ist ja noch Stier, und Sie, Herr Höhne, Sie müßten doch, wenn ich mich nicht irre, Zwilling sein? Oder?«

»Genau so ist es, ich bin Zwilling, gnädige Frau.«

Heinz Höhne beugte sich vor und klopfte Frau Bertram gratulierend auf die Schulter.

»Ach, lieben Sie auch Horoskope, Frau Bertram?«

Inge Höhne nahm einen aufgeregten Schluck aus ihrem Glas.

»Ja, ich schon, aber mein Mann, der hält das für baren Unsinn. Aber ich sage immer, Kurt, sage ich immer, und wenn du dich auf den Kopf stellst, da ist was Wahres dran.«

Der Ober brachte die nächste Runde Eiergrog, hastig tranken die beiden Ehepaare ihre Gläser leer und ließen neue servieren.

»Wie dem auch sei, wir wollen uns nicht um Horoskope streiten oder gar um Politik. Freuen wir uns einfach, daß wir uns getroffen haben.«

Kurt Bertram lachte seiner Frau und den Freunden zu, hob sein Glas und nippte dann vorsichtig an dem frischen, noch sehr warmen Getränk.

»Das haut ganz schön rein, nicht wahr, meine Dame?«

Heinz Höhne wischte sich die Lippen und schmatzte ein ganz klein wenig.

»Ein wirklicher Hochgenuß, Heinz. Aber ich glaube, wir müssen ein bißchen langsamer trinken.«

Maria Bertram nickte zustimmend mit dem Kopf.

»Ich hab' auch so ein komisches Gefühl. Das Getränk ist ungeheuer stark. Viel zu stark.«

»Das macht natürlich auch oder gerade die Wärme.«

Kurt Bertram umfaßte das Glas, wohl um anzudeuten, daß man sich daran sogar die Finger wärmen könne.

»Ja, ja, die Wärme, die richtet manches an.«

Heinz Höhne dehnte die Worte und schaute die Damen dabei schalkhaft an.

Inge Höhne kicherte leise in die Hand.

»Heinz, laß das. Schäm dich.«

»Also nein, Inge. Was du wieder denkst? Habe ich Grund, mich zu schämen, Frau Bertram?«

»Nein, ganz und gar nicht, Herr Höhne.«

Nun lachte auch Frau Bertram.

Das Lokal hatte sich langsam geleert. Die Gäste, die später zum Essen gekommen waren als das Ehepaar Bertram aus Hannover und das Ehepaar Höhne aus Solingen, hatten mittlerweile ihre Schollen, Rotbarschfilets oder was auch immer verdrückt, hatten noch einen Kaffee getrunken, um nun anderen Geselligkeiten oder gar dem Hotelbett zuzustreben.

Drüben an der Fensterfront waren noch drei Tische besetzt, und auch vorne, nahe dem Eingang, saß noch ein junges Pärchen, das selbstvergessen Händchen hielt.

Die Ehepaare Bertram und Höhne saßen im hinteren Teil des Lokals, in einer Nische. Auf dem Tisch stand ein großer Aschenbecher, verziert mit zwei echten Haifischzähnen und der Aufschrift »Stammtisch«.

Die linke Nischenwand trennte das Lokal von der Küche, dahinter hörte man beständig das eifrige Klappern von Geschirr, das gerade gespült wurde.

In dem Lokal war kein einziges Einrichtungsstück alt, alles stammte aus dem Anfang der sechziger Jahre. So wirkte das Lokal eigentlich eher etwas verbraucht und abgenutzt, als gemütlich oder gar originell.

Dennoch fühlten sich die Gäste im »Kutter« wohl. Das Essen war erstklassig und wurde von allen gerühmt.

»Ich glaube, Ihr Mann verwöhnt Sie ganz schön, Frau Bertram?«

»Ja, das tut er, aber wie kommen Sie denn darauf?«

»Den ganzen Abend muß ich schon Ihre Goldkette mit den Brillanten bewundern, es sind doch Brillanten, oder nicht?«

»Aber klar doch, Inge, das sieht man doch.«

Heinz Höhne steckte sich eine Zigarette an.

»Ja, mein Mann verwöhnt mich. Diese Kette ist wirklich wunderwunderschön, mein Mann hat sie mir erst letztes Jahr geschenkt, unser Kennlerntag jährte sich zum fünfunddreißigsten Male . . .«

»Was für ein Tag, gnädige Frau?«

»Der Tag, an dem wir uns kennengelernt haben. 1946, in der schlechten Zeit. Und, und, ja wie soll ich das sagen, das war so ein richtiges Stück Hoffnung, als ich den Kurt da auf einmal kennengelernt habe. Ich war nämlich ganz allein, wissen Sie, meine Familie ist nämlich im Krieg umgekommen.«

»Oh, das habe ich . . .«

»Aber nein, Herr Höhne, nun lassen Sie man, das ist doch schon lange her. Das tut nicht mehr weh, nur manchmal noch, an Mutters Geburtstag . . . Na, jedenfalls der Tag, an dem wir uns kennengelernt haben, der wird gefeiert, komme, was da wolle. Der Kennlerntag ist beinah wichtiger als der Hochzeitstag.«

»Ich finde, er ist wichtiger, Maria.«

»Ja, Kurt, da hast du recht. Er ist wirklich wichtiger. Wir sind uns nämlich sozusagen in die Arme gesprungen, so vom Anhänger runter, beim Kohlenklau, wissen Sie. Aber die Zeiten sind Gott sei Dank vorüber. Hoffentlich kommen sie nicht wieder. Jedenfalls, kurz und gut, die Kette habe ich zum Kennlerntag geschenkt bekommen.«

»Wie bei uns das Kußjubiläum, nicht, Heinz?«

»Ja, genau, Inge.«

»Das was?«

»Wir feiern immer Kußjubiläum, Herr Bertram. Na, den Tag, als wir uns das erste Mal geküßt haben. Eigentlich war ich eher das Opfer, denn ich . . .«

»Gehört sich doch wohl auch so, was, Herr Bertram? Wo kommen wir denn da hin, wenn die Frauen mit dem Küssen anfangen. Nein, nein, das ist nichts für mich. Inge, gut, daß ich zuerst geküßt habe, andersrum wäre aus uns nichts geworden.«

»Ach, Heinz.«

»Nein, nein, Inge, laß man, da hab' ich schon recht. Das ist vielleicht heute modern oder chic, daß sich die Mädels so einfach den

Kerlen an den Hals werfen. Die Jugend, ach was soll's, na, jedenfalls weit kommen die Mädchen damit bestimmt nicht.«

»Ich bekomme zu gern Schmuck geschenkt.«

Maria Bertram nippte wieder an ihrem mittlerweile abgekühlten Eiergrog, mit der linken Hand streichelte sie dabei stolz die Kennlernkette. »Ja, Schmuck bekomme ich auch zu gern geschenkt, Frau Bertram. Da haben wir Frauen aber auch ein ganz besonderes Verhältnis zu. Ich habe mal irgendwo gelesen, daß es zwischen uns Frauen und dem Schmuck so eine Art erotische Bindung gibt.«

»Schmuck ist doch das einzige vernünftige Geschenk in diesen Zeiten. Da weiß man doch schließlich, was man hat. Natürlich muß man nicht irgendwas und irgendwo kaufen, sondern immer schön beim Juwelier und fein mit einem Zertifikat dabei. Ich mach' das jedenfalls so.«

Heinz Höhne wischte sich wieder einmal den perlenden Schweiß von der Stirn ab.

»Natürlich kauft mein Mann nur erstklassigen Schmuck. Kurt versteht eine ganze Menge von Schmuck, nicht, Kurt?«

»Ja, für Schmuck habe ich mich immer schon interessiert. Ich wollte mal Goldschmied werden. Aber der Krieg hat es dann zerschlagen. Jedenfalls ist das richtig, was Sie sagen, Herr Höhne, irgendwo und irgendwelchen Schmuck zu kaufen, das hat keinen, aber wirklich auch gar keinen Sinn, da kann man das Geld gleich aus dem Fenster werfen. Lieber ein Stück weniger, aber dafür ein ordentliches. Nicht wahr? Ich möchte nicht indiskret sein, aber der Ring, den Ihre liebe Frau da am kleinen Finger trägt, den haben Sie doch niemals unter 5000 bekommen.«

»Aber Kurt . . .«

»Nein, lassen Sie ruhig, Frau Bertram. Ihr Mann hat ja völlig recht. Und ehrlich gesagt, ich bewundere Ihre Kennerschaft, Herr Bertram. Der Ring liegt genau in der von Ihnen geschätzten Preiskategorie, heutzutage zumindest. Vor drei Jahren, als ich ihn kaufte, kostete er an die 4000.«

»Ja, dann natürlich. Dann ist er aber heute bestimmt schon ein schönes Stückchen über 5000 wert. Ein wunderschöner Ring. Darf ich ihn vielleicht einmal in die Hand nehmen?«

»Aber natürlich, aber natürlich. Inge, gib doch Herrn Bertram einmal den Ring.«

»Ich bin doch schon dabei, er sitzt ein bißchen stramm.«

Inge Höhne bemühte sich eifrig, den Ring vom Finger zu ziehen. Endlich hatte sie es geschafft und reichte Kurt Bertram das Schmuckstück.

»Wirklich, Frau Höhne, da hat Ihnen Ihr Mann einen echten Schatz anvertraut.«

»Mein größter Schatz ist allerdings mein Mann.«

»Das versteht sich natürlich von selbst, gnädige Frau.«

Kurt Bertram deutete eine kleine Verbeugung in die Richtung von Frau Höhne an und gab ihr den Ring zurück.

»Schmuck hin, Schmuck her. Wir Frauen dürfen nicht immer zurückstehen. Jetzt geben wir einmal den Herren einen aus. Herr Ober, bringen Sie uns bitte noch einmal vier warme Eiergrog. Die möchte ich übrigens gleich bezahlen.«

»Aber ich kann doch nicht mehr, mir wird schon ganz rammdösig im Kopf.«

Maria Bertram lachte glucksend vor sich hin und trank den Rest aus ihrem Glas.

»Sie müssen aber, Frau Bertram. Schließlich können Sie mich nicht alleine mit den Männern trinken lassen.«

Der Ober brachte die Getränke, und tatsächlich öffnete Frau Höhne ihre Handtasche, holte das Portemonnaie hervor und zahlte die Runde. »Prost, meine Herrschaften.«

Inge Höhne hob das Glas.

»Zum Wohl, zum Wohle«, erschallte es.

»Wissen Sie, was mich interessiert, Herr Bertram? Was machen Sie denn mit dem Schmuck Ihrer Frau, wenn Sie im Urlaub sind? Ich meine, wie sichern Sie ihn?«

»Ach, wissen Sie, Herr Höhne, da halten wir uns an die Grundforderungen der Versicherungen. Stabile Metallkassette. Das reicht ja. Natürlich kann man die mit ein bißchen Gewalt öffnen. Aber was soll man sonst machen?«

»Genau, wir haben auch nur eine Kassette. Ich meine, das muß reichen. Uns ist jedenfalls noch nie etwas weggekommen, na, so durch Raub, meine ich. Einmal ist ein Armband verschwunden. Aber nicht durch Raub, nein, wir glauben, daß es einfach aufgegangen ist, schwupps, weg war es.«

»Erinner mich bloß nicht daran, Heinz. Ob Sie es glauben oder nicht, Frau Bertram, den halben Urlaub habe ich geheult, weil das Armband weg war. Geheult hab' ich wie ein Schloßhund. Na, vergessen. Aber ärgerlich bleibt es doch.«

Frau Bertram sah Inge Höhne mitfühlend an und griff nach ihrem Arm. »Ja, da versteh' ich Sie. Wenn einem etwas so richtig ans Herz gewachsen ist, dann schmerzt es. War es denn wertvoll?«

»Na ja, wie man's nimmt. Sicherlich nicht so wertvoll wie meine Uhr hier, aber dennoch. Aber dennoch.«

Inge Höhne schob den Ärmel ihres Kostüms hoch und zeigte ihre Uhr. »Na, bitte! Das ist doch was.«

Kurt Bertram nickte beifällig mit dem Kopf.

»Auch ein schönes Stück, was, Herr Bertram?«

»Das will ich wohl meinen.«

Diesmal war es Frau Bertram, die das gute Stück näher betrachten wollte, und bereitwillig hielt ihr Inge Höhne ihren Arm hin, damit Frau Bertram die Uhr genauestens betrachten konnte.

»Weißgold«, sagte Herr Höhne.

»Das sehe ich wohl«, sagte Frau Bertram.

»Jetzt wird mein Arm aber lahm«, sagte Frau Höhne.

»Und ich muß einmal zur Toilette«, sagte Herr Bertram und erhob sich. »Der Eiergrog scheint zu treiben.«

»Aber Kurt . . .«

»Wieso, es stimmt doch . . .«

»Aber das sagt man doch nicht.«

Frau Höhne rückte etwas zur Seite, so konnte er gut an ihr vorbei. Als er vor dem Tisch stand, zog er erst einmal das Jackett gerade und reckte sich. Dann machte er sich auf den Weg. An der Ecke, wo ein kleiner Gang zur Toilette führte, drehte er sich um, er wollte noch einmal zum Tisch sehen. Aber soweit kam es gar nicht, denn als erstes sah er den Tellerwäscher, der hinter der Trennwand an der Spüle tätig war, das heißt, tätig sein sollte; und gerade das Nichtstun des Tellerwäschers fesselte Kurt Bertram besonders. Denn statt zu arbeiten, hatte sich der junge Mann weit über die Spüle gelehnt und hing mit einem Ohr förmlich an der dünnen Trennwand. Nein, es gab gar keinen Zweifel, das Gespräch an ihrem Tisch wurde eifrigst mitangehört.

Statt empört zu sein, mußte Kurt Bertram grinsen. Er drehte sich wieder um und setzte seinen Weg fort.

Auf der Toilette stützte er seinen Kopf in die Hände.

»Aber warum werden wir belauscht?« fragte er sich.

Und die erste Antwort, die er sich gab, berührte ihn peinlich. Natürlich, da saßen vier Erwachsene an einem Tisch und hatten sich über nichts anderes zu unterhalten als über Schmuck. Über Schmuck und nochmals über Schmuck.

Erst jetzt wurde Kurt Bertram bewußt, daß ihr Gespräch langsam zum reinen Imponiergehabe geworden war. Auch er selber war nicht frei davon gewesen. Kurz bevor er zur Toilette gehen wollte, hatte er sich noch überlegt, ob er nicht schnell noch von Marias schönster Kette erzählen sollte.

Die zweite mögliche Antwort auf die gestellte Frage zauberte allerdings wieder ein Lächeln auf sein Gesicht.

»Ist ja immerhin denkbar«, murmelte er vor sich hin, wusch sich die Hände und verließ die Toilette.

Auf dem Weg zurück bot sich ihm wieder das gleiche Bild. Der Küchenhelfer hatte seine Arbeit noch immer nicht aufgenommen, sondern lauschte begierig auf jedes Wort, das in der Nische gesprochen wurde.

Als Kurt Bertram das Gefühl hatte, der Tellerwäscher müßte ihn kommen hören, drehte er automatisch seinen Kopf und sah zur Fensterseite hinüber.

Er erreichte den Tisch und setzte sich wieder. Noch immer ging es um Schmuck. Und es war gerade seine Frau, die erzählte.

»... die Kette ist ein einziger Traum. Wenn Sie wollen, Frau Höhne, dann zeige ich sie ...«

Maria Bertram sah hoch.

»Kurt, da bist du ja wieder, wir dachten schon, du ...«

»... Sie seien weggespült worden und trieben bereits auf hoher See.«

Heinz Höhne aus Solingen lachte dröhnend. »Nicht, das dachten wir doch, meine Damen. Herr Ober, noch eine Runde warmen Eiergrog. Und dann geht es zurück ins Hotel Silbermöwe. Wußten Sie übrigens, daß die beiden Mittelzimmer im ersten Stock, die Sie und wir belegt haben, die besten, größten und schönsten des Hauses sind?«

»Nein, das wußte ich nicht.« Kurt Bertram sah seinen Tischnachbarn an.

»Doch in der Tat, Herr Bertram, so ist es.«

»Ich höre ja so gern beim Aufwachen das Rauschen des Meeres. Sie auch, Frau Bertram?«

»Ja, Frau Höhne, und dann beim Aufstehen der wunderschöne Blick über das Meer.«

»Ach ja, auf Helgoland ist es schon schön. Auch wenn es Ihnen manchmal ein bißchen langweilig wird, Herr Höhne. Ruhe und Remmidemmi schließen sich eben aus.«

»Na, so ein Wilder bin ich ja nun auch nicht mehr.«

Der Ober fuhr die neue Runde Eiergrog auf, und nachdem jeder sein Glas erhalten hatte, prosteten sie sich zu.

Kurt Bertram sah zur Trennwand hin und dachte an den jungen Mann dahinter. Ob er noch eifrig zuhörte? Sicherlich. Bestimmt hing er noch mit dem Ohr an der Wand. Warum nur hörte er zu? War er einfach nur neugierig?

Am meisten wunderte sich Kurt Bertram darüber, daß er so viel an den Lauscher an der Wand dachte und daß er, als er ihn das erste Mal beobachtete, nichts gesagt hatte. In Gedanken schüttelte Kurt Bertram den Kopf.

»Warum schüttelst du denn deinen Kopf, Kurt?«

Maria Bertram sah ihren Mann fragend an.

»Na, ich möchte nicht wissen, woran Sie Schlingel gerade gedacht haben. Dahin, dahin ist die holde Jugendzeit, was?«

Heinz Höhne sah sich beifallheischend um.

»Heinz, das sagt man nicht.«

»Nun ist es aber gesagt, mein Liebes. Und ich kann es nicht rückgängig machen.«

Der Mann aus Solingen lachte schallend und tätschelte seiner Frau die Wange, die daraufhin ihren Kopf wegzog.

»Nur keine Aufregung, meine Herrschaften. Ich habe an gar nichts gedacht. Das war der Eiergrog, der meinen Kopf in Bewegung brachte. Wie dem auch sei, der Eiergrog ist getrunken, wir sind nicht mehr die Jüngsten, und der Tag geht zur Neige. Sollten wir nicht langsam daran denken aufzubrechen?«

Kurt Bertram schaute Heinz Höhne fragend an, der das Gewünschte gleich in die Tat umsetzte und rief: »Herr Ober, wir wollen zahlen.«

Der Ober kam herbeigeeilt und setzte für jedes Ehepaar die Rechnung auf. Die Männer zahlten.

Nachdem sie ihren Frauen in die leichten Sommerjacken geholfen hatten, nickten alle dem Ober und auch dem Wirt, der gerade aus der Küche trat, zu und verließen das Lokal. An der Ecke drehte sich Kurt Bertram noch einmal um. Jetzt schrubbte der junge Mann eifrig an den Tellern und Tassen, Töpfen und Pfannen herum. Tief über die Spüle gebeugt, von einer dicken, naßglänzenden Plastikschürze geschützt, versuchte er wohl, die durch das Lauschen verlorene Arbeitszeit aufzuholen.

»Seltsamer Bursche, das«, murmelte Kurt Bertram und trat hinaus ins Freie.

Der etwas würzige Abendwind tat wohl, gleichwohl war es noch warm. Alle atmeten, noch vor dem Lokal stehend, erst einmal tief durch.

»Das tut gut«, rief Heinz Höhne, drängelte sich zwischen die beiden Damen, hakte sie unter und gab das Kommando: »Und jetzt husch, husch ins Körbchen!«

Die beiden Ehepaare gingen in Richtung der großen Treppe, die das Oberland von Helgoland mit dem Unterland verbindet. Der Betrieb des Fahrstuhls war zu dieser Zeit bereits eingestellt, man konnte nur noch laufen, ob man wollte oder nicht.

Als sie einen Teil der Treppen schon hinter sich gebracht hatten, blieben sie für einen Moment auf einer der Aussichtsterrassen stehen und sahen auf den Hafen und die Brücke von Helgoland.

»Das liebe ich«, rief Maria Bertram, »ein wunderschöner Anblick, und dann diese Ruhe. Wir sind mitten auf dem Meer, unser Schiff heißt Helgoland.« Mit ihren Armen griff sie in die frische Luft.

»Wenn du noch ein bißchen so weiter machst und der Kurdirektor sieht dich so, dann engagiert er dich vom Fleck weg für die Fremdenverkehrswerbung.«

Kurt Bertram lachte seine Frau an.

Nachdem sie die über einhundert Stufen der Treppe hinter sich gebracht hatten, kamen sie auf den »Lung Wai«, den Hauptweg von Helgoland. Hier wälzen sich tagsüber die Massen der Touristen durch, die nur für ein paar Stunden auf der Insel weilen. In den anliegenden Geschäften bekommen sie alles das, was von Steuern befreit, preiswerter ist als auf dem Festland. Parfüms, Alkohol und Zigaretten, Butter und optische Geräte.

Die vier Menschen, die jetzt den »Lung Wai« hinuntergingen, warfen keinen Blick auf die Auslagen der Geschäfte, sie kannten das alles schon.

Der »Lung Wai« führt genau auf die Anlegestelle zu, an der Tag für Tag die Besucher mit den kleinen Kuttern angelandet werden.

Die Ehepaare Höhne und Bertram schwenkten allerdings auf

der Höhe des links liegenden Rathauses nach rechts ab und hatten schon nach wenigen Schritten die Pension »Silbermöwe« erreicht. Dieses Haus zählt mit zu den schönsten Helgolands. Von außen unterscheidet es sich nicht von den anderen, ist der Baustil auf der Insel doch einheitlich, aber im Innern ist es sehr elegant.

Hinter dem Haus erstreckt sich ein nicht sehr großer Garten, und auch dies wäre nicht der Rede wert, wenn es nicht auf Helgoland eine echte Besonderheit wäre. Denn Gärten im Festlandsinneren gibt es auf der Insel sonst nicht.

Die beiden Ehepaare betraten leise flüsternd und verhalten lachend – Heinz Höhne hatte gerade noch einen Witz zum besten gegeben – das Haus. Sie begaben sich in den ersten Stock, wünschten einander eine angenehme Nachtruhe und verschwanden in ihren Zimmern.

Im Zimmer angekommen, entledigte sich Maria Bertram sofort ihres Kleides und suchte das Bad auf. Sie hatte, kaum daß sich die Tür hinter ihnen geschlossen hatte, herzhaft gegähnt und ihrem Manne mitgeteilt, daß sie rechtschaffen müde sei und sofort ins Bett zu gehen gedenke.

Kurt Bertram hatte etwas gebrummelt und war ans Fenster getreten.

Der Tellerwäscher ging ihm nicht aus dem Kopf. Er überdachte alles, was sie im Lokal »Kutter« gesagt hatten, und gerade, als seine Frau aus dem Bad kam, murmelte er vor sich hin: »Mehr Informationen braucht man zu einem Einbruch doch wirklich nicht!«

»Was sagst du, Schatz?«

»Nichts, Liebling, nichts.«

»Na denn, gute Nacht.«

Maria Bertram schlug die Bettdecke hoch, gähnte herzzerreißend und schlüpfte ins Bett. Sie streckte sich und sagte leise: »Oh, was bin ich nur müde.« Dann schlug sie mit der flachen Hand auf die andere Bettdecke und rief: »Kurt, komm doch auch . . .«

»Ja, gleich, Maria.«

»Also. Ich schlaf jetzt.«

»Mmmh.«

Maria Bertram rollte sich seufzend zusammen.

»Ach, Kurt, öffne doch noch ein wenig das Fenster, sonst wird es wieder so stickig in der Nacht.«

Kurt Bertram zog den Hebel und ließ das Fenster aufschwenken. Schon bald hörte er das gleichmäßige Atmen seiner Frau. Maria Bertram war eingeschlafen.

Nebenan wurde ebenfalls ein Fenster geöffnet und für einen Moment war Kurt Bertram versucht, sich aus dem Fenster zu lehnen, um noch ein letztes Grußwort zu den Höhnes hinüberzurufen. Aber er unterließ es. Er starrte auf das Meer und auf die Kurpromenade, wohl eine gute Viertelstunde, dann hatte er einen Entschluß gefaßt.

Behutsam drehte er den Schlüssel am Kleiderschrank, dem Fach entnahm er sodann einen Nylonstrumpf seiner Frau. Vom Haken an der Tür holte er sich seine dunkle Windjacke, nicht das Jackett, das er am Abend im Lokal getragen hatte. Leise schlich er sich aus dem Zimmer, über den Hotelflur, und schon stand er auf der Straße vor der Pension »Silbermöwe«, ohne daß ihn jemand bemerkt hatte. Er ging um die Pension herum und erreichte den Garten, der im Dunkeln lag. Seine Augen mußten sich erst daran gewöhnen. Ganz im rechten hinteren Teil stand von Büschen geschützt eine kleine Gartenbank. Auf diese setzte sich Kurt Bertram und wartete.

Vor ihm lag nun die Rückseite der Pension, und er hatte sofort das Zimmer ausgemacht, das seine Frau und er bewohnten. Das Zimmer der Höhnes lag genau daneben. Zwischen beiden Fenstern befand sich die Regenrinne. Der Mond stand sommerblaß am Himmel und gab nur ein silbriges, mattes Licht. Obgleich die Nacht warm war, fröstelte es Kurt Bertram ein wenig, als er da so auf der Bank saß und wartete. Von irgendwo her hörte er Gelächter, das aber schon gleich darauf wieder verstummte. Jetzt kehrten auch die letzten Kneipenbesucher zu ihren Pensionen und Hotels zurück.

Kurt Bertram mußte eingeschlafen sein, denn als er das verhaltene Schnaufen endlich hörte, da befand sich der Einbrecher schon auf halber Höhe zwischen Erde und erstem Stock. Er hing an der Regenrinne und hielt für einen kurzen Moment inne.

»Also doch, Herr Tellerwäscher«, sagte Kurt Bertram zu sich selbst, und obgleich er mit einem Mal Aufregung in sich spürte, war er stolz auf sich. Schon hatte der Einbrecher den ersten Stock erreicht und überlegte wohl noch einen Moment, für welches Zimmer er sich entscheiden sollte.

»Maria schläft ja fest . . .«, sagte Kurt Bertram zu sich, und es war, als hätte der Mann an der Regenrinne es gehört, denn nur eine Sekunde später hatte er seine Entscheidung getroffen und verschwand mit einem Schwung im Zimmer der Bertrams.

Kurt Bertram schien es eine Ewigkeit zu dauern, bis der Kopf des Kletterers wieder am Fenster erschien, aber ein Blick auf seine Armbanduhr belehrte ihn, daß nur drei, vier Minuten vergangen waren.

Der Mann enterte nun das Zimmer der Höhnes, und er war offenbar ein sicherer und präziser Arbeiter, denn auch hier benötigte er nicht mehr Zeit.

Und während sich der Mann wieder zur Regenrinne hinüberschwang, dachte Kurt Bertram: »Nun bin also ich dran«, holte den Nylonstrumpf aus der Jackentasche und zog ihn sich über den Kopf. Langsam glitt der Mann die Regenrinne hinunter, und als er die Erde wieder erreicht hatte, da stand Kurt Höhne hinter ihm, bohrte ihm das Feuerzeug in den Rücken und sagte: »Ich muß Sie inständig bitten, sich nicht umzudrehen.«

Der Mann zuckte vor Schreck zusammen und ließ einen Schnaufer der Überraschung hören.

»Ich habe Ihre Arbeit beobachtet, wirklich eine saubere Arbeit, und ich habe mich indirekt daran beteiligt, denn ich stand, so kann man wohl sagen, Schmiere. Deshalb schlage ich vor, wir machen halbe-halbe.«

Der Mann sagte nichts.

»Ich spüre, Sie sind einverstanden. Dann hätte ich gern die Kassette, die Sie in der rechten Hand halten.«

Ohne ein Wort der Bestätigung abzuwarten, griff Kurt Bertram nach der besagten Kassette, und der Einbrecher ließ den Griff auch bereitwillig los. Es war die Kassette, die er aus dem Zimmer der Höhnes entwendet hatte. »Nun schlage ich vor, daß Sie sich, ohne sich umzudrehen, aus dem Garten entfernen. Ich gehe nur wenige Schritte hinter Ihnen her, irgendwann verabschiede ich mich dann grußlos von Ihnen. Es ist besser so, für uns beide, und ich hoffe sehr, daß ich meine Waffe nicht gebrauchen muß. Sind Sie vernünftig?«

Der Einbrecher nickte mit dem Kopf.

»Dann los!« Kurt Bertram knuffte den Mann leicht mit dem Feuerzeug. Der setzte sich in Bewegung, machte aber zum Glück keinerlei Anstalten, sich umzudrehen.

Auf der Straße angelangt, zischte Kurt Bertram dem Mann ein »Sie gehen nach links!« zu und blieb selbst abwartend stehen. Als der Einbrecher brav und treu die Straße hinunterging, setzte sich Kurt Bertram langsam, rückwärtsgehend in Bewegung. Den sich entfernenden Mann ließ er nicht aus den Augen. Für einen Moment stand Kurt Bertram noch an der Ecke der Pension Silbermöwe, dann zog er sich den Strumpf vom Kopf, lief zur Eingangstür, öffnete sie und eilte, ohne Licht zu machen, auf das Zimmer. Seine Frau schlief ruhig. Er verschwand im Bad und musterte sich. Ohne Erregung betrachtete er sich im Spiegel. Die Kassette legte er auf den Badezimmerschrank. Dann strich er sorgfältig den Strumpf glatt und brachte ihn zurück an seinen Platz. Auf der Toilette sitzend, rauchte er erst einmal eine Zigarette und überlegte, was zu tun sei.

Wieder ging er an den Schrank im Zimmer, diesmal holte er allerdings Socken heraus und zog sie sich über die Hände. Dann wischte er die Kassette sorgfältig ab. Für den Fall des Falles wollte er natürlich nicht, daß man seine Fingerabdrücke fände.

Dann schlich er zurück auf den Flur und lief in die zweite Etage. Er holte sich den Fahrstuhl hoch, öffnete die Tür, stieß die an der Decke befindliche Reparaturklappe auf und schob die Kassette durch die Luke nach draußen. Er prüfte, ob sie sicher und gut stand, schließlich mußte sie die nächsten Tage beständig auf und ab fahren. Befriedigt schloß er die Luke. Er ließ den Fahrstuhl stehen und schlich zurück auf sein Zimmer. Gewissenhaft verstaute er die Strümpfe, zog sich aus und begab sich zum Bad. Genußvoll rauchte er noch eine Zigarette. Dann putzte er sich die Zähne. Der Stoff des Schlafanzugs war angenehm kühl. Wohlig streckte er sich, als er im Bett lag, und schon bald war er eingeschlafen.

Eigentlich hatte Kurt Bertram erwartet, daß der Raub gleich am nächsten Morgen entdeckt würde, aber nichts dergleichen geschah. Die Höhnes und die Bertrams trafen sich beim Frühstück, und beide Damen trugen den gleichen Schmuck wie am Abend zuvor. Kurt Bertram konnte nicht umhin, die Vorgehensweise des nächtlichen Diebes zu bewundern. Offensichtlich hatte er es sich versagt, den herumliegenden Schmuck mitgehen zu lassen, und hatte sich nur auf die Kassetten konzentriert. Seine mögliche Überlegung, daß der Diebstahl dadurch vielleicht erst später entdeckt würde, war voll aufgegangen. Erst am Nachmittag, als die Tagesbesucher die Insel schon wieder verlassen hatten, und die beiden Ehepaare, die den ganzen Tag in bester Laune zusammen verbracht hatten, zum Schwimmen gehen wollten, entdeckten Inge Höhne und Maria Bertram fast gleichzeitig den Verlust ihres geliebten Schmuckes.

Es gab Tränen von seiten der Frauen, Jammern über den Skandal vom Hotelinhaber und allüberall ratlose Gesichter. Heinz Höhne wurde zunehmend unfreundlich und pöbelhaft, ja, er verdächtigte sogar offen das Personal. Und es war Kurt Bertram so, als streifte auch ihn ein mißtrauischer Blick. Um nicht abseits zu stehen, nickte er bei manchen von Heinz Höhnes ausgesprochenen Verdächtigungen zustimmend, was diesen ausgesprochen zu beruhigen schien.

Die Polizei von Helgoland und auch der mit der Ermittlung beauftragte Kriminalbeamte aus Cuxhaven standen vor einem Rätsel. Spuren gab es keine und außer den unkontrollierten Verdächtigungen von Heinz Höhne auch keinerlei Ansatzpunkte. Inhaber und Personal bestanden darauf, daß ihre Zimmer durchsucht würden. Das Ergebnis war allerdings wie erwartet gleich null.

Leider hatte man es nach dem Bekanntwerden des Diebstahls versäumt, die Reedereien zu benachrichtigen. So gingen in Cuxhaven, Wilhelmshaven und Bremerhaven Passagiere von Bord, ohne daß sie einer Kontrolle unterzogen worden waren. Dieser entscheidende Fehler konnte nicht mehr ausgebügelt werden, so verliefen alle Bemühungen letztendlich im Sande. Die Herren Bertram und Höhne benachrichtigen ihre Versicherungen. Der Gedanke an den finanziellen Ersatz für das Entwendete entschädigte zumindest ein wenig für den Verlust.

Dennoch war natürlich die Stimmung dahin, und nach knapp einer Woche teilten die Höhnes den Bertrams beim Frühstück mit, daß sie am nächsten Tag vorzeitig abreisen würden.

Zwar brachte das Ehepaar Bertram Inge und Heinz Höhne zur Anlegestelle, aber keines der Ehepaare äußerte den Wunsch, die Bekanntschaft fortzusetzen. Der Abschied war kühl.

Drei Tage später schickte Kurt Bertram ein kleines Paket an sich selbst, postlagernd Hauptpost Hannover.

Nur fünf Monate später strahlte Maria Bertram schon wieder glücklich, als ihr Mann ihr zum sechsunddreißigsten Kennlerntag ein kostbares Perlenarmband schenkte ...

Ein Toter schießt nicht

von

Ulf Miehe

Sehr geehrter Herr Staatsanwalt, ein Mann ist ermordet worden. Sie haben auf Grund von Indizien einen anderen Mann angeklagt, die Tat begangen zu haben. Lassen Sie ihn laufen, er ist es nicht gewesen, er ist unschuldig. Glauben Sie mir, ich weiß es.

Ich habe den Zeitungen entnommen, daß der Tote Pasquale Donizetti heißt und aus New York stammt. Mehr über ihn in Erfahrung zu bringen, sei weder Ihnen noch der Polizei gelungen, auch herrsche noch immer völlige Unklarheit über den Zweck seines Aufenthaltes hier in Deutschland und über das Motiv seiner Ermordung. Nun, da kann ich Ihnen weiterhelfen. Allerdings, ich muß dazu ein wenig weiter ausholen, sonst halten Sie mich noch für einen Spinner, der bloß Verwirrung stiften will; das Gegenteil ist meine Absicht, und ich hoffe, daß ich Ihnen das beweisen kann.

Ich bin das Kind einfacher Leute, wie es immer so schön dekorativ bescheiden in meinen PR-Texten hieß; und meine Laufbahn begann Mitte der Sechziger Jahre. Ich war Musiker, Gitarrist und spielte eine Musik, die Sie wahrscheinlich nie gehört haben. Vorher hatte ich eine kaufmännische Lehre in einem Supermarkt gemacht. Ich habe es gehaßt und am letzten Tag meiner Lehre gekündigt. Mein sogenannter Aufstieg ist oft beschrieben worden, deshalb kann ich mich hier kurz fassen. Wir waren zu viert, drei Gitarristen und ein Schlagzeuger, und in unserer ersten Zeit ging es uns oft ganz schön dreckig. Wir tingelten durch die Provinz und spielten für ein Butterbrot unseren Rock'n'Roll. Nie blieb eine Mark übrig, es reichte immer bloß gerade so zum Leben. Wir nannten uns die ›Tuxedos‹. Der Hit, der uns das erste Geld brachte, kam mir eher vor wie ein Unfall. Archie, der sonst immer unser Sänger gewesen war, fiel aus wegen Heiserkeit, und so mußte ich ran. Ich hatte bisher gelegentlich die zweite Stimme gesungen und hielt mich nicht für einen Sänger. Die Nummer hatte praktisch keinen Text. Wir fielen aus allen Wolken, als sie ein Hit wurde, und damit endet der wahre Teil unserer Legende.

Behrendorff, in dessen Club in der Potsdamer Straße in Berlin wir öfter aufgetreten waren, hatte ein kleines Plattenlabel gegründet und unsere erste Platte produziert; jetzt machte er sich selber kurzerhand zu unserem Manager. Wir machten weiter Platten, wir gingen weiter auf Tour, und wir fingen an, Geld zu verdienen. Ja, und von nun an mußte ich natürlich singen. Archie war sauer, aber er nahm es hin. Er hatte auch kaum eine Wahl, Behrendorff hätte ihn sonst rausgeworfen. Natürlich verbesserte das nicht gerade die Stimmung zwischen uns. Aber darauf kam es auch schon längst nicht mehr an, daß wir Spaß an der Musik hatten, meine ich. Jetzt war nur noch wichtig, daß wir die Termine einhielten und überall da spielten, wo Behrendorff uns gebucht hatte. Behrendorff hetzte uns von einem Auftritt zum anderen. Ich dachte, daß es schlimmer nicht kommen könnte, aber ich sollte mich irren. Behrendorff war sozusagen noch human.

Eines Tages kam Behrendorff mit der Nachricht, wir wären im Vorprogramm für die ›Immigrants‹ aus Detroit engagiert worden, eine Gruppe, die in den USA zu den beliebtesten gehörte und knallharten Hard Rock spielte. Sie kamen nach Europa, um dort den Plattenverkauf anzukurbeln. Am Ende dieser Tournee redete man mehr von uns als von ihnen. Wir hatten sie in einer schlechten Form erwischt; die waren schon fertig, als sie hier ankamen. Ihr Manager war ein gewisser Albert Kleinmann aus New York, der in der Branche einen sehr schillernden Ruf hatte; aber das sollte ich erst später erfahren. Kleinmann war ein drahtiger hochgewachsener Typ mit blonden Haaren und knallblauen Augen und immer im feinsten Zwirn; er managte mehrere erfolgreiche Gruppen. Er tat immer gerne so, als sei er so eine Art Einmannunternehmer; in Wirklichkeit aber stand ein Konzern hinter ihm, der ihn fest an der Angel hatte. Er liebte es, große Sprüche zu machen und redete gern davon, eines Tages alle Top-Acts, die es gab, unter seinen Fittichen zu haben, wie er das nannte.

Kleinmann sollte bald eine wichtige Rolle in meinem Leben spielen, ja, durch ihn sollte sich mein Leben grundlegend ändern. Das erste, was ich über ihn hörte, war, daß er über Leichen ginge. Ich dachte mir nichts weiter dabei. Mein Gott, wie man so was eben so sagt.

Nach dieser Tournee schnellten unsere Plattenverkäufe hoch, und Behrendorff bestellte mich in sein Büro. Ich dachte, daß die anderen auch da seien, aber ich täuschte mich. Statt dessen erwartete mich Behrendorff mit Kleinmann. Behrendorff winkte mich herein. »Komm her, mein Junge, setz dich hin, wir haben dir was zu sagen.« Kleinmann stand auf und streckte mir seine Hand hin. »Tag, David, gut siehst du aus!«

Es dauerte nicht lange, und sie kamen zur Sache. Behrendorff erklärte mir, Kleinmann hätte mir so viele Möglichkeiten mehr zu bieten, mich zu entwickeln als er, der Augenblick der Trennung sei gekommen. Er habe mit Kleinmann über mich gesprochen und sei dabei zu dem Schluß gekommen, daß es besser für mich sei, wenn in Zukunft Kleinmann für meine Karriere verantwortlich sei, und wenn ich klug wäre, würde ich darauf eingehen. Besser für mich! Er hatte mich an Kleinmann verkauft und dabei einen Reibach gemacht. Dann sprach Kleinmann. Er blieb angenehm sachlich, und ich muß sagen, er war sehr überzeugend. Er sprach von einer Garantiesumme bei einer neuen Plattenfirma, von Auftritten in Amerika und Japan und wickelte mich so richtig ein mit seiner sachlichen Tour. »Aber ich spiele nicht besser als viele andere«, sagte ich, »und was wird aus der Gruppe?«

Die anderen blieben bei Behrendorff, Kleinmann war nur an mir interessiert. Ich sage ganz ehrlich, daß mir das natürlich schmeichelte, obwohl ich mich irgendwie auch beschissen fühlte dabei. Jedenfalls unterschrieb ich diese Vereinbarung, die mich ihm und seinen Hintermännern ganz in die Hand gab.

Kleinmann nahm mich mit nach Amerika. Ich wollte mich noch

von der Gruppe verabschieden, aber es war offensichtlich, sie wollten mich nicht mehr sehen. Ich konnte das verstehen, sie fühlten sich abgehängt, betrogen.

Vermutlich fragen Sie sich langsam, was das alles mit dem Tod von Donizetti zu tun hat. Es hat, warten Sie's ab.

Ich muß sagen, ich fieberte New York entgegen. Ich war ja noch nie dort gewesen. Aber es kam alles anders, als ich es mir gedacht hatte. Kleinmann ließ mich praktisch keinen Augenblick lang unbeaufsichtigt. Er zeigte mich zwar überall in den Clubs herum, wo die Branche hingeht, aber ich durfte nicht auftreten. Auf meine Frage, warum nicht, entgegnete er nur trocken, »weil du durchfallen würdest. Wir machen das ganz anders. Du wirst schon sehen.«

Kleinmann steckte mich sofort ins Studio, und ich begann, meine erste amerikanische Platte aufzunehmen. Im Nachhinein kommt es mir so vor, als sei das meine glücklichste Zeit in Amerika gewesen. Ich spielte mit hervorragenden Musikern zusammen, die sehr gut auf mich eingingen, und ich hatte bald das Gefühl, daß das eine sehr gute Platte werden würde. Kleinmanns Einfluß auf mich war immer da, wie eine luftige Schlinge um meinen Hals. Und die Schlinge wurde enger.

Die Platte hieß »David und die Goliath's« – »Ein amerikanischer Traum«. Eine US-Flagge war auch drauf, ein bißchen verpopt. Die Platte verkaufte sich weder gut noch schlecht. Nun trat Kleinmann erst richtig in Aktion. Er hatte schon vor Erscheinen der Platte eine Tour organisiert und Radio- und TV-Auftritte. Bei allem, was man gegen ihn einwenden kann, und ich wüßte da eine ganze Menge, er war ein Fachmann auf seinem Gebiet, er war Spitze. Er betrieb planmäßig, nach allen Gesetzen des Marketing, meinen Aufstieg zum Rock'n'Roll-Idol.

Es funktionierte. Das Eigenartige jedoch war, je steiler der Weg nach oben führte, je mehr Platten verkauft wurden, je mehr Auftritte wir absolvierten, desto schlechter fühlte ich mich. Wirklich, ich weiß nicht mehr viel aus dieser Zeit; als sträube sich mein Unterbewußtsein, als sei die Erinnerung blockiert. Ich kann mich auch an kaum etwas anderes erinnern als an endlose Zeiten im Flugzeug oder im Bus, volle, laute Hallen, in denen wir spielten, und irgendwelche Hotelzimmer. Das ging mehr als zwei Jahre lang so. Irgendwann in dieser Zeit war ich so ausgepowert, daß ich oft einfach nicht mehr konnte. Aber es war ein langes Lied, und es mußte zuende gesungen werden, ganz bis zum Ende. Manchmal wußte ich nicht mal, in welchem Ort ich gerade war, wenn ich auf der Bühne stand. Ein Mann von Kleinmann war immer dabei und paßte auf, daß alles immer weiterging. Anfangs schluckte ich Aufputschmittel, Tabletten in allen Farben des Regenbogens, die es da in jedem Drugstore und an Highway-Raststätten gibt wie Zigaretten oder Eis am Stiel. Ich schluckte Aufputschmittel, rauchte ein bißchen Gras und trank. Später nahm ich alles, was ich kriegen konnte, und alles auf einmal, Speed, Kokain, Schnaps. Larry, Kleinmanns Kettenhund, sorgte immer für Nachschub. Es ist merkwürdig, wie lange ein Süchtiger dazu braucht, um sich selber einzugestehen, daß er süchtig ist. Es gibt immer wieder neue Gründe, um heute noch einmal, ein letztes Mal etwas zu nehmen, und es ist doch immer wieder ein und derselbe Grund.

Wir kamen aus Japan nach New York zurück, und ich war fix und fertig. In Japan hatte es einen Zwischenfall gegeben, der in der Presse groß rausgebracht wurde: Ich hatte in einer Pressekonferenz gesagt, Lennon habe wahrscheinlich ganz recht, die ›Beatles‹ seien wohl wirklich auf der ganzen Welt bekannter als Jesus, und der Zoll fand Kokain bei mir. Ich war nicht sicher, in Japan was zu kriegen; das Risiko wollte ich nicht eingehen. Außerdem hatte ich einfach Schiß davor, im *Budokan* zu spielen. Bei der Einreise wurde ich natürlich auch gründlich vom amerikanischen Zoll durchsucht, aber da hatte ich natürlich nichts mehr, das hatten mir ja die Japaner abgenommen. Die Schwierigkeiten mit den japanischen Behörden hatte Kleinmann übrigens persönlich ausgeräumt. Keine Ahnung, wie er das fertiggebracht hat, jedenfalls saßen wir nur eine Nacht im Knast, alle Mann. Zurück in New York hatte ich das Gefühl, sofort in ein Krankenhaus zu müssen, aber Kleinmann ließ das nicht zu. »Bist du wahnsinnig?« schrie er, »willst du es der ganzen Welt offiziell machen, daß David ein Süchtiger ist?« Er schüttelte energisch den Kopf. »Nein, mein Lieber, so haben wir nicht gewettet! Du wirst hübsch brav sein, und heute abend aller Welt zeigen, daß du absolut sauber bist. Wir werden diese Verleumdungen zurückweisen!«

Er nannte die Wahrheit eine Verleumdung, das war typisch für ihn. Die Welt will betrogen sein, das sagt dir Albert Kleinmann, und der weiß es! Die Schlinge war zu eng geworden.

Ich verlangte Abrechnungen zu sehen, denn ich hatte in der Zwischenzeit eine Menge Geld verdient und wollte wissen, wieviel es genau war. Kleinmann explodierte und nannte mich mißtrauisch, undankbar. Schließlich standen wir uns unversöhnlich gegenüber. Endlich war jede Tünche weg, und ich sah ihn, wie er wirklich war. Ich wollte kündigen, auf der Stelle aus dem Vertrag raus, aber er lachte nur. »David, du kannst nicht einfach so aus dem Vertrag raus, mein Junge. Das würde dich Millionen kosten. Gut, du hast was verdient, aber es könnte dich mehr kosten, als du hast, weißt du. Unsinn!« Er schaltete um, strahlte mich an und fügte hinzu: »Wir machen die Party heute abend, da führt gar kein Weg dran vorbei. Tu dir meinetwegen vorher was rein, aber nicht zuviel, hörst du! Und danach werden wir weitersehen.« Er betrachtete mich mit einem langen, nachdenklichen Blick. »Du siehst wirklich nicht besonders gut aus. Vielleicht werden wir dich ein paar Wochen aufs Land schicken.« Ich schlich davon wie ein geprügelter Hund. Ich haßte ihn.

Und doch passierte an diesem Abend etwas Schönes. Ich traf Lita, meine Frau. Vorher hatte ich gespritzt, Speedball heißt das, ein Gemisch aus Kokain und Heroin. Viele Musiker tun das, ich tat es zum erstenmal. Sie fiel mir sofort auf, und ich fragte Kleinmann, der mich durch die Räume bugsierte: »Wer ist das Mädchen da? Sie sieht aus, als ob sie friert.« Kleinmann antwortete: »Das macht nichts. Die ist von Natur aus kalt.« Er haßte sie. Und so wie ich ihn inzwischen haßte, liebte ich Lita sofort. Das erste, was sie zu mir sagte, war: »Hör auf mit den Drogen, du bringst dich um. Ich habe schon zu viele gesehen, die sich damit umgebracht haben. Ich halte das nicht mehr aus.« Sie hatte recht. Auf meiner letzten Platte sang ich etwas von falschen Idolen, die bald fallen würden. Mir wurde erst hinterher klar, daß ich mich damit selber meinte. Lita war meine Rettung. Wir blieben sofort zusammen. Es war keine Zeit mehr zu verlieren. Kleinmann versteckte seinen Haß auf Lita, so gut er konnte; er spürte sofort, daß ich durch nichts davon abzubringen war, mit ihr zusammenzuleben.

Wir heirateten, zogen aufs Land nach Woodstock, und ich fing an, mit dem Versuch, wieder gesund zu werden. Ich war auch wirklich auf dem besten Wege dazu, denn Lita half mir – da schickte mich Kleinmann auf eine neue Tournee. Sie sollte im Pariser *Olympia* beginnen und durch ganz Europa und anschließend durch Australien führen. Kleinmann kam nicht mit, das begünstigte unseren Plan. Denn inzwischen hatten wir einen Plan gemacht. Wenn ich nicht legal aus diesem Vertrag und dieser Rolle herauskommen konnte, dann eben anders.

Wir beschlossen meinen Tod. Als wir in Paris eintrafen, war alles vorbereitet: das Geld, das mir geblieben war, genug für ein Leben, war auf neue Schweizer Konten transferiert, zwei neue Pässe mit neuen Namen; eine neue Identität für Lita und mich.

Das Konzert im *Olympia,* das ich als mein letztes geplant hatte, verlief sehr gut, und am Schluß, nach den Zugaben, sagte ich laut und deutlich, so daß es jeder hören konnte: »Adieu, ich werde jetzt gehen«, und Lita, die hinter der Bühne stand, nickte mir aufmunternd zu. Danach gingen wir ans Werk.

Sehr verehrter Herr Staatsanwalt, Sie werden verstehen, daß ich an dieser Stelle nicht in Einzelheiten gehen möchte. Wie man jedoch weiß, unser Plan gelang. Am nächsten Tag stand in allen Zeitungen: »David ist tot.« Ich bitte noch einmal um Verständnis, daß ich mehr dazu nicht sagen möchte. Auch geht es ja eigentlich um den Donizetti, der dann leider ins Spiel kam.

Herr Staatsanwalt, mein Grab, mein leeres Grab, wurde bald zu einer Pilgerstätte; schauen Sie sich nur den mit Sprüchen beschmierten Grabstein an. Und dann die Legenden, die durch so einen Tod verursacht werden. Ich muß wirklich sagen, abgesehen davon, daß mir diese ganz fanatischen Fans immer unheimlich gewesen sind, am unheimlichsten aber sind mir die, die behaupten, ich sei gar nicht tot, sondern lebe mit einer neuen Identität irgendwo auf der Welt. Denn das ist ja die Wahrheit.

Lieber Herr Staatsanwalt, lächeln Sie nicht, was ich da behaupte, kann ich auch beweisen. Zwar ist mein Grab eine Pilgerstätte, aber ich liege nicht drin. Wissen Sie, ich bin vor Jahren mal in Berlin mit einem Joint erwischt und erkennungsdienstlich behandelt worden. Am Schluß dieses Briefes ist mein Daumenabdruck; sie können die Abdrücke dann vergleichen. Danach dürfte jeder Zweifel ausgeräumt sein. Den Mann, den Sie des Mordes angeklagt haben, kenne ich nicht. Ich bin ihm auch noch nie begegnet und habe also auch nicht den geringsten Grund, ihn zu entlasten, außer dem einen: Nicht er hat Donizetti erschossen, sondern ich. Und nun behaupte ich etwas, was ich für Sie natürlich nicht schlüssig beweisen kann.

Seit meinem Tode waren meine Plattenverkäufe besser als vorher, enorm geradezu. Kleinmann wollte, daß das so blieb. Ich war nun tot nützlicher. Er wußte, wenn es stimmte, daß ich ihn und die ganze Welt reingelegt hatte, dann würde es mich irgendwann wieder nach Berlin ziehen.

Als wir dort ankamen, erwartete uns Donizetti schon. Ich weiß nicht, wie lange er dort schon gelauert hatte. Er versuchte, mich zu erschießen, und ich hatte Glück und erschoß ihn mit einer 9-mm Walther. Das stand übrigens nicht in der Zeitung.

An Kleinmann werden Sie nicht herankommen; er ist seinerseits nur ein Handlanger, wie Donizetti seiner war.

Das ist die Wahrheit. Warum ich es getan habe, wissen Sie nun. Vielleicht interessiert es Sie noch, wie ich selber zu der Tat stehe. Ein Unbeteiligter könnte vielleicht sagen, Donizetti, wenn er ein

Berufskiller war, und das war er, hat es nicht anders verdient. Er ist seinem Berufsrisiko zum Opfer gefallen. Trotzdem. Ich habe einen Menschen getötet. Damit muß ich fertig werden; das werde ich niemals wieder vergessen können.

Was werden Sie nun tun, Herr Staatsanwalt? Vielleicht kriegen Sie ja doch auf irgendeinem Wege raus, daß das stimmt, was ich von Donizetti gesagt habe. Aber mich, mich werden Sie nicht kriegen. Sie haben nichts außer meinem Daumenabdruck, nicht meinen Speichel an der Falzlinie des Briefumschlags, nichts. Zwar ist der Brief in Berlin aufgegeben worden, aber natürlich nicht von mir. Mein Vorschlag, lassen Sie die Toten ruhen, mich werden Sie niemals finden. Ob Sie diesen Brief hier nun an die Presse geben, liegt natürlich ganz bei Ihnen. Ich wünsche mir natürlich, daß Sie das nicht tun. Warum sollten Sie auch, die Geschichte ist einfach zu verrückt. Aber Sie und ich, wir wissen, daß sie stimmt.

Aber selbst, wenn Sie den Brief veröffentlichen, Ihre Chancen, mich zu ergreifen, steigen dadurch nicht. Also warum sollten Sie? Ich mache keine Musik mehr. Ich bin absolut sauber und gesund. Ich versuche jetzt zu schreiben. Ich hoffe, Sie lachen mich jetzt nicht aus, aber mein Vorbild ist Traven. Auf jeden Fall – egal, was Sie auch tun mögen – David ist tot. Es gibt ihn nicht mehr. Ich bin endlich ein anderer.

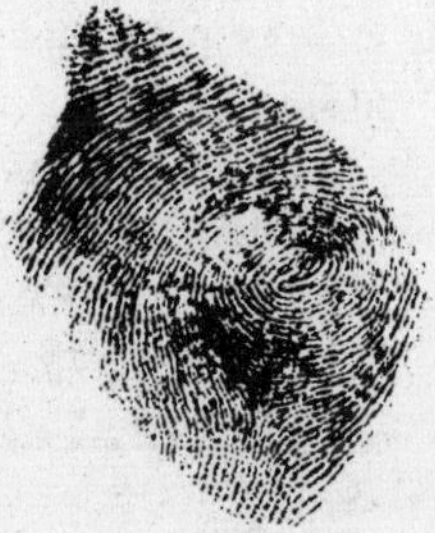

Unvergessen

von

-KY

Silke studierte die aktuellen Traueranzeigen und machte sich Notizen. Ein spontaner Beileidsbrief, tiefempfunden aus der Schublade gezogen, sicherte das Wohlwollen der Hinterbliebenen; und außerdem war es dem Firmenimage wenig dienlich, bedachte man einen frisch Verblichenen mit Werbematerial.

Wir werden ihr Andenken in Ehren halten.
In Liebe und Dankbarkeit.
Von Beileidsbesuchen bitten wir abzusehen.

Kein bekannter Name unter den vielen, die diesmal abzuhaken waren. Auch die im Kühlen Grund auf der Terrasse ihrer Villa ermordet aufgefundene Liselotte Möller, von der im Lokalteil die Rede war, erwies sich nicht als Ehefrau des jungen KÜCHEN-MÖLLER, der gerade nahebei das größte Einrichtungshaus der ganzen Region eröffnet hatte; das angegebene Alter konnte unmöglich stimmen. Da hätte der Chef zur Beerdigung dabei sein müssen. Wäre bei seinem übervollen Terminkalender sehr schwierig geworden. Silke seufzte.

Nachdem sie dies erledigt hatte, dabei den im Verlaufe eines langen Vormittags trocken geredeten Mund mit einem Magerjoghurt kühlend, prüfte sie noch, ob die drei großen Werbeblöcke drucktechnisch auch in Ordnung waren.

Auf Schritt und Tritt – HÜNICKE
Immer sicheren Boden unter den Füßen – HÜNICKE
So sauber, daß man auch drauf essen kann – HÜNICKE Bodenbeläge.

Da stand natürlich nicht dabei, daß die HÜNICKE Bodenbeläge GmbH & Co. KG unter erheblichen Umsatzeinbußen zu leiden hatten und die Arbeitsplätze von nahezu zweitausend Mitarbeitern auf dem Spiel standen. Es mußte etwas geschehen, und Hünicke wußte das auch. In einer Nacht- und Nebelaktion hatte er sich letzte Woche einen Haufen Managementberater ins Haus geholt. Silke hatte sich eine zweite Kaffeemaschine beschaffen müssen.

Die Tür zum Chefzimmer war nur angelehnt, und Dr. Linné von der INTO schwang noch immer große Reden. Die leitenden Herren, ansonsten durchweg dominant und selten auf Empfang geschaltet, hatten keine Chance, gegen seine sanfte Guru-Stimme anzukommen.

»Das INTO-Konzept ist klar: Wettbewerbsgerechte Produkte, kundenorientiertes Marketing und gezielte Vertriebssteuerung. Die essentielle Frage lautet: Wo kann mit schneller Wirksamkeit am meisten eingespart werden? Unsere Vorschläge finden Sie auf den gelben DIN-A4-Bögen: Einstellungsstop für Bürohilfspersonal, absoluter Investitionsstop bis zum Jahresende, Abbau aller nicht unbedingt betriebsnotwendigen Sachkosten, Abbau der Stabsstellen, Auflösung der Verwaltungsaußenstellen, frühzeitige Pensionierungen . . .«

»Da sprengen mir doch meine Leute die ganze Bude in die Luft!« warf Hünicke ein.

Linné schenkte ihm sein bestes Lächeln; Strahlen, die ihn erwärmen und seine Verkrampfungen lösen sollten. »Aber sicher, der Faktor Mensch ist das wichtigste. Wir brauchen nicht nur die innere Zustimmung der Betroffenen zu unseren Vorschlägen, nicht nur ihre Mitarbeit, nein, viel mehr noch: Wir müssen erreichen, daß sie die von uns als richtig erachteten Reformmaßnahmen als eigene Vorschläge in die Diskussion einbringen – alles muß von ihnen kommen! Beteiligung statt Anordnung, Konsens statt Konflikt. Lassen Sie uns von den Japanern lernen und hier und jetzt die Grundzüge einer neuen Firmenphilosophie entwerfen: langfristige Beschäftigung der Mitarbeiter, kein Hire and Fire, kooperative Führung, kein unfruchtbarer interner Wettbewerb, viel Information und Kommunikation – kurzum: mehr Menschlichkeit. Bei

HÜNICKE soll sich jeder wie zu Hause fühlen – vielleicht sogar noch besser . . .«

Silke lauschte dieser Stimme mit einer Hingabe, als wär's Bob Dylan.

Dr. Julian Linné, preisgekrönter Hobbymaler und Honorarprofessor einer renommierten Universität, war eines der neuen Asse im profitablen Geschäft der Managementberatung. Die konjunkturelle Talsohle dieser Jahre, mehr aber noch die immer geringer werdende Bereitschaft vieler Angestellter, nichts anderes im Auge zu haben als Firmenglück und Arbeitsvollzug, bescherte seiner INTO, so das gängige Kürzel für »Internationale Organisationsentwicklung e. V.«, schattenlose Vollbeschäftigung. In wenigen Jahren hatte er sich den Ruf eines Wunderheilers mittelständischer Betriebe erworben, dabei sowohl von seiner enormen fachlichen Kompetenz profitierend wie von seiner Gabe, Menschen einlullen und verzaubern zu können. Schon sein Name signalisierte dies doppelte Versprechen. Das *Linné* verwies auf seine Fähigkeit zum logischen Denken, zur systematischen Durchordnung der chaotischen Welt, kannte doch fast jeder noch von der Schule her seinen großen Namensvetter und dessen wegweisende Katalogisierung aller Arten von Bäumen und Pflanzen: Carl von Linné. *Julian* hingegen assoziierte, daß da einer war, der Geige spielte, Bilder malte und über ein ganz außergewöhnliches Einfühlungsvermögen verfügen mußte. Fast schon war es überflüssig, daß er sich auf seinen Briefköpfen und Visitenkarten nicht nur den studierten Betriebswirt, den Diplom-Kaufmann bescheinigte, sondern auch noch den diplomierten Psychologen. Er jedenfalls hatte aus seinem Erfolgsbuch »Karriereplanung« die richtigen Lehren gezogen.

Silke blickte auf die Uhr. Sie hatte Weisung, etwa alle halbe Stunde in den Sitzungsraum zu gehen und die tagenden Herren sowohl mit einem neuen Container Kaffee, als auch – und dies vor allem – mit ihrem Anblick zu ermuntern.

Ganz Schmetterling und Playmate of the month, begann sie, sich zwischen den breit ausgefahrenen Männerschultern hindurchzuquetschen und die leergetrunkenen Tassen wieder aufzufüllen. Hünicke streifte sie mit einem unwirsch-tadelnden Blick: »Wir machen das schon selber! Sie können ruhig wieder . . .«

Linné schüttelte den Kopf. Wenn sich in dieser Firma alle so anblafften, dann waren seine Erfolgsaussichten nicht groß.

Silke verzog das Gesicht, maulig und sogar ein wenig voller Abscheu, wie es schien, und marschierte wieder nach draußen.

Kaum hatte sie sich auf ihrem Drehstuhl plaziert – nur kein zerknautschtes Kleid –, da schrillte das Telefon.

»HÜNICKE Bodenbeläge, Vorzimmer, Kaiser – guten Tag . . .«

»Janine hier. Kann ich wohl bitte mal meinen Mann sprechen.«

»Der ist gerade in einer wichtigen Besprechung.«

»Hat er denn auch mal unwichtige Besprechungen?«

». . . mit Dr. Linné und den INTO-Leuten.«

»Ich möchte nun endlich mal definitiv wissen, ob Dr. Linné heute abend kommt oder nicht. Wenn nicht, kann ich nämlich Kiyak jetzt nach Hause schicken . . .«

»Ja, er kommt. Ich hab vorhin selber gehört, wie Ihr Mann ihn eingeladen hat.«

»Ist das sicher?«

»Absolut.«

»Na schön. Danke dann . . .« Und aufgelegt.

Silke brauchte anderthalb Tempotaschentücher, soviel Schweiß war von der Stirn zu tupfen.

Wenig später defilierten die leitenden Herren an ihrem Schreibtisch vorbei, Richtung Casino; man hatte sich auf morgen vertagt.

Der Chef blieb vor ihr stehen. »Anrufe für mich?«

»Ja, Ihre Frau.«

»Mein Gott, wie oft soll ich Ihnen denn noch sagen, daß Sie mich auf alle Fälle mit ihr verbinden sollen!«

Silke schluckte. »Es war aber wirklich nicht wichtig.«

»Das hätte ich schon gern selber entschieden!«

»Nur, ob der Herr Dr. Linné heute zum Abendessen kommen wird.«

»Trotzdem!«

Julian lachte. »Bitte keine Konflikte meinetwegen. Es ist ja in der Tat nichts, was die Welt in Atem hielte. Insofern muß ich Ihre verehrte Sekretärin wirklich in Schutz nehmen. Sie weint ja fast.« Er ging zum Konferenztisch zurück, zupfte eine Rose aus dem dort prunkenden Blumenstrauß und reichte sie ihr.

»Natürlich ist das wichtig!« beharrte Hünicke, die kleine Szene ignorierend.

»Würde es nicht das Betriebsklima erheblich verbessern, wenn wir jetzt zu dritt ins Casino gingen und uns ein Schlückchen Sekt servieren ließen ...?« Julian strahlte sie an.

»Meinetwegen«, sagte Hünicke, immer noch mißgestimmt. »Hat Ihnen unsere Reisestelle nun endlich ein besseres Pensionszimmer besorgt oder müssen Sie noch immer in dieser Absteige da wohnen?«

»Ich hab nichts gehört von ...« Julian lächelte, um Nachsicht bittend.

»Ist das ein Saustall hier!«

»Nicht doch, ich find's ja prima da. So'n Sammelsurium von ausgeflippten Typen wie dort – wo kriegt man das sonst noch zu sehen?«

»Aber der Blick direkt auf den Friedhof raus ...?«

»Der Friedhof, der stört mich nicht im geringsten ...« Julian wandte sich zur Tür.

Janine drückte ihre Zigarette aus und schüttete den Rest ihres kalt gewordenen Kaffees in den grünen Oleanderkübel. Auf der Suche nach ihrer Armbanduhr stand sie auf und rutschte ein Weilchen auf den Knien die Terrasse entlang. Nichts. Wieder mal verlegt. Sie sagte sich sofort, daß sowas Millionen von Menschen millionenfach passierte, doch es beunruhigte sie. Sie reckte sich und sah ins Tal hinunter. Ihr Dörfchen lag im Abendsonnenschein. Wie auf ihren Wunsch hin begannen die Glocken zu läuten, so kräftig, daß der Kirchturmkegel meterweit zu schwanken schien. Ein langgebautes Schiff, weinrot und beige, zerschnitt in schneller Fahrt das dichte grüne Schilf zu ihren Füßen.

Quatsch, das war der Intercity 18 Uhr nach Hamburg! Ein bunter und sofort wieder ausgelöschter Strich auf den Wiesen des Kühlen Grundes unten. In der Kurve dann zu einer Schlange sich wandelnd. *Keine Schlange!* Sie preßte die Hände auf die geschlossenen Augen; das Bild war gelöscht, der Zug wieder Zug. Merkwürdig aber blieb sein irgendwie gestörter Kühlschrankton – viel zu hoch und viel zu schnarrend. Schon war er ganz verschwunden. War das denn alles nur Modellbahnlandschaft – Hünickes große Anlage unten im Keller? Nein, doch die Wirklichkeit.

Sie brauchte Sekunden, sich voll und ganz zu überzeugen.

Tief durchatmend, zwei-, dreimal, stieg sie auf die kniehohe Brüstung und breitete die Arme aus. Jetzt Drachenflieger sein! Den Hang hinuntergleiten. Wie ein Habicht in gelassenen Spiralen über Tal und Dörfchen kreisen. Aber Hünicke hielt ihren Drachenfliegerwunsch für eine Schnapsidee.

Aus der Gegenrichtung kam ein Güterzug; Kesselwagen ohne Zahl hinter einer schweren Lok.

Wenn die Wagen jetzt explodierten ... Oft explodierten ja Tankwagen dieser Art. Und sich die Feuerwalze dann den Hang hinauffraß, sie erreichte. Ihre Füße hatten sich in einer plötzlich aufbrechenden Erdspalte verklemmt, sie vermochte nicht zu fliehen.

Atemnot. Ihr wurde siedendheiß, ihr Magen krampfte sich zusammen, das Herz schien sich in der linken Körperhälfte aufgelöst zu haben – kein Schlag mehr spürbar.

Ein neuer Anfall? Sie stürzte ins Zimmer, warf sich auf die Couch und begann die Formeln herzusagen, die sie ihr in den letzten Klinikwochen so mühsam beigebracht hatten:

Ich bin ganz ruhig.

Rechter Arm ganz schwer.

Rechte Hand warm.

Puls ruhig und kräftig.

Atem ruhig und gleichmäßig.

Sonnengeflecht strömend warm.

Stirn angenehm kühl.

Und dann immer wieder: Ich bin ruhig, sicher, fest und frei. Ich bin ruhig, sicher, fest und frei. Ich bin ruhig, sicher, fest und frei.

Sie wurde immer schläfriger, ihr Körper löste sich von seiner Unterlage, sie schwebte durch rötlich-violette Schleier einem fernen Planeten entgegen, stürzte aber, geübt wie sie war, nicht ins Bodenlose, verlor sich nicht für immer, sondern gab sich, als das Wohlbehagen langsam wieder abnahm, ganz mechanisch den Rücknahmebefehl.

Arm fest und gestreckt!

Tief atmen!

Augen auf!

Zehn Minuten autogenes Training halfen ihr besser als alle Medikamente, sie hatte sich wieder voll und ganz im Griff.

Janine kannte ihre Krankheit besser als jeder der sie behandelnden Ärzte. Zuerst einmal ihre phobische Angstneurose. Ihre Angst vor Spinnen und Schlangen vor allem. Ihre Angst, erst mißbraucht und dann getötet und zerstückelt zu werden. Und tausend andere Ängste, die sie auch in den allerharmlosesten Situationen überfielen und würgten. Da glaubte sie dann, die Marmelade, die sie gerade aß, nur weil sie ein wenig bitter schmeckte, sei mit E 605 vergiftet worden, und im Fahrstuhl, der sie eben in die Chefetage der HÜNICKE GmbH hinauftrug, befinde sich ein plötzlich nach unten wegklappender Boden. Meist waren diese Ängste von einer starken Herzphobie begleitet, heftigem Herzklopfen zuerst und dann der panischen Angst, ihr Herz könne plötzlich stillstehen. Bekam sie einen Anfall, potenzierte sich all das von Sekunde zu Sekunde bis zum Augenblick, wo die geballten Ängste ihren Körper zu zerreißen drohten, wo der nächste Atemzug das Ende bringen mußte. Da nun aber ließ sich ihr Organismus etwas sehr Logisches zu ihrer Rettung einfallen: nämlich ein plötzliches Umschalten, eine ungemein abrupte Auflösung ihrer Identität. Ihr Ich zerfiel, und von einem Lidschlag zum anderen war sie dann der festen Meinung, ihre Schwester zu sein, dann war sie diese Schwester voll und ganz, *war* sie Juliane. In diesem Zustand, gleichsam auf ein anderes Programm umgeschaltet, kam es immer wieder vor, daß sie die Stimme ihres Rektors – das heißt: die von Julianes Rektor – hörte und, bevor man sie greifen und wieder in die Klinik bringen konnte, zum nächsten Schulhof lief, um die dortigen Kinder zur Ordnung zu rufen und den Unterricht in Englisch oder Französisch zu beginnen. Perfekt übrigens und didaktisch sehr gekonnt. Juliane war Lehrerin, sehr energisch, sehr dominant, sehr emanzipiert. Juliane zu sein war ungeheuer entlastend für Janine, reinigte und befreite sie. Hatte sie dann lange genug als ihre Schwester gelebt, war ihr Angstpotential derart geschrumpft, daß sie auch als Janine weiterexistieren konnte. Der Schalter fiel zurück, meist während der Nachtstunden, und am Morgen erwachte eine Janine, die vom Gewesenen zunächst einmal nichts mehr wußte. Erst das Klinikzimmer und die Erklärungen der Ärzte, von Hünickes Gestammel mal ganz abgesehen, ließen ihr dann nach und nach klar werden, was geschehen war.

Viermal schon war das so gegangen. Aber wie lange ließ sich das noch durchhalten? Wann kam der Anfall, bei dem es kein Zurück mehr gab? Jeder Identitätswechsel dieser Art verbrauchte viel Substanz, und irgendwann würde sie keine Kraft mehr haben, die Rückkehr zu sich selber zu vollziehen.

Sie sah sich gefangen im Labyrinth ihrer Ängste, wo war der Weg hinaus? Mit Transquilizern und vor allem mit ihrem autogenen Training ließ sich sicherlich von heute auf morgen das Schlimmste verhindern, aber die Ursachen blieben, und auf Dauer gesehen half ihr nur eins: ein Mensch, bei dem sie sich geborgen fühlen konnte, der einfach kam, sie an die Hand zu nehmen. Sie mußte ja wieder ganz von neuem laufen lernen.

Ein Mensch wie Dr. Linné. Wie Julian.

Hünicke war ein Barbar, der nichts weiter im Kopf hatte als seine Bodenbeläge, und an dem gemessen jeder Landsknecht noch unsagbar zärtlich sein mußte. Als sie ihn kennenlernte, auf der Yacht ihres Vaters vor Porto Vecchio, Korsika, vor sieben Jahren nun schon, da hatte er das geschickt zu kaschieren gewußt. Urlaubsliebe, Küsse in der Macchia, den Körper in den sonnenwarmen Sand gebettet, nicht auf PVC. Auch ihre Schuld, sie war zu attraktiv, als daß die Männer nicht all ihre Schauspielkünste aufgeboten hätten.

Die vielen Stunden in engen Dolmetscherkabinen hatten ihre Nerven angegriffen, die Simultanübersetzungen. Gewogen und zu leicht gefunden. Und in dieser Zeit kurz hintereinander auch die Eltern verloren; Juliane zum Studium in den USA. Nach der Heirat keine Schonung, sondern dauernd mit Hünicke auf Auslandsreisen, als billige Arbeitskraft, seine Exporte anzukurbeln. Bis dann der erste Anfall kam.

Alles war verfahren; nur Julian konnte es noch ändern, sie retten, hier herausholen. Julian hatte die Kraft dazu, Julian war zum Therapeuten geboren. Wenn er sie berührte, war sie geheilt. Seine Energie würde auf sie überströmen, an seiner Seite gab es kein Reich der Schatten mehr. Aus der Universumskälte zurück in die Uteruswärme.

Janine lag noch immer auf der Couch, trotz aller ihrer Rücknahmekommandos doch wieder ein wenig in die selbsterzeugte Trance zurückgeglitten. Sie mußte sich Julian erkämpfen, und sie brauchte alle Kraftreserven, es zu schaffen. Ein Spiel mit vollem Risiko. Gewann sie es, war das die Heilung, verlor sie es, dann ...

Sie schreckte hoch. Das Telefon. Draußen auf der Diele.

Kiyak, die junge Türkin, die bei ihr im Haushalt half, war schon dran und versuchte zu verstehen.

Derart in die Wirklichkeit zurückgerissen, ins Rationale, das ihr und Julian ganz sicher keine Chance beließ, fror Janine, fror wie ein Säugling auf der endlosen Reise zwischen Badewasser und Wickeltuch.

Es war ihr Mann, und sie fürchtete sich vor ihm, wie er ihr gleich wieder mit seiner kraftvollen Fröhlichkeit Gewalt antat.

»Hallo, mein Schatz, wie geht's? Gut sicher. Nur schnell eine kurze Information: Hast du das Essen für Dr. Linné schon auf dem Feuer?«

»Ja, was Japanisches . . .«

»Dann laß es ruhig anbrennen.«

»Na, hör mal . . .!«

»Ich sitz nämlich hier im Wagen und bin auf dem Weg zum Flugplatz. Großbrand bei uns im Zweigwerk Ingolstadt. Die Hallen III und IV. Ich muß unbedingt hin. Du rufst bitte an und sagst für heute abend ab. Es täte mir leid. Alles klärchen?«

»Ja«, sagte Janine und führte den Rest des Gesprächs nur noch im Unterbewußtsein. Ein Opernchor, ganz in der Nähe, fand sich zu einem mächtigen Halleluja zusammen. Sie hörte den Pfarrer sprechen, der sie eingesegnet hatte: Danket dem Herrn; denn er ist freundlich, und seine Güte währet ewiglich.

Sie erzitterte unter dieser Stimme und flüchtete zu Kiyak in die Küche, fürchtete, daß nicht nur ihre Ängste, schwollen sie an, sondern auch übergroße Freude und Spannung den gefürchteten Identitätswechsel auslösen konnten.

Nein, es ging vorbei, es blieb nur ein gewisses Hochgefühl.

»Du kannst jetzt gehen«, sagte sie zu Kiyak, und fügte, als die junge Türkin sie ganz erstaunt anguckte, noch einiges in deren Sprache hinzu: »Durun! Iş bitimi!«

Da verstand Kiyak, beharrte aber darauf, am späten Abend noch mal wiederzukommen und Janine dann beim Aufräumen zu helfen.

»Hayir! Nein, nein, bloß nicht!« rief Janine. Der Abend sollte ihr und Julian gehören.

Es war nicht ganz klar, ob Kiyak sie wirklich verstand; jedenfalls ging sie.

Als Janine allein war, warf sie sich aufs Bett. So wie sie es als Dreizehnjährige getan hatte, im Taumel dessen, was sie die erste große Liebe nannten. Ganz von vorne anfangen, alles noch einmal wiederholen, anders und besser: das war die Heilung.

Dies plötzliche Geschenk. Der Abend, der ihre große Chance war. Zwar war sie Julian bisher keine siebenmal begegnet, und wenn, dann immer in Begleitung vieler anderer und recht förmlich, doch sie war sensibel genug, die Zuneigung zu spüren, die er ihr entgegenbrachte. Händedrücke, Sekundenbruchteile zu lang und fast schon ein Streicheln. Ein freches Blitzen der gesprenkelten Bernsteinaugen. Die unter ihrem Stuhl aufgehobene Serviette – den eisgrau-zotteligen Bhagwan-Shree-Rajneesh-Kopf unnötig lange auf Höhe ihres Schoßes haltend, schwerer atmend, als es die leichte Mühe nötig machte. Sie hatte die Antenne für solche Signale. Gerade wegen all der dürren Jahre an Hünickes Seite.

Weil ihr die aufkommende Erregung, blieb sie ungedämpft, gefährlich werden konnte, beschloß sie, als sie sich zurechtgemacht und umgezogen hatte, noch ein wenig zu arbeiten. Auch das war notwendig, die angestrebte Trennung von Hünicke zu bewältigen. Selbständig werden, wieder auf eigenen Füßen stehen. Die Ärzte hatten ihr erlaubt, ja sogar geraten, sich schriftlichen Übersetzungen zuzuwenden. Das brachte weniger Streß, das konnte sie. Aber es war gar nicht so leicht, von den Verlagen Manuskripte zu bekommen, denn die hatten ihre bewährten Kräfte, und Übersetzer für Englisch und Französisch gab es offenbar zuhauf. Dazu kam noch, daß es ihr an Erfahrung mit belletristischen Texten fehlte.

So war es ihr als Glücksfall erschienen, daß Eva ihr beim letzten Klinikbesuch versprochen hatte, demnächst einen Aufsatz zu schicken, den ihr Institut für die *Revue Internationale de Police Criminelle* in Saint Cloud übersetzt haben wollte. Eva, ihre älteste Freundin, war Kriminologin in Mainz, Assistenzprofessorin seit kurzem.

Heute morgen nun war das Manuskript endlich eingetroffen; fast hätte sie's dem Briefträger aus der Hand gerissen. Eine schnelle Durchsicht ergab, daß es etwas mehr als zwanzig Seiten waren, ohne Literaturangaben. Zu ihrer großen Erleichterung war alles schön säuberlich mit der Maschine getippt, denn zu Evas Handschrift, für sie eine wilde Ansammlung von Runen, Hieroglyphen und vielerlei magisch-mystischen Zeichen, hatte sie trotz der steten Übung über zwei Jahrzehnte hinweg noch immer keinen rechten Zugang gefunden. Der beigefügte Brief bewies es; sie brauchte einige Minuten, ihn zu entziffern.

Liebe Janine,
ganz kurz nur, denn ich bin schon auf dem Wege zum Flughafen. Ein Kongreß in Los Angeles. Rückkehr in vierzehn Tagen. Du, ich bin unheimlich glücklich, daß Du wieder zu Hause bist. Du schaffst es bestimmt! In Gedanken bin ich bei Dir. Anbei das Manuskript. Laß Dir Zeit! Der Text ist sicher ein bißchen hart, aber ich hab noch mal mit Deinen Ärzten gesprochen und die waren der Ansicht, daß Du das ganz sicher verkraften kannst, Du wärst wieder stabil genug. Es sei gerade wichtig und therapeutisch sinnvoll. Nun, okay. War ja auch Deine Meinung. Gott, meine Maschine wird schon aufgerufen (habe das alles auf einer Bank vor dem Counter geschrieben).
Tschüß, mach's gut! Alles Liebe von

Deiner Eva

Das jedenfalls hatte sie sich nach und nach zusammenreimen können, immer noch ein wenig unsicher, ob es auch stimmte. Doch was tat das schon. Sie konnte endlich anfangen, wieder sinnvoll zu arbeiten. Heilung auch durch Arbeit, die andere anerkannten.

Mehrfach schon hatte Janine in Evas Manuskript herumgeblättert, und auch jetzt, nachdem sie sich bereits umgezogen hatte, duftig und mit dezenter Deutlichkeit, und Julian jeden Augenblick erscheinen konnte, ließ ihr die Übersetzung keine Ruhe. All die Psychopharmaka, die sie im Körper hatte; da war die bange Frage, inwieweit der Klinikaufenthalt ihren »bordeigenen Computer«, wie sie das nannte, beschädigt hatte. Wie sah es wirklich aus mit der Speicherkapazität ihrer grauen Zellen, und wie mit ihrer Fähigkeit, sprachspezifische Assoziationen blitzschnell und grammatikalisch und syntaktisch richtig zu verbinden. Davon hing jetzt alles ab.

Es schien zu gehen, Euphorie erfaßte sie. Den deutschen Text aufnehmend, las sie sich Evas Sätze mit lauter Stimme auf französisch vor, kaum einmal stockend. Und dies trotz des hohen Maßes an kriminologischem Fachchinesisch. Nur ein paar Worte und Begriffe machten ihr Mühe. *Koffersarg* zum Beispiel, *Verrohrung, Bißlageanomalien* oder *Hämatom der linken Scheitelbeinregion.* So was hatte sie nie übersetzen müssen, das waren keine Themen für Politiker, die nach Brüssel kamen und um den Einsatz eines Simultandolmetschers baten.

Was sie besonders glücklich machte, war die Tatsache, daß ein derart harter und makabrer Text wie dieser nicht die geringste Angstblockade bei ihr ausgelöst hatte. Sie konnte ihn so emotionslos lesen wie einen Bericht über die Entdeckung eines weiteren Saturnmondes.

Dabei war die Sache wirklich happig. Unter der Überschrift *Neuere Fälle von Nekrophilie in der Bundesrepublik Deutschland* hatte Eva alles zusammengefaßt, was man derzeit über bestimmte Vorkommnisse wußte, die unzählige Bürger zwischen Flensburg und Konstanz in Angst und Schrecken versetzten. Zwar lagen die Orte, in denen etwas passiert war, jeweils einige hundert Kilometer voneinander entfernt, doch vielerlei Fakten sprachen dafür, daß es sich um ein und denselben Täter handelte. Anfangs war der Mann in die Leichenhallen verschiedener Friedhöfe eingedrungen, hatte die Sargdeckel abgenommen und sich dann beim Anblick weiblicher Leichname geschlechtlich befriedigt. Am Morgen entdeckten die Friedhofsaufseher zerwühlte Särge und mitunter Tote, die bis in die Vorhalle geschleift worden waren. Nachdem die Friedhofsverwaltungen auf die entsprechenden Presseberichte hin ihre Sicherungsmaßnahmen ganz erheblich verstärkt hatten, war der Täter, wie sich später rekonstruieren ließ, bei mindestens fünf weiteren Einbruchsversuchen gescheitert, und zwar auf Friedhöfen in Lübeck, Osnabrück, Wiesbaden und München. Diese Mißerfolge hatten ihn ganz offenbar darauf gebracht beziehungsweise dazu gezwungen, sich seine Leichen auf andere Art und Weise zu verschaffen, nämlich durch die Öffnung frischer Grabstellen. So geschehen in Hannover und in Hüttengesäß, einem Dorf in der Nähe Frankfurts. Dabei bevorzugte er insbesondere junge Frauen, die bei Unfällen ums Leben gekommen waren, aber keine besonderen Verstümmelungen aufwiesen. Das Bekanntwerden der ersten Fälle hatte an einigen Orten die Kriminalpolizei aktiv werden lassen. Mit speziellen Bohrvorrichtungen hatte man schon verschiedentlich Erde und Sargdeckel durchstoßen und dann durch verrohrte Öffnungen eine kleine, sondenähnliche Fernsehkamera hinabgelassen. Darüber hinaus wurden die besonders gefährdeten Gräber intensiv überwacht. Dies alles mußte der Täter mitbekommen haben. Ob es nun der erschwerte Zugang zu Leichenhallen und frisch aufgeworfenen Gräbern war oder ein sich verstärkender Triebschub, das ließ sich von den Kriminologen nicht entscheiden; fest stand nur, daß der Unbekannte die dritte Stufe seiner Verbrechen erreicht hatte: in zwei Fällen, in Weihersbronn und in Endwarden, war er selber zum Mörder geworden und hatte sich dann an den Getöteten mehrmals vergangen. Dies war nun wirklich alarmierend. »Kann man die Straftaten nach § 168 StGB (Störung der Totenruhe) in der Öffentlichkeit offensichtlich noch ohne weiteres verarbeiten«, so Eva in ihren Schlußsätzen, »weil wir es – vor allem die Männer unter uns –, bedingt durch die lustvoll-schaudernde Lektüre vieler Grusel- und Horrorgeschichten und die kommerziell betriebene Pervertierung des Sexuellen, geradezu als ein kulturelles Muster herausgebildet haben, sogar in den eben geschilderten Fällen noch klammheimlich zu schmunzeln, so ist es mit diesem schwarzen Humor schlagartig vorbei, wenn Mordtaten solcher Art geschehen.« Zwar liefen, wie sich dem Bericht weiterhin entnehmen ließ, die Fahndungsmaßnahmen längst auf vollen Touren, aber der nekrophile Täter – vermutlich ein Vertreter, der andauernd auf Reisen war – hatte bislang jede der ihm gestellten Fallen vermeiden können; sein Intelligenzgrad wurde als ungewöhnlich hoch bezeichnet. Zwar war er in Bramme, oben im Norden zwischen Bremen, Delmenhorst und

Osnabrück, letzten Februar von einem Friedhofsaufseher überrascht worden, hatte sich aber nach einem überaus heftigen Handgemenge wieder befreien können und war entkommen. Sein Phantombild hatte nichts gebracht; ansonsten war dem Friedhofswächter, der ihn in fast entblößtem Zustande gesehen hatte, nur eine breite Narbe an der rechten Hüfte aufgefallen. Ja, und dann eine Tätowierung knapp über dem Bauchnabel, allem Anschein nach eine irgendwie exotische Spinne. Das Alter wurde mit etwa vierzig angegeben, eher ein wenig jünger.

Janine warf das Manuskript in die unterste Schublade ihres Schreibtisches; sie war einigermaßen erschöpft. Eigentlich hätte sie noch einmal einige Minuten autogenes Training gebraucht, doch Julian konnte jeden Augenblick an der Toreinfahrt sein, und die entfettete Geflügelbrühe im Fonduetopf mußte langsam erhitzt werden, sollte ihr japanisches Chiri nabè rechtzeitig fertig sein. Sie eilte zum Eßtisch, den Spiritus zu entzünden, dann in die Küche.

Kiyak hatte alles in einem Maße vorbereitet, wie es Janine ihrer Döner Kebab-Spezialistin niemals zugetraut hätte. Nur der Reisbeutel war noch ins bereits sprudelnde Wasser zu tauchen.

Ich bin ganz ruhig. Die Ruhe wird immer tiefer . . . Als Julian dann endlich kam, hatte Janine dank dieser Formeln ihre Herztätigkeit soweit unter Kontrolle, daß sie ihm bei der Begrüßung weder entgegenstolperte noch unter Atemnot litt. Er trug einen taubenblauen Freizeitanzug, mit Krawatte, aber dies ganz offensichtlich, um Hünicke gegenüber als seriöser Mensch zu gelten. Er begrüßte Janine mit einem eher schelmisch als höfisch-ernst gemeinten Handkuß und überreichte ihr einen Riesenstrauß exotischer Papageienblumen, wie sie sie von den Kanarischen Inseln her kannte.

Sie bedankte sich, führte ihn den leicht verschlungenen Weg zum Haus hinauf und schleuste ihn dann durch den Windfang, ihm immer noch verschweigend, daß sie allein waren. Erst als er sich nach der ebenso ironisch wie bewundernd gemeinten Anmerkung, diese Villa sei ja schon eher ein Schloß, nach dem hochwohlgeborenen Hausherrn zu erkundigen begann, mußte sie bekennen, daß Hünicke unterwegs war, die Schäden am brennenden Zweigwerk zu begutachten. »Leider konnte ich Sie nicht mehr erreichen, so daß wir uns nun allein über das Festessen hermachen müssen ...« Die Angst, er könne nun, um nicht ins Gerede zu kommen und Hünicke zornig zu machen, sofort wieder umkehren, schnürte ihr die Kehle zusammen, doch er dachte gar nicht daran. Er nahm es nicht nur ganz gelassen hin, sie hatte auch den Eindruck, er habe alles schon vorhergesehen, gewußt; wie er alles zu wissen schien, was sich im Innern der Menschen abspielte, denen er begegnete. Aber nicht nur diese Fähigkeit schrieb sie ihm zu, fast glaubte sie auch, er habe mit den magischen Kräften, die er besaß, dies alles so bewirkt, das heißt, Hünicke durch hypnotische Manipulationen dahin gebracht, heute abend zu seinem Zweigwerk zu fahren, das nicht nur zufällig in Flammen stand.

Sie kamen zur Tafel, und erst nachdem sie Hünickes Gedeck entfernt hatte, zündete sie die Kerzen an. Kerzenlicht, Kristall und Silber – das war es, was Julian bemerken ließ, dies alles erinnere ihn sehr an seine Einsegnungsfeier. Ein schöner Vergleich. Er tat ihr wohl und paßte zu ihrem Traum vom Neubeginn.

In rotem Lackgeschirr servierte sie den Sake, den süßen Reiswein, dann gab es eine Suppe mit Reis und Seetang, Ochazuke nori, wie sie – ein wenig Japanisch konnte sie auch – fachkundig erläuterte. Julian zeigte sich entzückt.

Seine Anwesenheit ließ nicht den geringsten Streß aufkommen, eine wohltuende Ruhe erfüllte sie. Zusammen trugen sie die Glasnudeln, Hähnchenkeulen, Pilze und diversen Gemüse aus der Küche herein. Dazu Tofu, den Sojabohnenquark, in kleine Würfel geschnitten.

Dann saßen sie da und stippten die mit Sojasoße bestrichenen Geflügelstückchen in die brodelnde Brühe.

So also war es, wenn die Menschen zu sich selber zurückkehrten. Kamen Hunderte von Umständen glücklich zusammen, dann war Leben wirklich das, was es sein sollte: die Umsetzung von Materie in Lust. In diesen Stunden, so wußte Janine, geschah ein solches Wunder.

Julian amüsierte sie mit seinen Beobachtungen in Hünickes firmeneigener Sauna. Seit der Chef, ihr Mann, sein Personal dort geradezu hineintreibe, sei die Arbeitsleistung um mindestens fünfundzwanzig Prozent gestiegen, da nach genauer Inaugenscheinnahme aller anatomischen Besonderheiten – »dicke Bäuche, bleiche Körper und viele andere Enttäuschungen ...« – kaum noch einer des anderen Mann oder Weib begehre.

Auch die Berichte von seinen »Feuerwehreinsätzen« zur Rettung konkursbedrohter Firmen in Lübeck, Hannover, Osnabrück, Wiesbaden erheiterten sie. Kein Wunder, wo sie jahrelang bei Tisch nichts anderes gehabt hatte als Hünickes geschäftsbezogene Durchsagen: Dresdner Bank auf 152 gestiegen; Mannesmann hat den Export kräftig erhöht; wir werden uns wieder einen Bahnanschluß legen lassen. Julian dagegen konnte herrlich klatschen. Wie in Osnabrück eine Sekretärin gefeuert werden sollte, weil sie ihrem Chef mitten im Kasino – es gab Spinat mit Spiegeleiern – überlaut zugerufen hatte: Herr Hinrichsen, darf ich Ihnen ein Ei abtreten!? In Hannover hatte ein Türke, als man ihn in der Kantine nicht bedienen wollte, dem Ober die Nudelsuppe über den Kopf gekippt. In Wiesbaden hatten zwei Lehrlinge einen ungemein pedantischen Kassierer damit fertiggemacht, daß sie ihm, der krankhaft mißtrauisch war und eine Heidenangst vor auch nur einem Pfennig Manko hatte, immer wieder Geld aus der eigenen Tasche in seine Kasse schmuggelten.

Es wurde Zeit für den Nachtisch, Kori snika, mit Obstkompott gefüllte Melone, dann startete Janine ihre große Teezeremonie. Der Wasserkessel summte schon. Das müsse, sagte sie, an das Rauschen des Windes in einem Kiefernwipfel erinnern. »Jetzt muß aber geschwiegen werden!« Noch zu ihrer Zeit in Germersheim, während des Dolmetscherstudiums, hatte sie von ihrem Vater eine echt japanische Teeschale geschenkt bekommen, Keramik aus dem 18. Jahrhundert, bemalt mit Pflaumenblüten und Bambus. Sie war allerdings selten benutzt worden; Hünicke war durch nichts und niemandem von seinen Alt- und Weizenbieren abzubringen gewesen. Drei Löffel grünlichen Teestaubs kamen in die Schale hinein, dann wurden ebenso viele Kellen sprudelndes Wasser darübergegossen. Ein paar Tropfen Branntwein kamen hinzu; Branntwein, der aus einer Ginsengwurzel gewonnen worden war. Schließlich wurde das Ganze mit einem speziellen Teebesen solange gerührt und geschlagen, bis sich eine dicke Schaumschicht gebildet hatte. Nun sah es aus wie flüssige Jade.

Nach einem prüfenden Schluck reichte sie Julian die Schale hinüber. »Zuerst trinkt immer der Shokyaku, der Hauptgast.« Julian tat es, lobte das Getränk und reichte es überaus behutsam zurück, ihre Finger ganz zart berührend. Sie genoß es. Wo Hünicke schon längst keuchend über ihr gelegen hätte, da sagten ihr Julians Bernsteinaugen, daß sie der wunderbarste Mensch war, den es je gab; ein Liebesgedicht mit so vielen Strophen, daß es Jahrzehnte dauerte, ehe man die letzte gelesen und genossen hatte.

Alles würde kommen, wie es kommen mußte, da Julian die Harmonie des Weltalls wiederhergestellt hatte. War Julian bei ihr, brauchte sie sich nicht in Juliane hineinzuflüchten. Allem lag eine vorgegebene Absicht zugrunde, eine deutlich wahrnehmbare Vorbestimmung: Janine – Juliane – Julian. Dadurch war es zu beweisen.

»Ende des japanischen Teils. Würden sich der Herr bitte hier in der Ecke plazieren . . .«

Da war ein bordeauxrotes Biedermeiersofa, für alles breit genug erscheinend, mit zwei Tischchen davor, die mit ihren Trompetenfüßen schon beim leichten Windstoß schwankten. Obwohl erst Ende August, schien es draußen kühl zu werden, und so begrüßte es Julian, daß sie die Buchenscheite im Kamin anzündete. Als er das ausgesucht schöne Stück gebührend bewunderte, erzählte sie ihm, daß es aus einem alten Amsterdamer Grachtenhaus stammte.

»Das Hochzeitsgeschenk meines Vaters. Hier haben wir uns mal gegen Hünicke durchsetzen können – ansonsten hätten wir eine altdeutsche Trinkstube mit Bierfilzen, Hirschgeweihen und einem ausgestopften Wildschwein.«

Er spielte mit Janines Kaminhund, lobte dessen kunstvolles Goldlüsterdekor und erfuhr, daß er aus den Zeiten der Queen Victoria stammte, 1840 etwa.

Julian setzte sich aufs Sofa, nippte ein paarmal voller Behagen und sah ihr bei allem zu, was sie tat. Linkerhand, zur Tür hin, hing ein prachtvoller Spiegel, ein Empirestück aus dem Brüssel des 19. Jahrhunderts, und in ihm prüfte und korrigierte sie jede ihrer Bewegungen. Sie trug ein leichtes Sommerkleid mit Sonnentop, das in breiten Bahnen von Preußischblau zur Auberginenfarbe wechselte und nicht nur durch die aufgedruckten Sonnenbrillen und Palmenstrände Julians Aufmerksamkeit auf sich zog, sondern mehr noch durch die beidseitigen Schlitze. Dies zusammen mit den hochhackigen Schuhen, das wußte sie, ergab, wenn sie sich bückte und reckte und drehte und ihr langes Haar fliegen ließ, ein Bild, das in einem Maße anmutig, ästhetisch und erotisch war, wie es ein so verwöhnter Mann wie Julian ganz sicher brauchte. Und er genoß das Ganze in der Tat; sie überzeugte sich mit einem schnellen Blick. Um sein Entzücken noch zu steigern, sprach sie ein Weilchen französisch mit ihm.

Als sie kurz in der Küche verschwand, prüfte Julian ihr Bücherregal und entdeckte eine Knigge-Originalausgabe aus dem Jahre 1788. Er blätterte ein Weilchen, dann zitierte er so laut, daß sie es draußen hören konnte: »Fünftes Kapitel. Über den Umgang mit Frauenzimmern. Seite 142: Ich habe die seligsten Stunden in dem Kreise liebenswürdiger Frauenzimmer verlebt; und wenn etwas Gutes an mir ist, wenn, nach so vielfältigen Täuschungen von Menschen und Schicksalen, Erbitterung, Mißmut und Feindseligkeit noch nicht alles Wohlwollen, alle Liebe und Duldung aus meiner Seele verdrängt haben: so danke ich es den sanften Einwirkungen, die dieser Umgang auf meinen Charakter gehabt hat. – Ende des Zitats. Wo bleibt denn der Wein, Janine? Darauf sollten Sie mit mir anstoßen.«

Sie wußte, daß er geschieden war, und diese Worte zeigten ihr, wie sehr auch er auf der Suche war, freilich von einer ganz anderen Ausgangslage her.

Sie kam mit einem 1975er Lafite zurück, und während Julian die Flasche öffnete, legte sie eine ihrer Lieblingsplatten auf, die Beethoven-Sonaten.

Beim Adagio-Satz der Mondscheinsonate stießen sie an, dann bat er sie, auch mal etwas über sich selber zu erzählen, über ihre Zeit als Dolmetscherin zum Beispiel. Sie tat es, und fast hätte sie sich vom schwermütigen Notturno dazu hinreißen lassen, ihm etwas von ihrer Krankheit zu erzählen. Noch aber war es viel zu früh dazu und hätte ihn womöglich abgestoßen. Nicht einmal an seiner Seite saß sie ja, sondern ihm gegenüber in einem Sessel, die Füße unter den Körper gekuschelt, das eine Tischchen zwischen sich und ihm. Glücklicherweise fielen ihr beim aufhellenden Allegretto, das dann folgte, wieder ein paar heitere Episoden ein.

Aber noch immer schien die Distanz zwischen ihr und Julian unüberbrückbar, hielten ihn Anstand und Angst davon ab, der Frau seines Auftraggebers mehr zu sein als ein Stückchen charmanter Abendunterhaltung. Daß Hünicke gleichsam zwischen ihnen stand, war auch daran abzulesen, in welch regelmäßigen Abständen er immer wieder auf ihn zu sprechen kam. Und dies, obwohl nun die c-moll – Sonate op. 13 erklang, die Grande Sonate Pathétique. Pathos, großer tragischer Ausdruck, Leidenschaft – wenn er da nicht aktiv wurde, wann dann? Dabei konnte sie doch deutlich registrieren, wie nervös er langsam wurde, wie seine Erregung ihn zu quälen begann.

Aber er kam von Hünicke überhaupt nicht mehr los. »Kennen Sie eigentlich schon den neuesten Witz, den man sich im Betrieb über Ihren Mann erzählt?«

»Nein . . .«

»Sagt der erste Angestellte: ›Hünicke hat jetzt ein Haus auf Kreta, da will er den ganzen November und Dezember über verbringen.‹ Fragt der zweite: ›Na, kann er denn da arbeiten?‹ – Lacht der dritte: ›Ich hab noch nicht gemerkt, daß er überhaupt arbeiten kann.‹«

Sie bemühte sich zu grinsen. Immerhin gab ihr Julians ungewohnt müder Witz die Chance, ihm ganz deutlich zu signalisieren, daß sie sich innerlich schon längst von Hünicke gelöst hatte. »Meiner Meinung nach hat er in allen unseren Ehejahren viel zuviel gearbeitet. Wenn es nicht im Stammbuch stünde – ich hätte längst vergessen, daß ich seine Frau bin.« Sie stockte. Das war wohl doch zu deutlich gewesen.

Julian hielt sich weiterhin zurück. Zwar trank er jetzt auf »glücklichere Zeiten für Janine«, dann aber kam er nicht etwa zu ihr, kniete vor ihr nieder und grub den Kopf in ihren Schoß, wie sie sich das so lange ersehnt hatte, sondern erging sich in schöngeistigen Betrachtungen über die Relativität des Glücks.

»Glück ist nur da, wo keine Furcht ist, sagte Seneca. Und ich kann mir schon vorstellen, daß man an der Seite eines Mannes, wie Hünicke einer ist, ständig in Angst und Sorge lebt. Geht er pleite, bekommt er einen Herzinfarkt, lernt er andere Frauen kennen, entführt man ihn . . .?«

»Das auch«, sagte Janine, »aber entscheidend ist, daß ihn jeder Tag mehr und mehr verhärtet. Die Menschen sind jetzt nur noch Mittel für ihn, reine Instrumente – ausnahmslos.«

Julian verstand genau, was sie meinte. Nach einigen Sekunden des Schweigens hatte er die Brücke gefunden, die sie beide suchten, mit einem Tolstoi-Wort: »Der beste Weg, wirkliches Glück im Leben zu erlangen, ist der: geh aus dir hinaus, ohne jede Bedachtsamkeit nach allen Seiten, wie eine Spinne – webe ein solides Gewebe aus dem Stoff Liebe und fange darin alles, was du triffst . . .«

Schon preßte er die Füße auf den Boden, um aufzustehen und zu ihr zu gehen, da sprang sie mit einem schrillen Schrei in die Höhe.

»Da draußen auf der Terrasse, da ist jemand!«

Julian stürzte hinaus, Janine folgte ihm in einigem Abstand. Von den vielen Gedanken, die ihr durch den Kopf schossen – Hünicke schon wieder zurück! Kiyak doch gekommen! Ein Voyeur! Der Mörder von Frau Möller! – blieb einer übrig: das Wahrscheinlichste war wohl der lang befürchtete Entführungsversuch.

Julian schien Ähnliches zu denken, denn noch im Laufen knipste er – der Schalter war gleich neben der Tür – die drei Laternen draußen auf der Balustrade aus. Dann lauschten sie. Doch die beiden Güterzüge unten am Hang waren derart laut, daß man selbst den Tritt nagelbeschlagener Schuhe auf einer Betonfahrbahn nicht mehr gehört hätte. Die Züge rasten aufeinander zu, Janine schloß die Augen: gleich mußten sie zusammenprallen. Sie öffnete sie erst wieder, als klar war, daß sie sich friedlich aneinander vorbeischoben.

»Scheiße!« sagt Julian und korrigierte sich sogleich: »Merde! Sind Sie sicher, daß da wirklich einer war?«

»So ziemlich ...«

»Ich glaube, wir können jetzt nur eins machen: die Tür zu.«

Schon wollte er sich wieder umdrehen, da bemerkte er, daß der Himmel so sternklar war wie selten um diese Jahreszeit. Mit einem leisen Ausruf des Entzückens blieb er stehen. Es war kühl, fast kalt geworden, und bei nur geringer Luftfeuchtigkeit hatte der aufkommende Ostwind den Himmel wolkenfrei gefegt; ideale Bedingungen also. Er geriet ins Schwärmen. »Hier sollte man eine Sternwarte hinbauen – dieser Blick nach Westen ist ja einzigartig! Sehen Sie bloß mal die Milchstraße!«

Janine bewunderte sie, ging dann aber schnell nach drinnen, sich ihre Strickjacke zu holen. Julian bat sie, das Fernglas mitzubringen, das er vorhin in der Diele hatte hängen sehen.

Sie kam zurück, und er erklärte ihr den Sternenhimmel.

»Direkt über uns, da haben wir das sogenannte Sommerdreieck. Links den Atair im Adler, dann rechts oben den Deneb im Schwan – sehen Sie die Flügel, den Kopf und den Schwanz? – und darunter die Wega, das ist der hellste Stern, den wir im Augenblick sehen können.«

»Komisch«, sagte sie, »da wohnen wir nun schon so lange hier, und nie ist einer drauf gekommen, sich mal die Sterne anzusehen. Das einzige Sternbild, das ich kenne, ist der Große Wagen. Wenn Hünicke sich mal für Sterne interessiert hat, dann für die fünf Sterne im Hotelführer.«

»Ich bin auch erst vor kurzem auf den Geschmack gekommen, als ich durch Zufall einen alten Klassenkameraden wiedergetroffen hab', 'n richtigen Amateurastronomen. Der hat sich da oben in Bramme 'n halbes Observatorium gebaut, hinten im Garten.«

Bramme . . .? Janine hatte das Gefühl, diesen Namen schon einmal in einem anderen Zusammenhang gehört zu haben. Sie hatte ihn in keiner angenehmen Erinnerung, aber sie kam nicht darauf, was es gewesen sein konnte.

Julian hinderte sie am weiteren Nachdenken. »Sehen Sie den rötlichen Stern da knapp über der Birke? Das ist der Arctur, fünfunddreißig Lichtjahre von uns entfernt, ein roter Riese, über achtzigmal größer als unsere Sonne. Arctur, das heißt: der Jäger, der die Bärin im Auge behält.«

»Ich seh nichts!«

Konnte sie auch gar nicht, wie sich bald herausstellte, denn da sie fast anderthalb Köpfe kleiner war als er, hatte sie einen ganz anderen Blickwinkel. Sie mußte auf die Brüstung steigen, und selbstverständlich half er ihr, reichte ihr die eine Hand zum Festhalten und stützte sie mit der anderen an der Hüfte ab. Zum erstenmal, daß er ihren Körper berührte.

»Schade, daß es um diese Zeit nicht mehr viel Sternschnuppen gibt – die Perseiden sind vorbei . . .«

»Ich möchte jetzt zum schönsten Sternbild fliegen, das es gibt . . .«

»Das ist für mich der Orion – aber der ist erst nächsten Monat wieder zu sehen.«

»Dann zum Sternbild mit dem schönsten Namen.«

Er lachte: »Wie wär's mit: *Zirkel, Fliege, Pendeluhr, Hinterdeck* oder *Luftpumpe* . . .?«

»Sie wollen mich auf den Arm nehmen!«

»Das würd ich schon liebend gerne – aber die hießen wirklich so.«

»Was Schöneres bitte!«

»Wir wär's mit dem Haar der Berenike, Coma Berenices, benannt nach einer ägyptischen Prinzessin?«

»Sehr schön, fliegen wir los!«

»Mir würde schon das Haar der Janine genügen – es duftet auch viel schöner . . .«

»Da – eine Sternschnuppe!«

»Schnell was wünschen!«

Sie tat es, und noch während sie es tat, ging es in Erfüllung: der Stein, auf dem sie stand, war locker. Hünicke hatte ihn immer wieder zu befestigen vergessen, so daß sie nach hinten stürzte und Julian sie auffangen konnte.

»Jetzt ist tatsächlich ein Stern herabgefallen«, sagte er, »*mein* Stern!«

Er hüllte sie ein, wärmte sie, küßte sie, trug sie zum Sofa.

Die Minuten vergingen. Sie hatten viel aneinander zu entdekken, doch er ließ sich auch jetzt zu nichts Heftigem hinreißen. Nur Jacke und Krawatte hatte er abgestreift, und sie war ihm unendlich dankbar dafür, daß er sie mit nichts überfiel, sondern sich in allem nach ihren Wünschen richtete. Irgendwann, das sagten seine Löwenaugen, werde ich mich nicht mehr zurückhalten können, aber bis dahin – und auch dann – soll alles ein Geschenk für dich sein.

Längst flüsterten sie sich ihre Namen ins Ohr, da brach es aus ihr heraus: ihr Elend an Hünickes Seite, wie sie hier verkümmerte, verdurstete. Dasselbe hatte sie Eva erzählt, Juliane, ihren Ärzten, doch die hatten immer nur Worte gehabt, nicht mehr. Bei Julian war es ganz anders.

Er trocknete ihre Tränen, nahm sie auf den Schoß, goß ihr Rotwein ein. »Wenn ich bei dir bleibe, wird alles wieder gut sein.«

»Ich muß von Hünicke weg, so schnell wie möglich!«

»Wir packen nachher deine Koffer . . .«

Das Nachher signalisierte ihr in aller Deutlichkeit, daß, sollte aus allem dauerhaft etwas werden, vorher auch *seine* Natur noch zu ihrem Recht kommen mußte. Und nun wollte sie es auch. Ihn fest und für immer in sich hineinsaugen.

Doch um dann nicht husten zu müssen, frei atmen zu können, wollte sie vorher noch einen Schluck Rotwein trinken.

Während sie sich etwas von ihm freimachte und zum Glas hinlangte, wiederholte er sein Angebot, sie zu sich zu holen und mit ihr zu leben.

»Ich hab mir da gerade ein wunderschönes Häuschen gebaut, in der Nähe von Frankfurt – Hüttengesäß heißt der Ort . . .«

Sie zuckte derart heftig zusammen, daß sie fast den ganzen Wein vergoß, den größeren Teil auf sein Hemd, den kleineren auf ihr eigenes Kleid. Evas Nekrophilen-Text!

Lübeck, Hannover, Osnabrück und Wiesbaden – bei Julian ebenso wie im Manuskript von Eva. In Bramme war der Mörder vom Friedhofswärter überrascht worden – und in Bramme wohnte Julians Schulfreund, der mit dem Fernrohr. In Hüttengesäß hatte der Mörder ein frisches Grab geöffnet – und in Hüttengesäß hatte Julian sein Haus gebaut.

Der Täter kann nur ein Mann sein, der beruflich viel unterwegs sein muß . . .

Das konnte doch kein Zufall mehr sein!

Aber dieser zärtliche Mann – Julian – hier – ausgeschlossen! Sie war erstarrt.

In dieser Sekunde riß sich Julian Hemd und Unterhemd vom Leibe, beide klatschnaß vom roten Lafite.

Janine schrie auf. Da war die Narbe an der rechten Hüfte und die tätowierte Spinne.

Julian war es also!

Schon warf er sich zu ihr hinüber. Doch in ihrer Todesangst multiplizierten sich ihre Kräfte noch einmal, und mit einem ihrer Tritte traf sie seine Hoden. Sein sekundenlanges Zurückweichen gab ihr Gelegenheit zur Flucht. Sie schnellte auf die Terrasse hinaus und sprang dann den Hang hinunter.

Doch sie hatte keine Chance gegen ihn. Sie hörte bereits sein Keuchen, keine zehn Meter Vorsprung hatte sie gewonnen. Und das Dorf war bald einen Kilometer weit entfernt.

Sie hatte alles verloren – und war verloren.

Er schrie etwas hinter ihr her, doch sie verstand ihn nicht.

Sie stolperte über ein paar Wurzeln und raffte sich noch einmal auf.

Zehn Sekunden noch, das wußte sie, dann hatte sie das letzte Quentchen Kraft verbraucht.

Sie sah einen Luftballon vor sich, in den jemand eine Nadel stach.

Aus und vorbei.

Und wozu auch noch?

Als sie den Bahndamm erreichte, sah sie die Spitzenlichter einer herandröhnenden E-Lok; der letzte Intercity. Das war die Erlösung von allem.

Sie warf sich der Maschine entgegen, Julians Griff ging ins Leere.

Vor dem Gerichtssaal drängten sich die Leute, als würden drinnen bündelweise Tausendmarkscheine verteilt. Kein Wunder, hatten doch Boulevard- und Regenbogenpresse schon seit Wochen von den Hünickes berichtet, von Silke, Julian und Janines Tod, und einen Sensationsprozeß gezeugt, der in vielen, die ansonsten nur gelangweilt hinter ihren Schreibmaschinen saßen oder auf den Arbeitsämtern warteten, das Bedürfnis weckte, selber mit dabeizusein, live, mit der Chance, durch leisen Beifall, Buhen oder Zischen die Weichen mitzustellen. Mochten Film und Bühne noch so faszinierend sein, vom antiken Drama bis hin zum Krieg der Sterne, letztendlich war's ja doch nur Spiel, und man wußte wohl, daß die Toten, waren Drehtage oder Auftritte erst mal zu Ende, bald wieder fröhlich waren, daß die Kranken ihren Waldlauf machten und die Mörder in den Fernsehlotterien für arme Alte warben. Hier aber im Gerichtssaal waren Mensch und Spieler eins, hier gab es keine Chance, die zugeschriebenen Rollen am Abend einfach wieder abzulegen. Und saß man im Gerichtssaal, teilte man Luft und Leben mit den Zeugen und den Angeklagten, dann gehörte man zu ihnen, war Mitglied ein und derselben Familie und betroffen wie sie.

Silke suchte Hünicke, suchte Dr. Linné. Vergeblich. Dabei hätte ihr ein kleines Lächeln in diesem Augenblick so ungeheuer viel geholfen. Schon wurde sie nach vorn gerufen, und der Richter blickte von den Akten auf. »Silke Hünicke, geborene Kaiser . . .?«

Sie nickte und bestätigte auch das übrige. Alter achtundzwanzig, geboren als uneheliche Tochter der Serviererin Ingrid Kaiser, der Vater kurz nach der Geburt irgendwo in Südafrika untergetaucht, ein Mechaniker. Aufgewachsen im Sanierungsgebiet Altstadt III, mehr schlecht als recht, auch mal im Heim, wenn die Mutter ausfiel – der Wermut –, aber mit beträchtlichen Rosinen im Kopf, Kinderärztin oder Psychologin. Wie aber unter diesen Umständen? Schließlich aber und immerhin: Mittlere Reife plus Handelsschule gleich Sekretärinnenjob.

»Nach Ihrer Heirat mit Karl-Heinz Hünicke haben Sie sich aber dann Ihren Traum erfüllen können?«

»Ja, ich bin jetzt im dritten Semester Psychologie; das hat mich ja schon immer fasziniert.«

»Ah, ja . . .« Der Richter, noch vergleichsweise jung und milchgesichtig, blätterte weiter in den Akten und suchte nach einem Einstieg, der ihm von seiten der lauernden Journalisten das Prädikat »psychologisch einfühlsam« einbringen würde.

»Sie waren dann nach einigen Zwischenstationen Sekretärin in der Klinik, in der sich Janine Hünicke mehrere Male aufgehalten hat?«

»Ja, Sekretärin des Chefarztes.«

»Mit Zugang zu allen Akten, ich meine, zu den Krankengeschichten . . .?«

»Ja, natürlich.«

»Und von daher kannten Sie auch die Anamnesis der Toten?«

»Ja: Verschiedene Phobien und dann das plötzliche Umschlagen in schizoides und schizophrenes Verhalten, der Identitätszerfall und die Flucht in die Persönlichkeit ihrer Schwester. Das hat mich auch persönlich sehr interessiert, denn ich war ja gerade dabei, über den Zweiten Bildungsweg mein Abitur zu machen und dann Psychologie zu studieren. Vielleicht wäre das schon Material für eine Prüfungsarbeit gewesen . . .«

»Ah, ja . . .« Der Richter machte sich Notizen, die Schöffen dösten vor sich hin, der Staatsanwalt verharrte sprungbereit. »Und während Ihrer Tätigkeit in dieser Klinik haben Sie auch den Ehegatten der Toten kennengelernt?«

»Ja, als er zu mir ins Büro gekommen ist, um den Klinikaufenthalt seiner Frau zu bezahlen. Da hat er mir beim Ausschreiben des Schecks meinen Kaffee übers Kleid gekippt und mich dann, als Wiedergutmachung, zum Abendessen eingeladen.«

»Und dann sind Sie seine Geliebte geworden?«

»Nicht gleich an diesem Abend . . .« Das aufbrandende Gelächter ließ sie nicht weiterkommen. »Erst vierzehn Tage später, bei einem kleinen Ausflug nach Westerland.«

»Anschließend hat er Sie dann als Sekretärin zu sich geholt?«

»Ja, im Januar dieses Jahres.«

»Aber seine Frau hatte nichts davon gewußt, daß Sie vorher in dieser Klinik gearbeitet haben?«

»Nein, natürlich nicht, das wäre uns sehr unangenehm gewesen . . .«

»Und wann ist Janine Hünicke dahintergekommen, daß Sie was miteinander hatten – ich meine, hinter Ihr Verhältnis?«

»Erst sehr spät, kurz bevor das dann mit dem Intercity passiert ist. Wir haben uns immer nur angegiftet, wenn andere dabei waren, der Chef und ich. Das war so gut gemacht, daß keiner was davon gemerkt hat. Etwas mehr als ein halbes Jahr lang nicht . . . Erst Janine ist dann durch einen blöden Zufall dahintergekommen. Was heißt Zufall? Carlo und ich waren in Rom . . .«

»Carlo, das ist Karl-Heinz Hünicke . . .?«

»Ja. In Rom also, im Hotel, und da haben zwei Männer mit Maschinenpistolen in der Hand die Schließfächer ausgeräumt, unten in der Rezeption. Ein paar Tage später hat man sie dann geschnappt, mit fast der ganzen Beute noch, und den Bestohlenen dann die gestohlenen Sachen nachgeschickt. Da ist dann der Umschlag, den Carlo deponiert hatte, bei ihm zu Hause angekommen – mit meinem Reisepaß darin und einem kleinen Liebesbrief ...«

Der Saal jauchzte verhalten.

»Und wie hat Frau Hünicke darauf reagiert?«

Silke machte eine Geste, die besagen sollte: na, ist doch wohl klar. »Janine ...? Die rief mich sofort im Büro an und schrie mir ins Ohr, ich sei die größte Nutte, die es gäbe. Dann ist sie völlig ausgeflippt und hat mir mit einem Killer gedroht, den sie für dreißigtausend Mark anheuern wolle. Auf alle Fälle aber würde ich gefeuert werden und käme bei den anderen Firmen auf die Schwarze Liste – keiner würde mich mehr einstellen.«

»Und was ist dann wirklich passiert?«

»Sie hat ihren Mann unter Druck gesetzt, mich aufzugeben. Und was sollte Carlo denn machen? Janine gehörte die Firma zu etwa zwanzig Prozent, ihr Bruder verfügt über weitere elf Prozent aller Anteile – wenn die ihr Geld abgezogen hätten, wären wir pleite gewesen.«

»Hünicke wollte also Schluß machen mit Ihnen?«

»Ja. Nachdem wir die Brandstelle inspiziert hatten, das sollte unsere letzte Nacht werden, unsere ›Abschiedsorgie‹, wie er das nannte.«

»Er wußte da noch nichts von Ihrem Plan?«

»Nein.«

»Sie sind zur Polizei gegangen, Frau Hünicke mit der festen Absicht, Ihr Gewissen zu entlasten und die volle Wahrheit zu sagen. Sie bleiben doch dabei?«

»Ich schwöre es Ihnen!«

»Wann sind Sie denn auf die Idee gekommen, Janine Hünicke ... wie soll ich es sagen – also: zu eliminieren?«

»Als sie ihre Drohungen ausgesprochen hatte, natürlich. Sie hätte mir doch alles kaputtgemacht – mein Leben, meine Zukunft. Sie oder ich, es war reine Notwehr. Dazu kam noch, daß sie ihren Mann mehr gehaßt als geliebt hat.«

»Wie ist denn nun Ihr Plan herangereift?«

»Ich hab mir Tag und Nacht den Kopf zerbrochen, aber mir ist nichts eingefallen. Und ohne Eva und Dr. Linné – da wäre auch garantiert nichts passiert.«

Geraune im Saal, der Richter mußte um Ruhe bitten und Silke zu näheren Erläuterungen anhalten. »Wer ist Eva?« fragte einer der Schöffen.

»Janines Freundin – Frau Fanselow. Sie hat Janine ein Manuskript zum Übersetzen zugeschickt und in der Eile nur Hünicke draufgeschrieben, so daß es bei uns in der Firma angekommen ist. Da hab ich's natürlich aufgemacht. Es war ein ganz harmloser Text – *Jugendkriminalität unter dem Einfluß steigender Arbeitslosenzahlen* . . .«

»Das ist nun zwar nicht harmlos, aber . . . das kann Sie doch immer noch nicht auf die entscheidende Idee gebracht haben . . .?«

»Nein, gezündet hat es erst bei mir, als ich Dr. Linné nackend gesehen hatte . . .«

Nun nahm das genußvolle Gelächter Dimensionen an, die an »Mainz, wie es singt und lacht« erinnerten. Der Richter hatte Mühe, die Ruhe wiederherzustellen.

Silke machte eine abwehrende Handbewegung. »Wir waren zusammen in der firmeneigenen Sauna – mit einem Dutzend anderer Leute zusammen.«

»Und was ist Ihnen da an Dr. Linné so Besonderes aufgefallen?« Wieder ungezügelte Heiterkeit. »Wenn das nicht auf der Stelle aufhört, lasse ich den Saal räumen!«

Das half, Silke konnte weitersprechen. »Zweierlei. Einmal die geradezu riesige Narbe über seiner rechten Hüfte und zum anderen die Tätowierung über dem Bauchnabel, eine übergroße Spinne. Wir fragten natürlich, wie er dazu gekommen sei. Als er beim Volkswagenwerk in Brasilien sein Praktikum gemacht hat, ist er mal ins Landesinnere getrampt und dabei von Guerillakämpfern mitgenommen worden, ohne das zu wissen. Na ja, dann Polizeikontrolle, Schußwechsel mit einem Streifschuß für ihn und anschließend ein paar Monate im Knast, bis ihn die deutsche Botschaft wieder frei hatte. Da hat er sich dann im Gefängnis die Spinne auf den Bauch tätowieren lassen, eine tropische Vogelspinne der Gattung Lasiodora – ein dichtbehaarter Hinterkörper mit einer Glatze auf dem häßlich-sackartigen Gebilde . . .«

»Das kann er uns ja nachher selber erzählen!« Der Richter war etwas ungehalten über ihre Ausführlichkeit. »Wie hängt das nun aber mit Ihrem Plan zusammen?«

»Ganz einfach: Ich kannte doch Janines Krankengeschichte, ihre pathologische Angst vor Spinnen und vor allem davor, von Männern überfallen und mißbraucht zu werden.«

»Es bleibt immer noch schwer verständlich für mich, was Sie da . . .«

»Ich sollte und muß Ihnen natürlich noch sagen, daß ich inzwischen gemerkt hatte, wie sie von Dr. Linné fasziniert war. Sie war ja voll abgefahren auf ihn, wie man heute so sagt. Ich brauchte also nur zu arrangieren, daß die beiden mal einen Abend lang allein waren. Da kam mir der Brand im Zweigwerk natürlich sehr zupaß, Carlos plötzliche Absage. Beide allein beim Abendessen. Kerzenschein und so. Daß Dr. Linné hinter ihr her war, das wußte ich auch; der hat's ja bei allen probiert.«

»Nun ja, wir werden ihn später auch dazu hören. Fehlt wohl, wenn ich die Polizeiprotokolle noch einmal überfliege, das letzte Mosaiksteinchen – der indirekte Beitrag, wenn ich das einmal so irreführend formulieren darf, der Zeugin Eva Fanselow . . .«

»Ja . . .« Silke fiel es schon schwer, sich noch einmal voll zu konzentrieren. »Ich hatte also ihren Artikel über Jugendkriminalität bei mir auf dem Schreibtisch liegen und war gerade dabei, ihn Carlo in den Aktenkoffer zu legen, daß er ihn für seine Frau mit nach Hause nimmt – da kam mir dann der Einfall mit dem nekrophilen Triebtäter. Den Fall hatten wir nämlich auch bei uns in der

Klinik, ich kannte das ganz genau, mein wissenschaftliches Interesse daran, Sie erinnern sich . . .«

»Ja, und . . .?« Der Richter wurde immer ungeduldiger; seine Kollegen warteten schon, daß er mit zum Mittagessen kam.

». . . da habe ich dann selber unter Eva Fanselows Namen einen Artikel geschrieben – *Neuere Fälle von Nekrophilie in der Bundesrepublik Deutschland* – und den dann per Post Janine zugeschickt, mit dem echten Begleitbrief ihrer Freundin natürlich. Und in diesem Artikel habe ich dann alles so gedreht – die Orte, die Narbe, die Tätowierung –, daß Janine Dr. Linné als diesen nekrophilen Triebtäter erkennen mußte; spätestens dann, wenn sie sich beim Liebesspiel zu entkleiden anfingen . . .«

Der Richter mußte fürchten, daß einige der Zuschauer mit Beifallskundgebungen begannen. Ihr Entzücken war ganz unverkennbar. Verbrechen dieser Art, das erkannte er schnell, fanden immer und in jedem Falle ganze Heerscharen von Bewunderern.

Silke war überaus erschöpft und hatte Mühe, die letzten Details auch noch zu klären. »Am Morgen nach Janines Tod bin ich dann zur Villa rausgefahren und habe dort die beiden Manuskripte wieder vertauscht – das war wirklich kein Kunststück. Ein bißchen Angst hatte ich noch, daß mich vorher einer in der Uni-Bibliothek beobachtet hatte, beim Blättern in den Kriminologischen Zeitschriften, aber wer sollte dort schon Verdacht geschöpft haben. Es ist ja auch alles gut gegangen, bis mich dann mein Gewissen . . . Ich kann nicht mehr . . .!«

Sie brach zusammen, und die Sitzung wurde für einige Zeit unterbrochen.

Nach anderthalb Stunden konnte es mit der Vernehmung der wichtigsten Zeugen weitergehen. Sie bestätigten allesamt das, was Silke zu Protokoll gegeben hatte. Am Wahrheitsgehalt ihrer Aussagen war auch nicht die Spur eines Zweifels aufgekommen. Sie hatte völlig auf sich allein gestellt gehandelt; Karl-Heinz Hünicke, Carlo, hatte vom Treiben seiner zweiten Frau nicht das Allergeringste geahnt. Noch im Gerichtssaal bat er seinen Rechtsanwalt –

tief erschüttert, da inzwischen auch zwei Kinder da waren – die Scheidung einzureichen.

Dr. Linné erwies sich selbstverständlich als frei von jeder Schuld, zumal Kiyak, das türkische Mädchen, das tatsächlich gelauscht hatte, seine Angaben voll und ganz bestätigte. Nicht einmal einen sonderlichen Imageverlust hatte er hinzunehmen. Man mußte ihm attestieren, daß er alles Menschenmögliche getan hatte, die nachweislich schwer nervenkranke Frau, von deren psychischer Störung ihm aber nichts bekannt gewesen war, am Selbstmord zu hindern; leider vergeblich. Eine der maßgebenden Boulevard-Zeitungen faßte das alles unter einer sehr treffenden Überschrift zusammen: *Mordwaffe mit Charme und akademischen Ehren – ahnungslos!*

Wäre nur noch zu sagen, daß es einen solchen Prozeß nie gegeben hat. So aber, wie hier geschildert, spielte sich das Ganze immer wieder in Silkes Träumen ab, sah sie es, wenn sie nachts neben Hünicke erwachte und an die Decke starrte, wie im Fernsehspiel in fahlen Farben vor sich ablaufen.

Und warum hatte sich eigentlich Hünickes neue Sekretärin mit ihrer Idee durchsetzen können, zu Janines fünftem Todestag eine Anzeige mit einem sehr auffälligen UNVERGESSEN in den hiesigen Zeitungen erscheinen zu lassen? Auch die Ähnlichkeit zwischen beiden war unverkennbar.

Doch wer Silke morgens vor dem Kindergarten, mittags in der Uni und abends in den Partygärten traf, der fand sie prachtvoll. Und Hünicke, seit kurzem in der Politik aktiv, nutzte jede sich bietende Versammlung, seine zweite Frau als ein eindrucksvolles Beispiel dafür vorzuführen, daß in unserer *offenen Gesellschaft* jeder eine echte Chance zum Aufstieg hatte – er brauchte nur seine angeborenen Talente zu nutzen und den unerschütterlichen Willen zum Erfolg zu haben.

Die Türkin vom Ölberg

von

RICHARD HEY

1

Alfons Breuer saß am Schreibtisch, im üblichen teuren Flanellanzug mit Weste, Telefonhörer am Ohr, hustete, machte Notizen. Ihm gegenüber saß Renate Reschke in Rock und braver Bluse, hielt ebenfalls einen Telefonhörer ans Ohr, schrieb und kritzelte auf einen Zettel. Es war früher Morgen, Mitte März. An den grauen Fensterscheiben lief Regenwasser hinab. Fünf Tage Smog waren zu Ende. Aber seit Berlin zur Stadt mit der höchsten Luftverschmutzung in Europa geworden war, erfrischte auch der Regen die Bronchien nur noch mit zusätzlichen Säureanteilen. Auf Fensterbrett, Schränken und Regalen kämpften Blumentöpfe mit Usambaraveilchen, Azaleen, Pfennigbaum gegen Schadstoffe und Dreck von draußen. Aus den anderen Büros kam durch die angelehnten Türen Schreibmaschinengeklapper. Links nebenan riß jemand Schubladen auf und knallte sie wieder zu. Rechts nebenan zischte eine Kaffeemaschine. Viele Arbeitstage begannen so.

»Mal genauer«, sagte Breuer mit melancholischer Stimme und blickte mit melancholischen dunklen Augen über die Azaleen vor dem Fenster in den Regen. »Wo habt ihr sie gefunden?«

»Was denn«, sagte Renate Reschke, »lebt er oder lebt er nicht?« Sie schüttelte unwillig den Kopf. Aber die spraygefestigten dichten aschblonden Haare bewegten sich kaum.

»Und wieso seid ihr sicher, daß es eine Türkin ist?« fragte Breuer. »Ach. – Ja, dann könnte es sich –«

»Gut«, sagte Renate Reschke und stopfte sich die Bluse in den Rock. »Welches Krankenhaus? – Und wer hat die Fotos gemacht? – Na, die werden danach sein.«

»Nein«, sagte Breuer, »sie heißt anders. Ja, um die könnte es sich handeln. Renate weiß, wie sie heißt. Sie hat mit der Mutter –«

»Ich will sofort mit dem Jungen reden. Bleibt mit ihm in der Wohnung«, sagte Renate. Und Breuer fast gleichzeitig: »Die Mutter rennt doch seit zwei Monaten von Abschnitt zu Abschnitt und fragt nach der vermißten Tochter, ihr kennt die Frau bestimmt. – Ja, die.«

»Nein«, wiederholte Reschke, »in der Wohnung. Ich will mir die Wohnung ansehn.«

Breuer drehte den Kopf vom Telefonhörer weg, fragte Renate: »Wie heißt das vermißte türkische Mädchen?«

»Yildiz. – Nein, Breuer hat mich was gefragt.«

Breuer reichte ihr den Telefonhörer. »Bitte buchstabier ihm das mal.«

»Gib her. Und hier«, sie gab ihm ihren Telefonhörer, »laß dir inzwischen erklären, wo diese Wohnung – Reschke. Das vermißte Mädchen heißt Yildiz. Ypsilon, i ohne Punkt – die Türken haben nun mal ein i ohne Punkt. Laura, Dora, Isidor, nein, nicht Siegfried. Zacharias. Yildiz.«

»Heidelberger Straße?« sagte Breuer, »war ich noch nie. Ist die am Heidelberger Platz?«

»Ich hab' Fotos von der Vermißten«, sagte Renate, »keine sehr guten, aber ihr könnt, wenn ihr vergleicht – wie? Aber wer die Leiche abtransportiert hat, muß doch Fotos –. Ach so. Na ja. – Moment, Nachnamen hab' ich auch, warte.« Sie suchte unter den Papieren auf ihrem Schreibtisch. »Verdammt, ich hab' mein Notizbuch bei PTU liegenlassen. Nein, ich hab's hier.« Sie blätterte. »Afgan heißt sie. Yildiz Afgan. – Keine Ahnung, warum eine Türkin Afgan heißt. Bei uns gibt's ja auch Leute, die Franzos oder Däne – eben. Hör mal, ihr bringt sie in die Leichenschau –«

Breuer schrieb wieder mit. »Von der Sonnenallee her, ja. Direkt an der Mauer, ja. Kann's mir vorstellen.«

»Ich benachrichtige die Mutter«, sagte Renate. »Die Eltern. In Ordnung. Die kommen dahin. Bis gleich.« Sie beugte sich vor und legte den Telefonhörer auf Breuers Apparat, während Breuer erklärte: »Nein, ich hör gerade, sie fährt erst noch in die Invalidenstraße. Sie kommt also später.«

»Das schaff ich nicht. Du mußt zu diesem Jungen, wenn ich zu dem toten Mädchen soll.«

»Ich hab' den Schreibtisch voll mit Pleesemann. – Nein, ich rede mit Renate.«

»Über Pleesemanns Gift brütest du seit Wochen.«

»Wenn Renate es nicht mehr schafft, komm ich. Ja. Bis später.« Er warf den Hörer auf Renates Apparat. »Wirklich, Pleesemanns Gift –«

»Muß warten«, sagte Renate.

Breuer sah sie an. Von seinen Augen hieß es im Referat, sie könnten Frauen schwach machen. Aber es schien, er nutzte diese Fähigkeit, wenn es eine war, kaum aus. Er war Ende Zwanzig und lebte allein, gesetzt wie ein Fünfzigjähriger, hatte selten eine Freundin; und wenn, zog er sich regelmäßig nach wenigen Wochen zurück. Er verwendete seine Augen allenfalls dienstlich. Aber Renate kannte den Blick schon. Er seufzte. »Reschke. Es gibt Kriminalbeamte, die sind besser im Regen. Zu denen gehörst du. Ich sag das voller Bewunderung. Du stehst im Leben. Du langst zu. Und es gibt Kriminalbeamte, die sind besser am Schreibtisch. Die Popler. Die Kreuzworträtsellöser. Zu denen gehör ich.«

»Du sollst ja dein feines Flanell nicht in den Regen halten«, meinte sie kühl. »Du sollst in die Wohnung eines vierzigjährigen Oboisten, der von einem zwanzigjährigen Kellner niedergestochen wurde. Kein Überfall, kein Raubversuch. Vielleicht Streit.«

»Sind die schwul?«

»Könnte sein.«

»Auch das noch.«

Sie stand auf, schob ihm ihren Notizzettel hin. »Der Junge heißt Otmar Renz, hat sich vor fünfundzwanzig Minuten bei der Inspektion Sonnenallee gemeldet und erklärt, er hätte einen Mann in dessen Wohnung totgestochen. Die sind sofort los und haben den

Oboisten auf dem Sofa gefunden, vier Messerstiche, lebt aber noch.«

Sie holte ihren Regenmantel aus dem Schrank. Er überflog den Zettel. »Krankenhaus hast du nicht aufgeschrieben.«

Sie zog den Mantel über. »Urban. Was ist mit dem türkischen Mädchen?« Er hielt ihr einen Zettel hin. »Sag's mir lieber. Ich komm mit deiner Kreuzworträtsellöserschrift nicht klar.«

»So geht's vielen«, sagte Breuer. »Zwischen der S-Bahnunterführung Großgörschenstraße und dem Friedhofseingang hat ein Steinmetz seine Werkstatt. Da lag sie im Vorgarten, zwischen zwei Mustergrabsteinen. Kein Anzeichen für einen gewaltsamen Tod. Entweder ist sie über den Zaun geklettert und anschließend gestorben oder man hat die Leiche über den Zaun gekippt.«

»Wenn sie Fotos gemacht hätten, wüßten sie's.«

»Der Arzt dachte, sie lebt noch. Man hat sie sofort ins Klinikum gefahren. Keine Papiere, aber typisch türkisch gekleidet, Kopftuch und so weiter. Auch der Schnitt des Gesichts und die dunklen Haare sollen typisch türkisch sein.«

»Was ist typisch türkisch?«

Breuer schob die Pleesemann-Akten beiseite. »Frag den Kollegen.«

»Ich brauch einen Dolmetscher«, murmelte Renate, schon in der Tür zum Nebenzimmer.

Er hörte noch, wie sie nebenan Anweisung gab, einen Streifenwagen zu Frau Afgan zu schicken. Er seufzte und rief PTU Chemie an, redete zehn Minuten über die Notwendigkeit, den Schwimmer aus dem Wasserkasten der Toilette in der Wohnung Pleesemann auf Ablagerungen zu untersuchen, innen, denn der Hohlkörper, aus dem der Schwimmer bestand, mußte seiner Meinung nach, darauf war er letzte Nacht gekommen, angebohrt worden sein. Er hörte sich ungeduldig einen Witz des Chemikers an, in dem es um den Zusammenhang von Schwimmer, Brustschwimmerin und angebohrt ging – »hab' ich schon gekannt, bevor ich durchs Abitur gefallen bin«, bemerkte er liebenswürdig – und zerrte schließlich, in unergiebiges Nachdenken über das Sexualleben der Chemiker der Polizeitechnischen Untersuchungsstelle versunken, Hut und Burberry aus seinem Schrank, um nach Neukölln zu fahren.

Der Regen ließ nach. Als Breuer den Neuköllner Kanal überquert hatte, sah er links und rechts schöne, seit Jahren herunterspekulierte verwahrloste Bürgerhäuser, sehr alte Bäume, die im August ihre jetzt als Knospen noch kaum erkennbaren Blätter schon wieder verlieren würden, weil der Regen ihnen gerade das Streusalz zwischen die Wurzeln spülte, und ihm fiel die Stille auf. Ein paar Kinder stapften durch Pfützen, Frauen mit Einkaufstaschen huschten um die Ecke, gelegentlich kam ihm ein verbeultes Auto entgegen. Er näherte sich einer kranken Idylle.

Die mit Zeichnungen und Inschriften vollgesprühte Mauer verlief genau in der Mitte der Straße. Gegenüber waren die Häuser unbewohnt, die Fenster zugemauert. Der Oboist wohnte Parterre in einem lieblosen Neubau, umgeben von Sträuchern und dürren Bäumchen, wenige Meter von der Mauer entfernt. Im langen Flur mit den vielen Türen warteten zwei neugierige Frauen. Ein Streifenbeamter lehnte neben der Tür vor dem Bronzeschild mit dem Namen: Walter Andreas Lombard, stieß die Tür für ihn auf.

Drinnen war es heiß. Der Fotograf kroch auf dem fadenscheinigen Läufer vor der Couch herum, der Kollege von der Spurensicherung war über die Couch gebeugt und hantierte mit Pulver, Pinsel und Klarsichtfolien. Ein schwitzender Streifenbeamter, dem der Uniformrock sichtlich zu eng wurde, begrüßte ihn, die beiden andern begnügten sich mit einem Nicken.

»Kombiniertes Wohn-Schlafzimmer, Küche, Bad, mehr ist nicht, Herr Kommissar«, erklärte der Beamte. »Außer dem Blick auf den Friedenswall.«

Breuer sah sich um. Die Einrichtung war karg. Schrank, Schreibtisch, Regale, Couch, Sessel, niedriger Beistelltisch, Fernseher – alles gebrauchter Plunder. Ein paar hübsche Federzeichnungen über der Couch. Griechische Jünglinge, die sich in verschiedenen Positionen umschlangen und durchdrangen.

»Geübt hat er im Keller«, fuhr der Beamte fort. »Bei diesen Neubauten geht Oboe noch schärfer durch die Wände als Geige.«

»Sie kennen sich aus«, sagte Breuer und hob den Brief hoch, der auseinandergefaltet auf dem Fernsehapparat lag.

»Ich war fünf Jahre lang im Polizeiorchester, Herr Kommissar. Bis zu meinem Motorradunfall. Seitdem habe ich keine Luft mehr für das Horn. Oboe braucht ja noch mehr. Die Luft muß doch durch das enge Mundstück gepreßt werden. Wenn Sie einem Oboisten zusehen, denken Sie, der platzt gleich. Ist doch so. Deshalb haben die ja auch alle eine Meise. Diesen Druck im Kopf, wie kann man den zig Jahre aushalten, ohne daß im Gehirn was kaputtgeht, sag ich immer. Sehn Sie bloß die Bilder.«

»Na ja«, sagte Breuer.

»Kerle mit Kerlen. So was hängt sich doch kein normaler Mensch hin.«

»Normale Menschen hängen sich noch ganz andere Sachen hin.«

»So?«

»Röhrende Hirsche im Herbstnebel, Blumen, die im Frühling ihre Knospen öffnen. Nichts als Pornographie.«

Der Beamte sah ihn verständnislos an. »Wie?«

»Ist er vernehmungsfähig?« fragte Breuer.

»Renz?«

»Der Oboist.«

»Lombard war noch bei Bewußtsein. ›Das hab' ich mir gedacht‹, sagte er, als wir mit Renz vor der Couch standen.«

»Das hab' ich mir gedacht?«

»Ja.«

»Wo ist er?«

»Lombard? Im Urban.«

»Renz.«

Der Beamte zeigte auf eine Tür. »In der Küche«, sagte er und versuchte, sich das schwitzende Gesicht mit dem Ärmel zu wischen. In der Hand hielt er zwei Kassetten.

»Allein?« fragte Breuer.

»An die Heizung geschlossen.«

»Und die Kassetten?«

»Hatte er in der Hosentasche. Aber da ist nur Musik drauf. Oboe mit Klavier. Habe ich gleich gecheckt«, setzte er hinzu.

Breuer öffnete die Küchentür.

Auf dem Fensterbrett, vor der grauen Spanngardine, saß ein Junge in Jeans und Pullover. Er trug ausgelatschte Tennisschuhe an den ziemlich großen Füßen. Dichte blonde Locken umgaben das blasse, verschlossene Gesicht. Mit einer Handschelle war seine rechte Hand an das Heizungsrohr geschlossen.

»Nehmen Sie ihm das ab!« sagte Breuer.

»Wenn Sie meinen.« Der Beamte war gekränkt. Aber beflissen schloß er die Handschelle auf.

In der Küchentür zeigten sich der kamerabehängte Fotograf und der Kollege von der Spurensicherung mit seinem Koffer.

»Wir wären soweit.«

Breuer nickte. »Wann haben wir die Abzüge?«

»Wie üblich, Herr Kommissar. Vorgestern.«

Breuer nickte wieder. Die beiden entfernten sich polternd und türenschlagend. Breuer betrachtete den Jungen.

»Sie sind Otmar Renz?«

Der Junge zuckte die Schulter.

»Sie haben zu Protokoll gegeben –«

»Ich hab' ihn getötet«, sagte der Junge. Er sprach hochdeutsch. Aber jeder Vokal und jeder Konsonant waren berlinisch.

»Herr Lombard lebt noch.«

»Ich wollte ihn töten.«

»Warum?«

Der Junge schwieg. Er blickte Breuer aus großen braunen Augen an, verstört, voller Ablehnung. Breuer hatte noch nie so lange, dichte Wimpern gesehn.

»Ich muß Sie bitten, mitzukommen«, sagte er.

»Ja, sicher«, murmelte der Junge. »Ja.« Er schien erleichtert.

2

Der Bahnhof lag verlassen. Die S-Bahn fuhr diese Strecke nicht mehr. Als Renate Reschke die Fußgängerunterführung durchquerte, entlang an schmutzigen Backsteinen und zerrissenen Werbeplakaten mit glücklichen violetten Kühen, wurde sie von einem alten Herrn überholt, der auf einem Fahrrad saß, ganz in Schwarz, mit schwarzer Baskenmütze über den weißen Haaren. Langsam und würdevoll bewegte er das Pedal. Auf dem Gepäckträger war ein Kranz befestigt. ›Meiner lieben Frau‹ stand auf der Schleife, und: ›Zehnter Todestag‹.

Rechts von der Unterführung hatte der Steinmetz seine Werkstatt. Geradeaus war der Friedhofseingang. Sie hörte das helle Hämmern auf Stein aus der Werkstatt, während sie dem alten Herrn zusah. Der stieg vor dem Friedhofsportal vom Rad, schob das Rad ans Eisengitter eines Mietshauses neben dem Eingang, schloß es an, nahm vom Gepäckträger den Kranz und aus einer Aktentasche, die unter dem Kranz gelegen hatte, einen Chapeau claque. Mit geübter ruckartiger Handbewegung klappte er ihn auf. Er verstaute die Baskenmütze in der Aktentasche und stülpte sich den Zylinder über. Dann fielen ihm die Fahrradspangen an den Hosen ein. Er bückte sich nicht ohne Mühe und löste sie, stopfte sie in die Manteltasche. Dann ging er, in einer Hand die Aktentasche, mit der andern den Kranz in halber Höhe vor der Brust haltend, gemessenen Schrittes durchs Friedhofsportal.

Renate näherte sich der offenen Werkstatt. Der hagere bärtige Mann, der Buchstaben in einen weißgrauen Stein schlug, bemerkte sie, ließ sich aber nicht stören. »Renate Reschke«, sagte sie und hielt ihm ihren Ausweis entgegen. »Kriminalpolizei. Ich hätte ein paar Fragen.« Er hämmerte weiter. Die scharfen Falten in seinem Gesicht schienen sich zu vertiefen. Feiner Steinstaub bedeckte Mütze und Bart, Holztisch, Werkzeuge und Fußboden.

»Wenn's schnell geht«, sagte er heiser. »Der Stein muß um zwölf klar sein.«

»Also Sie haben das Mädchen hier im Vorgarten gefunden.«

»Ja.«

»Wann?«

»Heute morgen.«

»Genau?«

»Um fünf. War noch dunkel. Und ekelhaft kalt.«

»Fangen Sie immer so früh an?«

»Wenn der Chef in Termindruck ist. Zwei-, dreimal im Jahr. Die Anwohner hier würden mir was husten, käm das öfter vor.«

»Sie sind Angestellter?«

Der Mann legte Hammer und Meißel auf den Tisch, prüfte mit der Hand den Stein.

»Seh ich aus wie'n Chef? Die Steinmetzmafia, die läßt nirgendwo einen von außen groß werden. Da kannst du ein Genie sein. Heirate die Tochter von deinem Innungshäuptling, dann geht's. Aber wenn du nicht auf die stehst.«

»Sie sagen, es war dunkel. Wie haben Sie gemerkt, daß da jemand zwischen den Grabsteinen lag?«

»Von der Straßenlampe drüben kommt Licht. Da hab' ich einen Schatten gesehn. Ich dachte, wieder ein Penner. Das haben wir öfter, daß die bei uns übernachten. Aber für Penner war's eigentlich zu kalt. Ich bin hin und seh die Türkin und ruf die Polizei an. So war's.«

»Wieso Türkin?«

»Pluderhosen, Kopftuch. Als wär sie eben aus Istanbul gekommen.«

»Wie lag sie da?«

»Wie soll die dagelegen haben?«

»Ausgestreckt, gekrümmt, auf der Seite, auf dem Rücken?« schlug Renate geduldig vor.

»Drapiert.«

»Drapiert?«

Der Mann fing wieder an zu hämmern. »Auf dem Rücken und Blumen in den Händen. Wie man Leute im Sarg zurechtlegt.«

»Blumen in den Händen«, sagte Renate.

»Weiße Rosen.«

»Eine Türkin!«

»Warum nicht?«

»Wieso waren Sie sicher, daß die Frau nicht mehr lebte?«

»Ich hab' immer eine Taschenlampe bei mir. Pupillenreflexe null, Puls null. Ich war mal Krankenpfleger.«

Er hieb schneller und heftiger auf den Stein. Renate sah ihm zu. Dann sagte sie: »Der Arzt hielt es für möglich, daß sie noch gelebt hat, als die Polizei kam.«

»Ärzte sind immer klüger. Aber dann hat er sie sterben lassen, oder?«

»Ach was.«

»Früher, da galt der deutsche Arzt was in der Welt«, knurrte der Mann und redete weiter aufgebracht in den Stein hinein, während sie schon wegging. Das Fahrrad des alten Herrn lehnte noch angeschlossen am Gitter.

Der bis zur Decke gekachelte niedrige Raum der Leichenschauhalle erinnerte sie jedes Mal an den Kühlraum der Hähnchenfabrik, in der sie vor Jahren drei Monate gearbeitet hatte, um unter hundertzwanzig Hähnchenschlachtern aus sieben Nationen einen Mörder zu finden. Die Schreie der Tiere, bevor sie, mit dem Kopf nach unten an eine Art Fließband gehängt, mechanisch getötet wurden, den Geruch von Blut und Eingeweiden konnte sie nicht mehr vergessen. Ihr schmeckte keine Hühnersuppe mehr. Zu ihrer Erleichterung sah sie Nadja. Die blonde, zierliche Frau, Tochter eines Russen und einer Türkin, arbeitete bei Siemens und half manchmal, vor oder nach der Schicht, als Dolmetscherin aus. Renate mochte sie. Schon lange hatte sie Nadja zu sich nach Hause zum Essen einladen wollen. Es war aus irgendwelchen Gründen nie dazu gekommen.

In einer Ecke standen nebeneinander, ohne sich zu berühren, eine leise schluchzende Frau mit Kopftuch und ein großer, dunkler, leicht gebeugter, fast kahlköpfiger Mann mit breitem schwarzem Schnauzbart. Der Mann flüsterte auf die Frau ein. Renate kannte die Frau. Es war die Türkin, die monatelang bei allen Polizeidienststellen nach ihrer Tochter gefragt hatte. »Was sagt er?« fragte Renate.

»Es ist Allahs Wille«, sagte Nadja. »Man muß es hinnehmen.«

Durch die Schwingtür wurde ein fahrbares Gestell mit der zugedeckten Leiche geschoben. Der kleine Beamte im weißen Kittel, der es schob, bremste es mit leichtem Quietschen und einem vertraulichen Lächeln vor Renate, schlug das Tuch, mit dem der Kopf der Leiche bedeckt war, zurück. Sie sah ein ovales empfindliches Gesicht, das noch jetzt von Schmerz oder Anspannung gezeichnet schien, lange dunkle Haare unter dem Kopftuch. Der Mann und die Frau waren näher herangetreten. Die Frau blickte kaum hin, weinte auf. »Ist das Ihre Tochter Yildiz?« fragte Renate.

Nadja wiederholte die Frage auf türkisch. Die Frau schluchzte.

»Frau Afgan«, sagte Renate. »Bitte sagen Sie uns, ob Sie Ihre Tochter wiedererkennen.«

Sie hörte Nadjas Übersetzung zu. Die Frau antwortete nicht. Renate wendete sich an den Mann.

»Herr Afgan, ist dieses Mädchen Ihre Tochter?«

Der Mann wehrte mit einer Handbewegung Nadjas Hilfe ab. »Nicht nötig türkisch«, erklärte er. »Verstehe gut. Meine Tochter Yildiz, ja. Hat uns verlassen. Heißen nicht Afgan.«

»Nicht Afgan?«

»Heißen Algan.«

»Algan?«

»Ja.«

Die Frau hörte nicht auf zu schluchzen. Sie vermied es, das Mädchen, das vor ihr lag, mit einem Blick auch nur zu streifen. Der Mann sah es ernst an. Renate schien, er hielt sich weniger gebeugt als zuvor.

»Wie alt war Ihre Tochter, Herr Algan?« fragte Renate.

Der Mann antwortete türkisch.

»Sie war achtzehn«, sagte Nadja. »Ein paar Tage nach ihrem achtzehnten Geburtstag hat sie uns verlassen. Das ist zwei Monate her.«

Renate schlug das Tuch, das die Leiche bedeckte, weiter zurück.

»Bitte, betrachten Sie die Kleidungsstücke, Herr Algan. Sind das die Sachen Ihrer Tochter? Die sie anhatte, als Sie Ihre Tochter das letzte Mal sahen?«

Nadja übersetzte. Plötzlich redete die Frau. Aber der Mann schien ihr zu widersprechen. »Die Frau sagt ja«, flüsterte Nadja Renate zu. »Der Mann sagt, sieh doch hin. Das sind nicht Kopftuch, Bluse und Hosen von Yildiz. Die Frau sagt nein.«

»Nein, sind nicht Kleider von Yildiz«, bekräftigte der Mann.

»Ich danke Ihnen«, murmelte Renate. Sie gab dem kleinen Beamten im weißen Kittel ein Zeichen. Der bedeckte die Leiche wieder.

»Obduktion heute gegen 18 Uhr«, sagte er noch und schob das Gestell durch die Schwingtür hinaus.

Renate sah vom Mann auf die Frau. »Möchten Sie, daß ich Sie nach Hause bringen lasse?«

»Frau nach Haus, ja«, erwiderte der Mann schnell. »Ich mussen zurück zu Arbeit. Zu Neubau in Schloßstraße Steglitz. Sofort.«

Gegen 18 Uhr durfte Breuer das Zimmer der Intensivstation im Urban-Krankenhaus endlich betreten. Lombard, bis zum Hals zugedeckt, halb auf der Seite liegend, lächelte ihm aus rosagrauem Gesicht entgegen. Es wirkte eigentümlich disharmonisch auf Breuer, rund und zerklüftet zugleich. Drähte liefen von Lombards Bett zu einem Gerät, das mit leisem Summen seine Herztätigkeit anzeigte. Er hatte schüttere, in die Stirn gekämmte Haare. Helle unruhige Augen maßen den Kommissar.

»Weiß schon«, sagte er. »Kann's mir denken.«

Breuer schob einen Stuhl ans Bett, setzte sich. »Fünf Minuten, hat der Arzt gesagt. Nur ein paar Fragen.«

»Mir geht's nicht schlecht. Eigentlich gehöre ich gar nicht auf die Intensivstation. Nicht mal operiert haben sie mich. Nur die Wunden zugenäht.«

»Sie haben Schmerzen.«

»Hauptsache, ich kann alle Finger bewegen.« In der Mitte des Bettes kam eine Hand unter der Decke hervor, die Finger trommelten aufs Laken. »Die beiden Stiche in den rechten Oberarm waren tief, haben aber keinen wichtigen Nerv durchtrennt. Und die Stiche in den Rücken sind abgeprallt an den Schulterblättern. Der Junge war zu aufgeregt. Glück gehabt. Zwar, wenn man dauernd auf der linken Seite liegen muß, wird das Herz belastet. Aber nun, was hilft's.«

»Warum hat er auf Sie eingestochen?«

Lombard antwortete nicht gleich. Die Hand verschwand wieder unter der Decke. Erst nach einer Weile sagte er leise: »Ich war wie ein Vater zu ihm.«

»Ah ja?« sagte Breuer und hustete.

»Und nun dies. Ein Jammer um den Jungen.«

»Die Bilder sind ja schön«, sagte Breuer.

»Welche Bilder?«

»Bei Ihnen über der Couch.«

»Ach die.«

»Ja, die.«

Lombard drehte sich mehr auf die linke Seite, stützte den Kopf mit der linken Hand. »Also gut. Ich war nicht nur wie ein Vater zu ihm. Das auch. Aber eben nicht nur. Der Junge hatte schon ein Motiv. Wie soll ich es erklären. Unser Verhältnis war . . .«

»Ja?«

Lombard atmete tief ein und aus. »Es könnte Eifersucht gewesen sein. Was rede ich drumherum. Sie wissen ja Bescheid. Es war Eifersucht.«

Breuer nickte, meinte dann leichthin: »Normalerweise läuft das in einem Verhältnis wie dem von Ihnen zu Renz wohl eher so, daß der ältere Partner Angst hat, der jüngere könnte zu einem noch jüngeren davonlaufen. Oder zu einem – der –« Er brach ab.

»Der besser zahlt«, ergänzte Lombard ruhig. »Sagen Sie's nur. Ich bin zwar vierzig, aber noch kein Zuckerdaddy. Und Otmar ist keiner von denen, die in Klappen rumstehn und auf eine Tucke mit Knete warten. Er war sehr lernbegierig. Er kommt ja aus kleinen Verhältnissen. Wie ich auch, übrigens. Aber ich habe die Musik. Auch wenn man nur am zweiten Pult sitzt und die tägliche Probenschinderei manchmal schon bedrückend wird, ein Orchestermusiker ist ja nichts als ein ausgebeuteter Sklave, bei der Bezahlung, und wenn dann noch eine geschiedene Frau mit zwei Kindern zu versorgen ist, ja, es hat bei mir einige Zeit gedauert, bis ich dahinterkam, daß Frauen für mich nicht so sehr, was wollte ich sagen ... Durch die Musik hat man eine andere Dimension in seinem Leben. Ich musiziere viel in privaten Kreisen, habe Schüler ... Ich unterrichte auch Klavier. Aber nicht in meiner Wohnung. Die ist zu hellhörig. Den Nachbarn langt meine Oboe.«

»Ist Renz Ihr Schüler!«

»Leider ... Musik machen wär nichts für ihn, sagt er. Er hat richtig deutsch reden von mir gelernt, das ja, und ich weiß, er liebt und verehrt mich. Er hört mir zu, stundenlang, wenn ich übe. Oder wir hören gemeinsam Rock, Pop, all das, gehn in Konzerte, wenn ich mal frei habe, oder ins Theater. Aber selber ... nein.«

»Arbeitet er?«

»Im Restaurant ›Tegeler Forsthaus‹. Das ist eine gute Stelle. Die nehmen sonst nur welche von der Fachschule. Er hat vorher in solchen Kneipen bedient, stumpfsinniges Leben. Da habe ich ihn kennengelernt, in einem stumpfsinnigen Moment meines eigenen Lebens. Auch am zweiten Pult gibt es ja Höhen und Tiefen für einen Künstler.«

»Ich glaube Ihnen. Glücklicherweise befinden Sie sich ja wohl gerade wieder auf einer Höhe.«

»Ich? Jetzt? Wieso?«

»Sonst hätte Otmar Renz doch keinen Grund zur Eifersucht, oder?«

Lombard rückte ein wenig höher im Bett, gab acht, daß sich die

Drähte nicht verhedderten. »Sie sehn das schon richtig. Vor ein paar Wochen habe ich einen jungen Pianisten kennengelernt, einen ungewöhnlich begabten Jungen. Er weiß überhaupt noch nicht, wie begabt er ist. Wir musizieren zusammen. In jeder freien Minute fahre ich rüber.«

»Rüber?«

»Er ist drüben. Ich bin seitdem mehr in Ost-Berlin als in meiner Wohnung.«

»Ganz schön teuer, bei den neuen Umtauschquoten.«

Lombard blickte zur Zimmerdecke. »Ja, es geht ins Geld, das ist wahr.«

»Besonders, wenn man keine Anstellung mehr hat«, sagte Breuer.

Lombard nahm den Blick von der Zimmerdecke. »Wie bitte?«

»Sie haben doch gekündigt. Die Antwort des Orchestervorstands lag auf Ihrem Fernseher. Tut mir leid, aber es ist ziemlich schwer, einen auseinandergefalteten Brief an auffälliger Stelle nicht zu bemerken.«

Lombard nickte. »Ich möchte mehr Zeit für ihn haben. Ich möchte, daß er legal ausreisen kann. Dann wird hart gearbeitet. Und dann gehn wir auf Tournee, Bundesrepublik, ein paar Sender, dann sehn wir weiter, London, Paris ... Ich garantiere Ihnen, in fünf Jahren steht sein Name auf jeder Litfaßsäule.«

»Und Ihrer?«

»Meiner? Muß ich mir noch überlegen.«

»An der Oboe, oder wie das heißt, Walter Andreas Lombard.«

»Wer redet von der Oboe. Die gehört zum zweiten Pult. Ich bilde den Jungen zum Konzertpianisten aus. Und mach den Manager für ihn. Wenn sie nur drüben nicht merken, wie fantastisch begabt er ist. Dann lassen sie ihn nicht raus.«

»Haben Sie Otmar Renz gesagt, was Sie planen?«

Nach langer Pause erwiderte Walter Andreas Lombard leise: »Nicht so direkt natürlich.«

3

Drei Tage bekam Breuer Renate Reschke nicht zu sehn. Sie war ständig unterwegs. Während Breuer am Schreibtisch saß, Vorgänge sortierte, über Pleesemanns tatsächlich angebohrten Schwimmer nachdachte und den Fall Lombard mehr oder weniger für erledigt hielt. Zwischendurch teilte er am Telefon zweimal Renates besorgtem Mann mit, er wisse auch nicht, mit welcher türkischen Familie Renate gerade beschäftigt sei. Klaus Reschke war Angestellter der Stadtbücherei Steglitz, und er sah seine Frau in diesen Tagen nur von Mitternacht bis sechs Uhr früh. Am dritten Tag gegen Abend saßen sich Renate und Breuer endlich wieder an ihren Schreibtischen gegenüber, rührten in Kaffeetassen.

»Ich komm nicht weiter mit Yildiz«, sagte Renate. Sie schien außer Atem zu sein. »Irgendwas stimmt da nicht.«

»Den Obduktionsbefund hab' ich gesehn«, sagte Breuer.

»Dann weißt du Bescheid.«

Breuer balancierte den Kaffeelöffel auf dem linken Zeigefinger. »Ich würde ja sagen, jemand, der an einer doppelseitigen Lungenentzündung gestorben ist, muß vorher irgendwem aufgefallen sein.«

»Würdest du sagen, ja. Ich auch. Aber kein Krankenhaus weiß was von ihr. Kein Arzt. Keine Reaktion auf das Foto in den Zeitungen.«

Breuer schob ihr ein Formular über den Schreibtisch. »Du sollst das hier abzeichnen.«

»Wozu?«

Breuer zeigte: »Hier.«

»Da hat wohl jemand in der Chefetage einen Einfall gehabt.«

»Weil du die Dienstälteste bist. Die Aktenumlaufgeschwindigkeit nimmt zu, der Informationswert ab, also muß mehr unterschrieben werden.«

Renate lehnte sich zurück. »Die Dienstälteste. Mit zweiunddreißig. Aber ist ja wahr, wenn ich an Yildiz denke, bin ich schon über sechzig. Alt und nichts in der Hand. Seit zwei Tagen renn ich überall herum, zu Nachbarn und Freunden und Freundesfreunden der Familie Algan, von einer Kneipe in die andere, nichts. Überall Mißtrauen, Angst, Schweigen. Wenn ich mir das vorstelle. Irgendwo in dieser Stadt liegt eine junge Frau tage-, vielleicht wochenlang mit über vierzig Fieber bei Leuten, die ihr zu trinken und zu essen geben, Ernährungsschäden hatte sie jedenfalls kaum, die aber keinen Arzt holen, die sie einfach sterben lassen, ausglühen, ersticken lassen an den verklebten Lungen, und sie dann bei einem Steinmetz zwischen zwei Grabsteinen deponieren.«

»Vielleicht waren die von so einer Sekte«, meinte Breuer.

»Sekte?«

»Es gibt Sekten, die verbieten ärztliche Behandlung. Man soll nicht in Gottes Pläne eingreifen.«

»Ein türkisches Mädchen. Bei solchen Leuten.«

»Vielleicht die einzigen, die sie aufgenommen haben.«

Renate beugte sich vor, klopfte mit dem Löffel auf den Schreibtisch. »Aber das Kind. Wenn es richtig ist, was hier steht, und Yildiz hat vor drei, vier Monaten geboren, wo ist das Kind?«

Breuer wühlte ein weiteres Formular aus seinen Papieren. »Hier, noch was zum Unterschreiben. Was heißt eigentlich Dammriß?«

»Die Naht von der Scheide zum Anus. Kann bei der Geburt reißen. Im Krankenhaus schneidet man sie ein, damit sie nicht reißt. Reißt sie, franst die Wunde. Das sieht hinterher, wenn die Naht wieder zusammengenäht wird, unschön aus.«

»Bei Yildiz hat's also unschön ausgesehn«, sagte Breuer.

»Ja. Und ich möchte wissen, in welchem Verschlag sie ihr Kind gekriegt hat. Und welcher Arzt das hinterher genäht hat. Und ob und wo das Kind lebt. Oder ob es tot ist. Und ob die Eltern das wußten. Ob Yildiz weggelaufen ist, weil die Eltern ihr Vorwürfe gemacht haben. Oder ob sie weggelaufen ist, damit die Eltern nichts erfahren. Aber der Vater wiederholt immer bloß: Sie hat uns verlassen, es ist Allahs Wille. Und die Mutter weint. Und die Geschwister reißen die Augen auf und sind stumm wie Fische.«

»Fische?« sagte Breuer, »Fische sind nicht stumm. Neuere Forschungen haben ergeben –«

Renate unterbrach ihn: »Was macht eigentlich der Junge, der den Oboisten niedergestochen hat?«

»Heute früh war Haftprüfungstermin.«

»Bei wem?«

»Kernmüller. Der hat den Jungen nach Hause geschickt, wie zu erwarten. Die Verhältnisse von Otmar Renz sind geregelt, er wohnt bei der Mutter in Charlottenburg, die ist Verkäuferin bei Hertie, Vertrauensstellung, und sein Arbeitgeber hat ihn nicht rausgeschmissen, er darf weiter servieren. Aber seine Reaktion hättest du hören sollen.«

Vom Nebenzimmer näherte sich ein Kollege. »Alfonso, du wirst drüben am Telefon verlangt.«

»Stellt doch um«, sagte Breuer.

»Jemand, der eine Zeugenaussage machen will. Du sollst ihn am Haupteingang abholen.«

Breuer sprang auf. »Pleesemann senior? Na endlich.« Er machte ein paar Schritte in Richtung der Tür, hinter der gerade der Kollege wieder verschwunden war, drehte sich zu Renate um: »Sie dürfen mich nicht freilassen, hat Renz gesagt, ich wollte Lombard töten, ich hasse Lombard, ich werde sofort wieder versuchen, ihn zu töten. Und Kernmüller, trocken wie immer: Besprechen Sie das mit Ihrem Anwalt.« Er war schon im Nebenzimmer. Renate hörte, wie er »einen Moment bitte« sagte, und dann stand er wieder in der Tür. »Für dich, Renate.«

Sie schüttelte den Kopf. »Muß wieder auf Tour. Keine Zeit.«

»Herr Hoppe aus Wuppertal«, sagte Breuer. »Er kennt dein türkisches Mädchen.«

Im zweiten Stock war erstaunlicherweise ein freundlicher mittelgroßer Raum noch nicht von der Neuordnung der Kriminalpolizei erfaßt worden. Ein Sofa, ein niedriger Rauchertisch, drei Sessel deuteten darauf hin, daß hier für einen leitenden Beamten geplant worden war. Aber einen Schreibtisch gab's nicht. Auch kein Regal.

Die Planung war offensichtlich ins Stocken geraten. Die Beamten hatten bald heraus, daß man in der Sitzecke ruhige Gespräche führen konnte. Telefone, Türschlagen, Straßenlärm – das kam nur aus weiter Entfernung hier an.

Bernie Hoppe saß etwas gehemmt in einem Sessel und rang, buchstäblich, nach Worten. Die Hände bemühten sich, seine Versuche, nicht Elberfeldisch, sondern Hochdeutsch zu reden, zu unterstützen. Er sprach langsam, mit vielen Pausen, zupfte dabei auch an brauner Cordhose, Cordhemd und Weste, am Parka, der neben ihm lag. Er war untersetzt, hatte ein hübsches rundes Gesicht, dunkle Locken standen ihm vom Kopf ab, die er gelegentlich nervös glättete. Renate ließ ihn reden.

»Bis vorn paar Tagen, ja«, sagte Bernie Hoppe, »da haben wir da gelebt, die Yildiz und ich.«

»In Wuppertal?«

»In Elberfeld, ja. Aufm Ölberg. Da wollt ich ja immer weg. Deshalb bin ich ja nach Berlin, un da haben wir uns getroffen, voriges Jahr, die Yildiz und ich. Dat war schwer, so am Anfang. Die durfte ja nicht allein raus. Die durfte nich tanzen und nich int Kino. Aber et war gleich klar zwischen uns. Un da warn wir so am Sagen und Überlegen, wenn sie achtzehn ist, ziehn wir zusammen, irgendwie, un heiraten. Ich wollt ja nich wieder zurück. Aber et ging nich anders. Der Vater von Yildiz, der hättet nie erlaubt. Also mußten wir weg, weit weg. Un aufm Ölberg, da leben ja noch meine Eltern, in der alten Dreizimmerwohnung. Mein Vater, ders Maler, Anstreicher, der is jetz auf Rente. Un mein Zimmer, also wo mein Bruder un ich, also das hatten sie renoviert und vermietet, weil mein Bruder, der is ja verheiratet und lebt in Schwelm, und ich wollte ja in Berlin bleiben. Aber da is der Untermieter plötzlich wieder ausgezogen, klar, wer will schon aufm Ölberg wohnen, wenn er wat Besseres findet, un so war dat Zimmer wieder frei. Ich red zuviel. Ich hab' nich mehr gepennt, seit sie abgehaun is.«

»Es hilft doch, wenn Sie reden. Ihnen und mir. Dieser Ölberg, wo liegt der? Vor der Stadt?«

»Inne Stadt. Da is ein Viertel, dat heißt so. Weil, elektrisch gibts da erst seit vierzig Jahren, und die Bandweber früher, die saßen bis nach Mitternacht an den Webstühlen und hatten Petroleumlampen. Da isses eng, da siehste nix vom Himmel. Un noch heute, wenn die Leute einmal wissen, der kommt vom Ölberg, dann fressen die dat, die vergessen dat nie. Die sagen immer: Dat isn Ölberger, meinen dat aber vielleicht manchmal gar nicht so abwertend. Der Ölberger is haltn Mensch, der muß arbeiten. Dat isn Arbeiter. Heute wohnen da vor allem Türken. Wie in Kreuzberg isses da, bloß enger, viel enger eben. Von den Deutschen nur noch die Alten. Vielleicht is der Untermieter ja deshalb weg von meine Eltern. Vielleicht wollt er nich mit Türken. Meine Mutter ja erst auch nicht. Aber dann mußte sie, weil immer mehr da waren. Für Yildiz wars ja gut, die fiel so nicht weiter auf.«

Renate zog einen Notizblock aus der Handtasche. »Bitte noch mal der Reihe nach, Herr Hoppe. Also Sie sind zweiundzwanzig und gelernter Elektriker.«

»Ja.«

»Und Sie sind vor einem Jahr nach Berlin gezogen.«

»Mein Vetter, der is bei Borsig, der hat mir da Arbeit beschafft.«

»Wie haben Sie Yildiz kennengelernt?«

»Inner U-Bahn. Ich steh ja auch nich auf Türken. Aber da ist sie von zwei Damen angepöbelt worden. Weil sie ihren kleinen Bruder, der müde von der Schule war, nich aufstehn ließ für eine von den Damen. Dat sah man, dat der Kleine müde war. Bloß die Damen haben et nich gesehn. Un Yildiz konnte et nich erklären. Dat kannte ich, dat ging mir genauso. Dat erste halbe Jahr in Berlin, die Schwierigkeiten mit den für mich vollkommen fremden Menschen, die ich dann kennengelernt hab, die haben mich so in die Verlegenheit gebracht manchmal, mit Reden oder irgendwelchen Bemerkungen, dat ich da manchmal nich rauskonnte. Ich konnte denn keine Antwort geben. Keine konkrete Antwort auf dat, wat der mir da vorgeworfen hatte. Ich konnt dat nicht so formulieren. Zum Beispiel bei nem Lied, was in englische Sprache geschrieben is un eben auch die passende Musik dazu, wenn man versucht, dat int Deutsche zu übersetzen, wortwörtlich, isn Ding der Unmöglichkeit. Man kann dat zwar übersetzen un hinterher lesen, aber man kann dat nich mehr zu der Melodie singen. Un so is dat mit dem Ölberger Platt. Wenn man einem ganz schlagfertig schnell ne Antwort geben will, dann sagt man dat in Platt, bums, dann fallen einem die Worte ein, un der Sinn is vollkommen klar. Un wenn der dann sagt: Was haste denn jetz gesagt, Jung? Dann versucht man, dat int Hochdeutsche zu übersetzen, un dann muß man aufpassen, dat man den nich beleidigt. Dat hab ich die Yildiz angesehn, die wußte genau, wat sie jetz in ihren türkischen Dialekt sagen wollte, aber se konntet nich übersetzen, da hab ich et übersetzt. Du dolles Kaning, hab' ich für die Dame gesagt, du Klappermühl, belästigen Sie gefälligst das Fräulein nicht. Ja, so war dat. So fing et an.«

»Und als Sie heiraten wollten –«

Bernie Hoppe hob die Hände. »Erst mal zurück mit ihr aufn Ölberg, ja. Das war die Idee. Ich dachte, Arbeit findste leicht, die kannten mich doch, die wußten, ich bin gut inne Arbeit. Aber dann war erst nix mit Arbeit, un wie ich endlich Arbeit habe, ist Yildiz weg.«

»Wann war das genau?«

»Vor genau vier Tagen.«

»Und warum ist sie weg?«

»Die hängen ja sehr an ihre Familie, die Türken. Un dann hat sie wohl auch mit andere Türken geredet aufm Ölberg. Oder mit meiner Mutter, die hat immer gesagt, Hochzeit ohne die Eltern der Braut, dat is doch nix. Und Yildiz selbst hat gesagt, sie findet besser, sie redet noch mal mit ihrem Vater. Ich war dagegen. Bringt nix, hab' ich gesagt. Der Alte is so was von hart. Schlägt sofort zu, sagt sie. Mann, was die erzählt hat. Ich hab' gesagt, sie soll et auf Kassette sprechen. Damit sie wat in der Hand hat gegen ihn, wenn er ihr krumm kommt. Hier isse, die Kassette. Die hat sie dagelassen, als sie nach Berlin gefahren ist, per Anhalter oder wat weiß ich, Geld hatte sie ja nich viel.

Hoppe kramte aus dem Parka eine Kassette, hielt sie unentschlossen in der Hand. Renate nahm sie und legte sie auf den Tisch.

»Sie wußten, daß Yildiz nach Berlin gefahren ist?«

»Sie hat nen Zettel dagelassen. ›Lieber Bernie, bin zu Berlin, ruf dir an.‹ Hier, der Zettel.« Er kramte wieder, zerrte den zerknüllten Zettel heraus, reichte ihn Renate. Die strich ihn auf der Tischplatte glatt.

»Hat sie angerufen?«

»Nein«, sagte Hoppe.

»Hatte sie hohes Fieber in den Tagen, bevor sie nach Berlin fuhr?«

»Hohes Fieber?« Bernie Hoppe war überrascht. »Nich dat ich wüßte. Mit Fieber wär sie auch nich gefahren, bestimmt nich, in ihrem Zustand.«

»Zustand?«

Hoppe schien leicht verlegen. »Na ja, sie war schwanger, zweiter Monat. Deshalb sollte ja schnell gehen mit dem Heiraten.«

Renate sah ihn an. »Sie sind sicher, daß Yildiz schwanger war?«

»Absolut. Wir haben alles gemacht.« Er lächelte. »Ich mein, Krötentest, Untersuchung, allet.«

»Wissen Sie noch, wie der Arzt hieß?«

»War ne Ärztin, Dr. Martha Oberstelehn, Elberfeld, Siegfriedstraße 5.«

Renate schrieb die Adresse mit. »Martha Oberstelehn. Und Sie sind dann auch nach Berlin gefahren, als Sie das Foto in der Westdeutschen Allgemeinen sahen?«

»Im General-Anzeiger, ja. Erst dachte ich, sie isset nich. Dann dachte ich, sie isset doch.«

»Seit wann sind Sie hier?«

»Seit gestern nacht. Ich konnte erst weg nach Schichtende.«

»Warum sind Sie nicht gleich zu uns gekommen?«

»In der Nacht?«

»Hier ist immer jemand.«

»Dat konnt ich nich, gleich zur Polizei. Wer geht denn zur Polizei. Ich bin erst dahin, wo die Familie von Yildiz wohnt.«

»Muskauer Straße.«

»Ja.«

»Kennen Sie jemand von der Familie?«

»Keinen. Nur den kleinen Jungen, der damals in der U-Bahn saß. Ich bin da rumgeschlichen zwischen all die Türken und hab gehofft, ich hör wat, ich seh wat. Nix war. Und denn bin ich bei mein Vetter aufe Couch und hab' gegrübelt. Bis heute früh.«

Renate stand auf. »Möchten Sie was essen? Trinken?«

Hoppe griff zögernd nach dem Parka. »Nichts. Danke. Aber sehn möcht ich die Yildiz noch mal.«

»Darum wollte ich Sie gerade bitten«, sagte Renate.

Während der Fahrt in die Invalidenstraße schwieg Bernie Hoppe. Er schwieg auch, als sie in dem gekachelten Raum warteten. Er schwieg noch, als der kleine Beamte im weißen Kittel das Gestell mit der Leiche vor ihn schob. Aber als der Beamte das Tuch vom Gesicht zurückschlug, sagte Hoppe: »Dat isse nich.«

Renate kratzte in ihren sorgfältig stillgelegten Haaren. »Bitte, sehn Sie genau hin.«

»Dat is nich Yildiz«, wiederholte Hoppe sehr bestimmt. Er deckte die Tote weiter auf. Sie war nackt unter den Tüchern. Renate ließ Hoppe gewähren. Der betrachtete intensiv Gesicht, Schultern, Brüste der jungen Frau, zog dann selbst das Tuch wieder höher. »Nein«, sagte er.

»Nicht?«

»Dat is Tecer.«

»Tecer?«

»Dat kam mir gleich so komisch vor, als ich dat Foto inne Zeitung sah. Datet Tecer is, hab' ich nich erkannt. Die hab ich ja auch nur einmal gesehn.«

»Wer ist Tecer?«

»Freundin von Yildiz. Vor zwei Wochen hat sie uns besucht, mit ihrem Baby. Sie hattet gestillt bei uns inne Küche. Aber wo is jetzt Yildiz?«

Renate blickte auf die Kachelwand ihr gegenüber, als könne dort eine hilfreiche Inschrift erscheinen. »Weiß ich nicht, Herr Hoppe. Ich weiß es wirklich nicht«, setzte sie erbittert hinzu.

Auf der Rückfahrt sprach Bernie Hoppe wieder kein Wort. Er schwieg, als Renate einen Kassettenrecorder und die Dolmetscherin ins Besuchszimmer bestellte. Es schien, er produziere in diesen langen Pausen die Wörter, die er gleich, wie unter Überdruck, ausstoßen würde. Sie mußten noch warten, bis Nadja den Text auf der Kassette durchgehört hatte. Renate telefonierte inzwischen vom Büro aus hinter den Eltern von Yildiz her, erreichte sie nirgends. Hoppe saß vornübergebeugt, den Kopf in die Hände vergraben, auf dem unbequemen Sessel, horchte auf die helle Stimme von Yildiz, die Nadja vor- und zurücklaufen ließ, um den Einstieg zu finden. Der Stimme war anzuhören, daß Yildiz in Berlin deutsch gelernt hatte. Hoppe half Nadja nicht, saß wortlos, bis Renate zurückkam.

Nadja drückte die Taste des Recorders.

» –viel frei zu Hause in Türkei«, sagte Yildiz, »mehr frei als Berlin. Wir nicht muß Kopftuch tragen, kann spielen mit Jungen, gehn Kino mit Freundin in Türkei.«

»Jetzt kommt gleich, wie sie den Vater anredet«, erklärte Nadja.

»Erst hier, wenn Deutsche sagen: Türk bei Türke, Deutsche bei Deutsche, wir gehen nicht auf Außenklo mit Türke zusammen, und wenn wir in altes Haus leben, wo Regen und Wind kommt rein, und viel Geld muß bezahlen, erst hier mein Vater sagt: keine Hilfe außer bei Allah. Und wir muß gehen Koranschul und hören böse Strafen von alte Männer, und darf nicht Kino gehen wie deutsche Mädchen, und ich geschlagen, Keller geschlossen, wenn ich Kino gehen will. Oder Frauengruppe. Weil ich –« Auf der Kassette waren Geräusche zu hören, Yildiz lachte. »Bernie, ich spreche Brief für dich.« Aus dem Hintergrund kam Hoppes unverständliche Stimme von der Kassette. Hoppe richtete sich auf.

»Dat war so, da komm ich gerade nach Haus, un da –«

»Nein, der türkische Text steht doch am Anfang«, murmelte Nadja und ließ die Kassette zurücklaufen.

»– un da erklärt sie dat denn«, sagte Hoppe, »warum sie et ihrem Vater nich schicken will. Sie hattet ja nich gegen ihn gesagt, wie ich wollte. Sie wolltet ihm schicken, damit er et versteht, warum sie mit mir is. Aber dann hat sie wohl gedacht, dat es noch besser is, sie spricht persönlich mit ihm. Ja, dat hat se sicher gedacht.«

Nadja schaltete. Jetzt sprach Yildiz türkisch von der Kassette, stockte oft, setzte neu an. »Sevgili babacığım, sevgili anneciğim«, fing Yildiz an, und Nadja übersetzte rasch, wenn Yildiz nach Worten suchte: »Lieber Vater, liebe Mutter, ich habe euch Kummer gemacht, weil ich einfach verschwunden bin. Aber glaubt mir, ich konnte nicht anders . . . Oder hättest du's erlaubt, Vater? Du willst, daß ich den Jungen aus Izmir heirate, den ich nur einmal gesehn habe und der aussieht wie ein Eimer auf Beinen. Aber ich will den Eimer nicht heiraten. Ich will Bernie heiraten, und Bernie ist ein Deutscher. Er meint es richtig. Du weißt, was die deutschen Kollegen sagen, wenn sie einen mit einem türkischen Mädchen sehen. Oder wenn ein deutsches Mädchen mit einem Türken geht. Aber es gibt auch andere. Es gibt Deutsche und Türken, die gut miteinander sind. Bernie ist gut. Und ich liebe ihn.«

Hoppe lehnte sich zurück. Yildiz und Nadja redeten weiter.

»Deshalb bitte ich dich, mir zu verzeihn. Ich möchte nicht heiraten ohne euch alle, ohne dich, ohne Mutter, ohne meine kleinen Brüder und Schwestern. – Sie sagt Namen, Melos, Apo, Sülo – aber das sind solche familiären Abkürzungen, ich kann die jetzt nicht – ich bitte euch alle, habt Bernie so lieb wie ich, habt ihn lieb, seid seine Freunde. Vorgestern war Tecer hier. Der Vater von Tecer wollte nicht, daß sie ihren Griechen heiratet. Die Mutter von Alexis wollte nicht, daß Alexis eine Türkin heiratet. Jetzt ist er tot, weil das Gerüst in Köln eingestürzt ist. Und sie hat ein süßes Baby, aber keinen Mann, keine Familie mehr, ein türkisches Mädchen mit einem Griechen, das ist für euch ja das Ende der Welt. Lieber Vater, sie wollte trotzdem zurück nach Berlin, weil sie da zwölf Jahre gelebt hat und gearbeitet hat, in der Kartonagenfabrik Romberg oder Remberg, ich weiß den Namen nicht mehr. Mein Kind ist ein Berliner, sagt sie. Wir haben dagesessen und nur von Toten geredet, von Onkel Erenc, den die Soldaten in Izmir erschossen haben, von meiner Cousine Nevin, die immer so fröhlich war und den Mann nicht heiraten wollte, für den sie bestimmt war. Bißchen Liebe, viel Tod, das ist das Leben, hat Tecer zu Bernie gesagt.«

Hoppe nickte. »Ja, hatse gesagt, dat is wahr.«

»Babaciğim, den böyle bir seye inanmak istemiyorum, Yalvarırım –«, kam die helle Stimme von der Kassette. »Lieber Vater«, sagte Nadja, »ich will das nicht glauben. Ich bitte dich –«

Hoppe sprang auf, drückte die Taste. Die Stimme von Yildiz brach ab.

»Schuldigung«, murmelte Bernie Hoppe, »ich muß jetz – ich kann dat im Moment nich weiter hören.«

4

Breuer war einfach in die Goethestraße gefahren, ohne Anmeldung, hatte geklingelt und der Frau seinen Ausweis durch die knapp geöffnete Tür gezeigt. Sie wohnte in einem der Altbauten gleich um die Ecke neben Hertie. Er wußte, sie war mittags zwischen eins und zwei immer eine halbe Stunde zu Hause. Sie war klein und rund, mütterlich wie aus dem Bilderbuch. Aber sie hatte den Ausweis so lange und sorgfältig geprüft, wie noch niemand zuvor in Breuers Dienstjahren, dann erst hatte sie die Sperrkette entfernt und Breuer zum Zimmer des Jungen geführt. Aus dem Zimmer kam Musik, Klavier und Oboe.

Sie blieb vor der Tür stehn. Die Zweizimmerwohnung war freundlich und aufgeräumt. In der Küche brodelte eine Suppe.

»Ich mach mir Sorgen«, flüsterte sie. »Erstens sowieso, wegen der Messerstecherei. Wegen dem Umgang mit diesem, diesem Mann. Und dann, er geht nicht mehr zur Arbeit. Sitzt immer bloß hier rum und hört diese Musik. Immer das gleiche Gedudel.«

»Wir werden sehn«, sagte Breuer, während sie die Tür öffnete. »Lassen Sie mich allein mit ihm.«

Das Zimmer war kahl wie eine Gefängniszelle. Bett, Tisch, Stuhl, Kleiderhaken. Kein Poster an den Wänden. Auf dem Tisch stand ein kleiner Kassettenrecorder. Der Junge lag auf dem Bett, die Arme hinter dem Kopf verschränkt, hörte mit geschlossenen Augen.

»Hallo«, sagte Breuer.

Der Junge öffnete die Augen, erkannte Breuer, richtete sich ein wenig auf. »Hallo«, murmelte er.

Breuer zog den Stuhl heran, setzte sich, wartete.

»Die spielen gut zusammen, oder?« sagte der Junge.

»Schumann, nicht?« Breuer war aus einer Kölner Akademikerfamilie ›zur Polizei abgesunken‹, wie seine Mutter das ausdrückte. Die Schwester der Mutter war Pianistin gewesen. Als Kind hatte Breuer ihr oft stundenlang zugehört.

Otmar Renz antwortete nicht, sah an Breuer vorbei auf die leere graue Zimmerwand.

»Ich hätte noch ein paar Fragen«, sagte Breuer.

»Fragen Sie.«

»Warum wollten Sie unbedingt ins Gefängnis?«

»Gegenfrage: Warum läßt man einen Mörder frei herumlaufen?«

»Sie sind kein Mörder.«

Die Reaktion war schnell und heftig: »Ich wollte ihn töten!«

»Behaupten Sie«, sagte Breuer ruhig. »Ich behaupte, Sie wollten ihn nicht töten. Keiner der Stiche, die Sie Lombard beibrachten, war lebensgefährlich. Sie haben ihn vorsätzlich nur leicht verletzt.«

Otmar Renz antwortete nicht.

»Die Kassette ist aus Lombards Wohnung?« fragte Breuer. »War die nicht beschlagnahmt?«

»Hab' sie wiedergekriegt«, sagte der Junge.

»Sie brauchten Lombard nicht niederzustechen, wenn Sie diese Musik hören wollten.«

»Nein.«

»Die Oboe, das ist er doch, Lombard?«

»Ja.«

»Und der Junge aus Ost-Berlin spielt Klavier?«

Otmar Renz rührte sich nicht. Erst nach vielen Sekunden erwiderte er: »Soll ihm ja gutgehn, dem Walter. Soll beiden gutgehn. Aber ich, wo sollt ick denn hin? Int Jefängnis jehts einen jut. Da is ma wech vont Fenster, sieht nischt mehr, hört nischt mehr. Da kommt ma ssu Ruhe.«

»Ich wär da nicht so sicher.«

»Da hat man seine Ruhe. Wenn man reinkommt.«

»Hier haben Sie doch auch Ihre Ruhe.«

»Ebent nich.«

Klavier und Oboe kamen auseinander. Die beiden Musiker lachten. Dann war Lombards Stimme zu hören: »Du mußt das schneller nehmen. Hier die Triole –« Und der Klavierspieler sagte: »Aber der Auftakt –« Dann diskutierten sie ruhig, sachlich, der Klavierspieler probierte die Stelle solo. »Ja, genau. Also ab Takt 74.« Sie setzten neu ein.

Breuer hatte den Jungen beobachtet. Der Junge hatte über ihn hinweg teilnahmslos zur Wand gesehn.

»Sie rufen jeden Tag im Krankenhaus an«, sagte Breuer. »Stimmt's?«

Keine Antwort.

»Ich glaube, ich würde wieder ins Forsthaus gehn. Mensch, ich würde wieder arbeiten.«

Der Junge schloß die Augen, um zu zeigen, daß er keine Lust mehr hatte, weiterzureden. Breuer betrachtete die langen seidigen Wimpern.

»Sie ja«, murmelte Otmar Renz. »Sie würden. Ich nicht. Wozu denn?«

Ein Dutzend türkische Erwachsene und einige türkische Kinder warteten beunruhigt, aber stumm in einer Ecke des gekachelten Raums. Renate stand neben einem braungebrannten Athleten vor dem Gestell mit der Leiche. Der Athlet war Sportstudent und amtlicher vereidigter Dolmetscher. Er war gerade aus der Türkei gekommen. Das hatte er auch gleich zur Begrüßung den Türken erklärt. Manchmal streifte ihn jetzt ein Blick aus der türkischen Ecke, als sei an seinem von türkischer Sonne gebräunten Gesicht etwas zu entdecken, das an die Heimat erinnern könnte. Da war aber nur ein selbstgefälliges, beflissenes Lächeln, das weder zum Sportstudenten noch zum Dolmetscher paßte.

Renate schlug das Tuch von der Leiche zurück. Das Gesicht des Mädchens hatte sich verändert, es wirkte strenger und schöner, auch älter. Und abweisend. Schmerz und Anspannung waren verschwunden.

»Zuerst bitte Herr und Frau Algan«, sagte Renate zur türkischen Ecke hinüber.

Zögernd näherten sich die Eltern von Yildiz. Der Vater schien gebeugter, die Mutter hatte ein starres, ausgeweintes Gesicht unter straff gebundenem Kopftuch.

»Fragen Sie gleich auf türkisch, damit's keine Mißverständnisse gibt. Ob Herr und Frau Algan dabei bleiben, daß diese junge Frau ihre Tochter Yildiz ist.«

Der Athlet nickte, wendete sich, weiterhin lächelnd, auf türkisch an die Eltern.

Der Vater antwortete leise und entschieden, die Mutter nickte nur.

»Sie bleiben dabei«, sagte der Athlet. »Es ist Yildiz.«

Renate hätte ihm gern ans Schienbein getreten, um das Lächeln aus seinem Gesicht zu treiben.

»Jetzt der Vater von Tecer«, sagte sie.

Ein kleiner grauhaariger Mann näherte sich, blieb neben den Eltern von Yildiz stehn, ohne sie anzublicken.

»Fragen Sie, ob er dabei bleibt, daß diese junge Frau nicht Tecer ist.«

Lächelnd erkundigte sich der Athlet. Der grauhaarige Mann antwortete bedrückt.

»Er bleibt dabei«, sagte der Athlet. »Es ist nicht Tecer.«

»Jetzt die Freunde und Verwandten«, rief Renate.

Die übrigen Männer und Frauen näherten sich. Zwei Frauen hielten kleine Kinder an der Hand. Ein paar größere Kinder gingen mit den Männern.

»Fragen Sie, ob jemand die Tote kennt.«

Der Athlet fragte. Ein Gemurmel entstand, schwoll an, brach ab. Der Athlet antwortete, und das Lächeln verstärkte sich: »Außer zwei Frauen und einem Mann kennt keiner die Tote.«

»Wer sind die Frauen und der Mann?«

Der Athlet zeigte: »Die beiden da. Und der.«

»Und was sagt er?«

»Daß es Yildiz ist.«

Plötzlich sprudelte ein kleiner Junge aufgeregt los. Unter den Erwachsenen begann heftiges Flüstern.

»Was hat er gesagt?« fragte Renate schnell.

»Das ist nicht Yildiz, das ist Tecer.«

»Komm mal her, mein Junge«, sagte Renate, während das Gemurmel abnahm. Der Junge schüttelte den schwarzhaarigen Kugelkopf, sagte ganz schnell ein paar Worte, dann deutlich: »Yok, yok, bu Yildiz.«

»Er verbessert sich. Er hat sich geirrt. Es ist Yildiz.«

»Und was haben die alle so gemurmelt?«

»Er soll gefälligst genau hinsehn. Soll nicht dumm quatschen.«

»Verdammt noch mal, wovor haben die Angst. Fragen Sie das. Wovor die Angst haben.«

Als der Athlet die Frage übersetzt hatte, erstarb das Gemurmel. Schweigend, abweisend, bedrückt standen die Leute um das tote

Mädchen herum. Dem Athleten kam das Lächeln abhanden, endlich. Aber Renate brauchte ihn nicht mehr. Sie sah, die Leute waren zu keiner Auskunft mehr zu bewegen.

Breuer kam nicht dazu, sich wieder ungestört mit Pleesemanns Gift zu beschäftigen. Dauernd riefen Leute an, die ihn nicht interessierten, die er weiter verbinden mußte. Oder Akten mußten gegengezeichnet, ein Staatsanwalt beruhigt, eine Rentenbescheinigung geprüft werden.

Gegen vier Uhr nachmittags rief das Urban-Krankenhaus an.

»Was? Aber das ist – wie kann das passieren? Wie kann jemand an Kreislaufversagen sterben, der in der Intensivstation –. Ja, ich weiß. Aber es bleibt doch – ja. Eine Bitte. Das ist wichtig. Da ruft jeden Tag einer an bei Ihnen und erkundigt sich nach dem Gesundheitszustand von Lombard. Sagen Sie ihm nicht, daß Lombard gestorben ist. Ich will das selbst –. Ich weiß, daß Sie niemandem Auskunft geben dürfen. Aber es könnte ja sein – was? – Das sagen Sie jetzt erst? – Was heißt, eben erst erfahren. Ihr könnt doch nicht – mir doch egal, ob der Esel, der da gequatscht hat, ein promovierter Esel ist oder – ach was.«

Breuer knallte den Hörer auf den Apparat, stürzte aus dem Büro, griff sich im Hof einen Streifenwagen mit zwei Beamten, die gerade zu ihrem Abschnitt zurückfahren wollten. Die Beamten waren mürrisch, weil sie den Feierabend entschwinden sahen, aber sie brachten ihn zur Goethestraße, gingen auch mit ihm ins Haus. Es war gegen sechs. Die Mutter würde noch bis gegen sieben bei Hertie sein. Er war so schnell die Treppe hochgerannt, daß er keuchend vor der Wohnungstür stand. Dahinter, sehr leise, aber deutlich zu hören: die Musik. Oboe und Klavier.

Die Beamten waren knapp im dritten Stock angelangt, als Breuer schon Sturm klingelte. Er schlug gegen die Tür, klingelte und brüllte: »Renz! Hören Sie! Renz! Aufmachen!« Und nach unten zu den Beamten: »Wir können nicht warten, bis wir bei Hertie die Mutter gefunden haben.« Er klingelte und schlug gegen die Tür. »Aufmachen! Polizei!«

Erschöpft hielt er inne. Die Nachbartür öffnete sich. Ein alter Mann sah heraus.

»Brechen Sie die Tür auf«, sagte Breuer zu den Beamten, die jetzt neben ihm angekommen waren.

Nach ein paar Tritten und Schulterstößen splitterte die Wohnungstür aus dem Schloß. Otmar Renz lag in der Badewanne, nackt, röchelnd, bewußtlos, blutüberströmt. Er hatte sich die Pulsadern aufgeschnitten. Auf dem Klodeckel neben ihm stand der Recorder. Zehn Minuten später war er im Klinikum Charlottenburg, dreißig Minuten später sagte ein Arzt dem im Gang wartenden Breuer: »Er hat's glücklicherweise nicht sehr geschickt gemacht. Er wird durchkommen.«

5

Sechs Monate später, Ende September, brachte Renate Reschke nach Dienstschluß ihrem Kollegen Breuer ein paar Akten nach Hause. Breuer hatte sich den rechten Oberschenkel gebrochen, als er von einem Heroindealer überfahren worden war. Sein bester Flanellanzug war dabei ruiniert worden. »Ich komm ganz gut zurecht«, hatte er bei der Entlassung aus dem Krankenhaus erklärt, »ich brauch keine Hilfe.« Und benutzte die zehn Tage, die er noch krankgeschrieben war, um seiner Sammlung von Standuhren, die überall in der Wohnung tickten, rasselten, gongten, eine weitere hinzuzufügen und alle zu putzen und zu ölen. Aber jetzt wollte er sich wieder aufs Kreuzworträtsellösen vorbereiten.

Renate hatte ihn lange nicht gesehn. Kurz vor seiner Verletzung hatte sie, vergeblich, eine Selbstmörderin zu retten versucht, die im achten Stock eines Charlottenburger Hochhauses unentschlossen im Fenster hockte. Renate hatte neben ihr im Nachbarfenster gehockt und stundenlang auf sie eingeredet. Die Frau hatte wissen wollen, ob Renate ihrem Mann auf diese altmodische Weise treu sei. Ob sie nicht mal mit einem Kollegen ins Bett gehe. Und Renate hatte erklärt, daß sie auf diese altmodische Weise treu sei und daß der einzige ihrer Kollegen, der ihr sonst noch gefalle, schon deshalb nicht in Frage komme, weil er, ohne es selbst zu wissen, homosexuell sei. Das Gespräch war von Beamten des Staatsschutzes mit Richtmikrofon ein paar Zimmer weiter ohne Wissen von Renate mitgehört worden; die junge Frau stand im Verdacht geheimdienstlicher Tätigkeit für eine fremde Macht. Einen Tag später war in allen Referaten der Kripo bekannt, daß Frau Reschke keinen ihrer Kollegen mochte und Breuer für schwul hielt. Ihr war das fatal. Sie hatte sich, Tochter eines Busfahrers der Berliner Verkehrsbetriebe, zur Polizei hinaufgearbeitet. Sie wollte gut auskommen mit den Kollegen. Und schon gar nicht wollte sie Breuer schaden. Aber bevor sie mit ihm reden konnte, war er im Krankenhaus. Sie hat ihn dann zwar im Krankenhaus besucht. Aber immer waren andere Leute dabeigewesen. Und ihr schien, er verhielt sich ihr gegenüber auch ziemlich reserviert.

Davon war jetzt, als sie zwischen zwei Standuhren auf einem Biedermeiersofa saßen, nichts mehr zu merken. Sie tranken Cognac und plauderten. Sein neuer Flanellanzug war feiner denn je. Er drehte einen Stock spielerisch in der Hand. Die Akten mit der Aufschrift ›Pleesemann‹ lagen unbeachtet auf dem Fußboden.

»Ich weiß ja, was du mir schon lange sagen willst«, meinte Breuer plötzlich und bemühte sich, ihre vom Haarfestiger betonierten Haare zu übersehen. »Aber mach dir da keine Gedanken. Das war schon richtig, was du da im Hochhausfenster verkündet hast. Es war hilfreich für mich. Ich hab' lange nachgedacht darüber. Und ich muß dir sagen, du hast recht. Ich hab's nicht wahrhaben wollen. Jetzt weiß ich's. Und mir ist egal, was andere darüber denken.«

»Trotzdem tut's mir leid«, sagte Renate.

»Braucht's nicht«, sagte Breuer.

»Ich tratsch sonst nicht rum.«

»Weiß ich. Aber mir geht's jetzt besser als vorher, glaub mir.«

»Na dann«, sagte Renate erleichtert. Sie trank ihr Glas leer. »Dann kannst du ja jetzt wieder zurück zu Pleesemanns Gift.«

»Ja, kann ich«, sagte Breuer ernsthaft.

»Außer dir will da niemand mehr ran.«

»Eben.«

»An meine Türkin will auch niemand mehr ran.«

»Da siehst du's.«

»Ich frage mich, was für Chancen hab' ich noch.«

»Es ist nur eine Frage der Zeit.«

Sie stand auf. »Ich muß gehn. Mann und Kind wolln mich mal endlich wieder zum Abendessen zu Hause haben. Danke für den Cognac.«

»Noch einen für den Heimweg?«

»Einen Kreuzworträtsellöser regt wohl nie was auf?« sagte sie plötzlich erbittert. Das Geticke der Standuhren machte sie nervös.

»Ihn darf nichts aufregen«, antwortete Breuer melancholisch. »Sonst kriegt er nichts raus.«

»Hundertmal alles durchgedacht! Wenn die Tote niemand anders als Tecer ist, und davon bin ich überzeugt, warum behaupten die Eltern von Yildiz, die ist Yildiz? Warum behaupten die Eltern von Tecer, die ist nicht Tecer? Wo ist Yildiz? Lebt sie noch? Wahrscheinlich nicht. Wer hat sie umgebracht? Der Vater? Oder Fanatiker, vor denen auch der Vater Angst hat? Was weiß die Mutter? Was weiß der Vater von Tecer? Und das Kind von Tecer? Lebt es noch? Und wo? Wer steht hinter alldem? Bißchen Liebe, viel Tod, das ist das Leben. So ist es. Und ich hab' einen Haufen Theorien und keinen Beweis. Die halten mich einfach für verrückt, weil ich mit allen möglichen Tricks verhindere, daß die Türkin zur Beerdigung freigegeben wird. Ich hab' da einen Staatsanwalt, der macht mit. Noch. In der Leichenschau sind sie sauer auf mich, weil die Türkin ewig da rumliegt und Kosten verursacht. Ich komm' nicht ran, nirgendwo. Die Eltern von Yildiz und den Vater von Tecer immer wieder verhört, wochenlang. Nichts. Den kleinen Jungen:

nichts.« Außer Atem unterbrach sie sich, stieß mit dem Stiefel nach den Akten auf dem Boden. »Seit einem halben Jahr: nichts!«

»Eine Frage der Zeit, wie gesagt.«

»Welcher Zeit?« fuhr sie ihn an. »Du hast zwanzig Standuhren in der Wohnung. Sag mir, wie lange ich brauchen werde, um die Wahrheit rauszukriegen. Sag's mir.«

Er antwortete nicht. Er horchte zum Vorplatz hin, wo gerade leise die Wohnungstür aufgeschlossen wurde. Sie öffnete sich knarrend, fiel leise wieder ins Schloß.

»Siehst du«, sagte Renate, »du weißt es auch nicht.«

In der Zimmertür erschien ein junger Mann in Jeans und Pullover. Renate blickte ihn überrascht an.

Der Junge lächelte.

»Mein Freund«, stelltc Breuer den jungen Mann vor. »Er kommt aus der Abendschule. Er versucht's mit dem zweiten Bildungsweg. Paar Monate mit Bewährung hat er drauf. Vielleicht erinnerst du dich an den Namen: Otmar Renz.«

Nachbemerkung:

Lisa Kirstwaldts Reportage »Jesus kam nicht bis zum Ölberg« verdanke ich wichtige Anregungen und Hinweise für diese Geschichte.

Toxicana

von

Friedhelm Werremeier

Bis zu fünf Stunden haben die Menschen vor dem Hamburger Strafjustizgebäude Schlange gestanden, um am ersten Tag des Toxicana-Prozesses dabei zu sein. Es geht um aufregende nackte Tatsachen, wie die Zeitungen geschrieben haben – und vor allem geht es, was die Leute immer interessiert, um Gift. Alles in allem geht es um eine total verrückte Geschichte, um einen unvorstellbar grausamen Giftmordanschlag und seine Folgen:

Der bekannte Chemiker Erich Studenski, 48, soll seiner sechs Jahre jüngeren Ehefrau Ute-Marianne das Pflanzenschutzmittel Toxicana, das dem Fall seinen Namen gegeben hat, verabfolgt haben. Die blonde, ungewöhnlich schöne Frau, genannt Utta, war daraufhin lebensgefährlich erkrankt und am Ende gestorben; über seine Tat hinaus hatte Studenski, wie sich vor dem Schwurgericht noch zeigen soll, geradezu eine Kettenreaktion böser Ereignisse ausgelöst.

Dann ist da allerdings, zusätzlich, noch eins. Das Herbizid Toxicana galt als ungefährlich für den menschlichen Organismus, bevor es durch Studenskis Verbrechen als so überaus tückisch entlarvt wurde; jeder, der sich um seine Garten- und Topfblumen sorgt, kann's heute noch kaufen. Deshalb läuft es jetzt so manchem im Gerichtssaal kalt über den Rücken: er könnte ja leicht das nächste Opfer sein!

Denn in jedem zweiten deutschen Haushalt ist Toxicana vorhanden. Potentielle Giftmörder müssen sich um Arsen oder Zyankali künftig nicht mehr kümmern. Es sei denn …

Der Angeklagte, der einen blauen Anzug und eine blau-weiß-schwarz gepunktete Schleife trägt, starrt ausdruckslos vor sich hin, als der Vorsitzende Richter Faltermeyer die Verhandlung eröffnet. Er wird weder zur Person noch zur Sache Aussagen machen, wie sein Verteidiger Dr. Blunck mitteilt. Also kann der Richter, nachdem Oberstaatsanwalt Portheine die Anklage verlesen hat, bereits früh am Vormittag den ersten Zeugen aufrufen:

Dozent Dr. Walter Schmelle, 38, mit dem Angeklagten nicht verwandt und nicht verschwägert. Ein lebhafter Mann, einer der jüngeren Herren der Hamburger Rechtsmedizin. Der zweifach promovierte Mediziner und Chemiker berichtet ungewöhnlich plastisch von einer seltsamen Szene aus seinem sonst eher eintönigen Institutsleben – über eben jene Stunden, in denen die Toxicana-Affäre geboren wurde.

Vor gut einem dreiviertel Jahr, erzählt Dr. Schmelle, kaum unterbrochen, kam nachmittags ein gutaussehender, jüngerer, bärtiger Mann in einem grünen Parka in sein Dienstzimmer. Der Typ stotterte vor Verlegenheit, packte aber gleich ein großes Gurkenglas aus einer Tüte und stellte es auf den nächstbesten Schreibtisch.

»Was soll das?« fragte Schmelle.

»M . . . mein Name ist Klenze«, sagte der Mann, »ich glaube, in den Gurken ist Gift!«

Schmelle stand auf, sah sich das Glas von allen Seiten an, stellte fest, daß es sich um polnische Importware handelte, und las halblaut vor: »Würzige krumme Gurken, nach altem kaschubischen Hausrezept eingelegt, konserviert mit Hilfe von Lactoflavin . . .«

Er blickte Klenze an. »Wenn Sie das meinen . . . Das ist absolut harmlos! Damit können Sie lange leben!«

Der Mann im Parka nickte. »Das weiß ich. Aber die – die Sache ist die, meine Freundin ist ein Gurkenfan, es ist idiotisch, aber außer Pudding gibt's nichts, wozu sie keine Gewürzgurken ißt. Immer die hier . . .«

Er deutete auf das Glas.

». . . speziell diese Sorte. Und vor einiger Zeit hat sie gesagt, die schmecken plötzlich anders, nicht mal schlechter, aber irgendwie total anders . . . Ja, und dann ist sie sofort danach schwer krank geworden . . .«

Das Glas, sah Schmelle, war noch fast voll. Er erkundigte sich nach dem Nächstliegenden. »Wer hat die Gurken denn eingekauft?«

Da wurde der stämmige Herr Klenze über und über rot. »Der – der Mann meiner Freundin hat da angeblich seine Spezialquelle . . .«

»So, so«, sagte Schmelle betont, »der Mann Ihrer Freundin also!«

Er mußte allerdings noch länger stochern, bis der Gurkenmann endlich flüssiger und der Reihe nach berichtete:

Er, Joachim Klenze, 33, von Beruf EDV-Programmierer, habe seit anderthalb Jahren ein Verhältnis mit einer verheirateten Dame, einer gewissen Ute-Marianne Studenski . . .

Es war der Moment, schiebt Schmelle hier ein, in dem Utta Studenskis Name zum ersten Mal fiel.

. . . ja, und ihr Mann sei leitender Chemiker in einem Pharma-Konzern mit Sitz in Hamburg, ein großes Tier und ein Spinner und Ekel zugleich. Schon, wenn man ihn so sehe mit seinen blauen Arbeitgeberanzügen und den weißen Hemden und den messerscharf gebundenen Fliegen, die er immer trage . . . Jedenfalls habe Ute-Marianne sich schon scheiden lassen wollen, bevor er sie eines Tages zufällig an einer Tankstelle kennengelernt habe. Der Ehemann aber sei von Anfang an strikt dagegen gewesen, und da würden auch alle neueren Scheidungsgesetze nicht helfen, er wolle nun mal ums Verrecken nicht . . .

Klenze hielt sich erschrocken die Hand vor den Mund, aber Dr. Schmelle überhörte es.

»Inzwischen glaube ich aber«, sagte Klenze leise, »daß er Utta nur deshalb nicht laufen läßt, weil er sie umbringen will . . . er haßt sie nämlich, und mich auch, und deshalb wollte ich Sie um Rat fragen . . .«

Im Grunde war Schmelle in diesem Moment drauf und dran, den Mann mit seiner albernen Gurkengeschichte nach Hause zu schicken. Aber irgendwas hielt ihn zurück . . . Vielleicht, wie er heute meint, die dunkle Erinnerung an den deutschen Lehrer, der seiner Frau vor Jahren Brombeermarmelade mit krebserregendem Algengift auftischte, was zunächst auch keiner glauben wollte. »Sie meinen also, daß Herr ...«

»... Studenski, ja ...«

»... daß Herr Studenski Gurken vergiftet, weil seine Frau mit Ihnen fremdgeht?«

»N ... nun ja«, erwiderte Klenze, abermals stockend, »s ... so in etwa. Sehn Sie, angefangen hat das ja schon früher. Und im Moment liegt sie wieder mal im Krankenhaus. Und gestern kommt ihr Mann zu Besuch und bringt ihr genau diese Gurken mit ...«

Wieder zeigt er anklagend auf das Glas.

»... und sie, sie ißt welche davon, und kurz darauf hat sie den schwersten Anfall seit Anfang an. Ich durfte nur mal kurz in die Intensivstation reingucken, man konnte denken, sie ist schon tot, schrecklich ... Ja, und dann habe ich mir gesagt, jetzt will ich's wissen! Ich habe aus dem Schrank in ihrem Zimmer die Gurken mitgenommen, die hatte sie immer da versteckt, weil sie ja sowieso Diät halten mußte ... Und dann habe ich bei der Gesundheitsbehörde angerufen, wer so was untersucht, und da hörte ich von Ihnen ...«

Eine wahr und wahrhaftig obskure Sache, sagte sich Schmelle. »Wie oft kam's vor, daß die Gurken nach Ihrer Ansicht vergiftet waren?«

»Zehn- bis fünfzehnmal ...«

»Immer in Ihrer Wohnung?«

»Ja, ja ... Ich kann ganz gut kochen, wissen Sie, und natürlich machte es mir Spaß, wenn ich für Utta kochen konnte ... Wollen Sie das hören?«

»Bitte!«

»Gut. Gleich beim ersten Mal fragte sie mich, ob ich Gurken hätte ... Ich ging sofort welche kaufen, und sie aß sie auch, aber sie sagte, die Gurken bei ihnen zu Hause wären besser. Und von da an brachte sie sich immer welche mit, wenn sie zu mir kam, die standen dann immer bei mir im Kühlschrank, erst war ich sauer, hinterher war's mir egal. Aber dann hatte sie eines Tages schreckliche Schmerzen im Leib ... Das war das erste Mal, und das war von da an immer, wenn's zum Nachtisch wieder mal Gurken gab ...«

Hier fragte Schmelle seinen Besucher, ob er die seltsamen Gurken auch mal selbst probiert habe.

»Nee, nee«, sagte Klenze erschrocken, »Gott sei Dank kann ich Gurken überhaupt nicht verknusen!«

Trotz und alledem, Schmelle war immer noch skeptisch. »Sie sagten vorhin, Frau Studenski sei mehrfach im Krankenhaus gewesen. Hat sie in dieser ganzen Zeit ihre Gurken tatsächlich immer weiter gegessen?«

Klenze, der gemerkt hatte, daß er ernstgenommen wurde, dachte längere Zeit nach. »Die Sache war ja die ... jeder Mensch hat vermutlich irgendwo 'n Tick. Bei Utta war das mit den Gurken so auffällig, daß ich sie öfter mal gefragt hatte, ob das vielleicht so was wie Schwangerschaftsersatz wäre ... Schwangere sollen ja viel Gurken essen, und sie war nie schwanger gewesen. Und jetzt kommt's ... erstens, wir hatten doch nicht im Traum an Gift gedacht, da hätten doch höchstens die Ärzte drauf kommen müssen ... zweitens, wenn einer Utta vergiften wollte, waren die Gurken wegen ihrem Tick bestimmt das sicherste Mittel, oder?«

»Sicher. Aber eben deswegen ... genau das hätten Sie sich doch früher sagen müssen ...?«

Klenze sah ausgesprochen unglücklich aus. »Haben Sie mal eine Freundin, die immer dürrer und gelber wird ... Ich habe Tag und Nacht darüber nachgedacht, aber es ist mir eben erst gestern eingefallen!«

Schmelle hatte die Ohren gespitzt, als Klenze das Wort »gelb« gebrauchte. Er nahm Klenze deshalb zum Abschluß seines Besuchs in eine Art medizinisches Kreuzverhör und konnte sich schließlich sogar ein halbwegs präzises Bild machen:

Ute-Marianne alias Utta Studenski war insgesamt dreimal stationär behandelt worden, sie war angeblich auch schon mal operiert worden, anscheinend ohne Ergebnis. Sie litt an Leberinsuffizienz, war mehrfach an der Grenze des Komas, der tiefen Bewußtlosigkeit, die in den Tod übergehen kann, hatte Bauchwassersucht und eben auch eine durch den Übertritt von Gallenfarbstoffen ins Blut bedingte ikterische Gelbfärbung. Offenbar waren die Symptome auf keine erklärbare Ursache zurückzuführen. Ihr erstes Auftreten jedenfalls fiel, wie Klenze versicherte, tatsächlich genau mit dem Zeitpunkt zusammen, an dem sich die bedauernswerte Frau zum ersten Mal über den neuen Gurkengeschmack wunderte. Und die Höhepunkte des Leidens waren entsprechend die Zeiten nach dem jeweiligen Gurkenverzehr ...

»Also okay«, entschied Schmelle, »lassen Sie dieses Glas hier, geben Sie mir Ihre Telefonnummer und warten Sie, bis ich Sie anrufe!«

»Ist das ... ist das teuer?« fragte Klenze, ungeachtet seiner tiefen Dankbarkeit.

»Sie werden's hoffentlich bezahlen können!« antwortete Dr. Schmelle, nunmehr doch ziemlich kurz angebunden.

So begann, wie er dem Schwurgericht erzählt, die Jagd auf Toxicana. Schmelle untersuchte die Gurken und ihre Lake im Screening-Verfahren, einer Testmethode, mit der man Untersuchungsmaterialien summarisch auf bestimmte Substanzen – hier: auf gebräuchliche Gifte – überprüft. Toxicana fand er jedoch nicht, denn als Gift war es absolut nicht gebräuchlich.

Er verfütterte winzige Gurkenstückchen an weiße Mäuse, was gar nicht so einfach war: sie hatten mit kaschubischen Delikatessen erstaunlich wenig im Sinn. Außerdem schienen sie's zu überleben – und Schmelle goß ein paar Tropfen mit zerstoßenem Gurkenfleisch in ein winziges Aquarium mit zwei kleinen Zierfischen, sogenannten Guppyis. Und damit hatte er, zum Nachteil der Fische, Erfolg.

Nach drei Stunden waren sie tot!

Schmelle, durch diesen grundsätzlichen Giftnachweis endgültig alarmiert, zog sich die Jacke an und lief durch die halbe City, bis er offenbar Studenskis Spezialquelle aufgetan und seine spezielle Gurkensorte aufgetrieben hatte. Damit fütterte er zwei weitere Guppyis, quasi im Blindversuch:

Die Fische lebten weiter, als sei nichts geschehen.

Nur einen Tag noch, sagte sich Schmelle, nur einen einzigen Tag ... Er wollte es einfach nicht wahrhaben, daß er hier einer Giftmischerei auf der Spur war, daß Klenze recht gehabt hatte, daß die Sache Konsequenzen haben mußte ...

Aber als die Fische, mit den frisch gekauften Gurken weiter ernährt, nach zwei Tagen immer noch quietschfidel durchs Wasser schossen, begann er mit der Überprüfung der Klenze-Gurken auf einzelne bestimmte Substanzen. Er hatte zwar ausreichende Mengen an Untersuchungsmaterial zur Verfügung, aber es war eine Heidenarbeit. Und es war trotz allem ein Zufall, daß er den geheimnisvollen Feind am Ende tatsächlich fand – die Substanz, die sich lange Zeit selbst vor der Gaschromatographie verborgen hatte:

»Toxicana!« sagte seine Laborantin und zeigte es ihm; sie war stolz auf ihn und auf sich.

Schmelle legte die Beine auf den Schreibtisch und dachte an Klenze. Ein Naturbursche mit Intelligenz, dachte er, ein Mann mit nicht zu viel und nicht zu wenig Selbstbewußtsein, sicher auch ein sensibler Mensch, vielleicht ein klein wenig verschroben ...

Dann stand er auf. Er ahnte nicht, daß er nicht nur ein Gift, sondern, wie's später hieß, auch einen moralischen Sumpf entdeckt hatte: pflichtgemäß informierte er nicht nur seinen Auftraggeber Klenze, sondern auch die Staatsanwaltschaft. Er erinnerte sich an einen Fall, in dem er bei einer ähnlichen Jagd Tausende von Arzneimitteln und Chemikalien ausgeschaltet und die »richtige« Substanz dennoch nicht gefunden hatte; die Sache war heute noch nicht geklärt. Und so gesehen, stellte er befriedigt fest, war es hier sogar noch relativ schnell gegangen.

»Toxicana«, erklärt er zum Abschluß seiner Aussage vor dem Schwurgericht, »wurde ermittelt unter der Versuchsnummer 98!«

Der Sumpf, von dem in diesem Mordfall seither ständig die Rede ist, schwappt gleich mit der nächsten Zeugin in den Saal. Lou Birgit Virén betritt die Szene, 36, eine seit langem in Hamburg lebende Schwedin in den Grundfarben Zinnober-Schwarz-Blond. Nachdem Erich Studenski kurz nach Schmelles Nachricht an die Staatsanwaltschaft verhaftet worden war, hatte sie sich freiwillig der Mordkommission zur Verfügung gestellt.

»Fotomodell!« sagte Frau Virén, nach allgemeiner Einschätzung ein federleichtes Mädchen, auf die Frage nach ihrem Beruf. Mit dem Angeklagten ist sie im landläufigen Sinn weder verwandt noch verschwägert.

»Aber Sie kennen ihn ja . . .«, stellt der Vorsitzende Faltermeyer fest. Man hat den Eindruck, daß er sich bei der Umstellung auf die neue Atmosphäre in der Verhandlung etwas schwer tut. »Wann und wie, Frau Zeugin, haben Sie das Ehepaar Studenski und Herrn Klenze kennengelernt?«

»Herr Studenski kam vor zwei Jahren als Kunde zu mir«, antwortet sie mit rauchiger Stimme und einem leicht singenden Akzent, »er machte Aufnahmen von mir. Dann wollte er mehr . . . muß ich das denn so genau erzählen?«

»Leider ja . . .«, sagt Faltermeyer ungerührt.

». . . also gut, es kam zu intimen Beziehungen zwischen ihm und mir und seiner Ehefrau!«

Faltermeyer blättert in einer Akte. »Zu dritt, haben Sie bei der Polizei gesagt?«

»Ja. Ziemlich schnell . . .«

Aber da erhebt sich Oberstaatsanwalt Portheine. »Ich glaube nicht, Herr Vorsitzender, daß dieses Thema für fremde Ohren geeignet ist. Ich stelle den Antrag, für die Dauer der Vernehmung der Zeugin die Öffentlichkeit auszuschließen, und behalte mir weitere Anträge vor!«

Faltermeyer flüstert nacheinander mit seinen beiden Beisitzern. Er wirkt etwas ungnädig. Doch dann nickt er.

»Das Schwurgericht gibt dem Antrag statt. Ausschließlich den Vertretern der Presse wird es gestattet, der Verhandlung beizuwohnen. Räumen Sie bitte den Zuschauerraum, Herr Wachtmeister!«

So wird die Frage, wie Erich Studenski in die Unmoral und schließlich an ein scheußliches Verbrechen geraten ist, im kleinen Kreise erörtert. Die Nachtseite eines kultivierten Menschen wird sichtbar, zum ersten Mal in diesem Prozeß: Erdspalten, dann Abgründe scheinen sich aufzutun, es riecht nach Schwefel, ein mit moralischen Maßstäben unvereinbares Doppelleben nimmt Konturen an ...

In Erich Studenskis weißer Villa in Hamburg-Othmarschen kam es, wie Lou Birgit Virén erzählt, mehr und mehr zu sexuellen Exzessen. Es begann damit, daß Utta Studenski eines Tages sie und ihren Mann überraschte, zunächst aus dem Zimmer rannte, anschließend jedoch zurückkehrte und eine Aussprache verlangte. Dabei wurde dann viel Alkohol getrunken, und vermutlich tat Studenski seiner Frau ein aufputschendes Mittel ins Glas ... Jedenfalls ließ sie schließlich ebenfalls alle Hüllen und Hemmungen fallen und sich in das Liebesspiel einbeziehen. Und bei diesem einen Mal blieb's nicht: es kam zu weiteren Zusammenkünften im Schlafzimmer und vor dem Kamin, und am Ende traf man sich jede Woche mehrmals. »Utta war zuerst ein bißchen widerwillig dabei, glaube ich, aber später auch aktiv!«

Studenski brauchte diese Veranstaltungen, um sich als Mann zu beweisen, vermutet die Zeugin. Studenski machte Fotos, die er allerdings entweder nicht entwickelte oder aber in seinen Tresor schloß – herumgezeigt wurden sie nie. Und trotz allem, meint Lou Birgit, liebte Erich seine schöne Frau abgöttisch und außerdem wie ein Hund: er schien unheimlich dankbar zu sein, daß sie sich seinen Wünschen nicht verschloß ...

Die Situation änderte sich, als Utta nach einem halben Jahr ihrerseits einen Partner in die Gesellschaft einführte – den ebenso stattlichen und netten wie schüchternen Joachim Klenze. »Er war von Utta vorgewarnt und trotzdem wie vor den Kopf gestoßen, als wir uns auszogen«, erzählt Lou Birgit, »Erich – Herr Studenski mußte erst lange auf ihn einreden, bevor er mitmachte . . .

»War Herr Studenski denn überhaupt einverstanden?« wundert sich der Vorsitzende.

»Unbedingt!« sagt sie. Sie senkt den Blick. »Ich glaube, es lag auch daran, daß er sich manchmal ein bißchen überfordert gefühlt hatte . . .«

Schon bald jedenfalls machte Klenze scheinbar immer unbefangener mit, wenngleich er sich am liebsten nur mit Utta beschäftigte. Und urplötzlich, ohne Vorankündigung, blieb er fort und Utta mit ihm: »Er hatte sich nämlich in Utta verliebt und Utta in ihn!«

»Woher wissen Sie das?« will Faltermeyer wissen.

»Von Utta selbst«, antwortet sie, »wir sprachen öfter mal miteinander, wenn wir auf Erich warteten. Ich hatte Utta immer sehr gern . . . Deshalb habe ich mich ja auch bei der Polizei gemeldet . . .«

Faltermeyer wartet, bis sie weiter redet. Nicht nur er hat an dieser Stelle den Eindruck, daß die Schwedin keineswegs nur wegen Erich Studenski in dessen Haus kam.

». . . Utta war ein – ein guter Mensch. Sie hatte nie Vorurteile und war – war immer fröhlich, ich meine, bis auf das allererste Mal . . . Und ich weiß nicht, ob Sie das verstehen, Herr Richter, sie war einer der treuesten Menschen, die ich hier in Hamburg kennengelernt habe . . .«

»Treu?« fragte Faltermeyer verdutzt.

»Ja, treu!« sagt sie entschieden. »Treu und zuverlässig, und sie hat nie was gesagt, was sie nicht so meinte!«

Das Gericht macht eine Pause von fünf Minuten. Anschließend geht's weiter mit der Liebe zwischen Utta und Joachim, Achim, wie sie ihn nannten: sie, letztlich, war ja das Ereignis, an dem sich die Affäre Toxicana entzündete. Die Zeugin Virén ist außer denen, die nicht mehr reden oder reden können, die einzige Person, die alles miterlebt hat.

»Erich lachte zuerst, als er begriff, was passiert war; wir würden uns andere Partner suchen, hat er gesagt. Später aber wurde er wütend, nahm sich Utta in meinem Beisein vor und drohte ihr: das ist gegen die Spielregeln! So haben wir nicht gewettet! Du wirst dein blaues Wunder erleben, das kann ich dir versprechen!«

Faltermeyer hakt ein: »Haben Sie das als Ankündigung aufgefaßt, er werde seiner Frau was antun?«

»Damals nicht«, sagt Lou Birgit, »aber inzwischen sieht das ja anders aus, oder?«

Ausgerechnet Oberstaatsanwalt Portheine wertet Studenski in dieser Situation auf. »Ich kann mir kaum vorstellen, Herr Vorsitzender, daß er in Gegenwart dieser Zeugin seine Absicht angekündigt haben soll, seine Frau umzubringen!«

Die Zeugin wehrt sich. »Herr Studenski betrachtete mich als seine feste Freundin!«

»Ach«, sagt der Staatsanwalt, zu ihr gewandt, voller Hohn, »gab er Ihnen vielleicht deshalb Geld für Ihre Teilnahme an seinen lustigen Veranstaltungen? Oder gab er Ihnen das, was Sie tariflich von ihm forderten?«

Der Richter klopft mit dem Stift auf die Tischplatte. Aber Verteidiger Dr. Blunck steht auf, bevor Lou Birgit anworten kann. »Ich wate hier doch wie alle Prozeßbeteiligten in einem sittlichem Sumpf«, erklärt er feierlich. »Ausschweifungen waren, wie wir gehört haben, unter dem Einfluß von Alkohol und vermutlich auch Drogen im Hause Studenski an der Tagesordnung. Was spricht in einem solchen Szenarium dagegen, daß der Initiator solcher zügellosen Zusammenkünfte auch einer bezahlten Person gegenüber Andeutungen macht, er spiele mit dem verderbtesten aller menschlichen Gedanken – dem Gedanken an eine Tötung?«

Berichterstatter, die den Fall nicht ganz genau kennen, müssen wahrhaftig annehmen, daß die Prozeßparteien ausgewechselt worden sind. Faltermeyer jedoch klopft nur heftiger auf den Tisch. »Ich darf Sie dringend bitten, Herr Rechtsanwalt, sich gewisse Dinge fürs Plädoyer aufzuheben!«

Lou Birgit Virén, die sich die Hakelei mit zunehmender Verständnislosigkeit angehört hat, sieht von einem zum anderen. Sie ist sichtlich erleichtert, als sie im Anschluß daran dankend entlassen wird.

Gegen Abend, wieder vor Publikum, verliest das Schwurgericht eine Aussage Erich Studenskis vor der Mordkommission – die einzige, die er nach seiner Verhaftung gemacht hat. Er war damals gegen Abend »abgeholt« worden, hatte sich, wie die Beamten notierten, erst noch rasiert und seinen üblichen feinen blauen Anzug angezogen – und schien, das vor allem, überhaupt nicht überrascht zu sein. Jetzt soll, so plant das Gericht, mit seinen Worten eine Brücke geschlagen werden, die Brücke zwischen der Aufdekkung seiner Giftmordversuche und seiner merkwürdigen Triebhaftigkeit. In einem Begleitprotokoll zur Aussage ist im übrigen davon die Rede, daß die Beamten, die zu Studenski gingen, vor dem Haus den äußerst erregten Programmierer Klenze antrafen: Dieser habe die Absicht geäußert, Studenski totschlagen zu wollen.

Nach den Angaben des – durch das Erscheinen der Polizei möglicherweise geretteten – Erich Studenski stammt er selbst aus kleinbürgerlichen Verhältnissen, hat sein Studium der Chemie unter ziemlichen Entbehrungen absolviert und kurz vor der Promotion das Handtuch werfen müssen. Allerdings hatte er bis dahin glänzende Examina abgelegt, und nach mehreren eher unbefriedigenden Tätigkeiten fand er einen für ihn idealen Job als Leiter der Stabsstelle Ökologie in dem Pharma-Konzern, in dem er bis zuletzt tätig war. Dort untersuchte er die Beziehungen der Lebewesen zu ihrer Umwelt, die seit jeher durch jegliche chemische Produktion belastet werden.

Studenski galt auf diesem Gebiet als As, wie er selbst in aller Bescheidenheit mitteilte. Seine finanziellen Verhältnisse waren nicht nur gesichert, sondern er hatte zahlreiche Erfindungen gemacht und dadurch längst auch eine Menge Geld über; so was, erkannte er selbst, bringt die Menschen selten auf gute Gedanken. Über seine Ehe und deren Entgleisung sowie seine erotischen Absonderlichkeiten wollte Studenski im einzelnen zunächst gar nichts sagen; angeblich, behauptete er, sei seine Verbindung mit Ute-Marianne, geborene Meistermann, bis zuletzt glücklich gewesen. Von gegenseitigem Haß, wie der damalige Zeuge Klenze vermutet hatte, könne man sicher nicht sprechen. Im übrigen seien Geisteskrankheiten seit Generationen weder in seiner Familie noch in der seiner Frau vorgekommen; gleichwohl habe der gemeinsame Wunsch bestanden, auf Kinder zu verzichten.

Auf eingehendes Befragen durch den vernehmenden Beamten räumte Studenski dann doch ein, daß er, nach eigener Beobachtung, »ziemlich kaputt« sei. Er sehe sich selbst als äußerst korrekten, sicher fast peniblen Menschen, der alles in sich hineinfresse und oft darunter leide; auch wisse er, daß er seine Mitmenschen, so vor allem seine Frau, durch seine »Macken« gelegentlich gekränkt und gestört habe.

Dies sei vor allem auf sexuellem Gebiet so gewesen – es sei ihm jedoch unmöglich gewesen, seine zunächst geheimen Triebe und Begierden auf Dauer zu unterdrücken. So sei manches in der Tat zu einem festen Ritus geworden, was er sich und anderen nur so erklären könne:

»Mein Beruf erschöpfte mich mehr und mehr, ich fand in den freizügigen Begegnungen mit anderen Menschen den einzigen Ausgleich. Man kann sagen, daß ich zuletzt süchtig war nach solchen Abenden, sie waren streckenweise das einzige, was mich am Leben zu halten schien. Die Frage allerdings, warum ich hier meine Ehefrau einbezog, verstehe ich nicht ... Da ich davon ausgehen mußte, daß mir die Zusammenkünfte Entspannung bereiteten, setzte ich es umgekehrt wohl auch bei ihr voraus. Inzwischen sehe ich ein, daß ich mich in einem grundlegenden Irrtum befand . . .«

Trotz allem, was passiert sei, glaube er immer noch, daß er seine Frau sehr liebe und auch von ihr geliebt werde. Er habe sie mit sechsunddreißig geheiratet, als er bereits recht erfolgreich war und ihr ein gutes Leben bieten konnte – dennoch sei sie gewiß nicht nur dadurch veranlaßt worden, seinem Werben nachzugeben. »Sie mochte mich als Mann und als Mensch, glaube ich sagen zu können. Sie kam aus einer Arbeiterfamilie, hatte jedoch die Mittlere Reife geschafft und war medizinisch-technische Assistentin, als ich sie bei einem routinemäßigen Besuch beim Arzt zufällig kennenlernte. Mir imponierte natürlich ihr Äußeres, aber gleich bei unserem ersten Abend zu zweit auch ihre Klugheit und Konsequenz in allen Dingen. Ich fühlte mich geschmeichelt, daß ich ihre Zuneigung erringen konnte, wenngleich ich allgemein als gutaussehend bezeichnet werde. Von meiner Seite aus war es unbedingt die große Liebe auf den ersten Blick . . .«

An dieser Stelle hatte der Beamte einen Passus eingefügt, in dem er sich darüber wunderte, daß Erich Studenski von seiner damals noch lebenden Frau stets in der Vergangenheitsform sprach. Studenski, darauf angesprochen, sei in Tränen ausgebrochen und habe schluchzend gesagt: »Es ist so schade, daß jetzt alles vorbei ist!«

Ungeachtet seiner deutlichen Erschütterung aber war der Beschuldigte wachsam geblieben, als er gefragt wurde, ob und warum er seine über alles geliebte Frau vergiftet habe. Bei Toxicana, hatte er abschweifend erklärt, handele es sich um eine Essigsäureverbindung mit einer ungewöhnlich komplizierten Molekularstruktur, die ihn seit jeher auch beruflich beschäftigt habe. Zu der Frage indessen, ob er seine Frau vielleicht als »Versuchskaninchen« benutzt habe, schwieg er sich zunächst wieder aus.

Erst, als die Polizei eingehender auf das Verhältnis zwischen Utta Studenski und Achim Klenze zu sprechen kam, begann er wieder zu reden. Diese Verbindung habe ihn tatsächlich maßlos gestört, gab er zu, als sie sich über die rein körperliche Begegnung hinaus zu einer echten Liebesbeziehung entwickelte: es sei dies das erste und einzige Mal gewesen, daß er sich von seiner Frau betrogen fühlte. Er sei natürlich wütend, aber vor allem zutiefst gekränkt und verletzt gewesen; mehr denn je hätten ihn Depressionen heimgesucht. So habe er das graue, wasserlösliche Toxicana am Ende tatsächlich in die Gurken gemischt, um Utta einen »Denkzettel« zu verpassen. Sie sollte leiden, weil auch er litt, nicht aber ernstlich krank werden oder gar sterben; auch habe er gewiß nicht den Gedanken gehabt, seine Frau sei sein Eigentum, mit dem er machen könne, was er wolle.

Er wurde weiterhin gefragt, ob es in der Beziehung zwischen seiner Frau und Klenze ein bestimmtes Ereignis gegeben habe, das bei ihm die Sicherungen durchbrennen und den Giftgedanken keimen ließ; angeblich habe seine Frau sich ja scheiden lassen wollen, ob es vielleicht das gewesen sei?

Da zögerte er lange, wie der Beamte, der das Protokoll führte, niederschrieb. Von der Idee, daß die Scheidungsabsicht ein »Auslöser« gewesen sein könne, wollte er schließlich nichts wissen. Wohl aber räumte er ein, er habe eines Tages beim Betrachten der von ihm angefertigten Partyfotos einen fürchterlichen Wutanfall bekommen: auf einem der Bilder habe seine unbekleidete Frau ihrem ebenfalls nackten Freund Klenze einen derart verliebten Blick zugeworfen, daß es ihm »durch und durch« gegangen sei. Wenn er sich diesen Moment vor Augen führe, halte er es auch für möglich, daß er Uttas Gurken schließlich immer häufiger präparierte, um sie von Klenze fern- und wieder öfter zu Hause festzuhalten.

Studenski wurde zum Abschluß der Vernehmung auf zwei eklatante Widersprüche hingewiesen: einmal tut man einer Person, die man liebt, normalerweise nicht vorsätzlich weh, zum anderen habe gerade er als erfahrener Chemiker wissen müssen, wie gefährlich Toxicana sein könne. Davon jedoch wollte er nichts wissen: Es sei ihm beruflich bekannt gewesen, daß keine mit Toxicana verwandte Verbindung in ihrem jeweiligen Anwendungsbereich jemals ›auffällig‹, also gefährlich, gewesen sei. Also habe er, abgesehen davon, daß er sich heute selbst nicht mehr verstehe, von der verhängnisvollen Tragweite seines Handelns keine Ahnung haben können.

Eben dies aber wird Erich Studenski am nächsten Prozeßtag, bei unvermindertem Andrang des Publikums, widerlegt. Seine ehemalige Raumpflegerin erzählt dem Schwurgericht, er habe ihr mal erschrocken eine Scheibe Brot mit Rotwurst aus der Hand geschlagen, die sie gerade essen wollte. Erst habe sie glauben müssen, er gönne sie ihr nicht; nachdem sie jedoch wisse, was passiert sei, müsse sie doch wohl annehmen, daß er auch andere Lebensmittel vergiftet habe.

»Haben Sie bei Ihrer Arbeit jemals Gurken gegessen?« fragt der Ankläger.

Sie hält sich entsetzt die Hand vor den Mund: Darüber hat sie noch nie nachgedacht. »Nein, nie . . . Aber das ist der pure Zufall, ich konnte sonst essen, was ich wollte . . .«

». . . ja, ja«, sagt Portheine versonnen, »da haben Sie aber wirklich Glück gehabt!«

Drei Krankenschwestern, die Utta Studenski bei ihren stationären Aufenthalten gepflegt haben, vermitteln dem Schwurgericht ein Bild der jeweiligen Situation in der Klinik. Erstens, sagen sie übereinstimmend aus, habe nach außen hin ein recht gutes Verhältnis zwischen den Eheleuten bestanden, jedoch sei Frau Studenski nach Besuchen ihres Mannes regelmäßig sehr depressiv gewesen. Zweitens habe Herr Studenski weder beim ersten noch beim zweiten Krankenhausaufenthalt seiner Frau Gurken oder andere Lebensmittel mitgebracht, beim dritten sei man sich da nicht so sicher. Und drittens: die Symptome des letzten schweren Anfalls hätten sich tatsächlich unmittelbar nach Studenskis letztem Besuch angekündigt – es sei so auffällig gewesen, daß man selbst in den Reihen des Personals an eine Vergiftung gedacht habe.

»Warum haben Sie das für sich behalten?« fragt Verteidiger Dr. Blunck grollend.

Zwei Schwestern wissen dazu nichts zu sagen. Die dritte jedoch antwortet klipp und klar: »Man kann sich im Krankenhaus ziemlich schnell den Mund verbrennen, wenn Sie verstehen, was ich meine!«

So geht's weiter: Von Stunde zu Stunde wird Studenskis Verbrechen enger eingekreist. Arbeitskollegen, Untergebene aus seiner Stabsstelle, berichten, daß er schon sehr früh die Verwendung von Versuchstieren für seine Arbeit gefordert und durchgesetzt habe; in der letzten Zeit allerdings sei der Verschleiß an Tieren enorm gestiegen. Auch habe man sich gewundert, daß Studenski immer mehr mit Toxicana experimentiert habe, obgleich es da – entgegen seiner Ansicht – eigentlich wenig zu forschen gebe; der Sinn seiner Tätigkeit sei nie jemandem klar geworden.

Und schließlich kommt die Polizei in den Saal: Ein Kriminalhauptkommissar, ein Oberkommissar und drei Sachbearbeiter der Mordkommission im Range von Hauptmeistern setzen an diesem Teil des Indiziengebäudes den Schlußstein. Nach ihren Aussagen steht mit allerletzter Sicherheit fest, daß Studenski seiner Frau tatsächlich nicht nur ein bißchen Bauchweh verpassen wollte, sondern von vornherein mit unbedingtem Tötungsvorsatz handelte:

Er hat den aus seiner Sicht entscheidenden Fehler begangen, ein Tagebuch in Steno zu führen, das entschlüsselt werden konnte. Zwei Sätze darin wurden so übersetzt: »Wenn Utta tot ist, wird sie alles begriffen haben. Sie hätte früher wissen müssen, daß mich ihre heimliche Fickerei mit Joachim K. aus dem Gleichgewicht brachte, das mir alles bedeutet – ich kann nicht anders!«

Richter Faltermeyer läßt sich das schwarze Oktavheft zeigen und studiert fast angewidert die scheinbar harmlosen Kürzel und Schnörkel. Bevor er die Verhandlung vertagt, läßt er sich von einem Sachverständigen für Kurzschrift bestätigen, daß ein bestimmter Strich mit Unterlänge effektiv keine andere Deutung als die eines großen F zuläßt.

Am dritten Prozeßtag schlägt die eigentliche Stunde der Ärzte und Professoren. Ute-Marianne Studenski hat, als sie es noch konnte, die Mediziner von ihrer Schweigepflicht entbunden. Ob es jetzt, nachdem sie tot ist, noch nötig wäre, ist eine alte Rechtsfrage, hier ohne Bedeutung.

Ihr Hausarzt Dr. Schießl blättert die primäre Krankengeschichte auf. »In Stichworten. Als die Patientin zu mir kam, klagte sie über einen rapiden Kräfteverfall, Appetitlosigkeit und unspezifische Oberbauchbeschwerden. Die Labortests zeigten einen Leberschaden, zusätzlich konnte ich ein vergrößertes Organ erfühlen. Eine Virushepatitis, an die ich als erstes gedacht hatte, war vermutlich auszuschließen, zu denken war vorrangig an eine nur im Krankenhaus anzugehende chronische Hepatitis!«

Professor Rosencrantz, ein prominenter Internist, der Utta Studenski insgesamt dreimal stationär betreute, spricht fast unhörbar leise. »Merkwürdig waren bis zuletzt die subjektiv wie objektiv feststellbaren Phasen der Besserung bei der Patientin«, sagt er, »der Wechsel zwischen überaus kritischen und quasi Wohlauf-Phasen. Aus heutiger Sicht muß ich bekennen, daß wir eigentlich von daher auf die Idee einer Intoxikation, einer schubweisen Vergiftung, hätten kommen können. Leider kam uns der Gedanke vor allem wohl deshalb nicht, weil wir uns über die Familienverhältnisse ein falsches Bild machten . . .«

»Ihr Bekenntnis ehrt Sie, Herr Professor«, sagt der Vorsitzende verständnisvoll, »trotzdem ist das Schwurgericht auf Einzelheiten des Krankheitsverlaufs angewiesen, um sich seinerseits ein richtiges Bild zu machen . . .«

Also spricht er weiter, wenn auch sichtlich ungern. »Nach der Feststellung der unklaren Bauchwassersucht öffneten wir die Bauchhöhle der Patientin. Ich hatte den Chirurgen hinzugezogen, weil ich ziemlich ratlos war und an einen Tumor denken mußte, was sich jedoch nicht bestätigte. Allerdings war ein irreparabler Untergang von Lebergewebe festzustellen, und darin lag von Anfang an die größte Gefahr!«

Der Verteidiger bittet ums Wort. »Herr Professor, wußte Ihre Patientin, daß ihre Lebenserwartung entscheidend beeinträchtigt war?«

»Ich möchte es annehmen . . .«, sagt der Internist.

»Wie und wodurch?«

Aber da streikt er. »Darüber werde ich mich vor Publikum nicht äußern!«

»Danke!« sagt der Verteidiger trotzdem.

Da es nach wie vor unklar ist, welche Schäden Toxicana im Körper tatsächlich anrichtet, kommt zunächst nochmals der Mediziner und Chemiker Schmelle zu Wort – der Erfinder dieses Falles, wie ihn die Zeitungen genannt haben:

»Ich darf daran erinnern, daß wir seinerzeit nach der Benachrichtigung der Staatsanwaltschaft den Fall an das Universitätsinstitut für Chemie abgaben. Trotzdem ließ mir die Sache keine Ruhe, und ich wurde aufmerksam, als einige Wochen später mehrere unserer Mäuse starben. Es handelte sich um die Tiere, die ich, anscheinend ohne Wirkung, mit Toxicana-Gurken gefüttert hatte und die anschließend zufällig nicht getötet worden waren, wie das sonst üblich ist. Nach ihrem jetzigen Tod jedenfalls unterzog ich gemeinsam mit einem gerichtsmedizinischen Kollegen die Kadaver einer Obduktion, und dabei fanden wir einen Leberzerfall, der, wenn die Tiere am Leben geblieben wären, zu Karzinomen geführt hätte!«

Dann kommt, abschließend, der Chemie-Chef der Universität zu seinem Auftritt, der Hauptgutachter in diesem Verfahren, Professor Kuntze.

»Über die Anwendung von Toxicana in schädigender Absicht gegenüber Menschen gibt es verständlicherweise keinerlei Hinweise in der Literatur«, teilt er mit, »wir haben deshalb, anknüpfend an die Beobachtungen Schmelles, eigene Versuche mit Nagetieren, Vögeln, Hunden, Katzen und in einigen Fällen mit kleinen Primaten durchgeführt. Wir fanden den eindeutigen Beweis, daß das über die Leber angreifende Toxicana im Milligrammbereich langfristig, in höheren Dosen schnell zum Exitus führt. Natürlich haben wir die Substanz nicht im klinischen Versuch, also am Menschen testen können... Es gibt jedoch keinen vernünftigen Grund zu der Annahme, daß Toxicana beim Menschen anders wirkt als bei über einem Dutzend verschiedener Tiere. Jedenfalls deckten sich unsere Befunde in allen Fällen mit denen von Schmelle ... es fanden sich stets zirrhotische Phänomene in Richtung Krebs!«

Bis zum späten Nachmittag erläutert Professor Kuntze seine zahlreichen Einzelversuche und deren Ergebnisse; Tierschützer im Saal müssen in Anbetracht der vielen für die Toxokologie gestorbenen Geschöpfe hell verzweifelt sein. Es ist draußen schon stockfinster, als der Vorsitzende sich erkundigt: »Gibt es noch Fragen an die Herren Zeugen und Sachverständigen?«

Portheine verzichtet. Aber wieder steht Blunck auf, feierlich wie eh und je. »Ich möchte auf die verständliche Weigerung von Herrn Professor Rosencrantz zurückkommen, eine bestimmte Frage von mir zu beantworten. Ich halte es für unerläßlich, daß das Hohe Gericht diese und andere Fragen nicht im Raum stehen läßt ...«

»Welche Fragen?« fragte Faltermeyer.

»Etwa die Frage, ob der Obduktionsbefund der inzwischen verstorbenen Frau Studenski die Ausführungen von Herrn Professor Kuntze im nachhinein rechtfertigt!« sagt der Verteidiger verschwörerisch. »Deshalb beantrage ich, die Öffentlichkeit erneut auszuschließen, und zwar diesmal für den gesamten Rest der Beweisaufnahme!«

Der Oberstaatsanwalt ist sofort einverstanden. Und das Schwurgericht berät sich nur überraschend kurz: Es verkündet den Beschluß, daß von morgen vormittag an nicht nur die Zuschauer, sondern sogar die Presseleute draußen bleiben müssen. Daraufhin erhebt sich unter den Reportern ein wahrer Sturm der Entrüstung: Sie vermuten allen Ernstes – und vielleicht sogar nicht mal ganz zu Unrecht –, daß sich die Prozeßbeteiligten die Schikane gemeinsam ausgedacht haben.

Aber es hilft nichts: Journalisten und Publikum verbringen den vierten Prozeßtag, sicherlich einen entscheidenden Tag, vor der Saaltür. Zeugen werden hereingerufen und kommen nicht wieder heraus, und auch der bekannte Psychiater Professor Dr. Morgenstroh ist von Anfang an dabei ...

Die Berichterstatter stellen gemeinsam die wildesten Spekulationen an, wie's drinnen wohl gerade aussehen könnte. Und wenn sie in den kurzen Pausen mal den Verteidiger, den Oberstaatsanwalt oder gar einen der Richter zu fassen kriegen, versuchen sie fast gewaltsam, ein paar Informationen an Land zu ziehen.

Dennoch, es bleibt dürftig. Man bringt allgemein nur in Erfahrung, daß das Schwurgericht sehr zügig weiter verhandelt – daß es inzwischen also den eigentlichen Höhepunkt der Toxicana-Affäre erörtert, die dramatische Rache der totkranken Utta Studenski an ihrem Peiniger sowie ihr eigenes schlimmes Ende ...

Man kennt diese Fakten, sicherlich. Aber gerade deshalb steigert sich der Zorn hier draußen vorübergehend fast bis zum Tumult.

In ihrer letzten »Wohlauf-Phase« bat Utta Studenski vom Krankenhaus aus eines Tages um eine Besuchserlaubnis bei ihrem Mann, dem soeben die Anklage wegen versuchten Mordes zugestellt worden war. Sie hatte den Wunsch nach einer letzten Aussprache, und trotz schwerwiegender Bedenken wollte man der am Rande des Grabes stehenden Frau die Bitte offensichtlich nicht abschlagen. So wurde sie dann beim Betreten der Untersuchungshaftanstalt auch überhaupt nicht durchsucht – und das war, wie sich zeigte, ein verhängnisvoller Fehler.

Im Sprechzimmer nämlich zog Frau Studenski plötzlich in Gegenwart des Aufsichtsbeamten eine 6,35-Millimeter-Pistole aus der Handtasche und gab aus nächster Nähe drei Schüsse auf ihren Mann ab, die ihn in den Kopf und in die Brust trafen und lebensgefährlich verletzten. Sie wurde überwältigt, bevor sie weiterschießen konnte – und sie erklärte weinend, sie habe unmittelbar vor ihrem Besuchsantritt Unmengen von Toxicana-Gurken gegessen, fast ein ganzes Glas voll, das vor der Polizei versteckt gewesen sei. Das, was sie getan habe, habe sie tun müssen – und nunmehr wolle sie auch ihrer Qual ein Ende machen und möglichst keinen Tag mehr leben ...

Und so geschah's: Utta Studenski wurde mit dem Notarztwagen zurück in die Klinik gebracht. Sie fiel rasch ins Koma, aus dem sie nicht mehr erwachte. Es war, wie die Ärzte durchblicken ließen, fast ein gnädiger Tod.

Erich Studenski hingegen hatte, wie's hieß, nach einer Woche das Schlimmste hinter sich und war über den Berg. Das Schlimmste war allerdings relativ: es sah von Anfang an nicht so aus, als werde er nach den erlittenen schweren Hirnverletzungen jemals verhandlungsfähig sein ...

Die Geschichte habe etwas vom Charakter einer antiken Tragödie, hat's damals schon geheißen. Um so weniger können es heute die Berichterstatter verstehen, daß sie hier um die besten Szenen geprellt werden – auch, wenn sie sich scheinbar wieder etwas beruhigt haben. Am Ende dieses frustrierenden Tages jedenfalls heftet sich einer von ihnen, Robert Gerber vom MITTAG, dem Verteidiger Dr. Blunck an die Fersen und fängt ihn vor seiner Kanzlei ab.

»Nun mal ehrlich, Doktor, ganz unter uns ... Warum habt ihr uns rausgeschmissen, als es spannend wurde?«

Blunck, der Gerber seit langem kennt, versucht es wie üblich, feierlich und mit einem menschlichen Appell. »Es ist doch nicht einzusehen, warum die allerletzten medizinischen und seelischen Begleitumstände des Sterbens von Frau Studenski breitgetreten werden müßten ...«

Aber Gerber bohrt weiter. »Darum geht's nicht! Da steckt irgendwas anderes dahinter! Wirklich mal unter vier Augen, es gibt da ja ein Gerücht ... Ist da was dran, daß Erich Studenski an einer Toxicana-Entschärfung gearbeitet hat, als er von seiner Frau umgelegt wurde?«

»Dazu«, sagt Blunck unbehaglich, »hat das Gericht heute zum dritten Mal diesen Schmelle gehört. Es trifft im Prinzip zu, daß

Studenski sich in der U-Haft mit einem bestimmten Aspekt der Toxicana-Struktur befaßt hat... es ist insofern durchaus anzunehmen, daß er hinter Gittern das Ausmaß seiner Schuld begriffen und eine Art Wiedergutmachung ins Auge gefaßt hatte. Und Schmelle hat das nun überprüft, allerdings hat er's leider nicht geschafft und nicht zu Ende führen können ... insofern hat dieser Punkt sicher nicht zu Ihrer Verärgerung beigetragen ...«

»Dann mal so rum«, sagt Gerber, »dieses andere Gerücht ... hat Schmelle oder sonst jemand gesagt, daß Toxicana praktisch nicht mehr nachweisbar ist, wenn es sich im Körper erst mal aufgelöst hat?«

Diesmal reagiert Blunck erschrocken und zugleich überaus unwillig. »Ich kenne das, ich will's weder bestätigen noch dementieren! Aber wenn was dran wäre, Herr Gerber ... meinen Sie nicht, daß das Schwurgericht dann tatsächlich genug Grund gehabt hätte, die Katze im Sack zu lassen? Überlegen Sie mal, kein Giftmörder kann künftig erwischt werden, jeder dritte Deutsche ein Mörder ... ich meine, nur wenn's wirklich so wäre ... grauenhaft!«

»Sie übertreiben!« sagt Gerber, plötzlich feixend.

»Nein, ich übertreibe nicht!« behauptet der Anwalt. »Und lassen Sie um Gottes willen die Finger davon!«

»Das ist nicht mehr meine Entscheidung«, behauptet der Journalist heuchlerisch. »Sie hätten's mir ja nicht bestätigen müssen. Ich meine, ich kann Ihnen gern versprechen, daß ich die Sache einschließlich Ihrer Bedenken meinem Chefredakteur verkaufen werde ... aber entscheiden muß er's selber, das müssen Sie eigentlich einsehen!«

Drei Tage später, nach recht vernünftigen Plädoyers des Oberstaatsanwalts und des Verteidigers, wird der Mann auf der Anklagebank verurteilt – nicht wegen Mordes, sondern wegen eines versuchten Totschlags in einem minder schweren Fall. Denn der Mann auf der Anklagebank – das ist nicht der Toxicana-Mörder

Erich Studenski, der inzwischen endgültig als dauernd verhandlungsunfähig gilt, sondern das ist niemand anderes als Joachim Klenze, genannt Achim:

Er ist derjenige gewesen, der seiner unglückseligen Freundin Utta die Pistole beschafft hatte, mit der sie ihren Mann niederschoß. Er hat Uttas Tat nicht nur gebilligt, sondern sie nach der Überzeugung des Schwurgerichts als seine eigene gewollt, wie's im Strafgesetz heißt. Und er war, insofern, so zu bestrafen, als habe er die Waffe mit seiner eigenen Hand abgefeuert ...

»Schuldmildernd«, sagt der Vorsitzende Faltermeyer in seiner Urteilsbegründung, »war die menschlich äußerst schwierige Situation des Angeklagten zu berücksichtigen, die nach Ansicht des psychiatrischen Sachverständigen zu einem hochgradigen Daueraffekt geführt hatte. Strafverschärfend allerdings fiel ins Gewicht, daß Klenze sich an jenem unmoralischen Treiben im Hause Studenski beteiligte, in dem sicherlich die Ursachen aller Ereignisse zu suchen waren. Alles in allem hält das Schwurgericht eine Freiheitsstrafe von vier Jahren für angemessen. Die Verhandlung ist geschlossen!«

Klenze hat nicht gepöbelt, wie sein Verteidiger Dr. Blunck insgeheim befürchtet hatte; sein Gesicht ist steinern, als er abgeführt wird. Begreifen allerdings wird er's sicherlich nie, denkt Blunck, daß ihm irgendwie ja doch Recht widerfahren mußte ...

Denn so ist das nun mal: Klenze war für die Justiz letzten Endes als einziger verfügbar, und den letzten beißen immer die Hunde. Klenze mußte büßen, was doch, in letzter Konsequenz bedacht, eigentlich alle gemeinsam angezettelt hatten – Erich Studenski, Utta, ein bißchen auch diese Schwedin Virén und eben doch nur zum Teil er selbst. Es ist in der Tat schwer zu begreifen ... ist diesem Mann denn Recht widerfahren?

Dr. Blunck gerät auf der Straße in einen kalten, widerlichen Novemberregen. Trotzdem geht er zu Fuß zu seiner Kanzlei – und erinnert sich, wie er Klenze nach seiner Verhaftung zum ersten Mal gegenüberstand:

Der Mann trug einen altmodischen blauen Anzug, den er später auch vor Gericht trug, einen Anzug, dem man ansah, daß er vorher jahrelang nicht aus dem Schrank geholt worden war. Er sah irgendwie ... na ja, komisch aus.

Später dann Bluncks gelinder, aber nachhaltiger Schock, als er im psychiatrischen Gutachten von Professor Morgenstroh die Erklärung las: Erich Studenski war ja eigentlich derjenige gewesen, der mit Vorliebe blaue Anzüge mit Fliege zu tragen pflegte – und Achim Klenze hatte seinen Konfirmationsanzug ganz bewußt in dem Moment aus dem Schrank geholt, in dem er einsehen mußte, daß man nunmehr ihn vor Gericht stellen würde! »Herr Klenze wollte damit unmißverständlich zum Ausdruck bringen«, kommentierte der Psychiater, »wer nach seiner Ansicht der wahre und einzige Schuldige war – sicherlich nicht er selbst!«

Diese psychische Mechanik hat etwas Verblüffendes, sagt sich der Anwalt. Selbst ihm wäre es mehrfach fast passiert, daß er Klenze im Gericht mit dem Namen Studenski angeredet hätte ...

Und dann bleibt er, schon auf den Stufen seines Bürohauses, fast ruckartig stehen. Urplötzlich ist ihm eingefallen, was ihn hier in Wirklichkeit beschäftigt – irgendwas bei der Urteilsverkündung, irgendwas, das ihm ins Unterbewußtsein gedrungen war.

Jetzt weiß er es. Meine Güte, denkt der in hundert und mehr Prozessen abgebrühte Jurist, was ist das alles sinnlos und doch immer wieder faszinierend ...

Achim Klenze, auch heute natürlich im dunkelblauen Anzug mit Fliege, hatte sich für seinen letzten Auftritt vor Gericht auch noch den Bart abgenommen und sich, wie Studenski sein Leben lang, sorgsam rasiert!

Ein halbes Jahr nach der Rechtskraft des Toxicana-Studenski-Klenze-Urteils veröffentlicht Dr. Dr. Walter Schmelle in der Zeitschrift »Moderne Chemie« einen Aufsatz, der nicht nur in Fachkreisen Furore macht. Er teilt mit, daß er an einem bestimmten Ring in der Toxicana-Formel ein vierwertiges Kohlenstoffatom ausgetauscht habe. Und auf diese Weise habe er, nach vielen anfänglichen Mißerfolgen, effektiv eine Neutralisierung gewisser Toxicana-»Nebenwirkungen« erreichen können; zurückzuführen sei das alles auf die Arbeit eines ehemals bekannten Hamburger Wissenschaftlers, der durch äußere Umstände nicht in der Lage gewesen sei, das Problem im angestrebten Sinne zu lösen.

»Erstens«, schreibt Schmelle in seiner nach wie vor plastischen Art, »behält das modifizierte Toxicana seine Wirkung als Herbizid in vollem Umfang bei, zweitens ist es künftig nach menschlichem Ermessen praktisch ungiftig!«

In der Öffentlichkeit sei durch eine verantwortungslose Berichterstattung über einen Kriminalfall bekanntlich die Furcht vor der Toxicana-Mordwelle entstanden, gegründet auf das Faktum, daß die Substanz zwei bis drei Stunden nach der Aufnahme durch den menschlichen Organismus nur noch anhand der dort angerichteten Schäden, also nur unmittelbar, nachzuweisen gewesen sei. Diese Furcht aber könne als gegenstandslos bezeichnet werden, sobald die Herstellerfirma ihre Produktion umstelle. Tatsächlich sollten alle alten Bestände, wie ihm, Schmelle, mitgeteilt worden sei, aus dem Handel genommen werden, sobald das neue Toxicana seine endgültige Produktionsreife erlangt habe.

Achim Klenze erhält von Schmelle »mit freundlichen Grüßen« einen Sonderdruck der Arbeit in die Zelle geschickt, die er inzwischen bezogen hat. Er wirft ihn jedoch, nachdem er ihn kaum überflogen hat, gleich in den Abfall:

Daß sich der durch seine Mit-Tat blockierte Fortschritt letztlich doch Bahn gebrochen hat, interessiert ihn in seiner Situation nur noch einen feuchten Kehricht.

Marmor für kleine Mädchen

von

Irene Rodrian

Es tat nicht mehr ganz so weh wie am Anfang. Manchmal konnte er sogar schon wieder so an sie denken, wie sie gewesen war, bevor die Krankheit ihr Gesicht und ihren Körper zerstört hatte. Er legte das Spitzeisen weg und fuhr mit den Handflächen über die Kanten des Granitblocks. Ein wuchtiger Stein, dem man die Bearbeitung kaum ansah und der gut zu dem alten Mann paßte, auf dessen Grab er stehen sollte.

Die hintere Haustür schlug zu. Er lächelte. Lisa. Sie sah ihrer Mutter ähnlich, aber sie war ganz anders. Selbständiger, fröhlicher. Jeder mochte sie. Immer war ein ganzer Schwarm Freundinnen um sie herum. Auf der Straße klingelte eine Fahrradglocke, ihre antwortete hinter dem Haus. Gleich darauf kam sie um die Ecke geschossen, flitzte auf dem Kiesweg an der Werkstatt vorbei auf das Gartentor zu. Das Rad hatte er ihr zum Geburtstag geschenkt. Rot und silbern und fast schon richtige Erwachsenengröße. Sie hatte hellblaue Jeans an und ein weißes T-Shirt. Bevor sie hinter der Hecke verschwand, winkte sie noch einmal zurück. Die Werkstattfenster waren so verstaubt, daß sie ihn nicht erkennen konnte, aber sie wußte, daß er da stand und ihr nachschaute.

Die Rückwand und die Seitenteile waren fertig. Walden wischte sich automatisch die Hände am Overall ab und begann die Vorderfront abzuschleifen. Wenn er mit diesem Stein fertig war, würde er sich einen oder zwei Tage freinehmen. Sie könnten zusammen in die Stadt fahren, bummeln, ins Kino gehen, Eis essen. Oder sie könnten auch an den See rausfahren und dort ein Picknick machen. Mit einem Eiskühler für Limonade, gegrillten Hähnchen, Kartoffelsalat und Vanillepudding. Und sie konnten so viele Kinder mitnehmen, wie in den Landrover paßten. Angela, Grit und Dagmar, Tanja, Alex und Susanne.

Auf der Straße hupte ein Auto. Schrill und anhaltend. Bremsen kreischten auf. Für einen Sekundenbruchteil war es vollkommen still. Dann schrie eine Frau. Durchdringend laut. Walden lief zur Tür, riß sie auf und rannte hinaus. Stolperte, fing sich wieder und rannte weiter. Hinaus auf die Straße und ohne sich umzusehen nach links zur Kreuzung hin.

Die Frau schrie immer noch. Es war Angelas Mutter. Angela schluchzte hysterisch und klammerte sich an ihr fest. Andere Kinder standen herum und starrten mit weit offenen Augen. Frauen kamen aus den Häusern gelaufen. Schrien, verstummten, blieben stehen.

Im ersten Augenblick sah er nur das Fahrrad. Verbogen zu einem rot-silbernen Metallknäuel. Das Hinterrad drehte sich noch, die Speichen blinkten in der Sonne. Lisa lag daneben, als würde sie schlafen. Das eine Bein hochgezogen, das andere langgestreckt, der Fuß verdreht. Die hellen Haare waren wie ein Fächer über den grauen Asphalt gebreitet, färbten sich am Hinterkopf dunkel. Ihre Augen waren halb geschlossen, ihr Mund schien zu lächeln. Er kniete sich neben sie. Die Frauen und Kinder wichen einen Schritt zurück. Behutsam wischte er einen winzigen Blutfaden von ihrem Kinn.

Dann stand er wieder auf.

Die Gesichter verschwammen vor seinen Augen. Ein Martinshorn heulte heran. Ein grünes Polizeiauto. Ein Krankenwagen mit rotem Malteserkreuz. Neben dem Fahrrad glitzerte etwas, das nicht dazugehören konnte. Ein dreieckiges Stück geriffeltes Scheinwerferglas. Jemand nahm es in die Hand. Der Polizist trug ein kurzärmeliges Sommerhemd, an seinem Gürtel eine Pistole im Holster.

Die weißen Kittel der Träger blendeten ihn. Auch die Bahre, die sie neben ihr absetzten, war weiß bespannt. Sie schien viel zu groß für den kleinen Körper. Er wollte zu ihr hinstürzen, der Polizist hielt ihn fest. Der andere sprach mit den Zeugen. Natürlich hatten sie nichts gesehen. Ein großes Auto. Dunkelblau. Nein, dunkelgrün. Oder grau. Oder schwarz. Es war ja alles so schnell gegangen. Sie legten sie auf die Bahre und zogen ein Leintuch über ihren Kopf. Der Polizist verstärkte seinen Griff, aber Walden bewegte sich nicht. Undeutlich sah er, daß sie die Bremsspuren mit Kreide nachzeichneten, den Abstand maßen, weitere Splitter aufsammelten und in durchsichtige Plastiktüten legten, das verbogene Fahrrad untersuchten. Stimmen redeten auf ihn ein, er hatte das Gefühl, ruhig und vernünftig zu antworten.

Wie er nach Hause gekommen war, wußte er nicht mehr genau. Er erinnerte sich nur daran, daß er noch mit den beiden Polizisten gesprochen hatte und daß die Mütter von Angela und Susanne angeboten hatten, bei ihm zu bleiben. Eine von ihnen hatte eine Kanne Tee aufgebrüht und ihm eine Tasse eingeschenkt. Auf der Oberfläche hatte sich ein matter Film gebildet.

Die Beerdigung war vierzehn Tage später. Die Nachbarn waren alle gekommen, Lisas Freundinnen mit ihren Eltern. Das Wetter hatte umgeschlagen, es regnete nicht, aber die Erde war feucht und dunkel. Der Pfarrer sprach von der Tragik des frühen Hinscheidens, von der Unschuld und der Auferstehung. Er redete lange, zitierte aus der Bibel und erwähnte auch Lisas Mutter. Walden konnte nur den blumenbedeckten Sarg aus hellem Birkenholz sehen, der langsam in die Grube gesenkt wurde. Schwarze Erde bröckelte nach. Er stand ganz vorn. Jemand drückte ihm eine kleine Schaufel in die Hand. Kieselsteine polterten auf das Holz, drückten einen Strauß frischer Wiesenblumen flach. Dann kamen sie an ihm vorbei und gaben ihm die Hand. Die meisten weinten.

Er weinte nicht.

Er ging nach Hause, zog den dunklen Anzug aus und seinen Overall wieder an und ging in die Werkstatt. Der Entwurf für ihren Grabstein war fertig, und auch der gefräste Block aus weißem Marmor stand schon da. Walden machte sich an die Arbeit. Ein hoher, schlanker Quader. Er glättete die Rück- und die Seitenflächen und übertrug mit Kohlepapier die Zeichnung für das Relief auf die Stirnseite. Drei kleine Tauben. Eine noch unter der Erde, eine gerade darüber und eine in die Weite davonfliegend. Er sah auf. Aus dem Fenster, in den Garten und auf die Straße.

Lisa.

Seine kleine Lisa.

Gerade sie, die immer so freundlich und aufgeschlossen war, die immer und sofort mit jedermann Kontakt bekam, sie lag jetzt da unten in der Dunkelheit.

Ganz allein.

Walden wandte sich vom Fenster ab und arbeitete weiter.

Der Stein wurde schöner als jeder andere, den er bisher gemacht hatte. Als er ihn einsetzte, schien die Sonne, und das Spiel der Schatten ließ ihn aussehen, als würde er leben. Walden legte frische Feldblumen auf das Grab und goß die dunkelrote Rose, die er vor zwei Wochen gepflanzt hatte. Dann nahm er seine Sachen und ging, ohne sich noch einmal umzusehen.

Die Polizei hatte den flüchtigen Autofahrer noch immer nicht gefunden, und es schien, als hätten sie das Interesse an einer weiteren Fahndung längst verloren. Walden sprach immer wieder bei ihnen vor und fragte nach, sie waren nett und zuvorkommend, aber nach einiger Zeit wohl mehr in der Art, wie es Erwachsene Kindern gegenüber sind, die beim Kaffeetrinken stören.

Walden ging wie immer seiner Arbeit nach. Er fertigte Grabsteine für die umliegenden Gemeinden an, und wenn er Zeit hatte, dann malte er oder zeichnete Entwürfe für Skulpturen und Reliefs. Er bekam einen Auftrag von der städtischen Sparkasse und einen von der Gemeindeverwaltung. Der Sparkassenleiter war der Vater von Alex, und Grits Vater war zweiter Bürgermeister. Sie wollten ihm helfen, und es schien so, als würde er sich über die Aufträge freuen. Er war immer ein Einzelgänger gewesen, auch, als seine Frau noch lebte, und so fiel es keinem auf, daß er sich noch mehr als vorher zurückzog. Und es fiel auch niemandem auf, daß er ihrer aller Autos übergenau beobachtete und immer nach einem fehlenden Glasdreieck am Scheinwerfer Ausschau hielt, auch wenn er wissen mußte, daß das fragliche Auto in der Zwischenzeit längst repariert worden war.

Auf den Tag genau ein Vierteljahr nach dem Tod von Lisa wurde Angela überfahren.

Es war hellichter Tag, sie kam von der Schule heim und wollte die Straße überqueren. Ein durch die Ortschaft rasendes Auto erfaßte sie so heftig, daß ihr der Schulranzen vom Rücken gerissen wurde. Sie selbst wurde gegen den Bordstein geschleudert und brach sich das Genick. Noch einige Tage danach konnte man die Umrisse der eingetrockneten Blutlache erkennen.

Diesmal hatte wirklich niemand etwas gesehen. Es war Mittag, die Frauen waren in den Häusern beim Essenkochen, und die Kinder waren entweder noch in der Schule oder schon daheim. Das Auto schien nicht gebremst zu haben, jedenfalls fand man keine Bremsspuren, und es hatte auch niemand etwas gehört. Erst der Busfahrer, der drei Minuten später kam, verständigte die Polizei.

Angelas Mutter war zusammengebrochen. Angela war ihr einziges Kind gewesen, und man hatte im Ort schon länger über eine bevorstehende Scheidung gemunkelt. In der ersten Zeit schien es, als würde der tragische Unglücksfall die Ehe wieder festigen, jedenfalls war deutlich zusehen, daß Angelas Vater nach besten Kräften versuchte, seine Frau zu trösten. Aber sie blieb dumpf und unansprechbar. Erst als Walden sie besuchte, schien sie sich etwas mehr zu öffnen.

Er mußte nicht viel sagen. Sie verstanden sich ohne Worte, und jeder von ihnen wußte, daß der andere ebenso fühlte. Angelas Vater saß dabei und sagte nicht viel. Er bat Walden nur, den Grabstein für Angela zu machen. Walden nickte und legte einen Entwurf vor. Ein zierlicher Quader mit einem kleinen Spitzbogen und einer aufgehenden Sonne als Relief. Die Mutter begann, sich am Gespräch zu beteiligen, so als wäre sie dankbar, wenigstens noch etwas tun zu können. Für eine kurze Zeitspanne konnten sie so tun, als wäre nichts geschehen. Kalkstein ist relativ billig, aber er verliert die Farbe. Marmor hält die Helligkeit und wirkt lebendig, wenn man ihn nicht glatt und kalt schleift. Auch gibt es noch den kristallinen Carrara, etwas gröber, aber auch farbbeständig. Oder den dunkleren Serpentin. Angela war noch nicht einmal zwölf Jahre alt gewesen. Ihre Mutter bestellte bei Walden einen Stein aus weißem Marmor.

Danach kam Walden auf sein eigentliches Anliegen. Das war jetzt der zweite Unfall an derselben Kreuzung. In relativ kurzer Zeit. Und beide Male tödlich. Und beide Male Kinder. Das lag daran, daß die Ortsdurchfahrt zur Schnellstraße erweitert worden war, ohne daß die Gemeinde eine Ampel aufgestellt hatte. Wie viele Kinder sollten noch ihr Leben hier verlieren.

Walden verabschiedete sich. Zehn Tage darauf war Angelas Beerdigung. Es war kühl, aber klar, und es kamen mehr Leute als bei Lisa. Verwandte, Nachbarn und Neugierige aus den anliegenden Gemeinden. Der Fall ging durch die Provinzpresse. Kurz darauf gelang es Walden, eine Bürgerinitiative ins Leben zu rufen. Die Eltern von Angela, und die von Grit, Tanja, Dagmar, Alex und Susanne machten mit und einige andere. Sie sammelten Unterschriften, reichten die Forderung nach einer Ampel beim Bürgermeister ein und wandten sich an die Presse. Als erstes nahmen die Skandalblätter die Geschichte auf, dann drehte das regionale Fernsehen ein kleines Feature über den Ort und die Kreuzung, und danach stiegen auch die seriösen Blätter ein. Unter diesem Druck machte der Bürgermeister eine vage Zusage; er mußte noch mit dem Landrat sprechen.

Walden arbeitete an dem Stein für Angela.

Die aufgehende Sonne war im Positivrelief, der Name und die Daten negativ. Wie immer das Licht auf den Stein fiel, er wirkte plastisch und lebendig. Walden karrte ihn zum Friedhof, legte die Fundamentplatte, arbeitete sorgfältig mit der Wasserwaage und setzte den Stein millimetergenau ins Blei. Das Grab war nicht weit von dem Lisas entfernt und lag unter einer alten Tanne. Es würde nicht einfach sein, hier Blumen zu pflanzen, aber Efeu müßte es schaffen. Walden ging wie jedesmal auch zu Lisas Grab. Jemand hatte frische Astern draufgelegt. Es verwunderte Walden nicht weiter. Jeder hatte Lisa geliebt. Er zupfte etwas Unkraut weg, goß die Rose und ging.

Sein Leben verlief eintönig und regelmäßig. Er stand früh auf, machte sich Kaffee und räumte das Haus auf. Lisas Schultasche lehnte immer noch neben dem Tisch, wo sie sie hingeworfen hatte, als sie heimgekommen war, und auf dem Boden lag ein aufgeklapptes Comicheft. Auch ihr Zimmer ließ er so, wie es zuletzt gewesen war. Aber er kaufte ein, kochte für sich, immer etwas zuviel, wischte Staub und fegte den Boden. Wenn er eine Fahrradklingel auf der Straße hörte, war es ihm, als müßte Lisa im nächsten Moment durch den Garten geflitzt und ins Haus gerannt kommen. Auch wenn er längst wußte, daß es nie wieder so sein würde. Danach ging er in die Werkstatt und arbeitete so lange, bis er die Konturen der Steine nicht mehr erkennen konnte. Oder die Kohlezeichnung von Lisa, die er angefertigt hatte, als sie acht Jahre alt war, und die jetzt über seinem Arbeitsplatz hing.

Einmal in der Woche ging er zum Treffen der Bürgerinitiative. Fast zwei Drittel der ursprünglichen Mitglieder waren nicht mehr dabei, meistens waren es nur Frauen, kaum je mehr als zehn. Sie hatten inzwischen noch eine ganze Reihe anderer Probleme zur Sprache gebracht, es fehlte ein zweiter Kindergarten, ein Schwimmbad, ein Schulbus.

Die Ampel an der Kreuzung war immer noch nicht genehmigt worden.

Kurz vor Weihnachten starb Susanne.

In der Nacht hatte es geschneit, tagsüber getaut, am Nachmittag war die Temperatur wieder gesunken. Das Wetter war schlecht, und es wurde früh dunkel. Susanne kam von ihrer Freundin Grit und wollte die Straße überqueren. Sorgfältig schaute sie nach links und nach rechts, bevor sie den Gehweg verließ. Sie hörte nur ein kurzes Motorbrummen und spürte einen heftigen Schlag. Dann nichts mehr.

Die spätere Rekonstruktion schien zu erweisen, daß das Auto ohne Licht gefahren war und wenn überhaupt, erst hinter dem Tatort gebremst hatte. Aber die Dunkelheit und der festgefrorene Schneematsch machten die Untersuchung fast unmöglich. Weder Lackreste noch Glassplitter wurden gefunden.

Jetzt nahm die überregionale Presse den Fall auf. Fettgedruckte Schlagzeilen wie ›Wie viele Kinder müssen wir noch opfern?‹ oder ›Was kostet mehr, eine Ampel oder ein Leben?‹ machten die Runde und wurden sogar in Fernsehmagazinen zitiert. Die ersten formulierten vorsichtig und unter der Hand, daß möglicherweise ein und derselbe psychopathische Autofahrer für alle die Unfälle verantwortlich sei.

Walden lebte weiter wie bisher.

Er war der erste gewesen, der Susannes Eltern besucht hatte. Ihr kleiner Bruder Berti hatte ihm mit verheultem Gesicht die Tür aufgemacht. Die Mutter war kaum ansprechbar, aber der Vater versprach, den Täter eigenhändig zu erwürgen, wenn er ihn erwischte. Sie verstanden sich. Beim nächsten Treffen war fast die halbe Ortsbevölkerung anwesend. Der Bürgermeister hatte es nicht gewagt, selbst zu kommen, der zweite Bürgermeister, der Vater von Grit, schien nicht als Vertreter der Gemeinde, sondern als Vertreter der Eltern aufzutreten. Die Stimmung war mörderisch aggressiv, und hätte er auch nur ein einziges falsches Wort gesagt, dann wäre er von der Menge gelyncht worden. Er sagte das falsche Wort nicht. Aber er redete zuviel. Er sprach davon, daß er auch betroffen sei, daß man das nicht länger mit ansehen dürfe und daß er alles tun werde, um dem ein Ende zu bereiten. Die aggressiven Stimmen wurden lauter, und plötzlich versprach er mit gehobenen Schwurfingern, daß die Ampel in zwei Wochen installiert sein würde.

Niemand glaubte ihm.

Der enge Gemeindesaal war rauchgeschwängert, die meisten hatten schon das vierte oder fünfte Bier getrunken. Die ersten Stühle fielen um, als die Männer sich nach vorn drängten.

Walden stand auf.

Zuerst hörte und sah ihn keiner, aber dann wurden sie aufmerksam. Wenn er auch nicht einer von ihnen war, in diesem Fall gehörte er zu ihnen. Mittelgroß mit Stirnglatze und einem ungesund bleichen Gesicht. Als er die Hand hob, beruhigten sie sich, die Männer gingen zu ihren Plätzen zurück, die Frauen sahen ihn an. Er setzte sich wieder, ohne etwas zu sagen. Aber die gefährliche Spannung war gebrochen.

Zwei Wochen später wurde Tanja überfahren.

An der gleichen Kreuzung. Am frühen Morgen, als sie gerade zur Schule gehen wollte. Es gab zwei Zeugen. Einen Autofahrer, der in die Stadt fuhr, und den Briefträger, der gerade aus einem Garten kam und auf sein Fahrrad steigen wollte. Aber keiner von ihnen hatte sich die Autonummer gemerkt. Übereinstimmend sagten sie nur, daß das Auto sehr groß und grün gewesen sei. Wie schon in den letzten Fällen fand die Polizei weder Bremsspuren noch Glas- oder Lacksplitter. Woher auch. Alle Mädchen waren leicht und zierlich gewesen, und außer Lisa hatte keine ein Fahrrad dabeigehabt. Die Ermittlungen verliefen im Sand, bevor sie begonnen hatten.

Die Stimmung in der Bevölkerung war umgeschlagen. Anstelle der mordlüsternen Aggressivität trat eine Art hypnotischer Lähmung, so als hätte das Entsetzen sie zu jeder Art von Reaktion unfähig gemacht. Zwar kamen noch einmal ein paar Reporter und ein Fernsehteam, aber sie läuteten vergeblich an den Haustüren, niemand wollte mit ihnen sprechen. Sie filmten und fotografierten die leere Kreuzung, über die nur noch die Busse und der Durchgangsverkehr rasten. Die Einheimischen vermieden es, wenn irgend möglich, über die Kreuzung zu fahren, die Mütter behielten die Kinder daheim. Natürlich war das auf die Dauer nicht durchzuhalten. Die Straße zerschnitt die Ortschaft in zwei Hälften, die Geschäfte lagen auf beiden Seiten, die Mütter mußten einkaufen, die Kinder in die Schule. Und auch alle, die in der Stadt arbeiteten, mußten irgendwann oder irgendwo die Straße überqueren. Aber die panische Vorsicht hielt an, und nach zwei Wochen kamen Arbeiter und stellten immerhin ein Warnschild auf.

Und Waldens Rolle in der Gemeinde hatte sich verändert. Er war immer noch der wortkarge Einzelgänger, der sein Haus nur verließ, um einzukaufen, Material zu besorgen oder um einen fertigen Stein auf den Friedhof zu bringen. Aber die Leute kamen jetzt zu ihm. Vor allem Frauen. Die Mutter von Angela, die von Susanne und auch Tanjas Mutter. Sie kamen mit ihren vollen Einkaufstaschen, brachten ihm eine Flasche Wein mit, eine Tüte Orangen oder einen selbstgebackenen Kuchen. Er hatte noch zwei Stühle in die Werkstatt gestellt, sie setzten sich, sahen ihm bei der Arbeit zu und erzählten von ihren Sorgen und Problemen und von ihren Kindern. Er selbst sagte nicht viel. Er hörte zu. Und er verstand sie. Früher war er ihnen seltsam und abweisend erschienen, aber inzwischen war er so eine Art freundlicher Mittelpunkt geworden.

Für Susanne hatte er einen Stein aus gemasertem Marmor entworfen mit einem Aufsatz darauf. Keine Reliefs, keine Zeichnungen, nur die beiden harmonierenden Steine, die durch ihre Spannung eine starke Vitalität ausstrahlten, so wie es auch Susanne getan hatte.

Tanja war ganz anders gewesen. Still, sanft und ungemein lieb. Walden hatte ihren Eltern zartrosa Marmor vorgeschlagen und einen weich gerundeten Stein mit kaum wahrnehmbarem Bogen entworfen. Die Mutter hatte ihn gebeten, bei der Arbeit zusehen zu dürfen, und so saß sie fast jeden Tag in seiner Werkstatt. Es schien sie zu trösten, ihn mit Schlaghammer, Spitzeisen und Fäustel hantieren zu sehen und zu beobachten, wie der tote Steinblock allmählich zum Leben erwachte. Er hatte für die Vorderseite einen Strauß filigranzarter Wiesenblumen gezeichnet, nicht gebunden, sondern schwebend, so als hätte ein Kind im Übermut den Strauß in die Luft geworfen.

Als er den Stein auf das Grab setzte, taute es, und die Luft roch bereits nach Frühling. Und obwohl neuer Frost angesagt war, begann Tanjas Mutter Blumen auf das Grab zu pflanzen. In die Werkstatt kam sie nur noch selten.

Dafür besuchte ihn der Vater von Grit, um ihm mitzuteilen, daß die Ampel für die Kreuzung nun endgültig genehmigt sei, und der Vater von Alex kam vorbei, um ihn zu fragen, ob er Interesse daran habe, für ein paar weitere Sparkassenfilialen korrespondierende Reliefs zu entwerfen. Und eines Tages kam Dagmar.

Es war Anfang März. Als Walden aufwachte und aus dem Fenster sah, waren die Büsche und Bäume noch von Rauhreif verzukkert. Er duschte, rasierte sich, zog sich an und machte sich Nescafé und zwei Scheiben Toast mit Honig. Als er zur Werkstatt hinüberging, hatte sich der Morgennebel gehoben, und die Sonne hatte das Eis von den Zweigen getaut. Die ersten Knospenspitzen schoben sich grün aus dem dunklen Holz. Walden fühlte sich entspannt und glücklich wie schon seit Monaten nicht mehr. Noch war es kalt, aber schon nach zwei Stunden, wenn die Sonne um das Haus herumgewandert war und in sein Werkstattfenster schien, würde es warm werden. Er heizte den Ofen ein. Papier, Späne, Holz und Briketts. Schon nach zehn Minuten konnte er seinen Norwegerpullover ausziehen. Er saß an der Holzplatte vor dem Fenster und zeichnete verschiedene Entwürfe für die Sparkassenreliefs. Die vier Jahreszeiten. Das ewige Kommen und Gehen. Vor allem das Kommen. Die Idee faszinierte ihn, er machte einen neuen Entwurf, indem er die Größenverhältnisse verschob. Den größten Anteil bekam der Frühling, den zweitgrößten der Sommer, dann Herbst und Winter, allein schon durch die Raumaufteilung zur Vergänglichkeit verdammt.

Er blätterte in alten Bauernkalendern, variierte das Thema und löste es, wie ihm schien, auf eine völlig neue Art. Er war so in seine Arbeit versunken, daß er weder hörte, wie an die Tür geklopft wurde, noch wie sie sich öffnete.

»Hallo««, eine dünne Mädchenstimme. Er fuhr herum. Und da stand Dagmar in der Tür. Lächelte schüchtern, schloß die Tür und kam herein.

Er starrte sie an.

Sie trug hellblaue Jeans, ein weißes T-Shirt und eine ausgefranste Felljacke darüber. Die Sonne hatte das Fenster erreicht und ließ ihr Haar heller erscheinen als es war. Sie war etwas älter als Lisa, aber in der letzten Zeit hatten sie sich besonders eng angefreundet. Sie setzte sich auf einen Stuhl. »Stör ich Sie?«

Er wußte nicht, was er sagen sollte. Schaute auf die Uhr. Halb zwölf. »Ist die Schule denn schon aus?«

»Klar«, sie grinste verschmitzt, er lächelte zurück. Sie rückte ihren Stuhl näher, schaute auf seine Zeichnungen. Stand auf und zog die Felljacke aus. »Die hab ich von Lisa. Eingetauscht gegen einen Zirkelkasten.« Sie begann in der Werkstatt herumzukramen. Er tat so, als würde er arbeiten, beobachtete sie aus den Augenwinkeln.

»Wissen deine Eltern, daß du hier bist?«

Sie antwortete nicht. Betrachtete seine Zeichnungen und Entwürfe, kramte weiter. Fand die zusammenklappbare Staffelei, auf der Lisa immer gemalt hatte, zog sie hervor. Stellte sie auf und legte einen weißen Karton ein. Lisas Ölkreiden lagen noch herum. Sie griff danach, bemerkte seinen Gesichtsausdruck. »Tut mir leid, ich hab' nicht dran gedacht«, sie machte eine Bewegung, als wollte sie ihre Felljacke nehmen und gehen.

»Ist schon gut«, sagte er und merkte, daß seine Stimme heiser klang. »Sie war deine Freundin, die würde sich freuen, wenn du mit ihren Sachen malst.«

Dagmar ließ die Jacke liegen und sah ihn an. Ihre Augen waren groß und braun. Sie lächelte, nahm eine Handvoll Kreiden und begann zu malen. Er wandte sich auch wieder seinen Zeichnungen zu, brachte aber zuerst nur sinnloses Gekritzel zu Papier. Dagmar sagte nichts mehr. Das einzige Geräusch war das leise Quieken, mit dem die Kreiden über den Karton fuhren, und er beruhigte sich. Die Sonne schien jetzt direkt ins Fenster, und nach einer ganzen Weile vergaß er Dagmar und arbeitete weiter, als wäre nichts geschehen. Im Gegenteil, ein Gefühl der Vertrautheit stellte sich ein, so als wäre Lisa noch am Leben und könnte jeden Moment lachend und lärmend hereinplatzen.

Von dem Tag an kam Dagmar ziemlich regelmäßig. Manchmal schon am Morgen, wenn sie eigentlich in der Schule sein mußte, aber er stellte nie Fragen, und sie sagte auch nichts. Manchmal am Nachmittag, und manchmal blieb sie auch, bis es dunkel wurde und er sie heimschickte. Um nach Hause zu kommen, mußte sie die Straße überqueren, und er machte sich jedesmal Sorgen, ob sie auch gut hinüberkam. Oft konnte er nachts nicht schlafen und wartete den ganzen Tag nur darauf, daß das Gartentor sich öffnete, ihre Schritte über den Kiesweg heranliefen und sie an die Tür der Werkstatt klopfte. Immer wieder bot er ihr an, sie mit dem Auto heimzubringen, aber sie lehnte ab. Er begann zu ahnen, daß sie nicht wollte, daß ihre Eltern von den Besuchen bei ihm erfuhren. Ansonsten sprachen sie wenig miteinander. Sie kam, zog ihre Jacke aus, nahm die Kreiden und malte. Zu Anfang noch unbeholfen und gekünstelt, dann immer freier und lebendiger. Es machte ihm nichts mehr aus, daß sie mit Lisas Farben malte. Er gab ihr sogar den Kasten mit den Öltuben, den er Lisa vor einem Jahr gekauft hatte. Er brachte ihr bei, mit Kohle und Rötel zu zeichnen, und ließ sie sogar einen kleinen Stein behauen. Sie war lernbegierig und überdurchschnittlich begabt. Wie Lisa.

Wie seine kleine Lisa.

Und jedesmal, wenn Dagmar heimging, saß er da, lauschte auf die Geräusche auf der Straße, auf das plötzliche Hupen oder das Quietschen von Bremsen. Aber seit Monaten war nichts mehr passiert. Wenn möglich wurde die Kreuzung von den Ortsansässigen immer noch gemieden, aber die hysterische Angst hatte sich gelegt. Auch die regelmäßigen Versammlungen der Bürger waren eingeschlafen. Am fünfzehnten April wurde eine neue Ampel an der Kreuzung aufgestellt. Ein knallweißer Zebrastreifen und eine Ampel mit Rot, Gelb, Grün. Und den Symbolen für die Fußgänger. Stehen, Warten, Gehen. Kaum jemand nahm Notiz davon.

Nur ein paar Leute kamen. Die Eltern von Angela, Susanne und

Tanja, und die von Grit und Alex. Und ein Volontär vom Gemeindeblättchen. Walden kam nicht.

Vielleicht hatte er es nicht gehört oder auch vergessen. Die Frauen kamen nicht mehr so häufig wie früher zu ihm, der Schmerz hatte sich gelegt, der Alltag schien friedlich, und keiner wollte dauernd von Grabsteinen umgeben sein.

Walden entschuldigte sich für sein Nichterscheinen bei den Leuten von der Bürgerinitiative und beim Vater von Grit. Man verstand ihn und sah ihm alles nach. In gewisser Weise war man erleichtert, daß er nicht gekommen war, denn eigentlich gehörte er doch nicht ganz richtig dazu.

Es wurde Mai und Juni. Der Goldregen blühte und dann der Flieder. Die Büsche und Bäume an der Straße waren dicht belaubt, und die Wiese im Garten vor der Werkstatt stand kniehoch und war voller wilder Blumen. Lisa hatte das immer sehr geliebt. Sie hatte sich mitten hinein zwischen den Klatschmohn und den Löwenzahn gelegt und in den Himmel hinaufgeträumt. Oder sie hatte alle Decken aus dem Haus geholt und mit ihren Freundinnen zusammen Zelte unter den Bäumen gebaut. Je nach Jahreszeit waren sie auf einer Expedition in der Sahara oder auf Löwenjagd im Dschungel. Wenn er arbeitete, hörte er ihr Lachen und ihre hellen Stimmen.

Dagmar kam seltener. Sie hatte wohl Schwierigkeiten zu Hause gehabt, weil herausgekommen war, daß sie die Schule geschwänzt hatte, und wurde nun genauer überwacht. Aber an diesem Nachmittag war sie da. Es war ein heißer Frühsommertag, und das Fenster der Werkstatt stand halb offen. Man konnte das Zwitschern der Vögel hören und den Motorenlärm der vorbeifahrenden Autos. Er arbeitete an dem Entwurf für einen Brunnen, den er zu einem ausgeschriebenen Wettbewerb einreichen wollte, und sie malte ein großes Ölbild in leuchtenden Farben. Ein blauer Elefant, der mit erhobenem Rüssel durch eine feuerrote Savanne brach. Die Bewegung und die Proportionen waren so gut getroffen, daß das Bild fast dreidimensional wirkte.

»Das ist sehr gut«, sagte er nach einem Blick über ihre Schulter. Sie schaute kurz auf und lächelte.

»Ich bin noch nicht ganz fertig. Am Horizont fehlt noch was, Wolken oder so.«

Er schloß das Fenster und schaltete das Licht ein. Sie erschrak. »Wie spät ist es?«

»Kurz vor sechs.«

»Schon!« Sie schraubte die Farbtuben zu und steckte die Pinsel in das Glas mit Terpentin. »Ich muß noch zum Bäcker und in die Apotheke.« Sie nahm ihre Tasche.

»Ich kann dich hinbringen.«

»Nein, danke. Tschüs!« Sie rannte hinaus. Er hörte ihre eiligen Schritte auf dem Kiesweg und das Quietschen des Gartentors. Er wartete noch drei Minuten, dann stand er auf und ging hinaus. Er holte den Landrover aus der Garage und fuhr auf die Straße. Es war fast dunkel, aber doch noch nicht so, daß er die Scheinwerfer unbedingt gebraucht hätte. Er überquerte die Straße und bog nach links ab. Kurz vor der Kreuzung stellte er den Wagen in eine Einfahrt. Und wartete.

Dagmar kam nach etwa fünfzehn Minuten. In der einen Hand hielt sie ihre Schulmappe, in der anderen eine weiße Einkaufstüte. Sie wartete an dem Zebrastreifen, bis die Ampel grün für sie zeigte, und sah sich noch einmal nach rechts und nach links um. Kein Auto weit und breit. Sie lief los. Als sie knapp die Mitte der Straße ereicht hatte, fuhr er an. Er lenkte den Rover aus der Einfahrt und schlug das Lenkrad nach rechts ein. Drückte das Gaspedal bis zum Anschlag durch. Sie verhielt mitten in der Bewegung und wandte sich ihm zu. Er schloß die Augen.

Den Aufprall spürte er kaum.